唱人性之歌的詩人

唱人性之歌的詩人

우 상 렬 著

한국학술정보(주)

序　言

本集子里收了我从2002年下半年开始陆陆续续用汉语写的一些东西。在这之前写的东西已结集出版。我读硕士时主攻专业是朝鲜古代文学。所以我对朝鲜古代文学一直感兴趣。《从巫俗原型质看朝鲜古代建国始祖神话》、《燕行使与琉璃厂》就显出我对这方面的兴趣犹存。我读博士时主攻专业是朝鲜民间故事。《试论中国和韩国马文化》、《中国与韩国的民间故事中动物的文化象征内涵比较》、《"阿凡提故事"与"凤尔金先达故事"比较研究》就与我读博士学位时所专方向有关。我现在主要搞文艺学。《关于目前我国大学"文学概论"课几个问题的思考》正说明这一点。我作为中国朝鲜族向来对朝鲜族文学感兴趣。《唱人性之歌的诗人》，我给被埋没的中国朝鲜族著名诗人周善禹"平反昭雪"。我也参与搞了一些有关中国古代文学与日本古代文学的比较研究课题。像《试论中国与日本古代文论》、《日本中世诗歌文学和中国文学》是我在这方面的学习体会和成果。而《释梦概论》、《中国释梦概论》、《韩国释梦概论》、《中韩胎梦类释梦比较研究》，这些系列论文是我自己搞的有关民俗学方面的课题。我作为中国延边民间文艺家协会副主席主要负责延边地区文物保存与保护问题。《有关在国家级森林公园里建立动物自然放生园的一点想法》、《有关和龙市建筑纪念碑的管窥之见》，与我这方面的工作有关。

我是属于一个杂家。感兴趣的多，染指的也多。但没有什么精通的。杂而无挡，甚感惭愧。但既然写出来了，总想发表。因为这些就像我的孩子似的，不论长得美，长得丑，对我来说都是可爱的。我就是这么自我感觉好。这也许是人之常情吧。但愿如此！

国内出书难，大家有目共睹。我也就干脆抛弃出书之打算。但在偶然的机会我认识了韩国学术情报出版社的蔡钟俊社长。蔡钟俊社长当听说国内出书难的情况后，欣然答应给我出书。这使我欣喜若狂，不胜感激之情。于是在此再三向蔡钟俊社长表示衷心的感谢！

禹尚烈　谨识

2004-12-1

目　录

唱人性之歌的诗人

文学是人学。而人学的核心是人性。由此人性成为文学的永恒主题，在各民族文学史上不绝如缕，绵绵流长。

而表现人性，因人、因地、因时等主客观原因具有不同的内涵和意义。1950年代后期，在反右、民族整风等一系列左倾黑云袭卷中国大陆的恶劣政治形势下，人性，讳莫甚深，谈虎变色，视同恶魔鬼煞。作为人性最典型表现之一的爱情之歌几乎销声匿迹[1]。战争之歌只能引吭高歌革命英雄主义、乐观主义。

但在朝鲜族当代文学史上就有那么一位具有第一个敢吃螃蟹勇气的诗人－周善禹唱出人性之歌。这不仅在朝鲜族当代文学史上，而且在整个中国当代文学史上也是令人瞩目的。但我们一直对这位诗人缺少足够的重视，没能做出应有的评价。

据笔者所知，只在《中国朝鲜族文学史》"第三编 当代文学；第一章 1949年-1966年文学；第三节17年诗歌"和《朝鲜族文学研究》"本论；朝鲜族诗歌文学概貌"里概述50年代诗歌时，只提及周善禹的诗集《不能忘记的女人》而已。[2]此外还有一些作为周善禹右倾的证据50年代批判《不能忘记的女人》的文章。现连他的生平也鲜为人知，只能主要靠崔静渊先生具有回忆录性质的随笔集《酸甜苦辣的人生》里《激愤的信》构筑其人生历程及为人。

周善禹，1924年生，1944年11月加入朝鲜义勇军一支队（东北民主联军一

---

1) 据笔者初步统计，在整个1950年代朝鲜族文学里涉及爱情题材、主题的诗歌不超过20～30篇。
2) 崔静渊先生在《激愤的信》里也甚感遗憾地在篇末里说，"细想起来在我们延边文学史上连周善禹的名字也找不到甚感遗憾乃至痛心。"

支队），在宣传队编辑组活动。因他为人率直，助人为乐，被推选为编辑组组长。当时他是好写诗的火热的文学青年。在三年解放战争时期，他率领编辑组为了完成层出不穷的"紧急任务"、"特殊任务"、"突击任务"，不分昼夜地构思及研讨作品，连休息时也练节目。每当受观众欢迎的节目出台时，在创作组名单里他总是不让别人写进自己的名字。他自以为是"后勤部长"，总认为默默无闻地为大家服务是份内之事。三年解放战争将要结束时，他由师政治部授大功一次。抗美援朝时期，他担任军政治部宣传员在前沿阵地执行任务时，不幸脊髓负伤，1952年转业。他被授予军功勋章、国旗勋章等。转业后，他到延边朝鲜族自治州政府文教处工作，成立延边作家协会时，担任创作委员会主任。从这时候开始，他主要投入诗歌创作，1954年在《延边文艺》第一期发表《建宫殿的时候》。诗人的激情一发不可收。于是1957年4月，周善禹出版了在中国当代朝鲜族文学史上第一部诗集《不能忘记的女人》。1957年反右时，因他率直地表白了自己的"祖国观"而遭祸。而他那耿直的性格，坚持己见，"顽固不化"，最终"走逃无路"，1960年下半年只好逃亡朝鲜。因他的人生转折点与朝鲜有瓜葛，最终又病逝于朝鲜的原故吧，好多研究当代朝鲜族文学的人都不怎么提及周善禹，似乎有点把他排除在中国当代朝鲜族诗人之外的嫌疑。其时，他主要在我们中国发表诗歌，并达到创作的黄金期。这就从他的诗集《不能忘记的女人》（以下简称《女人》）里可看出来。

《女人》首先是战争之歌。《女人》的题材是朝鲜战争。她主要写朝鲜战争里的人和事。她的人性旋律也寄予在这里。战争似乎与人性势不两立。但其实他俩就像手掌的两面，易如反掌，互通气息，息息相关。战争可成为人性得到最集中表现的触发点。

《女人》里也不乏英雄主义战歌。象《柞栎》塑造了为了打开战友们的冲锋路，使出最后的力气炸毁敌火力点后，面带微笑地死去的黄继光式的战士。而《母亲的嘱托》则传说着"虽被敌人的炮火炸掉一条胳膊/但用另一条胳膊发射机关枪/挡住一千敌进攻"（以下原文引用由笔者译成中文）的"一挡千"英雄的故事。而《永久火力点》歌颂了阵地上只剩排长和弹药手两个人的情况下也不气馁、失望,而斗志昂扬地永保火力点的战歌。而《美帝国主义者不知道》则塑造了无论美军怎样在"水车战术"、"火海战术"下一天组织4次进攻,但总是给予毁灭性打击,立于不败之地的"不死神"-志愿军群体形象。而《在哨所线上》则推出了个头虽小但"女扮男装",腰里捌着手枪充满自信机灵地完成联络任务的女游击队员姑娘形象。

《女人》里也不乏革命乐观主义情调。象《竞争》如题目所示,把天上敌机紧追不舍地狂轰乱炸地上我军运输车,而我军运输车巧妙地躲避的情景比作一场你追我赶的竞争,最终我军运输车来个急刹车使敌机撞毁在山上,而我军司机悠闲地斜戴帽子,犹如活神仙般逍遥自在地抽一支烟,还有那些松树叶、柞栎为我军助威助兴的形象里充满浪漫情调。而《雾山岭》则通过以两通信兵为代表的"身虽在今天而活在未来的人们",等战争结束后要把美帝的大炮炼成拖拉机送到集体农场的展望里显出浪漫情调。而在《新战士》里经过一场激烈的刺搏战后,当连长向新战士们询问"同志们,今天的刺搏战够你们害怕了吧?"时,"没有,我们排好象是在金达莱花蔟里打仗似的"回话里,显出把刀光剑影不当回事的潇洒劲。

朝鲜战争又一次开出了中朝友谊之花。《女人》里象《泉水》、《建宫殿的时候》、《致握犁耙的女人》等即是。《泉水》借朝鲜女人一大早瓢一碗最干净的精华水祈祷所愿的民俗意象,歌颂了一位朝鲜大娘和志愿军战士之间情同手足的情义。而《建宫殿的时候》则遥想着在美好的未来,"人民军在街上建宫殿的时候/我们志愿军战士也去",再一次确认"我们是以血凝成的兄弟"。而《致握犁耙的女人》则通过志愿军战士们与一位朝鲜女人互相配合犁地时,互为对方着想的心理活动,表现出他们之间结下的深厚情义。

朝鲜战争也是军民并肩战斗的。象《信号兵》、《油灯》、《妇女担架队》、《致握犁耙的女人》等即是。《信号兵》以一位亲人被杀,房子被毁的大娘献给师长的公鸡为主要意象表达了拥军爱民。《油灯》则塑造了因给伤员输血过多而昏厥过去的一位可爱的姑娘形象。《妇女担架队》则塑造了用自己身子护伤员的富于自我牺牲精神的高洁的妇女群体形象。《致握犁耙的女人》则高呼"在世界上唯独象我们这样的军队/得到人民的厚爱/成长为千万大军"。

包括朝鲜族当代文学在内，在中国当代文学里涉及朝鲜战争题材的文学作品里革命英雄主义与乐观主义，还有中朝友谊；军民共战等是围绕塑造"最可爱的人"的一以贯之的母题。所以在《女人》里看到这一母题时并不感到稀奇。但《女人》借战争题材抒出的真情实感乃至人性美着实令人耳目一新。这在当时左倾独霸天下的情况下，更显得可贵。

战争是严酷的。血肉横飞，毁灭生命，似乎生命一文不值。但相反相成，生命意识比什么时候都得到高扬。《女人》里第一篇《姑娘的告白》典型地反映了这一点。一阵震聋耳迷的狂轰乱炸后一个纯真的战士－小伙子问了护士姑娘。"这时候，你想什么？"、"作为女的很想结婚"。然后笑着把头微依在战士的肩上。在《早晨的露珠流向一处》里当多情善感的排长牺牲后，也许曾经浸于单相思的护士姑娘搂着尸体唯恐别人看见似地啜泣。在《油灯》里当护士姑娘看到用自己的鲜血抢救的伤员苏醒过来时，高兴之余不知不觉中要施去一个炙烫的嘴唇之吻。

周善禹的这些诗当时被批评为宣扬"战争恐怖主义"、"温情主义"的"毒草"。可现在看来这些最富于真实的生命意识值得回味。

《女人》里最富于魅力的地方就是唱出了丰富的人性美。

这人性美首先表现在军人们对生命的尊重；对和平的追求及多情善感上。从某种意义上看，军人是毁灭生命的，好象与尊重生命绝缘。可我们的军人是不那样的。你看，《红窗》里军人吧。他们在急着后退的时候，听到婴儿呱呱坠地的声音。于是他们不知不觉中停下来向新生命致敬。而在上面提到的《姑娘的告白》里当护士姑娘中弹牺牲，那白皙的乳胸裸露出来时，小伙子唯恐别人看见，在周围冰封雪地只是一片弹片的情况下，只好用冰块覆盖。然后满怀激愤地投入战斗。而《妈妈的嘱托》里"这个国家的青春们"，为了婴孩那"胖乎乎的手"；为了和平而血染白雪上。而《绿头带》里我们的战士于心不忍那"绿头带"染成"血红色"。于是康夏重新上阵时，暗暗下决心迎来胜利的那么一天一定要给护士姑娘扎一个象征和平的绿头带。而《美丽的夜》则表露战士们只想取得胜利的那美丽的和平之夜请亲人们到阵地来的美好心愿。而《护士》则表现出了多情善感的战士们对舍身忘己，一心扑在伤员们的康夏上的护士的感激之情。

《女人》的人性美集中表现在对美好爱情的歌颂上。

战争好象跟爱情绝缘。但有时战争是为了爱情。战火奋飞的《女人》里不就开出了丰盛的爱情之花吗？你看，《中队的约定》。这里军号已吹响，部队要出发。当连长看到自己的一个战士与相爱的姑娘依依惜别时，就发出"为了我们可爱的姑娘们出发！"的命令。而《妇女担架队》里担架队员们在敌机要来轰炸时，之所以要扑到伤员身上，是因为这些伤员家里有等着他们的妻子。而《女盟委员长》展现出了因前方爱人寄来照片和信，娇妆打扮，为悦己者容的隐私。而《银髻》则率直地表现出了当日夜盼望的游击队丈夫归来时，女人那掩饰不住的高兴劲。而《您那水晶般的眼睛》则通过大战前夕在阵地上飘扬的爱情之歌，表现出了我们的指战员内心深处爱的激流。《女人》的爱情之歌在末篇《不能忘记的女人》里达到高潮。《不能忘记的女人》里抒情主人公呼吁"可爱的姑娘们啊！小伙子们啊！/赶快求爱吧！/几千年来使人哭啼/无论什么宗教都没能解决的苦恼/由你们的爱情可以解决"。这些爱情之歌就是"一直到人生最后瞬间的喜悦"。而"这个真理/就是由那个不能忘记的女人给教的"。《不能忘记的女人》的抒情主人公在战场上受伤而身亡，但灵魂在。所以他的灵魂在寻找当他死去的时候给他象爱人般爱的不能忘记的女人。但他没能找到。所以他只好"以这诗寻找"，最后把这首诗献上去。

周善禹的这些爱情诗当时受到什么"自然主义"啦，"爱情至上主义"啦等批判。这未免言过其实。它脱离《女人》的诗作语境，泛泛而论，扣了"大帽子"。其实《女人》的这些爱情诗唱出了战争环境里人人可引起共鸣的真情实感。

某种意义上诗学是意象学。即捕住意象并加以组织显现象征意味。《女人》的意象及其组合别具一格。《女人》里不乏以一个意象作为诗眼贯穿始终的作品。比如《红窗》,《永久火力点》,《亲爱的你那亮晶晶的眼睛》等即是。《红窗》则以象征生命子宫的"红窗"意象作为贯穿始终的诗眼表现出革命军人对生命的敬畏。而《永久火力点》则把"永久火力点"意象作为焦点;《亲爱的你那亮晶晶的眼睛》则以"五月之夜"情歌作为中心意象构思谋篇。但在《女人》里更多的是通过不同意象的有机组合构筑诗境。而这些意象组合不仅有意识层次的,还有无意识层次的。而其无意识层次的意象及其组合中能够引起大多数人共鸣的集体无意识层次的则更加引人注目。这在充溢着社会政治性表层意象的1950年代朝鲜族诗坛里更加可贵。象《油灯》里"姑娘炙热的嘴唇"、交替出现的红白色;《绿头带》的绿头带、红头带及其交替出现;《银簪》里"春辉"、"云雀"、"台坐上化开的雪"则具有一般集体无意识原型意象特点的话,《银簪》里"桑树"、"露出的银簪";《女盟委员长》里"破碎了一半的镜台"、"圆圆的镜子";《新战士》里"金达莱花簇";《衣扣》里"作为礼物的衣扣"等都是很富于民族特色的集体无意识原型意象特点。在此具体看一下《银簪》吧。

和询的春辉
桑树枝掉下冰扎的声音
扑哧哧鸟儿飞来

从一般集体无意识原型象征意味来看"春辉"一般象征生命、生机。而从朝鲜族传统的集体无意识原型象征意味来看桑树象征谈情说爱;"鸟"作为自由的化身象征男子。在第一节里就是用"春辉"、"桑树"、"鸟"原型意象的有机组合展示出一种春暖花开,爱的季节到来。而这一节的整体意象为下一节起了很好的比兴作用。

熙熙攘攘村游击队归来
看到日夜思念的丈夫走在前头
你知道吗？台坐上白雪化开了
银髻、银髻在春辉里露出来了

从朝鲜族传统的集体无意识原型象征意味来看，台坐与女人结缘象征女人，而白雪意象则象征女人的纯洁。而由这两个意象组合而成的"台坐上白雪化开了"句也就表现了在亲爱的人面前女人敞开自己的姿态。从一般集体无意识原型象征意象来看"银髻"作为属女人之物象征女人；而"春辉"属于阳性之物又可象征男子。而由"银髻"和"春辉"原型意象相组合而成的最后一句"银髻、银髻在春辉里露出来了"则再一次强调女人在亲爱的人面前敞开自己。

***　　***　　***

周善禹，这位多才多艺的诗人正当风华正茂的时候，遭到人生的挫折。所以现在我们只能接触到载在《女人》诗集的诗和另外一些诗。但他的诗如上所述，在战争题材上另劈蹊径，独创一格，在中国当代朝鲜族文学史上可谓独占鳌魁。

2002. 10. 1.

參考資料

《中国朝鲜族文学史》赵成日、权哲 主编 延边人民出版社 1990. 7.
《朝鲜族文学研究》任范松、权哲 主编 黑龙江朝鲜民族出版社 1989.
《酸甜苦辣的人生》崔静渊 辽宁人民出版社 2000. 4.

燕行使与琉璃厂

　　燕行使是朝鲜李朝出使清朝的使节团。当时北京叫燕京，所以形成此称。燕行使是当时朝鲜与中国官方交流的一种形式。但它不仅仅限于政治的交流，而包括经济、文化等各方面的交流。在当时朝鲜加入燕行使是很荣耀的事情。在闭关自守的当时朝鲜里，燕行使是接触先进文化，开开眼界的唯一途经。所以当时朝鲜好多名人学士都争先恐后地加入燕行使。随着1765年洪大容出行后，1778年李德懋与朴济家；1780年朴趾源；1790年朴济家再次出行；1790年柳得恭；1801年柳得恭，朴济家再次出行里可见一斑。燕行使规模大的时候达到几百名。燕行使办完公事后最感兴趣的地方就是琉璃厂。所以燕行使争先恐后地去琉璃厂。而回国后最大的话题也是有关琉璃厂的。

　　琉璃厂具有一千多年历史。原来是叫海王村的葬地，所以也叫作海王葬。13世纪以后在此开始形成为了烧制琉璃瓦与砖的琉璃厂。明代时琉璃厂为了烧制琉璃瓦开辟通往西山的水路，运来烧制用土。1420年，北京宫殿峻工，永乐大帝迁都时已形成五大厂。当时烧制青黄两种瓦，还烧制种种器物和孩子们的玩具。此时附近没有多少住宅，是一个草木繁盛的边缘地带。到了17世纪康熙年间琉璃厂附近渐增买卖玩具、古董、古书画、贵金属、文房杂货、新近出版的书籍的店铺，形成类似今天的文化街。当时就出现了好多有名的书店。到后来这里又形成出书基地。象附文堂出《全唐书》、《第一才子书》；聚进堂出《红楼梦》、《儿女英雄传》；文友堂出《太平广记》就说明这一点。1773年在琉璃厂随着《四库全书》的刊行其文化氛围更加浓厚。可望接触新文明、新文化的朝鲜名人学士当然对这一切很感兴趣的。加之，当时中国的好多名人学士也出入琉璃厂的文化街，还有好多到京赶考的学士们就留宿在这里准备应考。到后来高官贵人也多住在宣武门外琉璃厂一带。所以有"东富西贵"之说。当时有名的孙胜泽、王渔洋；还有《四库全书》编修官郑进方、孙成渊等就住在这里。这一点也极大地引起朝鲜名人学士的兴趣。对朝鲜名人学士来说，与这些中国名人学士相交、相交流能够开阔眼界，衡量自己的学术水平。一言以蔽之，琉璃厂也就成了名副其实的中国文化的集散地。

朝鲜燕行使的好多名人学士回国后都留有有关出访中国的记录。在这里也就少不了有关琉璃厂的事宜。比较早一点到过北京的洪大容(号湛轩)在《燕记》里对琉璃厂谈到，琉璃厂是造琉璃瓦和砖的工厂。黄绿杂色瓦和砖象玻璃球那样玲珑。所以国家用的各种瓦和砖都叫作琉璃。烧制这些东西的地方叫作"厂"。而"厂"附近前后左右都是店铺，东西走向立了个闾门，挂了个"琉璃厂"牌匾，所以这成了市场名。然后洪大容不无惊叹地谈到，琉璃厂长约5里，满是书籍、"碑版"、古董等"器玩杂物"，走在这些街上如同进入波斯的宝物市场令人心醉神迷。他尤其具体谈了书店。说有7个书店，而靠着三面墙有十几层的书架，其上面井然有序地摆放着书，并有部门类标识。光一个书店里陈列的书籍达到几万册，所以抬头光看书名就眼花缭乱。

比洪大容稍晚到过北京的朴趾源(号燕岩)在《热河日记·黄图纪略·玻璃厂》中记载了有关琉璃厂探访录。即琉璃厂引正阳门外南城脚下一直延伸到宣武门。这里是延寿寺旧趾。宋朝徽宗皇帝御临北方时，与郑皇后曾留宿于该寺。而"今为厂，造诸的玻璃瓦砖。厂禁人出入，燔造时尤多禁讳，虽匠手皆持四月粮，一入毋敢妄出。"在这里说明，当时在进行大规模生产的时候，讲究纪律，保密工艺的一些情形。朴趾源继续谈到，而琉璃厂外边全是店铺，充斥财货和宝物。"书肆"中属最大的有文粹堂、五柳居、先月楼、明盛堂等。天下巨人与知名人士多居于此处。朴趾源在这里绕有兴趣地谈了琉璃厂的位置及其起源，还有古董街，特别是书店及其出入此处的天下名人。朴趾源把琉璃厂当作先进文化的输出口。

而李文朝的《书肆记》(1769)里有除朴趾源提到的代表性书肆五柳居、仙月楼、明盛堂外，还例举聚圣堂、宝明堂等31所。

而徐有闻在《戌午燕行彔》里也提到具体的书店堂号，并指出琉璃厂作为朝鲜"燕行使"的文化窗口的作用。即琉璃厂明代叫东厂。胡同口有"里门"，进了"里门"有书店街，而堂号总共有13个，崇文堂、文殊堂、圣经堂、明星堂、文星堂、裕堂、聚星堂、大招堂、有无堂、文武堂、英花堂、文换齐即是。全盖了两间房子，四面墙壁高筑托盘，房顶加盖房楼。所以光一个书店就有几万册。看其目录大部分是明代以后的文集，以前没有听说过的，想必于世甚有补益。我国人购书大概购最近出版的。所以我国人购书时价贵，由此可推知在我国书贵的原由。徐有闻还说朝鲜"燕行使"到北京最先去的地方就是琉璃厂，而到琉璃厂买不起价格昂贵的"稀贵本"时，抄其目录也是"燕行使"一行的重要任务之一。

李德懋的《入燕记》里就有李德懋在琉璃厂抄的朝鲜没有的书和"稀贵本"的目录，其中光"稀贵本"就有《文献续纂》、《皇华纪闻》、《玉茗堂集》、《传道彔》、《文体明辨》、《感旧集》、《渔洋诗话》等二百余种。而他说在朴趾源提到的"五柳居"书肆里从江南用船贸易过来的书中受书状官的委托所购的书中有朱寻尊的《经解》、马淑的《绎史》等稀贵本。而他慨叹这些书已发行一百多年，但朝鲜人不知道这些情况，只是一味地购"演义小说"或"八家文抄、唐诗品汇"等类。

朝鲜名人学士到琉璃厂并不仅仅限于购书逛街，而与中国名人学士推心置腹地交流，结成深厚友谊。

柳得恭在《燕台再游彔》里谈了他与书肆"五柳居"老板陶生、"聚瀛堂"老板崔琦的交情。即第一个夏天的天气闷得慌。于是我每天租个车到聚瀛堂解闷。在那里脱掉帽子，依靠在胶椅上随便看自己想看的什么书，这比什么都逍遥自在。有时候到"五柳居"与陶生谈天。而这年正赶上"大比"之年，所以从各省举人们云集"都门"，多在琉璃厂逗留。与这些人唠嗑时往往能碰到心心相印的人。有时来一大帮互问姓名和"乡显"，喧闹一番以后散去。从这里可知，当时朝鲜的"燕行使"抱着一种作为当时朝鲜的知识分子的自豪感赶往琉璃厂与当时中国知识分子相谈、相交。柳得恭与"聚瀛堂"老板崔琦的交情甚笃。这从当他听说崔老板刚开始准备考科举的，但堆砌的书越来越多也就成了书店老板后，把自己所带的朝鲜笔墨和南浦砚台，还有把佩带的刀给了崔老板，然后推心置腹地进行谈话里可知。

洪大容的《乙丙燕行录》里最引人注目的是在琉璃厂他与中国学者的交情。当时为了考科举中国学者严诚、潘庭筠、陆飞留宿于琉璃厂乾净筒。于是洪大容拜访乾净筒六次。他通过这些中国学者，接触到当时中国的先进文明，衡量朝鲜儒学的学术水平，并与他们加深了国际友谊。第一次拜访时笔谈了有关《感旧集》问题。该书是收集明清的名诗诗集。而该诗集里收录了朝鲜名士金尚宪(号清阴)到中国时与王士祯酬唱的诗。而因洪大容是金尚宪后裔金元行(号美湖)的门徒，引起中国学者的兴趣。此外，他们还谈了"壬辰倭乱"、"丙子胡乱"及两国的科举制度、服饰、婚礼、丧礼问题。第二次拜访时谈了在中国刊行的《兰雪轩集》的著者景樊堂的诗。随着碰头的次数多起来，他们互相询问对方国家的风俗、制度、书籍等问题，继而进行有关阳明学的论争。然后洪大容胶尽脑汁给他们说明了有关朝鲜浑天仪和天文述。与乾净筒三学士的接触洪大容当作接受中国先进文明的绝好的机会，还当作把自己的学问和刚刚萌生的实学思想在国际社会里得到验证的机会。

洪大容与严诚关系甚笃。他回国三年后严诚客死于福建。据说严诚死去时就手里拿着他捎去的信，闻着他作为礼物送的朝鲜产墨与香料的香味去逝的。他是通过潘庭筠的信知道了严诚的死。于是他写长篇祭文寄予严诚的故乡钱塘，而这信正好赶上严诚去逝一周年祭祀日。而严诚的儿子昂把洪大容叫成伯夫把父亲的《铁桥遗集》寄予他，可这封信转转9年才到他的手里。据说遗集里有严诚亲手画的他自己的小影帧。他收到遗集和遗相后欣喜若狂。于是通过孙有义(号蓉洲)把《乾净筒笔谈三集》转给杭州。朴趾源在《洪德保墓志铭》中谈到这些事时写到，我读完后慨叹着说，洪君可谓通晓交友之道。我如今才知道交友之道。我看到其交友，又懂得尽交友之道，又懂得我所交的他所不交之道。

这是朴趾源读洪大容有关在北京交朋友的《会友彔》后写的序文3)里说的。有关"交友之道"云云就是感叹洪大容与乾净筒三学士之间的交情而言的。朴趾源是通过洪大容的《燕记》展开了理想的交友之道。所以当洪大容完成《会友彔》后，他让朋友与弟子们读，极力称赞乾净筒之交。

而这乾净筒之交不仅仅限于洪大容一代，而延续于后裔代。韩国崇实大学博物馆所收藏的"乙丙燕行彔"末尾有洪大容的孙子洪良厚寄予潘庭筠后裔的一封信与潘公守的回信。可谓世代之交也。洪良厚读了祖父的《乾净筒笔谈三集》后感叹之余，得到燕行的机会，期望能够与"乾净筒"后裔相交。于是他找知道乾净筒之交的杭州儒生许雨铃捎给潘庭筠后裔一封信。此后过了五年后洪良厚收到潘公守的回信。接到信后，洪良厚能够延续祖辈之交感动不已。这也就是朴趾源在《会友彔》序文里所说的"洪君之为友也"、"吾乃今得友之道矣"之继续。

洪大容在琉璃厂的"乾净筒之交"当时就很出名。当时在朝鲜"乾净筒之交"也就成为国际友谊的美谈传颂不已。洪大容之前也有燕行使出使中国，但他们回国后没怎么引起反响。但琉璃厂"乾净筒笔谈"给当时朝鲜文人以新鲜的冲击，大开眼界。由此琉璃厂成为更使朝鲜文人神往的地方。

朴趾源到中国见到杭州学者就打听潘庭筠与陆飞的消息。在《境开彔》里谈到，见到启风液与王信时，就打听通过前辈洪大容认识的作为大学者仰慕不已的陆飞的消息。这便使他俩甚为惊服。在《望洋彔》他与王民浩的谈话里极力推崇洪大容的韵律才华。在《盛京杂记》里他向中国学者自豪地询问有关洪大容与三学者乾净筒笔谈之事。

此外还有不少朝鲜名人学士与中国名人学士交流的美谈。象朴趾源在《曲正笔谈》里向中国学者自豪地介绍洪大容宇宙论与义山问答的井然逻辑性；

---

3) 朴趾源在《铜兰涉笔》里说自己写《会友彔》的序文。

在《关内正事》里他倾听中国学者称赞前一年到过中国的自己的弟子李得懋与朴济家的人品与才华；在《避暑录》里多次谈到在琉璃厂与刘皇浦的谈话时提及金尚宪的诗载于《感旧集》之事；还有象《兰阳录》记载柳得恭与当时中国名画家罗良奉、罗尹灿父子相交；《燕代载友录》记载柳得恭与琉璃厂主人崔琦、陶生的交游之事；还有象朝鲜文人朴济家拜访《四库全书》编修官孙成渊，给他的书斋写"问宇堂"的牌匾之事都是很出名的。

琉璃厂是朝鲜燕行使的名人学士购置必要的图书，并与中国名人学士直接接触，吸取先进文化，开阔眼界的唯一场所。由此当时燕行回国的好多朝鲜人当中形成主张新学问的实学派。实学派乃开启朝鲜近代黎明的先驱。而实学派的基本旨趣之一就是"北学议"，即向先进的中国文化学习。可见，燕行使与琉璃厂的结缘为朝鲜近代黎明的开化起了决定性作用。

如今北京琉璃厂可以说天翻地覆。但它古色古香仍保有传统特色，亦不乏文化的气息。

所以韩国名人学士到北京来好多都到琉璃厂重温他们前辈的气息，也乐于购置文化用品。

［完］

2002. 11. 20.

＊《东疆学刊》2004. 4.

试论中国和韩国马文化

中国和韩国自古以来对马有很多肯定性共识。所以中国和韩国向来把马当作很重要的交易品目。在韩国最初的有关马的记载就是《史记·朝鲜列传》中有关古朝鲜给汉武帝送5千匹马的事。中国人向来特崇龙，龙成为民族的象征，而马成为"龙首"。[4]白头山乃韩国人的精神故乡。而它的别称为马多山或盖马大山。可见韩国人对马情有独钟。

马在古代被人们视为神物。所以在古代中国和韩国马受供奉、享祭祀。看韩国全南和顺郡里序面宝岩里"母子祭"堂神话，[5]新金里在300余年前明氏开村的时候，发生了每到夜里白马从村后面的虎岩山跳到村寨案山的奇怪事。于是村里人把这事当作祭祀马神的启示雕塑白马像并供奉在堂上开始祭祀。

在韩国祭马神从部族时代开始。三国时代可找到有关国家角度进行的马祭痕迹。据金承璨《韩国的马政考》，[6]统一新罗后马祭具体有马祖祭、先牧祭、马社祭、马步祭。在此马祖祭祭天马；马步祭祭害马的灾祸神。高丽时马祭据《高丽史》卷六十三记载，可看到马祭的时期或规模。马祖、先牧、马社作为小祠从毅宗朝开始设堂设坛，选仲春、仲夏、仲秋、仲冬吉日派专门官吏排设小牢之馔进行。到李朝在《朝鲜王朝实象》、《时用乡乐谱》、《太常志》里可看到有关记载。李朝时不光是农村，就在汉城东大门外设置马祖坛在仲春等吉日祭祀。而《时用乡乐谱》里有军马大王的巫歌。在此军马大王为马神。在韩国原始自然宗教巫俗里西娘在梦里显现时以马或

---

4) 龙作为想象性的动物，取多种动物的形象组合而成。而马相成为龙的头部形象。
5) 有关村寨神的神话。
6) 《石宙善教授回甲纪念·民俗论丛》，通文馆，1971月，186页。

骑马的老人出现。这说明在民间把马当作西娘神。

　　而马作为圣物成为"牺牲品"。在古代中国和韩国最神圣的祭祀及誓盟乃利用白马。在韩国《三国史记》卷一"太宗春秋公条"里记载，新罗文豪王即位5年乙丑8月庚子，王亲帅军队到雄津城与临时王夫予融会师，筑坛杀白马盟誓。先祭奠天神和山川之灵，然后洒马血作文宣誓。　还有同书卷41列传第一金庾信条里载，有金将军出征镇压叛乱前杀白马祭奠的内容。

　　在古代中国和韩国有一种把马作为阳物的属天观念，"天马"即是。中国《易·说卦》里就有诸如"乾为马，坤为牛"的记载。《山海经·北山经》第三卷中有"天马"出现。根据历史文献在唐代"天马"与狮子、麒麟等六种灵兽虽被视为同样的神兽，但在一定程度上还是把他们区别开来使用。而他们经常使用于旗章与服装、装饰品等方面，其中有很多类似于马目纹的图案。李贺写的二十三首《马诗》中："此马非凡马，房星本是星。向前敲瘦骨，犹自带铜声"句，将地上的马与天上的星宿相对应，赋予它神气而刚强的品质，这可看作追求天马意象。而韩国人最古老的民族神话—《檀君神话》里韩民族的始祖桓雄从天降到白头山顶时，就骑着天马[7]。此外，在高句丽和新罗王陵壁画里的马一般都是从天而降或升天的天马。例如新罗王陵里发现的"天马图"里飞向天的"天马"即是。

　　而古代中国和韩国往往把马与龙匹配，相提并论。在中国和韩国都把最了不起的马称为"龙马"。据中国《礼记·礼运》有"河出马图"传说，据郑玄注，就是"龙马负图而出"。何谓"龙马"？孔颖达疏引纬书《中候握河记》曰："伏羲氏有天下，龙马负图出于河，逐法之画八卦。"；"尧时受河图，龙衔，赤文绿色。"再引《握河纪注》曰："龙而形象马"，即负图出于河的本是龙，而其形状象马，故称龙马。而《汉书·武帝纪》元鼎四年载，"马生渥洼水中"，有人献之，乃作《天马之歌》，歌云："天一觇，天马下，沾赤汗，沫流赭 …… 体容与，逝万里，今匹马龙为友。"又云："天马来，从西

---

7) 金善丰《从韩国民俗文学里看到的马》，《亚洲各国的马文化及民俗动物》论文集，1999年 11月。

极，涉流沙，四夷服 …… 天马来，龙之媒，游阊阖，观玉台。"这里前者提到马以龙为友，后者说道马是龙媒，无论是"龙友"还是"龙媒"，马与龙的关系显然都不一般。在这一系列上古神话传说中马和龙合二为一了。《西游记》里，唐僧所骑白龙马亦神异。它原是西海龙王之子小白龙，因纵火烧了殿上明珠，玉帝把它吊在空中鞭打，不日还要连诛。幸遇观音菩萨为它向玉帝求情，让它变成一匹白马，日后驮着唐僧上西天取经。这西游故事也证实了民间视马与龙为一体的看法。而韩国"凡马被称为龙马，也高兴得不得了"的俗话；及有关苏正方用白马钓龙的白马江传说表现出同样的看法。

马的神性还表现为马能预兆。在中国民间俗语中有"马祸"一说，意思是马的异常现象是灾祸之兆。此类传说颇见于史书之《五行志》，如《隋书五行志下》载："侯景僭尊号于江西，每将战，其所乘白马长鸣蹀足者辄胜；垂头者辄不利。西周之役，马卧不起，景拜请，且槌之，竟不动。…… 景因此打败。"在此以为马能兆祸。在韩国也有这种兆祸。现看预示王朝灭亡的例子。《三国遗事》卷一"太宗春秋公"载，现庆四年己未(659年)在百济乌会寺出现一条大而红的马，不分昼夜转了六圈寺院，即预示百济灭亡。还有《三国史记》卷三"内物尼师今"载，在10月，由王骑的马下跪失声痛苦一场，预示新罗的灭亡。此外，还有显现一般预兆的。在《增补文献备考》"上位考"里出现生出独角或两个角的马或两个腿的马。于是祭祀马神，备战。在太白山一带发现许多折断前腿的铁马和木马。这也说明同样的情形。在韩国马还可兆详。现看预示始祖诞生的。在《三国遗事》卷一"新罗始祖·赫居世王条"里记载，新罗始祖来到这个世上时，由天上神奇的白马当了报喜讯的使者。这与高句丽始祖东明王钻到洞里穿地心出于朝天石升天时骑的麒麟马；还有有关解部娄神话里在鲲渊面对着石头哭泣的马都具有同样的意味。在梦里见白马从草坪腾空起飞或骑白马起飞就是得势的吉详之梦。暗行御使朴文秀就曾经常梦此类梦。

随着马在军事、交通等方面越来越趋于重要，从国家政策上对马进行养殖管理即实行马政。中国从商、周代开始设马官实行马政，到汉、唐具备完善的体制，宋、元、明对周边国发生影响。韩国参考发达的中国马政具备了独特的马政体制。《西游记》的孙悟空就是在天上曾经是专门管玉皇上帝的马的弼马温出身。而韩国的马政把马分为"民马"和"官马"立"马籍"统一登记管理，设立牧场，置"马医"和"理马"治疗和预防马病，出"马医书"。而在高丽时期在济州岛设立的牧场特别出名，所以至今还传说要培养名马送济州岛的谚语。韩国的马政虽起步比中国完，但他青出于蓝而胜于蓝，更为精制。

马多情善感，爱憎分明。在中国《太平广记》卷435载《原化记》故事：江东人有马，待主极诚，其主饮酒沉醉"从马上倚着一树而睡，久不动"，马为主人安眠而累倒，病十余日。但此人竟不念情而卖出此马，后重遇，马乃愤而践啮之。同书卷436载《三水小牍》故事：韦虐待马，马忍无可忍，狂奔将致其死，韦跳上一树，马乃啮树，树将断，韦跳入一井，马随入，同归于尽。在这里马是复仇的化身。而下列故事讲马救主报恩。《南史》卷53载《梁武诸子传》故事：有任焕者，因豫章王降魏溃败，人与马均受伤而故军至，任向马泣曰："骓子，我于此死矣。"马因跪其前脚，使焕得以上马乘之逃走。《太平广记》卷435载《渚宫》故事：东晋末，司马休之将被宋军包围，马忽连鸣不食，注目视鞍，如此数四，直到主人骑之外出，复急驰数里，去而获免。同卷载《原化记》故事：唐人韩晞养一马，某次，韩遭一客马袭击，此马掣断缰绳救主。同卷载《酉阳杂俎》故事：秦叔宝所乘马在主人死后嘶鸣、不食而死。岳珂《桯史·义验传》载马为主人完成未竟之功事，远过于一般的马救主故事。宋将玉成收得一匹病马，养之使壮，骑之参战，屡建功勋。后王成战死，此马守尸不去，为敌酋所得。某次战斗，此马竟载敌酋直赴宋阵，使之被擒。完成此事后，此马不食而死。《吴泉》还记载了三国人物孙坚讨伐董卓时，失利被创堕马卧草中，马回营鸣呼，众军人随马奔至草丛，救出孙坚。这与前面所述马救主人的故事并无二至。

在文人创作的文学作品里也有不少有关马与其主人的神秘故事。《三国演义》中刘备的马"的卢"、张飞的马"玉追"、吕布的马"赤兔"都是有名的护主救主的神马故事即是。正因为马通人性，尤忠于主人，所以人对马往往感情深厚。唐太宗一生征战，最爱六匹与之共生死的骏马，不但一一给它们起了名字，贞观十年(636)还亲自为每一匹马写赞文一篇，合之为《六马图赞》，令欧阳询以八分体书之勒石，同时作六马浮雕像，即后来立于昭陵的著名的《六骏图》。而这《六骏图》韩国高丽时期被高丽画家提及。

就在当代民间，关于马的报恩故事仍在流传。即鸦片战争之时，大将关天培扼守炮台，屡挫英军凶焰，英舰不得入江。然终因兵少援绝，炮台将陷。关天培身负重伤，自刎而死。关死后，他的坐骑不肯离开战场，坚守在他身旁，无论多少人去拉，也拉它不动，终至站立死去，轰然倒下。后来，人们在炮台附近为关天培筑墓，遂将此马同葬。在这段可歌可泣的悲壮故事中，马的刚义与人的英勇，可谓相得益彰。

在韩国也有这方面的故事。在韩国民间故事里有不少有关"义马坟"传说。在这些传说里马与主人同甘共苦或舍身救其主人。壬辰外乱时，有关朴将军英勇善战，战死沙场。而他的马把他驮到家以后死去。还有全南汝川郡开道里华山村的堂神话里福女刚开始看护有斑点的白马，不久他俩被分开，可"心有灵犀一点通"，最后双双死去的故事也属这类。

在中国与韩国马乃与英雄健儿相匹配。在中国古时豪侠少年也总是把马作为自己最好的朋友，从军出征离不开良驹骏马，为了换取良马甚至宁愿舍弃心爱的美妾。由此酿出许多著名的诗篇，如曹植的《白马篇》："白马饰金羁，连翔西北驰。借问谁家子，幽并游侠儿……"和见于《乐府诗集》(卷63)的多篇题为《白马篇》的续作。"爱妾换马"是自汉代淮南王以来人们喜写的乐府旧调。李白的诗"龙马花雪毛，金鞍五陵豪"(《白马篇》)，将少年英豪与白马摄于一幅，成为最标准的"人马相倚图"。而杜甫的《房兵曹胡马》则更把马赞美为可以托付性命的挚友："胡马大宛名，锋棱瘦骨成。竹批双耳峻，风入四蹄轻。所向无空阔，真堪托生死。骁腾有如此，万里可横行。"这些诗人的创作，固有其自身生活经验为基础，但与关于马的一般民间信仰不无关系。现看韩国民间故事里有关小孩将军的故事。在《横城马坟故事》里传说着有关马坟的故事。该故事里小将军出生时一龙马从龙沼里出来在山上来回奔跑，与小孩将军互相感应，共患难，休戚与共。在这里也可见马是与英雄相匹配的。

在中国有关马的传说最为大家熟悉的，无过于有关马头娘的传说。这个故事见于干宝《搜神记》的卷14。其大意为：太古之时，有一女，父亲远征在外，她独与一牧马在家。一日，此女谓马："倘迎锝父归，我愿嫁汝。"马即绝缰而去，果载其父归。女竟食言，此后，马不肯食，每见女出入，辄喜怒奋击。女与父共谋，杀马剥皮晾于庭。一日父外出，女经马皮，以足蹙之，并讥笑之，突被马皮卷裹上树，化为蚕。故相传马头娘为蚕神。此文首云"旧说"，说明它是干宝记录的古代民间叙事，其核心为马有神性，且裹女化蚕后仍得为神。

在这则故事中，马虽然有神性，能通人言，但它的欲望仅表现为行动而尚无言语的表达，到唐人《河东记·卢从事》篇（《太平广记》卷438）中，马竟能开口说话。故事说：卢从事饲养了一匹小黑马，五年来，黑马为之勤恳服役，从无差错。一天，那马忽然对卢说出一篇话，原来它本是卢的亲表甥，当年为卢经手买卖，因年少无行，吞用了卢的钱财，死后被罚变为马身以偿债。而今畜生之寿已尽，特告知卢从事，让卢赶快将其卖出，尚可多获银两。最后还吟诗一首："既食丈人粟，又饱丈人刍，今日偿还了，永离三恶途。"这故事主旨在于宣扬因果相报，有劝善诫恶之意，而所利用的模式，却向我们显示了马的神性。《太平广记》同卷所收《广异记·韦有柔》篇、《精神泉·吴宗嗣》篇也是类似的前世欠债，今生变马以偿的故事。可见此类故事流传颇广。《搜神记》卷13中还有一则马邑城故事也突出显示了马的神性。其梗概为：秦时筑城于武周塞，多次将成而崩。有马驰走，周旋反复，父老乃依马迹而筑，城遂成，即马邑城。这是说马在人困难时相助，表现出某种超自然的神力。

在民间叙事中，常有动物与人互变的情节，而在人所变的诸种动物中，马也是颇为常见的一种，如上面所说的卢从事故事中，就是典型的人变马。这类故事数量不少，除上举诸端外，如《太平广记》卷436所引《潇湘记》也属此类：益州刺使张全养一骏马，忽变为美妇，且曰因前生酷爱马，久之乃真变为马。偶自恨，泪滴入地，上帝令其变回为人。遂居于张家。十数载。忽求还乡，随即夏变为马，奔逸之。又，孙光宪《北梦琐言》卷1载：唐人刘三夏"能记三生事，云曾为马。"这是马变人。可见马人、人马可以互变互通的。

马温顺忠良，实用性强，很早就与人结缘。在中国早在几万年前出现人利用马的迹象。而韩国早在旧石器中后期遗迹里发现有许多种马骨。8)

马很早就被人们训服为家畜，忠心耿耿，任劳任怨。中国和韩国共识的成语"当牛作马"，还有中国的"牛马走"、"犬马之劳"、"马足车尘"、"马背船唇"等都借马为人的辛苦而形容人之辛劳奔走。

随着马与人的关系越来越密切马成为人们影射、抒情、言志的对象。如中国和韩国都以"走马观花"比喻粗枝大叶，草草了事。而中国以"马瘦毛长"形容人之穷困潦倒，描绘其人之外形憔悴、精神不振；"马齿徒增"表"人穷志短"又形容人之年华虚度，未有相应的成就。至于"老骥伏枥"、"好马不吃回头草"、"好马不备双鞍"和"瘦死的骆驼比马大"之类则是人们熟知的言志用语。《论语·宪问》"骥不称其力，称其德也"则马成了德的象征。而骏马、千里马则象征中国和韩国共识的奔腾、希望。

而无论在中国还是在韩国马成为悠久的绘画传统。在中国从古到今马成为主要的绘画题材。唐的韩幹(8世纪)；宋的李公麟(1049-1106)、近代的徐悲鸿(1895-1953)等专门画马成为画马大师。而在韩国三国时期的古坟壁画；高丽狩猎图9)；李朝时期《八骏图》、《十二骏图》、《骏马图》、《总马图》等各人画里可看到一脉相承的绘画传统。

马耐劳、耐跑在古代成为重要的交通工具。中国和韩国共识的"驿站"说明这一点。在中国人走的道路称"马路"，还有"马不停蹄"、"君子一言，驷

---

8) 朴喜现《旧石器时代－动物和植物》，《韩国史论》12，1983年。91-186页。

9) 据高裕燮《论高丽画迹》(《韩国美术文化史论丛》通文观，1966年，236-241页)的统计，高丽时期动物画中占最多的题材是马。

马难追"都表明马作为交通工具的用途。中国西南地区人们选择骡马组成马帮运输货物就说明马负重耐走。还有"老马识途"不仅说明马的灵性，而且表明马对所经过的路的非常记忆力。而在中国民间曾经流行的"行天莫如龙，行地莫如马。"俗语，乃是韩国有关李成桂为其比箭头跑得快的马立"驰马台旧基"的传说最好的注解。

因马的这种快速、敏捷在古代作为战事的主要工具投入战争。"千军万马"乃是中国和韩国共识的成语。而与战事有关带马字的一系列成语在中国多得不可胜数。例如，"马到成功"形容战事顺利，迅速获胜，在此马成为决胜负的关键；"一马当先"就象征战场上将军英勇无畏，身先士卒；"马足龙沙"描述将士驰骋边疆，扬威域外，马蹄践踏边远的龙沙之地；"马革裹尸"意味洒血疆场，为国捐躯；"马革裹尸还"则因战场无棺椁，正可见战士誓死战胜之决心；"马上功成"描述开国之君，在马上得天下。而与战事相反马又成为和平的象征。"马放南山"，就是天下太平，再无战事之意了。"万马奔腾"亦与之可通。马也就成了战争和平的象征。这在韩国李朝南怡将军"白头山石磨刀尽；图们江水饮马尽。……待到升平日，刀戈高高挂，洗马归田原"表大丈夫之志的诗句里也能看出来。在这里以"饮马"表斗志昂扬；"洗马"表太平盛世。而这些乃成为中国和韩国古代共识的传统审美意象。

如上所述，在中国和韩国对马一般持肯定态度。但也有一些否定意象。在中国人们的口头阐里就有涉及马的贬义之词。例如，"露马脚"、"马大哈"、"马马虎虎"等。可见在这里马是一种不精练的象征。在韩国也有对马的忌讳。例如，面相里脸长叫作马相，而这马相当作丑相。而把马年出生的女子当作命桀的祸水。

总之，马渗透到中国和韩国古代生活的方方面面。不仅官方，还有民间；不仅宗教信仰，还有世俗生活都有马的痕迹。

[完]

2002-12-16

关于目前我国大学"文学概论"课
几个问题的思考

[摘要] 从建国至今半个世纪来，我国大学"文学概论"教科书在有关"社会主义现实主义"和"两结合"创作方法问题；典型理论问题；"文学反映生活"问题；"生活是文学的唯一源泉"问题上一直显现出理论上的矛盾和学术态度上的雷同或模棱两可，并由此带来一系列的问题。

[关键词] 文学概论；创作方法；典型；反映；源泉

Concerning the current our country university "literature general outline" lessonConsidering of a few problems

Jin Hai-long Yu Shang-lei

(Normal Collegeof Yanbian University Yanji Jilin 133002, China)

1) 有关"社会主义现实主义"和"两结合"创作方法问题

从建国至今半个世纪来，我国大学"文学概论"教科书在有关"浪漫主义"问题上一直显现出理论上的矛盾和学术态度上的雷同或模棱两可。即有关作为创作方法[1]的"浪漫主义"和在"社会主义现实主义"里涉及的"浪漫主义"的概念规定及其解释不一致或相矛盾。

14院校《文学概论基础》编纂小组编的教科书里对浪漫主义概括为描写"美好的理想生活"、"人类应有的理想生活"，由此人物也按这种"理想化原则"塑造。[2]可见，浪漫主义该把现实里虽还没出现，但理应如此的理想化的生活当做现实来描写。中国古代文学史上的《桃花源记》、《西游记》、《杜娥冤》为其典型代表。

顺理成章，在"社会主义现实主义"章节里有关浪漫主义问题也该按这个逻辑展开，并具体说明宣告"社会主义现实主义"创作方法诞生的《母亲》及其应用这种方法创作的《钢铁是怎样炼成的》、《列宁》、《好！》等作品究竟怎样按"理想化原则"揭示生活塑造人物形象的。但该教科书里只是引用日丹诺夫在第一次苏联作家代表大会上演讲的一段话而已。即"革命的浪漫主义应当作为一个组成部分列入文学的创造里去，因为我们党的全部生活、工人阶级的全部生活及其斗争，就在于把最严肃的、最冷静的实际工作跟最伟大的英雄气概和雄伟的远景结合起来。我们党之所以始终是强有力的，就是因为它过去和现在都把加倍的实事求是精神和实际性，去跟辽阔的远景、不断前进的志向、为建设共产主义社会的斗争结合起来。苏联文学应当善于表现出我们的英雄，应当善于展望到我们的明天，这并不是乌托邦，因为我们的明天已经在今天被有计划的自觉的工作准备好了。"[3]总之，那是因为苏联人民的生活及其斗争与理想相联系，并未来早已由现实准备。

而以群等干脆直截了当地说，"当社会主义现实主义作家，满怀热情地去表现革命发展中的现实生活的时候，就不能也不应回避表现生活前进的方向－生活的理想。社会主义现实主义的作家本身，就应当是为理想而奋斗的革命的战士，能够在现实的革命发展中展示出生活的明天，像探照灯一样帮助照亮前进的道路"。只有这时"鼓舞起人们更大的革命热情和更坚定的革命信心。"[4]在这里以群等也主张"理想化原则"就是揭示"前进的道路"、"前进方向"。

而高尔基主张社会主义现实主义应当揭示"第三种现实－未来的现实"。但究其实这也就"要求作家具有革命的理想，从工人阶级所提出的远大目标的高度来观察过去和当今的事情。"[5]在这里所谓"第三种现实－未来的现实"也就是指要表现走向未来的生活的发展趋势。

法捷耶夫也表现同样的观点，即社会主义现实主义"不是把世界看做一成不变的东西，而是从历史的运动和发展的过程来观察世界的。因此社会主义现实主义能够更清楚地看到历史发展的先进因素，以及同时代的先进的人们，能够看到人类的明天。从这个意义来说，社会主义现实主义是包含着革命的浪漫精神，也就是对于那以现实的发展为基础的未来前途的革命的幻想。"[6]从以上论述中可知，我们中国学者硬跟随苏联的日丹诺夫、高尔基、法捷耶夫等观点，而不顾自己的真实观点。由此，理论上带来了前后矛盾。

对这一点没有比作品实际更能说明问题了。

众所周知，《母亲》揭示了19世纪末到20世纪初，随着马克思主义的传播，俄罗斯工人阶级为反对资本主义和沙俄专制统治而进行斗争的历史过程。即其主人公－母亲从未觉悟的平民百姓走向觉悟的坚定的无产阶级革命战士的过程。也就是说该小说表现了为理想而奋斗的现实过程，而并未直接表现具体的理想本身。此外，《钢铁是怎样炼成的》、《列宁》、《好！》、《铁流》、《毁灭》、《恰巴耶夫》也表现同样的情形。

日丹诺夫有关浪漫主义必然地包括在社会主义现实主义的云云就错了。而我们中国学者50年来一直硬随声附和，这到底是怎么回事呢？

浪漫主义具有否定现实，表现该如此的生活的特点。可是，现实主义以生活本来的面貌真实地反映生活。由此看来，对生活的真实描写或对生活的否定与对生活加以理想化描写直接相结合以一个现实故事和人物性格的现实发展过程来表现是不可能的。所谓理想化的生活无论在怎样的现实状态下都只以理想本身形式存在。

所以，作家们把现实主义与浪漫主义相结合时只能借神话传说、天堂、地狱、幻生、变形、梦、想象、幻想等手段。这是作家们常用的手段。

在现实主义里描写现实时也可看到揭示理想或前进方向的特点。这是因为现实人无论谁都具有自己的理想。

可见，不用那些常用手段，而把现实的写实描写与所谓浪漫主义描写相结合的企图往往陷入像大跃进时期那样虚幻地美化现实的现象。

所以，"革命现实主义和革命浪漫主义相结合的创作方法"作为创作方法针对丰富多彩的现实生活是无能为力的。从文学诞生以来究竟有多少以这种"两结合"创作方法创作的呢？

作家创作机制在于创作冲动。而创作冲动并不是都具有这两种要素的。

但我们一直硬要描写这两种要素，好像生活本身具有这两种要素似的。所以作家们违心地应和这一主张进行创作陷入概念化、公式化。社会主义现实主义进一步强调要对劳动人民进行社会主义教育，使创作更加陷入概念化、公式化。

从这个角度来看，现在再也没有必要把"两结合"及社会主义现实主义创作方法作为国家正统的创作方法加以宣传推广。

生活是丰富多彩。作家的创作个性也是丰富多彩。人们的审美趣味也是丰富多彩。所以创作方法也该丰富多彩。社会主义社会的创作方法该更加丰富多彩。

但，我们在1953年9月，第二次中华全国文学艺术代表大会上把"社会主义现实主义"规定为"文艺创作和评论的最高原则"，1960年，第三次中华全国文学艺术工作者代表大会上把"革命现实主义和革命浪漫主义相结合"的创作方法规定为我国文学艺术创作的"最优秀的创作方法"。与此同时用此创作方法代替"社会主义现实主义"。于是一直到1978年党的十一届三中全会为止"两结合"创作方法唯我独尊。但到1979年10月，开第4次文学艺术工作者代表大会，才提倡创作方法的多样化。

所以一般评论文学作品时都以这"两结合"创作方法为尺度。例如，蔡仪在自己写的《文学概论》里评价《红岩》说，"这部作品是…… 在总的规模上也具有历史的真实性，然而所描写的英雄人物和斗争事迹，又都体现着高度的革命理想。可以说，这还是革命现实主义和革命浪漫主义相结合的胜利成果。"[7]但其实在《红岩》里并没有描写革命胜利以后的那理想社会、理想生活。

2) 有关典型理论问题

现在我国大部分文学理论里都把典型当做个性和共性的统一。从哲学抽象来看，无论世上什么事物都是个性和共性的统一。人也不例外。但黑格尔说，"每个人都是一个整体，本身就是一个世界，每个人都是一个完整的有生气的人，而不是某种孤立的性格特征的寓言式的抽象品。"[8]如果在这里把作为"有生气的"、"一个整体"、"一个世界"的人以个性加以抽象，以一般性加以抽象的话，会把"有生气的"整体、"有生气的"世界蒸发掉，只剩下没有形体的抽象的概念。我们就是动辄不知不觉中给学生、作家灌输了不少以这种方式、以这种概念的方式反映什么的。这怎么不出现概念化、公式化作品呢？其实作家该用作为"有生气的"整体、"有生气的"世界的具体的人来说话。

我们一直以下列权威性人物的言论为根据把典型理解为某种"代表"。恩格斯说，"主要人物是一定阶级和倾向的代表，因而也是他们时代的一定思想的代表。"[9]别林斯基说，"典型的本质在于：例如，即使在描写挑水人的时候，也不要只描写某一个挑水人，而是要借一个人写出一切挑水的人。"[10]高尔基说，"假如一个作家能从二十个到五十个，以至几百个小店铺老板、官吏、工人中每个人的身上，把他们最有代表性的阶级特点、习惯、嗜好、姿势、信仰和谈吐等等抽象出来，再把它们综合在一个小店铺老板、官吏、工人的身上，那么这个作家就能用这种手法制造出'典型'来－而这才是艺术。"[11]

以上这些言论把典型创作更加趋于概念化。所以有一段时间主张一个阶级、一个阶层只有一个典型、一个代表。由此所谓典型化也趋于极端化，把好人塑造成极好，把坏人塑造成极坏，出现严重的概念化现象。

针对这些情况，我们有必要记住歌德有关塑造艺术形象的话语。即"艺术的真正生命正在于对于个别特殊事物的掌握和描述。到了描述个别特殊这个阶段人们称为'写作'的工作也就开始了。"[12]"在特殊中显出一般"就是"从有限见无限，言有尽而意无穷"的境界。[13]

可见，歌德认为文学应当借个别的东西表现一般的东西。这也可看做创造生动的典型的秘诀。

3) 有关"文学反映生活"的问题

我们一直说"文学反映生活"的。是否妥当？从意识反映存在的角度来讲，这话是对的。但从另一个角度来讲，这话可有商榷的余地。作家反映生活不是被动的，而是主动的。诗人所描写的自然并不是自然原生态的。诗人以感情为动力加以取舍选择并加工提炼，使之成为主体化。没有诗人感情的投入是成不了诗的。当然，首先庐山瀑布引起李白的诗兴，使李白创作有关庐山瀑布的诗。但是如果没有李白的诗兴，即兴致勃勃的诗兴的话，也就不能出现《望庐山瀑布》这个名诗。从这个角度可以说作家主体因素是关键的。

当然，生活给作家提供原生态故事、主题、艺术手法。但即使这样生活本身并不是小说。生活之所以能变成小说，是因为经过作家的审美发现和取舍选择、概括、构思等功夫的。一句话，没有作者的审美理想等主观因素的渗透是不可能的。

这种作家的能动性表现可谓举不胜数。

所以有的文艺学家就主张，"文学作为反映，是被动反映与能动反映的统一。"[14]但这还不够。我们必须强调文学创作过程中作家的决定作用。当代瑞士著名心理学家皮亚杰(1896年-1980年)在其著书《发生认识论》里指出，认识并不是象传统心理学里所强调的按"刺激－反应(S-R)公式发生，而是按"S-(AT)-R"逻辑发生。在这时S表示一定的刺激；A表示同化；T表示认识主体已有的认识结构。也就是说，人类认识是一定的刺激被认识主体已有的认识结构同化以后才进行的。[15]在这里所谓同化指主体无论对何种刺激都按自己的心理结构和文化结构进行取舍选择、过虑、加工、综合的过程。

皮亚杰认为这种"同化才是引起反应的根源。"[16]所以对刺激的整个反应都带有主体心理机制的规定性。例如，对同样的一个电影小学生只讲其主人公好坏的话，大学生会进一步追究艺术形象的真实性与否。可见，人们对刺激只能按自己心理、认识方面的准备程度来接受。

移情是以客体的形态特征为根据的。可是客体的情感性质是由主体情感的性质所决定。

魏巍以20来个材料组织《自豪吧，祖国！》。这些材料可算"最生动"的材料，但该"作品"没能得到发表。因为该作品只成为材料堆或流水帐，没能成为真正的文艺通讯。但在这些材料中选三个典型的材料，写出了表现志愿军战士高尚的思想境界的名著《谁是最可爱的人》。这给我们提示什么呢？这说明成功与否乃在于艺术技巧。可见，一个作品能否成功，最关键的因素就在于作家。

作家是在现实生活中受不吐不快的强烈感受进入创作的。即作家的创作目的乃在于抒写自己的感受。作家是不仅把客体加以情感化、主体化，而且把自己的主体加以对象化时，才能创造具体生动的感人艺术形象。只有这时客体才成为作家认识自己、表现自己的描写对象。莫泊桑说，"无论在一个国王、一个凶手、一个小偷或者一个正直的人的身上，在一个娼妓、一个女修女、一个少女或者一个菜市女商人的身上，我们表现的，终究是我们自己，因为我们不得不向自己这样提问题：'如果我是国王、凶手、小偷、娼妓、女修女、少女或菜市女商人，我会干些什么，我会想些什么，我会怎样地行动？'"[17]由此看来"文如其人"是一条真理。但我们一直似乎以为作家的创作目的只在于反映生活，由此，总认为"文学反映生活"。如上所述，其实这是不附合创作实际的。所以我们应该尽量避免"文学反映生活"之类表现法，而采用表现作家能动性和决定作用的术语或表现法。例如，"作家塑造形象了"啦；"诗人抒发思想感情或创造意象"啦等等才符合创作实际。

4）有关"生活是文学的唯一源泉"问题

在我国"生活是文学的唯一源泉"一直认为是绝对真理。生活是文学的源泉，这没错。但生活并不是唯一的源泉。为什么呢？因为人间生活以外自然界还可成为源泉。对此，一些学者提出自然界也是生活的一部分的观点。其根据如下。

第一，山水花草等自然现象无论多么清高飘逸、洒脱淡泊，似乎与人类绝缘，但只要与作家的感情相融合就转化为生活化。对此，傅隆基讲得更明确。"专以自然界的山水花草、鸟兽虫鱼作为描写对象，似乎不反映人的…… 所有那些风景诗、咏物诗带有诗人的感情色彩，是诗人借客观景物以表现主观的'情'、'志'。而诗人的'情'、'志'从根本上说，又来源于现实的生活和斗争。"[18]

第二，因自然界人化而成人间生活。

这不对。当然，自然物可以成为作家抒发感情的承载物或人间生活的某种象征物。但这些自然物并不直接成为人间生活。假如，不这么看问题的话，整个宇宙不就成为人间生活吗？因为宇宙的一切存在都可以成为文学家、特别是诗人感情的承载物。

所谓自然的人化指通过人的社会实践自然界刻有人类活动的烙印，进而显示人的本质力量。由此，人们通过感性直观在这些对象世界里发现自己、肯定自己，得到审美喜悦。

但并不是这些对象世界本身成为人或人间生活。只是以得到改造的感性形象显现人的愿望和智慧及实践能力等人的本质力量而已。马克思主义美学就是以这种自然的人化（或对象化）来阐明了美的本质。也就是说阐明了为什么对象世界乃至整个宇宙变成美的东西；人们为什么把对象世界看成美的东西的最一般的原由。例如，当我们把光秃秃的山转变成绿油油的同时，从这个绿油油的山上可感到我们自己改造自然的智慧、能力和极大的自豪感和满足感。

这些就是审美喜愉即美感。可见，人们把对象世界加以人化而使之成为美的东西。但只是如此而已，对象世界并未成为生活化。众所周知，美与生活并不是同义词。车尔尼雪夫斯基"美是生活"的错误在此不必多加说明。

至于美与生活不可能成为同义词，这在人类美意识的发展过程中早已得到证明。人类过狩猎生活的原始初期只会用狩猎物打扮自己，而不会用奇花异草打扮自己。只有到了农耕时期才用植物打扮自己。而直接欣赏动物之前，仅仅达到只借自然界的奇花异草比喻人类自己的德行而已。即比德而已。比德出现于周秦以后。由此，歌颂自然美本身而抒发情感的"畅神"只盛行于晋宋以后。

人类对自然界的审美意识是从无到有、从低级到高级逐渐发展而来。而人们的生活早已有之，先于审美意识的。所以美与生活是不能同日而语的。

所以我们反对借对自然的人化把自然界本身当成生活或认为自然和生活形成一种"内函的整体性"[19]的观点。

总而言之，从上述理由我们不能同意"生活是文学的唯一源泉"观点。

注释：

(1)现一般以"文学类型"命名。

(2)14院校. 文学理论基础. 修正本. 上海：上海文艺出版社 1985. 250-251。

(3)14院校. 文学理论基础. 修正本. 上海：上海文艺出版社 1985. 255。

(4)以群.主编. 文学基本原理. 修正本. 上海：上海文艺出版社 1980. 275-276。

(5)以群.主编. 文学基本原理. 修正本. 上海：上海文艺出版社 1980. 276。

(6)答巴西进步报纸记者问. 载于苏联作家论社会主义现实主义. 276。

(7)蔡仪.主编. 文学概论. 北京：人民文学出版社. 1981. 264。

(8)黑格尔. 美学. 第一卷. 上海：商务印书馆. 1991. 303。

⑼东北地区10院校中文系编. 写给拉萨尔的信. 载于马克思恩格思列宁斯大林文艺论著选讲. 1974. 199。

⑽我们俄罗斯人摹写自然的作品. 载于别林斯基论文学. 225。

⑾关于我的创作学习. 载于文学论. 第2卷. 北京：人民文学出版社. 1981. 216。

⑿爱特曼. 辑泉. 歌德谈话录. 北京：人民文学出版社. 1978. 10。

⒀朱光潜. 西方美学史. 下卷. 北京：人民文学出版社. 1979. 415、417。

⒁董庆炳. 主编. 文学理论教程. 北京：高等教育出版社. 2002. 63。

⒂高原敷. 主编. 西方近代心理学史. 北京：人民文学出版社. 1982. 433。

⒃皮亚杰. 发生认识论原理. 北京：北京大学出版社. 1981. 61。

⒄欧美作家论现实主义和浪漫主义. ⑵社会科学出版社. 1981. 237。

⒅傅隆基. 主编. 文学概论. 北京：高等教育出版社. 1988.4。

⒆董鹤文、张永纲. 文学原理. 北京：北京大学出版社. 2001. 64。

參考文獻

[1] 以　群. 主编. 文学基本原理[M] 修正本. 上海：上海文艺出版社 1980。

[2] 蔡　仪. 主编. 文学概论[M] 北京：人民文学出版社. 1981. 264。

[3] 14院校. 文学理论基础[M] 修正本. 上海：上海文艺出版社 1985。

[4] 傅隆基. 主编. 文学概论[M]. 北京：高等教育出版社. 1988.4。

[5] 董鹤文、张永纲. 文学原理[M]. 北京：北京大学出版社. 2001. 64。

[6] 董庆炳. 主编. 文学理论教程[M]. 北京：高等教育出版社. 2002. 63。

《延边大学学报》2003. 1.

*本论文与金海龙教授共著

从巫俗原型质看朝鲜古代建国始祖神话

巫俗作为原始咒术宗教现象成为愿古朝鲜人的一种信仰体系。巫俗当然是在精灵说、灵魂说、图腾崇拜等杂然的思想观念、信仰片鳞的基础上利用自然乃至征服自然的原古人类主体性更加觉醒的产物。巫俗从内在最本质特点上契合于人类本然的生命意识及冲动。所以，它并不是只限于原古朝鲜人的一种文化现象，而是横贯东西南北形成巫教时代的一种泛文化现象。10)原古朝鲜人的巫俗属于以西伯里亚为中心的东北亚萨满教圈11)。

原古朝鲜人信奉巫俗形成祭政未分的氏族乃至部族。现传古代文献上看到的扶余的"迎鼓"、脉的"舞天"、高句丽的"东盟"等进行祭天仪式的国中大会就是明证。此时，巫俗作为原古朝鲜人的社会指导理念之一，渗透到社会的各个领域支配着人们的思考方式及其价值观。从三国时代12)开始巫俗被相断而来的佛教、儒教、仙教(包括道教)等更高层次的外来宗教所冲击逐渐搀下社会正统地位。有关新罗第二代王南解王次次雄方言谓巫，而次次雄使其妹阿老主祭等记载中可看到这一点。但，巫俗并没有消失掉。它作为历史必然性产物的既成文化形态，具有顽强的历史延续性和超常的历史再生力。即使它赖以生存的经济基础被变革，它还可以幻化为一种民族精神，积淀在民族的文化心理结构，潜沉在民族的潜意识之中，形成人与文化精神的互相占有。由此，巫俗作为历史必然性产物的那些合理部分，

---

10) 对此学者之间不是没有意见分歧。本论文随中国社会科学院何新在《文艺学的符号学阐述》的观点。
11) 萨满教为巫俗的世界性学名。所以巫俗该叫巫教。但本论文考虑到巫教在朝鲜已成为一种民俗信仰，并且一般叫作巫俗的情况下乃沿用巫俗之称。
12) 在此指朝鲜新罗、高句丽、百济三国鼎立时期。

不但可以得到"遗传"，而且在适宜的现实环境的激发下常常得到显现乃至发扬光大。这从巫俗与佛教、儒教等外来宗教融合过程中表面上标举外来宗教，而其内部却完好无缺地保持自己的真面貌的特点里能看出来。还有在那儒教一统无下的李朝500年里巫俗无论怎样受到排斥打击也顽强地保持自己的命脉，源源流长，至今不衰的情形里也能看出来。

本文所谓巫俗原型质就是指作为历史必然性产物的巫俗的那些基本思考方式及其价值观，即构成朝鲜民族文化心理结构乃至内心最深处的集体无意识的基本思考方式及其价值观。

朝鲜古代建国始祖神话[13]乃是原古朝鲜人进入部族国家时的产物。朝鲜古代建国始祖神话作为神化部族国家始祖的神话，其神化的基本出发点也就落在巫俗的那些基本思考方式及其价值观上。因此，巫俗的那些基本思考方式及其价值观与这些朝鲜古代建国始祖神话具有内在的必然联系。所以，对朝鲜古代建国始祖神话只有从巫俗原型质进行观照，才能进入到内在最深层的崭新解释。

有关巫俗与朝鲜古代建国始祖神话的问题，在学术界不是没有涉及到。例如，崔南善的《檀君论》；金宅圭的《有关堂骨组织的逆源思考》；金烈圭的《韩国神话与巫俗研究》；柳东植的《韩国巫教的历史与结构》；朴晟义的《韩国文学背景研究》(上)；金圣外的《韩国巫教的综合考察》；玄容骏的《试论韩国神话结构》；徐大锡的《韩国巫歌研究》等等。这些研究资料殷实，见解独特，但，好多研究只是从建国始祖神话中找巫俗的片鳞，特别是把建国始祖神话当作巫俗祭仪的口述相关物，进行考据考证找出它们之间的相关点而已。它们还没有从巫俗的基本思考方式及其价值观，即原古朝鲜人的集体无意识角度从整体上观照这些建国始祖神话，找出它们之间的内在本质联系。鉴于学术界的这一情形，本文试图开垦这一片处女地，抛砖引玉，以此谨冀后来者居上。

为了便于论述笔者的观点；便于把握上述的所谓原型质，有必要先引进

---

13) 主要指在朝鲜《三国遗事》、《三国史记》等古代文献里记载的文献神话。

原型模、原型场、原型态这三个概念。所谓原型模作为构成原型质的基本内容，相当于"先天塑造力和形式组织力"(荣格语)。它植根于集体无意识深处，没有具体可感的形式，也不被人们意识到，但却制约和决定着原型质呈现的具体形态。而原形场指的是原型模存在的特定环境。原型场由生理场、心理场、文化场三个层面构成。这三个层面存在着互动关系，文化场层面对其他两个层面而言处于支配地位。因而，一个原型模所实现的原型场，在很大程度上视文化场层面的性质而定。因此，在本文里对原型场进行考察时，主要侧重于文化场层面。而原型态指的是某些原型模的既定表现形态，也即荣格所说的原型的第一层含义。原型态一般以一些具体可感的意象或情节单元的形式出现，它能够为人们的意识所察觉和接受。现将原型质、原型模、原型场、原型态之间的相互关系，示图如下：

原型场

原型质……→原型模————→原型态

从上图中可以看到本文的逻辑展开就是巫俗原型质的原型模通过怎样的原型场表现为怎样的原型态。

(1)

巫俗原型质最基本的原型模之一，乃是现世人生主义。表现为以人为中心，而不是以神为中心；以人世为中心，而不是以神世为中心。这在朝鲜民族巫堂[14]为听供手(即神的启示、指导。音译・笔者译)把神引入现世的特点里也能看出来。它不仅从现世人生出发，而且以现世人生为归宿点。它

---

14) 即巫俗的主祭人。

所要关注的是一个人怎样平平安安地来到这个世上，过上五福俱全的安乐生活，最终乃寿终正寝的问题。正因为如此，在巫俗世界里那些在现实生活里不得所愿而夭折的人们成为冤枉的游魂而不得其所。就连抚慰这些冤魂的死灵祭本身也最终乃指归于利现实人生。就巫俗来说现世人生本身就是自豪的，令万物羡慕的。所以，它不求来世的精神救援，而求现世人生的物质救援而已。它的来世观念不也在求作为现世人生的延续形态的那种福乐吗？就这一点上它与佛教、基督教等高等宗教相去甚远。就基督教而言，它把人的出生本身看作是带着原罪，而把现世人生看作是对这种原罪的痛苦的赎罪。由此，它否定人，反现世人生，只求来世的精神救援。

巫俗原型质的这种现世人生主义也就成为远古朝鲜人的集体无意识原型摸。当进入创建部族国家统一的社会意识形态的王朝社会原型场时，远古朝鲜人就是在巫俗原型质的这种原型摸的"先天塑造力和形式组织力"的强有力的作用下神化王权的。由此，朝鲜古代诸部族建国始祖神话也就天然地具有巫俗原型质的这种原型模印痕。

朝鲜古代建国始祖神话以人为主体、以现世为中心的"人本主义"原型态，充分体现了巫俗原型质现实人生主义集体无意识原型摸。朝鲜古代建国始祖神话作为神话毕竟不乏尊贵的神，但这些神以各种不同的形式在为人。或屈尊下降，或派遣人杰…… 请看《檀君神话》。众所周知，《檀君神话》作为古朝鲜[15]建国始祖神话，是朝鲜民族最古老的神话。《檀君神话》就是以人为中心，神在下降、动物在化。神桓雄在天，"数意天下，贪求人世"。而其父光明神－桓因则"知子意"便派往三危太伯，"宏益人间，在世理化。"而地上动物虎熊也愿化为人向神桓雄求愿。当熊化为女人还要结婚生子以便完成女人的使命时，神桓熊化为人与之奏出了人的诞生曲。这种神化为人，动物变为人而诞生出人的神话在世界范围内也是不多见的。《檀军神话》也就最充分地体现了巫俗原型质的现实人生主义原型摸。朝鲜古代建国始祖神话是在神助人杰诞生的神人和合的融洽氛围中开始了人类社

15）朝鲜第一个奴隶制国家。

会。这与欧洲《旧约》的《创世纪神话》形成鲜明的对比。《创世纪神话》中人犯原罪，被神驱逐的神人相冲突的杀伐氛围中开始了人类社会。朝鲜古代建国始祖神话里的人是幸运的。他们是在神的祝福中迈开了人生路。那些建国始祖诞生时禽兽不也在欢跃吗？可是，欧洲的《创世纪神话》乃至以罗马为首的诸建国始祖神话的人是不幸的，他们是在神的诅咒中迈开了人生路。

对朝鲜古代建国始祖神话、特别是《檀君神话》的这种现实人生主义特点，韩国的李御宁在《神话中的韩国人》、张德顺·郑炳昱·李御宁共著的《古典之海》中都有所论及。但他们只限于现象学的分析，还没有从内在深层根源上分析出所以然。对朝鲜古代建国始祖神话里的这种神为人的"人本主义"特点的形成，当然要看到那些王朝社会意识形态领域的组织者的人为痕迹－历史人物的神化。但，我们更应该从内在深层根源上看到巫俗原型质的现实人生主义作为原古朝鲜人集体无意识原型摸的"先天塑造力和形式组织力"的强有力的制约作用。其实，朝鲜古代建国始祖神话只有以这种巫俗原型质的现实人生主义原型摸的原型态形式出现，才能得到普遍的共鸣，永久不衰的。

纵观朝鲜古代诸建国始祖神话就会发现巫俗原型质的现实人生主义原型摸的具体表现－原型态是有所不同的。其原型态表现越来越趋于抽象性特点。也就是说早期《檀君神话》式的那种具体的神在下降、直接为人的特点，在后来相继出现的诸建国始祖神话里随着神的因素的逐渐被淡化表现为托白马、鸡龙、飞鸽、蛙等间接的象征性形象。这也反映了神话的一般演变过程。

朝鲜古代建国始祖神话的这种现实人生主义的"人本主义"特点根深蒂固。从表面上看那些建国始祖们最终乃升华为神远离人世，可实质上他们并没有远离人世，而与人世更近了。他们不是成了守护神时时在守护着现世生灵吗？《檀君神话》的檀君最终不就升华为阿斯达山神永久地守护着子孙万代吗？[16]原古朝鲜人这种巫俗原型质的现实人生主义集体无意识原型模在朝鲜民族的民间文学－传说、民谭等好多作品里得到原型态表现。朝鲜古代民谭里动物变人的居绝大多数就是明证。也就是说朝鲜古代民谭里动物大多贪求人世而愿化为人。这与西欧民谭里受诅咒的人变动物的居绝大多数形成鲜明的对比。17)

　　如上所述，巫俗原型质最具现世人生主义特点。巫俗为了现世人生的趋利避祸，不择手段。它把连神也"亵渎性"地降低为一种追求物质性享受的工具性东西。巫堂的咒术魔法典型地体现了这一点。巫俗是万神殿。产神、财神、寿神……不知其数。18)人生的每个关头都有这些神在保佑着。这与佛教、基督教等高等宗教使人匍匐在神面前求得精神的解脱形成鲜明的对比。由巫俗原型质的这种现世人生主义作为自己的集体无意识原型摸的原古朝鲜人也就形成了急功近利的现实功利主义价值观。这在朝鲜古代建国始祖神话里表现为对能立即兑现为现时功利的魔力与狡诈之类的推崇。那么先不谈对解慕漱施魔法胜河伯；朱蒙马鞭一挥鱼鳖搭桥，其子腾空而上等具有肯定性价值的魔力的推崇，就看看那些对明显具有非道德性质的魔力和狡诈的推崇吧。例如，解慕漱强暴柳花、始乱终弃；朱蒙用咒术夺宋壤的都城；脱海诈夺房屋等等。在这些建国始祖神话里无论是对具有肯定性价值的魔力，还是对具有否定性价值的魔力和狡诈都作为"神力"倍加推崇。从这里我们可以看到受巫俗原型质急功近利的现实功利主义集体无意识原型模限制的原古朝鲜人历史意识、社会公共道德意识觉醒得晚、觉醒得不彻底。这与中国古代神话、特别是建国始祖神话形成鲜明的对比。原古中国人历史意识觉醒得早、社会公共道德意识觉醒得彻底。于是当他们进入建立部族国家统一的社会意识形态时，已经形成了以伦理道德为本位的"天命观"。他们基于这种"天命观"把历来的许多有关神的神异的故事"脱胎换骨"成有关历史人物的"真实"的神话。在此过程中形成了一

---

16) 新罗文武王死后变为东海护国龙守护新罗的传说也说明这一点。

17) 韩国朴晟义在《韩国文学背景研究》(上)中论及(67页)。

18) 据韩国金泰坤的统计朝鲜巫俗里大概有372个神。

种具有长远时效性的崇德排力的倾向。例如，在中国古代神话里半人半神具有很高德性的"三皇五帝"高高在上，受人崇敬；而像后羿之类具有无穷的力和能力的勇士则只能当"三皇五帝"的补佐官。还有像桀这样原来具有无比勇力的狩猎宗族的英雄在神话的以伦理道德为本位历史化的过程中，被塑造为与人为害的暴君的典型。

　　从以上简略的比较中可以看到朝鲜古代建国始祖神话崇力(即魔力和狡诈)；而中国古代始祖神话(包括建国始祖神话)崇德。但这不是绝对的。在这里引起我们注意的是朝鲜古代建国始祖神话的崇力倾向并不是整个朝鲜古代建国始祖神话的特点。在有关桓君、赫居世等神话里并不能看到对力的推崇，反而能看到对德的推崇。虎败熊胜、新罗六部族的和白制度[19]即是。按现今流行的学者们的一般观点来看，朝鲜古代建国始祖神话分为南北两大系统。北以高句丽为代表；南以新罗为代表。北方系统多体现为以对立、争斗为内容的对力的推崇；而南方系统多体现为以和白融合为内容的对德的推崇。那么应该怎样解释这种现象呢？当然我们要从形成这些建国始祖神话的各自不同的当时的复杂环境－原型场着手。当时原型场中那些政治氛围(即和平或战争等)、文化类型(即农耕或游牧等)等因素对这些建国始祖神话的形成往往起凌驾于一切的决定作用。那些所谓巫俗原型质的集体无意识原型模也就在这些政治、文化因素的决定作用下抑或得到表现抑或得到压抑。由此可以推知，原古朝鲜人巫俗原型质的那种急功近利的现实功利主义集体无意识原型模在富于冒险、冲突、战争的政治氛围和游牧文化特征的北方系统诸部族建国始祖神话里充分地实现了自己的原型态，而在富于安稳、融洽、和平的政治氛围和农耕文化特征的南方系统诸部族建国始祖神话里其原型态表现大多受压抑。

---

19) 朝鲜原古新罗的一种富于原始民主味道的议和政治制度。

(2)

大多学者一般都认为朝鲜古代建国始祖神话的卵生话素乃是其最显著的特征之一。那么，神圣的始祖为什么由卵而生出呢？现行的通常解释认为圆圆的卵形象征着圆圆的太阳，所以由卵生出乃是由太阳出生。这是从远古朝鲜人的太阳崇拜出发进行解释的。从好多考据考证、逻辑推理来看这是很有道理的。但，对此我们是否能进行新的解释呢？只要从形成远古朝鲜人集体无意识的巫俗原型质的卡奥斯(Chaos)→考斯莫斯(Cosmos)原型模出发，不但能进行新解，而且至少能对太阳崇拜说进行补充说明。

从济州岛巫歌《初甘祭》；咸镜道巫歌《创世歌》；扶余地域巫歌《灶王祭》；群山地域巫歌《子头书》等一系列朝鲜民族的巫俗开辟神话里可以看到巫俗把宇宙的始源看成是无始无终、无形无状、混蒙一片的混沌－－卡奥斯(音译·笔者译)。那么，建国始祖神话里的那些卵是否是这个混沌－卡奥斯的神话原型表象？是的。蛮可以做这种解释。你瞧，透过卵的外壳我们不也感受到一种混蒙一片、无形无状、无始无终的那种混沌－卡奥斯吗？巫俗的混沌－卡奥斯只要时候一到就天地自然开，宇宙秩序－考斯莫斯(音译·笔者译)由此而诞生。在建国始祖神话里其卵不也是水到渠成、始祖诞生，真正的人类社会由此而生吗？从这里可以看到始祖的诞生与宇宙秩序的初开具有同构性，其重演着宇宙秩序的初开。即，

异质同构

卡奥斯－－→考斯莫斯＝＝＝卵－－→始祖诞生

这就意味着这些始祖的诞生与宇宙秩序同开始。其实，这些卵及其始祖诞生就是远古朝鲜人巫俗原型质的卡奥斯→考斯莫斯集体无意识原型模在神化始祖的原型场里的一种原型态表现。当然，卡奥斯→考斯莫斯集体无意识原型模在实现自己的原型态时，也受到了原型场里的心理场即当时朝

鲜人太阳崇拜信仰的影响。因此，原古朝鲜人的卡奥斯→考斯莫斯集体无意识原型模就是在神化始祖的文化场与太阳崇拜信仰的心理场有机构成的原型场里以富于原初宇宙象征意味的卵→始祖诞生的最佳形式实现自己的原型态。

　　朝鲜古代建国始祖神话最基本的框架型话素为天地意象结合型。例如，《檀君神话》式的桓雄(天)+熊女(地)=始祖诞生(人)。上述的卵型话素究其实乃是这种天地结合型话素的一种变形。我们对这种天地结合型话素向来以天父地母、原初象征之类来笼而统之地泛泛而论。其实，对之只要我们以上述的巫俗原型质的卡奥斯→考斯莫斯集体无意识原型模进行考察，就能来个具体的深层次的新解。朝鲜古代建国始祖神话里天地已开，宇宙秩序已成。但始祖尚未诞生。原古朝鲜人为了使始祖诞生把天的意象和地的意象结合起来。天的意象和地的意象的结合，也就意味着天地的结合。而天地的结合乃意味着混沌－卡奥斯。巫俗的一系列开辟神话里由混沌开辟天地，宇宙秩序由此而生，正好反证了这一点。由此看来，从天的意象和地的意象的结合中诞生，也就意味着从混沌－卡奥斯中诞生。这就与上述的卵型话素走到了一起。从卡奥斯中开辟出宇宙秩序－考斯莫斯，而建国始祖正好从卡奥斯中诞生，这就意味着建国始祖的诞生与考斯莫斯的诞生同样悠久、具有同等的意义。朝鲜古代建国始祖神话里天地已开，甚至人文已开，一切的一切准备就绪，就等建国始祖的诞生。建国始祖的诞生意味着新宇宙、新人文的开始。因此，朝鲜古代建国始祖神话里始祖只能由天地结合型乃至卵型的卡奥斯中诞生，且其诞生时又是那么神异鬼秘。从以上论述中可以看到朝鲜古代建国始祖神话里天地结合型话素，其最深层的根源上乃是巫俗原型质的卡奥斯→考斯莫斯集体无意识原型模在神化始祖的原型场中的一种原型态表现。

*** *** ***

以上就是笔者从巫俗原型质所看到的朝鲜古代建国始祖神话的一些特点。现把上述内容示图如下：

神化始祖的原型场

⑴现世人生主义原型模————→"人本主义"原型态

巫俗原型质→思考方式及其价值观

神化的始祖原型场

⑵卡奥斯→考斯莫斯原型模————→卵型及其天地结合型原型态→急功近利的现实功利性原型态

笔者毕竟是初涉把巫俗当作一个原型质从整体上观照朝鲜古代建国始祖神话。所以，未免有武断、勉强和疏漏之处，谨请专家学者批评指教。

[完]

2003-9-1

参考書目：

① 韩国·金泰吉，《从小说里看到的朝国的价值观》，一志社 1977。
② 韩国·赵东一，《韩国文学通史》(修改本，1-5)1，知识产业社 1989。
③ 韩国·金尹植，《韩国文学的现场》，集文堂 1998。
④ 朝鲜·《朝鲜文学史》(全5卷)，社会科学出版社 1991。

试论中国与日本古代文论

　　近代以前，在漫长的历史过程中，日中文化和文学形影不离，日本文化和文学创作始终没有脱离过中国文化和诗学的引导和深刻影响，所以不应过高估计日本文学的独立性和独特性。在此古代概念依中国与日本一般古代文学史说法可理解为从远古神话、传说开始到近代的时间期限。中国与日本的神话、传说时代因年代的久远不好确定确切的年代，可至于古代的下限线还是好确认的。即中国开始沦为半封建半殖民地的1840年阿片战争，日本以走向近代化的1868年明治改革为下限线。在本论文里就中日古代文论的相互关系分宏观论和微观论加以论述。在宏观论里主要据曹顺庆先生的研究成果从整体角度就"中国古代文论的批评方式对日本古代文论的影响"；"中国古代作品鉴赏方式对日本作品鉴赏方式的影响"；"中国古代文论对作品内容与形式的批评影响了日本的文论及其批评"；"中国文论的审美追求影响了日本诗歌的审美境界"问题论中国古代文论对日本文论的影响。在微观论里主要据赵乐生、姜文清.张小钢等先生的研究成果从具体文论家及其作品的授受关系角度论中日文论的相互影响；在日本文论的独创性里谈日本文论虽受中国文论的影响但不失日本面貌的特点。

宏观论

　　明治维新以前，中国文学创作和文学理论对日本的影响是全面的单向的。明治维新之后，日本人把目光投向欧洲，全面学习西方的科技和文化。日本文学和艺术的学习兴趣也转向欧洲。

在古代，中国文学和理论对日本文学和理论的影响是全面的。所谓全面，是说中国文学创作的情感和思想内容、文体形式、文学理论和文学批评的观念及方法都对日本文学产生了重大的指导性影响。全面研究中国文学对日本文学的影响，这本身就是一个重大的课题。在这里仅就古代中国文论对日本文论大的影响，即中国古代文论的批评方式对日本古代文论的影响；中国古代作品审美鉴赏品评方式对日本作品鉴赏方式的影响；中国古代文论对作品内容与形式的批评影响了日本的文论及其批评；中国文论的审美追求影响了日本诗歌的审美境界等四个方面论述。

一、中国古代文论的批评方式对日本古代文论的影响。

中国古代有关文学作品的诗性化批评方式对日本文论和批评有深刻影响。中国古代文论和批评最突出的特征是"诗性的理论"和"诗性的批评"。中国古代文学理论的表述形式不同于西方近代文学理论的抽象的逻辑表达方式。它注重描述对诗歌内容的情感体验；重视概括和总结主体的审美经验；善于以类比或象征的语言来表达主体对诗歌本质的认识，表达主体在诗歌创作或欣赏过程中的直接感悟。因此，它不可能像西方近代文学理论那样，运用对范畴概念的分析、判断、推理的逻辑表达方式表达，而只能是以形象化的、情感化的、语义模糊化的诗性语言加以描述。刘勰等中国文论家所充分利用的是形象的类比和象征手法。

中国古代文论和批评的诗性方法深深影响了日本和歌理论及其批评，成为日本诗学及批评的重要传统。例如，平安时代著名的歌人和理论家纪淑望（？-919)所写的《古今和歌集·真名序》就充分体现了诗性批评的特点："花山僧正，尤得歌体；然其词甚花而少实，如图画好女，徒动人情。在原中将之歌，其情有余，其词不足，如萎花虽少彩色，而有熏香。文琳巧咏物，然其体近俗也，如贾人之著鲜衣。宇治山僧喜撰，其词华丽而首尾停滞，如望秋约遇晓云。小野小町之歌，古猿凡大夫之次也，颇有逸兴，而体甚鄙，如田夫之息花前也。"日本学者铃木虎雄在《中国古代文艺论史》书中就举例说明日本这类批评方法：“纪贯之底评歌趣，说'小野小野似美女底袅娜，大友黑主如负薪山人底休息于花荫，庆滋保胤……评当世的文人，说是大江匡衡如锐胜数百，披犀甲，策骏马，而过淡津之滨，其蜂森然，少敢当者；纪齐名如雪期坐瑶台而弹琴；大江以言如白沙庭前，翠松阴下，奏陵王舞'”。日本诗性的批评一直延至近代末期。这里再举生活于明治维新前夕的诗论家西岛兰溪在《孜孜斋诗话》中对当时日本诗歌批评中显示出来的传统特征与曹丕的《典论·论文》对建安七子的品评、司空图的诗评相比较就可以看出，日本文论的诗性的感悟式的批评同中国文论如影随形，难以辨别。

二、中国古代作品鉴赏方式对日本作品鉴赏方式的影响。

中国古代文学批评家在诗歌鉴赏实践中，往往对作品采取分类和排列品级的方式进行审美评价。对诗歌作品加以分类评价只能在诗歌创作的数量达到一定的程度后才可能。中国古代文学发展了千余年之后才出现了分类批评方法。这种方法是由汉魏时期社会政治风气促成的。钟嵘在《诗品·序》中指出：“昔九品论人，《七略》裁士”。所谓“九品论人”是班固在《汉书于·古今人表》中对历史人物的分类论述；所谓《七略》是刘歆对以往学术流派的批评。魏晋时期政权结构的“九品中正制”及清谈之风对人物的品评都助长了对文学作品，尤其是诗歌创作的分类品评之风。曹丕的《典论·论文》对建安七子的品评为标志，南齐谢赫的《画品》分画家为六品，梁庾肩吾著有《书品论》，分书法家为“小例而九，大等而三”。[20]钟嵘在《诗品·序》里指出，当时的世风是：“王公缙绅士，每博论之余，何尝不以诗为口实，随其嗜欲，商榷不同。淄渑？并泛，朱紫相夺，喧议竞起，准的无依。”这表明，钟嵘《诗品》的分类品评方式，是时代风气使然。钟嵘立足于诗歌的形式美，对所批评的122人的诗作分为上、中、下三品，每品一卷。每品中的人物“略以世代为先后，不以优劣为诠次。”（钟嵘：《诗品·序》）这里且不谈

---

20) 据说沈约著有《棋品》，但现已佚。

钟嵘对诗歌分类列品的思想原则的正确与否，其分类列品的批评方式、其诗性的评诗方法都是富于开创性的，与钟嵘同时的萧统所编的《昭明文选》也是如此分类。唐末的司空图受钟嵘的影响，在其《诗品》中按诗的审美风格或境界把诗分为24品类。从此，这种分类列品的批评方式成为中国古代诗歌批评的一种重要方法，一直流传到清末民初王国维的诗论。有关分类列品的批评方式问题在微观论里再祥论。

中国古代文学批评中常用的"以序论文"方法，对日本古代文学批评也产生了重大的影响。战国时期出现的《毛诗》及稍后的"毛诗序"(诗大序)，就以"注释"和"序"的方式对《诗三百》加以批评，在评论中阐发了注家和序论家的文学观念和审美态度。从此之后，"序论"批评就成为中国古代一种较普遍的批评文体或方法。这种批评方法很早就被日本的诗家和文论家吸收，成为日本文论重要的批评方式延续至近代。例如，早在《万叶集》成书前，大伴家持和大伴池主两人就以和歌往夏酬唱，并在序文中加上汉文评论。《万叶集》编定后约一个世纪，出现了以菅原道真撰写的《新撰万叶集·序》(893年)，纪淑望和纪贯之分别撰写的《古今和歌集·真名序和假名序》(905年?)以及纪贯之撰写的《新撰和歌·序》(940年?)，这就是日本文论中最早的富有盛名的"三序"。在"三序"中或以序批评诗集中的作品，或借比喻阐发文学观念或总结理论。例如，菅原道真在《新撰万叶集·》中论及诗歌的起源是"青春之时，玄冬之节，随见而兴即作，触聆而感自生。"这表明诗歌创作冲动与"物感"有关，可今人之诗"情彩剪锦，多述可怜之句"。在这一理论基础上，序者认为"夫万叶集者古歌之流也。"由此进一步区分"古歌"和"今歌"，认为其区别在"古人心绪，(织素少缀)，不整之艳。"，"而以今比古，新作花也，旧制实也。"由三序开始的"以序论文"的批评方式成了日本文论主要的批评方法之一。

此外，中国古代文学批评方法中还有一种较独特的"注释批评"的方法。所谓"注释批评"就是注家对文本的字句、典故，甚至对某段文义的出处及原意的阐释说明。其中不仅疏通字意，而且表现了注家的思想观念或鉴赏态度。例如，王逸的《楚辞章句序》就是现存《楚辞》的最早注本。在注中就表现出了王逸对屈原作品的独特看法。这些观点最集中地表现在"序"中，而"序"的宗旨和情感倾向又通过具体的注释来表现。王逸为把屈赋推崇到"经"的高度，而特在"序"中说："夫《离骚》之文，依托五经以立义。"此外，唐代注家孔颖达对《诗经》的注疏中也都借注释而展现自己的审美见解和评价观念。中国古代这种批评传统一直延伸到当代批评之中。人们在闻一多对《诗经》、《楚辞》的注释批评中，在钱钟书的《宋诗注》中，就可以明显看到注释批评的独特传统。中国古代的注释批评对日本古代文论批评产生了广泛的影响。日本古代对中国典籍和早期日本的诗文注释批评兴趣可以说一度达到狂热的程度。

中国文论批评中一向注重鉴赏式的批评，其传统做法多是摘句举篇，设喻品题。"假名序"的作者借鉴了这种方法，在评论歌人的作品中，摘句举篇，在评论歌的境界和风格时，难以用具体的语言传达出其微妙内容的，就采用形象化、具体化的直观方法，设喻托物，用以说明。"真名序"还不止是这种方法的借鉴，而且连语言文字也常借用。至于评论的标准，序中虽然没有有意识地进行论述，提出一套评论原则和标准来，但是看他对六歌仙的评述，也是花实兼顾。两种序对各歌仙的评价方式基本一致。

三、中国古代文论对作品内容与形式的批评影响了日本的文论及其批评。

中国古代文论批评在侧重思想内容的评价同时，也较注重单纯的形式主义批评，尤其是六朝时期的批评更偏重于形式主义批评。这一特点深深地影响了日本文论和诗论批评方法。

首先，日本古代文论在批评中重视诗歌内容的伦理教化作用。日本早期文论不仅在基本思想上，而且在具体用语上引用中国文论中关于诗歌功能的说法。例如，著名的"和歌三式"以及其它文论中，都可以随意拈出若干例证。由藤原滨成用汉文所写的第一部和歌理论著作《歌经标式·序》说：

"原夫歌者所以感鬼神之幽情，慰天人之恋心者也。"《孙姬式》说："夫和歌者，所以通达心灵，摇荡怀志者也。故在心为志，发言为歌。……功成作乐，非歌不宜。理定制礼，非歌不感。昭烛三才，辉丽万有，与星辰而若琼。随膏仑而俱降，达于幽微之旨，小大之际，动天地感鬼神。" 这些来自中国的《诗大序》的"故正得失，动天地，感鬼神，莫近于诗"以及钟嵘《诗品·序》中的"灵祇待之以致飨，幽微藉之以昭告，动天地，感鬼神，莫近于诗"的说法。

其次，日本人大量引进中国诗歌作品和诗学理论是在中国唐代。那时，中国诗歌创作达到最繁荣的时代，并且南朝重审美重形式的诗歌理论，如齐梁时的"四声八病"说不仅影响到唐代诗歌的韵律和形式，而且被早期的和歌理论全盘接受。日本和歌理论家大多受中国沈约的"八病"；《文镜秘府论》的"文二十八病"等汉诗声病说的影响在和歌创作理论方面提出各种"歌病说"。例如，藤原滨成等就热衷于探讨和歌的"诗病"，并总结出了和歌的"七病"、"八病"或"四病"；论述词与义即"心"与"姿"的关系；分别各种歌体及和歌的韵律等等。藤原滨成在《歌经标式》里提出的头尾、胸尾、腰尾，压子、游风、同声韵、遍身等七种歌病说；还有受六朝文风的"词采华茂"的影响，提出和歌不该直接用俗语。喜撰的《喜撰作式》里主张的岸树、风烛、浪船、落花等和歌四病说；他还从修饰学角度主张和歌语言不能罗唆，而要严谨。这与《文心雕龙》"文丽而不淫，撮辞以举要"精神相同。《喜撰式》<888?>在"歌病"和"歌体"等方面，和《歌经标式》同样，或者直接或者通过《文镜秘府论》等文论间接接受了中国诗学的影响。而《文镜秘府论》由曾入唐留学的日僧空海(遍照金钢)受中国的《文镜秘府论》所著，直接承接了中国齐梁的形式主义批评观念和方法，对四声、八病、格式、辨体等作了系统的记录和发挥，对日本的歌学产生了很大的影响。还有被称为"日本歌学最重要的论著之一"的藤原清辅所写的《奥义抄》不厌其繁地系统论述和罗列了和歌的种种形式特征和创作规则。日本古代这种形式主义的诗论一直延续至明治维新以前。例如，海保渔村的《渔村文话》和《渔村文话绪》就对古文写作的形式技巧分别以声响，命意，体段，段落，达意，词藻，三多三上，锻炼，改润法，病格，十弊三失，简疏，左传纪事，史传纪事，轻重，正行散行，错综，倒装，缓急，抑扬，挫顿，警策，明意叙事，周汉四家，唐宋八家等共24则加以论述研究，真可谓面面俱到。

再次，中国诗论一向讲究文质、辞理即内容和形式的统一。《文心雕龙》的"华实相扶"；《诗品·序》的"体被文质"即是。日本许多和歌理论都从心、词、姿的统一，即内容与形式统一的基本观点出发，追求"余情"的境界。这些些观点给日本文论积极影响。《古今集·序》里说明"心、词、样"（"假名序"）；"情，词，体"（"真名序"）之间的关系，强调三者的兼备和调合。还有纪贯之在《新撰和歌·序》里提出"华实相兼"。这些观点都强调内容和形式的统一原则。藤原公任(966-1041)继承这一观点在《新撰髓脑》里提出"姿"的概念，明确地论述了"心、词、姿"三者的关系。在这里"心"就是指内心情感；"词"即语言；"姿"为风格、文体。后来藤原定家(1162-1241)"心词相兼"的主张，也与这种观点相同。总而言之，这些主张，与中国文论的"华实相副"等概念一脉相承，有渊源关系。日本和歌理论到平安朝中期，随着中国六朝司空图《与李生论诗书》的意味无穷的"韵外之致，味外之旨"；《诗品·序》"文已尽而意无穷"重视言外之意文风的传入有了新发展。藤原公任就主张理想的和歌不仅要"心"、"词"、"姿"谐调统一，而且要烘托出气氛，形成一个余音缭绕的境界。如他在《和歌九品》里从和歌品评的角度，提出了最佳和歌标准应该是"词妙而有余情"即追求"言外之意"的"余情"即是。"余情"，具体地来说就是要求和歌的"心"、"词"、"姿"高度和谐统一而产生的含蓄和韵味。善作和歌不仅能以"有尽之言"达"不尽之意"，而且能够做到语少意足有无穷趣味，使"余情"自显。要想达到"余情"的审美理想，藤原公任认为，必须"心"深、"词"丽、"姿"清，三者谐调才能达到"余情"的艺术效果。

四、中国文论的审美追求影响了日本诗歌的审美境界。

唐代随着佛教南禅的兴起，诗歌理论上出现了以禅喻诗之说。严羽在《沧浪诗话》里首创"以禅喻诗"，把作词同语禅两种不同的精神活动相沟通，强调作词与参禅都"重在妙悟"："大抵禅道在妙悟，诗道亦在妙悟…… 惟悟乃为当行，乃为本色。" 他认为，悟有"分限之悟"、"透彻之悟"、"但得一知半解之悟"。他根据"悟"的高下来区分不同时代诗作的优劣。他最推崇的是"谢灵运至盛唐诸公，透彻之悟也"。所谓透彻之悟的诗在与"夫诗有别材，非关书也；诗有别趣，非关理也…… 所谓不涉理路，不落言筌者，上也。诗者，吟咏情性也。盛唐诗人唯在兴趣，羚羊挂角，无迹可求。故其妙处莹彻玲珑，不可凑波，如空中之音，相中之色，水中之月，镜中之象，言有尽而意无穷"比较禅宗立宗的本旨："教外别传，不立文字，直指人心，见性成佛"就可以看出，沧浪"以禅喻诗"的立论之本在于强调直觉思维和象征性的含蓄表现。这一点正是禅语和诗语"心有灵犀一点通"之处。沧浪所谓的"言有尽而意无穷"禅意与日本文论中"余情幽玄"味相同。幽玄概念在《古今和歌集·序》里最早提出。即"至如难波津之什献天皇，富绪川之篇报太子，或事关神异，或兴入幽玄。"（"真名序"）。这"幽玄" 主张象征美与余情美，是日本审美意识中最重要的范畴，也是艺术美范畴序列中的核心范畴。这是由于幽玄范畴具有丰富的包容性和普遍联系的性质，可以说日本人的全部审美意识、审美情趣都同这一范畴有着明显的联系。而这也源于中国文论。这第一显然受中国诗学"兴"的影响，第二像据日本学者铃木修次肿的考证，幽玄最早见于中国汉少帝的《悲歌八》"逝将去汝适幽玄"。这里的幽玄指冥世。纵观藤原定家的《每月抄》可知，其中格外重视刘勰提出来的"隐秀"概念。"隐秀"是日本幽玄思想的另外一个来源。何谓·"隐秀"？欧阳修在《六一诗话》中解释为："状难写之景如在目前，念不尽之意有见于言外"在欧阳修的解释中"隐秀"同日本人所理解的幽玄含义基本相同，都包含"词旨深奥"，富于"言外之意，韵外之致"的含蓄美。韩愈在评王纣的神味诗时说"、"研文较幽矿"。明代胡应麟评王纩时也悦:"摩洁五味绝, 穷幽极玄"。这说明, 中国文论很早就以幽玄来表达诗歌的含蓄和意蕴深长之妙, 最早出现于"佛法幽玄, 解得可可也"句。

"物哀"这一范畴是对日本审美思想中一种特殊的审美情态的概括和总结。据姜文清先生的论文《"物哀"论考》, 江户时期的著名学者本居宣长(1730-1801)通过对《源氏物语》的长期精心研究, 在其著的《紫文要领》(1763年)、《源氏物语玉小栉》(1796年)两部著作中, 认为表现"物哀"之情是这部物语的本质, 也是日本文学的一个重要特征。进而阐明"物哀"的基本含义, 其感情表现的特色, 以及善于领会和表现"物哀"的重要性, 将"知物哀"与否作为评价一个人文化艺术修养高低的标准。本居宣长的"物哀"论, 建构了这一理论的基本框架和主体内容的主要之点。他的"物哀"论引证充分, 体现了一种实证学风。从本居宣长的汉学修养, 可以看出其"物哀"论受中国典籍的影响。

本居宣长的"物哀"论以汉籍作为一个源头加以展开。对这一点, 日本的吉川幸次郎先生在《文弱的价值-"知物哀"补考》[21]中提到。1752年(宝历二年), 23岁的本居宣长游学京都, 为崛景山的弟子, 学朱子学, 从而开始钻研汉学。他早年的笔记《和歌之浦》中就记有朱子的《诗集传》序关于诗的起源说的论述。他34岁时写的《排芦小船》的一开头, 就写下了《乐记》、自居易《与元九书》、《世说新语补》的《文学》中王武子的话和李贽的评、《汉书·食货志》的一条和!颜师市古的注, 内容都是与诗歌乃人心"感于物而作"的议论有关。这些知识, 无疑会影响到他的"物哀"论。本居宣长在《石上私淑言》第二节中说道:"更详言之, 育感于物即是知物哀也。"感字在字书中注为'动也'。"言感伤感慨, 触事而心动也。"本居宣长除了两次在《石上私淑言》中引用了"感于物而后动"的话之外, 在叙及因物而感动的情感类型方面, 这样说:"动之谓, 或者以喜、或者以悲、或者以怒、或者欢乐于心、或者陶然于趣, 或畏惧而叹, 或爱或恶, 或恋或厌, 各有所思。此即因知物

21)《日本思想大系40·本居宣长》岩波书店 1978年。

哀而心动也。"

从此可知，这些议论与《乐记》等汉籍中的"感于物动"的"物感"文艺观存在着影响接受关系，甚至遣词造句也有相似之处。

还有如《源氏物语玉小栉》第二卷说："'感'这个词，是经常碰到的。汉文中'感鬼神'的话，《古今集》真名序也有，在假名序中写作'鬼神也为之感叹'。由此可知，(物哀之)'哀'感，就是应知晓有感于物之事。"

当我们把"物哀"理解成"感物兴叹"时，这一观念与中国刘勰《文心雕龙》里的"睹物兴情"、"诗人感物"等观点也息息相通的。

吉川先生说："这很明显是从汉籍的'感于物'的意识想开去的。"这话是很有道理的。日本的"物哀"文学思潮是直接受到中国古代诗学中的"物感说"的深刻影响而出现的。中国的"物感说"出现很早，《礼记·乐记》中就有这样的话："凡音之起。由人心生也。人心之动，物使之然也。感于物而动。故形于声。乐者音之所由生也，其本在人心之感于物也。是故其哀心感者，其声噍以杀；其乐心感者，其声啴以缓，其喜心感者，其声发以散；其怒心感者，其声粗以厉；其敬心感者，其声直以廉；其爱心感者，其声和以柔。六者非性也。感于物而后对动。是古先王慎所以感之者"。《后汉书》中有"辞气愿款，有足感动人者。"陆机的《文赋》说："道四时以叹逝，瞻万物而思纷；悲落叶于劲秋，喜柔条于芳菲。"刘勰在《文心雕龙·明诗》中有"人禀七情，应物斯感"以及《物色篇》所说的："春秋代序，阴阳惨舒，物色之动，心亦摇焉。盖汗气苗而玄驹步，阴律凝而丹鸟羞，微虫犹或入感，四时之动物深矣。情以物迁，辞以情发。"钟嵘在《诗品》中说："气之动物，物之感人，故摇荡性情，形诸舞咏"延至唐代，韩愈在《送孟东野序》中提出了"不平则鸣说"，其文着意点不在论述"物感说"，但也十分深刻地对传统的"物感说"加以阐发："大凡物不得其平则鸣，草木之无声，风挠之鸣，水之无声，风荡之鸣，人之于言也亦然，有不得己者而后言，其歌也有思，其哭也有怀。维大之于时也亦然，择其善鸣者而假之鸣。是故以鸟鸣春，以雷鸣夏，以虫鸣秋，以风鸣冬。"这些论述都是把自然时令和自然万物对人的各种夏杂情绪的催动联系起未了。人情与万物互渗、影响，因此，人的真情由自然事物催发而生，'自然之感徵'对日本的'物哀'思潮有着直接影响，其内在的联系也是不可否定的。至于两者之间具体的承续关系也是一个有待继续探讨的课题。

中国明、清时期的诗论"格调说"；袁枚的"性灵说"；王士禛的"神韵说"；桐城派的的观点等，对丰富江户时代的日本文学理论也都发挥了重要作用。斋藤拙堂(1797-1865)以正续篇合成十六卷的《拙堂文话》专就中日古今文人学士所写文章，进行评论，并且作出了许多精彩和有创见的见解。它是江户时代代表汉文学文论的最高成就，是中日文化交流的硕果。从作者自序等来看，拙堂追随中国唐代"文起八代之衰"的韩愈，谨守"文以载道"信条。他的文学主张，文学批评标准，和我国清代桐城派的标榜，大致相同。他所尊崇的道统，载道的古文，正符合日本封建统治阶级的要求，这如同清代桐城派为清朝统治阶级所极力倡导，同一道理。因为其时幕府势衰，有识之士，提出尊皇口号，攘夷主义、名分主义抬头，拙堂文论所持见解，正迎合了这个潮流，推动明治的统一大业，在当时历史条件之下，是有其积极的进步的一面。萱园学派是日本江户时期汉学的一个重要流派。[22)]该派在哲学上攻击当时作为官方儒学的朱子学说，主张直接阐发孔子思想，倡导"古学"；在文学上"文必秦汉，诗必盛唐"，反对重义理的宋元诗风，推崇格调性灵之论，树起了"古文辞学"旗帜。特别值得注意的是，萱园学派受唐通事[23)]们日汉口译事业的影响，在语学上主张"汉音直读论"，力斥不知华音的和训法，因而，他们重视中国古代白话小说的引入与传播。

---

22) 该派创始人为荻生徂徕，他学汉文学著《修辞学》。
23) 日本江户时代从事汉语口译翻译的专门人员的一种职业称谓。

微观论

1. 中国和日本诗话

诗话是东方独具特色的一种诗论体裁。在中国自1072年北宋欧阳修(1007-1072)的《六一诗话》，始立"诗话"之名，创立了与《文心雕龙》等体系严密的文论专著不同的漫谈性论诗体例，集考证、评论与诗人轶事为一体，兼收并蓄，有内容丰富、形式活泼之优点，但也有散漫零碎、体系不严密的缺点。诗话问世以来，就成为东方古代诗歌理论批评的一种主要样式。中国古代文学理论产生了大量诗话、词话。据岳麓书社出版的《中国历代诗话选》看，仅两宋时期就选入了200多部诗话！其中较重要的有欧阳修《六一诗话》、魏泰《临汉隐居诗话》、许凯《彦周诗话》、叶梦得《石林诗话》、葛立方《韵语阳秋》、张戒《岁寒堂诗话》、胡仔《苕溪渔隐丛话》、严羽《沧浪诗话》、魏庆之《诗人玉屑》、张炎《词源》等著作。

欧阳修的诗话之前，中国古代文学史上早已出现了《诗品》、《诗评》、《诗论》、《诗说》、《诗试》、《诗格》之类的诗论著作或诗论体载。从词义学看，《诗品》、《诗评》、《诗论》侧重于诗歌的评价议论，风格过于严肃；《诗说》、《诗试》、《诗格》则侧重于诗句的诠释，内容过于单调。这些都不符合欧阳修的创造本意，因此他不愿意步入后尘，拾人牙慧，而是独辟蹊径，标新立异，创造出了一种闲谈性的、随笔性的、轻松活泼而又富于弹性的新的诗论体系，即诗话。但是由于诗话就是用来评汉诗的，所以用汉语来写的诗话最贴切，而且也符合实情.这就如同译文再好，也不能成为原文的道理一样。

欧阳修所创造的"诗话"，其最初的含义是"以资闲谈"，论诗及事，重在诗与事的缀拾。但是，这种"以资闲谈"的关于诗的随笔，后来发展成为诗歌理论批评的一种特殊形式，从而跨进了古代文论的宏观领域，其内容大致包括标举论诗宗旨，推溯诗派渊源，评论作家作品，摘录诗歌佳句，漫谈诗歌技法，记述诗人轶事，考证诗歌掌故，诠释诗句僻典等，凡是牵系到诗歌的言论，均可囊括其中。这样一来，诗话的概念也随之扩大了。著名文艺批评郭绍虞先生指出："诗话之体，顾名思义，应当是一种有关诗的理论著作。"这个理论较为中肯，将诗话的性质、内容和形式都顾及到了。显然，这是演变和扩大了的"诗话"，是广义的"诗话"，是对诗话所作的现代意义的解释。

据池田四郎(胤)的《日本诗话丛书》十卷六十余种，另外据船津富彦先生的考证查出的三十余种，还有加赵钟业在"汉诗大讲座"中发现的两种，日本诗话总共有一百多种。据池田四郎编的《日本诗话丛书》可知，日本最早的诗话集(诗文论)是820年由空海于平安时代编的《文镜秘府论》。他编该诗话集的时候，中国还没怎么流行诗话集。作者空海以刘勰的《文心雕龙》、钟嵘的《诗品》、崔融的《新唐诗格》、王昌龄的《诗格》、元兢的《髓脑》、皎然的《诗式》等论述为基础，就汉诗的"六义"、"八阶"、"十体"以及"文意"、"文笔十病得失"、"文二十八种病"等问题，进行了广泛探讨。中国历史上出现的诗论主张，在空海的这部著作里，大抵都得到了反映。而且书中所采用的诗例范文，有不少是大陆已经散佚的作品。空海把对属论精心编入《文镜秘府论》反映了日本学人对汉诗形式特点的一种认识。即在汉诗写作中应讲求对仗之美，应遵循对属之法。基于这种认识，首先是形成了日本汉诗在形式追求上的上述特点。

日本汉诗在形式美追求上的一个重要特点是律诗多，讲对仗的诗多。《文镜秘府论》之后，特别是日本汉文学勃兴的几个时期，这一点更为明显。如作于平安时代的《作文大体》，作于江户时代的《诗辙》和《松阴快谈》，也论及对属问题。再述《文镜秘府论》所论的对属，当然直接受到中国《文镜秘府论》的影响。对属论进入日本汉诗学，中国《文镜秘府论》是一个重要的途径。从日本汉诗学的发展看，后来日本论者在中国《文镜秘府论》的基础上还增添了新的理解。这新的理解，有些来自宋明以后传入日本的中国诗学著作，有些则可能总结自日本自己的汉诗创作实践。不管通过什么途径，自中国《文镜秘府论》形成的对汉诗对属的特点深深地进入到日本汉诗学中去了。

毫不夸张地说，《文镜秘府论》称得上是9世纪前的中国文学理论和经典诗文的集大成者。它在日本的出现，对后世日本汉文学的发展产生了深远影响。

继《文镜秘府论》，1346年由临济宗的僧侣虎关师炼(1278-1346)编《济北诗话》。[24]此间相隔500余年。而继《济北诗话》，过320年后出现由林梅洞编的《史馆茗话》。而继《史馆茗话》之后诗话蔚然盛行。由此看来日本诗话早期发展显出一种前后连接不上的缺憾。这跟中国诗话前后连接显出一条发展线索形成鲜明对比。

那么日本诗话内容具有什么特点呢？对此船津拟出十余条。

一、所论诗的素材有中国和日本之分。

二、有不少初级入门书。

三、有由单词说明构成的。

四、有以论诗歌史形式构成的。

五、有论诗的书简。

六、有论音韵的。

七、有有关诗选的争论。

八、鼓吹对宋诗的尊崇。

九、随着中国诗歌风格的变化日本诗歌风格也变化。

十、诗话集之间没有连续性，而具有独立性强的特点。

十一、抓住具体的共同问题论诗，可提出问题散漫，缺乏建设性。

赵钟业在《中韩日诗话比较研究》[25]从格法论、声韵论、尊唐论、崇宋论等角度论述日本诗话的特点。他认为日本诗话为入门、初学者而论有关诗

---

24) 围绕有关日本古代诗话中哪部作品最先出现的问题学术界有分歧。即有的学者主张《文镜秘府论》(赵钟业为代表)最早出现；有的学者主张《济北诗话》(船津富彦为代表)为最早出现。笔者取前者观点。

25) 台北，学海出版社 1984.2。

格、诗法等方面的内容相当多。日本的文学批评与其文学的产生相似，也
首先是从中国输入的，其中最值得一提的是日本僧人遍照金刚(774-835)所
著的《文镜秘府论》(819)。遍照金刚(弘法大师，空海)于公元804年随遣唐使
藤原高野磨来中国，留学三年，返日时携回中国"经论疏等凡三百余轴"，在
中日文化交流史上卓有贡献。所著《文镜秘府论》收入唐以前的有关诗
格、诗法书。系将晋人陆机，唐人崔融、元兢、王昌龄、皎然等人的文论
著作排比而成，讲述六朝至唐关于诗歌体制和声韵、对偶等方面的理论。所
引的文论著作，多已失传，赖以此书得以知其一斑。正如清人杨守敬所
说："此书盖为诗文声病而作，汇集沈隐侯，刘善经，刘滔，僧皎然，元兢及
王氏，崔氏之说。今传世唯皎然之书，馀皆泯灭。按《宋书》有平头，上
尾，蜂腰，鹤膝之说，近代已不得其详。此篇中所列二十八种病，皆一一
引诗，证佐分明。"如果说《文镜秘府论》主要是编辑排比中国文论著作而
成。而此后的《济北诗话》里也重视格律。即"诗赋以格律高大者为上"。到了
17世纪之后以石川凹的《诗法正义》为首的一系列诗话，即《诗律初学抄》(梅
室云洞，1678年)、《初学诗法》(具原笃信，1680年)、《丹丘诗话》(芥焕彦
章，1743年)、《斥非》(太宰纯，1744年)、《诗学还丹》(源孝衡，1777年)、
《诸体诗则》(林义卿)、《诗辙》(三浦晋，1786年)、《幼学诗话》(东条耕)、
《社友诗律论》(小野达)、《彩？岩诗则》(奥彩？岩)里主要谈了有关诗格、
诗体、诗法、句法、字法、对偶等问题。在诗话里一般论格法时兼论声韵
论。在日本诗话《初学诗法》里论了律诗绝句的用韵法；《丹丘诗话》里论了
平仄法；《诗彻》里提出八病说；《诸体诗则》里论了押韵和音韵；《诗律兆》
(中井积善)里论了拗法。此外，《唐诗平仄孝》(卢玄淳，1772年)、《诗格刊
误》(日尾约，1850年)、《诗律》(赤泽一)、《沧溟近体声律考》(泷川南谷)等
主要论述了声韵。由些可知，日本诗论重视声韵。在明代诗论里出现尊唐
论和崇宋论。日本诗论里也出现这种现象。17世纪初德川幕府开始执政，进
入儒学时代。由此文学也成为儒学研究的副产品。出现"文以载道"现象。当
时，五山僧徒作为和尚研究了儒学。于是他也就成了儒生。他从韩国的退

溪、栗谷那里接受朱子学开辟了江户时代的学问。所以江户时代的汉文学大部分由儒生创作。汉文学也就成了经学研究的副产品。五山僧徒以来汉诗主要取宋诗风。木下顺庵主张"诗必以盛唐为规范"(这同中国的"诗必盛唐"主张如出一辙),在当时诗歌界引起尊唐或崇宋的争论。尊唐论的另一代表为荻生徂徕(1666-1728),在文学上主张古学,另立门户,崇拜李攀龙、王士祯提倡唐诗。尊唐论主张"宋诗追求理,所以没有《诗经》三百首的本意。如果不讲究文义的话,宋诗也许还可以。唐诗温厚平和,所以近于国风和雅颂。它不以声音取胜,所以可资欣赏。"(《诗诀》(纸院瑜)在此肯定了明代乃至唐代的诗。崇宋论的另一代表为山本北上(1752-1812),他反对荻生徂徕提倡宋诗。崇宋论者主张,"我国在享保·宝历年间诗人并起。于麟氏(李攀龙)大力鼓吹伪唐诗风。因崇伪唐制作于麟氏玉牒,笼络欺骗后学。该玉牒一时流行于海内,形成积习,使诗落入鄙陋,一塌胡涂。"(《孝经楼诗话序》山本信有,1807年),"以山本北山先生排击世上的伪唐诗为先唱,一扫云雾,使城乡才子们翕然仰慕宋诗,可谓其功大也。"(《五山堂诗话》菊池桐孙)在这里把仰慕唐诗创作的诗说成是伪唐诗加以攻击。由此看来,日本诗话比尊唐更趋于崇宋。

日本诗话在表现方法上使用本国语的多。这与朝鲜诗话形成鲜明的对比。在内容上可分为狭义的纯粹诗话和广义的入门书、单词说明书、文学史论著、论诗书简等。还有论有关音韵和尊唐·崇宋的内容。

日本古代诗话往往把朝鲜古代诗话作为媒介接受中国古代诗话的影响的。朝鲜诗话虚怀若谷,它将中国诗话引进到朝鲜,又将中国诗话输出给日本,因而促成日本诗话。所以从总体上看,朝鲜诗话、日本诗话与中国诗话,其论诗内容,论诗之见,论诗体例,以及诗话的结构形态和方式等,也都大体相似。例如,近代汉学者津阪孝绰(1756-1825)的《夜航余话》(1836年)通过朝鲜徐居正的《东人诗话》转载引用欧阳修的《六一诗话》的内容26)就是明证。

---

26) 引用下列内容。即"陈公时遇得杜集旧本,文多脱语,至送蔡都尉诗云身轻一鸟

2. 下面据赵乐生先生的论文《和歌理论的形成与我国诗学》。《中日文学比较研究》就"中国诗论与日本和歌论";"中国诗论与日本俳谐论";"中国文论分类学与日本文论分类学"问题综述如下。

一、中国诗论与日本和歌论

在日本诗论中和歌论最早出现,又占中心地位。和歌理论的出现,是从发展民族诗歌的需要出发的,但它产生的促媒就是中国的文论。从飞鸟时代到奈良时代输入魏晋六朝的《文选》等诗学。定家的许多篇歌论,《歌经标式》及平安朝的《文镜秘府论》等受此影响。平安朝是吸收和效仿中国文化思想的时代,刚开始日本和歌理论以模仿中国诗论为主,但《万叶集》"假名序"、《新撰髓脑》开始接触和歌创作的实际,从借鉴到批判创新,更上一层楼。而魏晋六朝的形式主义文风起了消极影响。因此,他们在借鉴我国诗学中,由于主观认识上的局限和从表现出发的研究,吸收了一些唯心的成分,最主要的是认为和歌的实质,在"托根于心",以"心"为"种"。从这一唯心的观点出发,就将和歌的各个方面,通统归之于"心"的表达,忽视了和歌的社会教育作用,因而,追求所谓"情趣"便成为和歌的天职,至于时代、社会和人生的反映,不仅被冷落在理论研究的大门之外、而且流风所及,平安时期以后的短歌日益竞逐词华,趋向委婉柔弱,缠绵低回,失去了《万叶集》时期的粗矿、质朴和刚健。"假名序"前后的和歌理论,强调以"心"为主,或者提倡"华实兼备"、"心词兼备",这在内容与形式的关系上是正确的。而且,在批评徒尚浮艳的歌风时,也曾提出华丽与质实并存,优婉与典雅同在的调和美。但是,实际上却在评述和举例(包括和歌理论著作的文风)中所形成的逻辑结论却与此相反。季节推移的感受,花鸟风月中的意趣,山光水色面前的兴致,爱情生活中的激情,成为"心"的主要内容,景物、爱情两类作品占和歌的压倒优势。因此"诚"、"物哀"等越是向个人情

其下脱一字,陈公因与客各用一字铺之,或云疾,或云下,莫能定。其后得一善本,乃是身轻一鸟翼,陈公欢服。"

绪的深处发展，就越来越脱离时代和社会，只流连徘徊在个人内心世界的小洞天里，不去面向社会现实而反映时代的风貌，当然也不会有雄伟豪壮的气概。造成这种所谓"超政治主义"的传统，甚至形成日本文学的特色，我想原因很复杂，不过这种唯心、唯情的和歌理论也是难辞其咎的。况且历史事实表明，歌论先行必然影响其他文艺领域乃至整个文风。

定家在《咏歌大概》里论心与词的关系时主张"词可旧而心要新"、"词不可出三代集"。歌论里心具有情的内容，志具有意志性内容。而心有时比情更具有理的特色。中国的心富于理的性质，而日本的心富于情的性质。在《每月抄》里把心比喻成实，把词比喻成花。这与白居易诗论比较表现法相同。即《与元九书》里"诗者：根情，苗言，华声，实义。"在《诗经大序》等汉诗论里把心当作志。他要从古典里要得到诗魂。《古来风体抄》里有有关和歌比赛的二十余种评判词，即"心细"、"姿丽"、"幽玄"等。正彻在歌论上主张幽玄。日本歌论里的幽玄与中国的神韵相似。

良基在《筑波问答》中指出，做连歌讲究一序、二破、三、四急。这与汉诗的起承转接相似。

大约在八世纪末，日本大量接受中国文化，他们借鉴中国的汉字创造日本民族自己的"假名"文字就是其典型的表现之一。由此在日本古代文学史上出现了属于他们自己的真正民族诗歌，即"歌"或"和歌"(倭歌)。"和歌"成了与"汉诗"相对峙的日本古代诗歌的传统。在和歌繁荣的基础上，并在中国诗学的影响下形成了日本和歌理论即歌学。

此外，在酬唱和歌的序文中进行汉文评论；修辞学上进行评改都受到中国诗学的影响。在《万叶集》的编纂原则；筛选原则里表现出的和歌理论还仅仅是一种零星的散在的萌芽状态，但从这些地方也能看到中国诗学的影响。从八世纪后半叶起，在日本上层社会汉诗文[27]繁荣的刺激和推动下，日本的民族诗歌也逐渐兴盛起来。《万叶集》的成书在这方面也起了很大的

---

27) 其成果除编辑《怀风藻》(751)外，还有敕撰的《凌云新集》(814)、《文华秀丽集》(818)和《经国集》(827)等。

作用。为了适应和歌振兴的需要，从八世纪后期起学者们借鉴中国诗学理论，先后编写了《歌经标式》等"和歌四式"，其中《石见女式》一书失传，现存的仅有"和歌三式"。这是日本最早的一批和歌理论著作。

772年，藤原滨成奉诏用汉文撰写了日本第一部歌论《歌经标式》，为日本文学理论的建立打下了基础。作者在该书"序"里论及有关和歌的意义与编书的目的等。"原夫歌者，所以感鬼神之幽情，慰天人之恋心者也。韵者，所以异于风俗之语言，长于游乐之精神者也。"这和中国的《诗大序》："……故正得失，动天地，感鬼神，莫近于诗"以及《诗品·序》："……灵祇待之以致飨，幽微藉之以昭告"一样，都是从诗歌的效果着眼谈和歌意义的。接着他说："……近代歌人虽长歌句，未知音韵，含他悦怿，犹无知病，准之上古，既无春花之仪，传之来叶，不看秋实之味，无六体，何能感慰天人之际者乎。故建新例，则抄韵曲，合为一卷，名曰歌式，盖亦咏之者无罪，闻之者足以戒矣。……"这同《诗大序》的"故诗有六义焉：上以风化下，下以风刺上，主文而谲谏，言之者无罪，闻之者足以戒，故曰风。"如出一辙。可见编书的目的，则在于明音韵、避歌病、求华实，建新例，为作歌者指明途径。而其基本观点就受中国诗学的启迪影响。

如上所述，《歌经标式》本着中国诗学的基本理论和规律，拟为日本民族诗歌建立一些格式和要求，以提高和歌的技巧和质量，这种良好的意愿，主要企图通过下列几方面来完成。

第一、在音韵方面，作者认为韵是"异于风俗之语言，长于游乐之精神"，并且将日语分成粗韵和细韵两种，开日语音韵研究之先河，是不无意义的。他仿照中国的沈约的"八病"；《文镜秘府论》的"文二十八种病"等汉诗的声病说，提出了头尾、胸尾、腰尾、魇子、游风、同声韵、遍身七项"歌病"，其用意在于避免某些用字相同，用韵相同，以增强和歌的音乐美。如"头尾"病，认为整首的第五个字母，即第一句尾字与整首的第十二个字母，即第二句尾字相同为病等。但是汉诗的声病说是建立在汉语四声的基础上的。撰者没有充分把握住日语的语言特点与和歌的音数律特点，所以有关音位律、音性律方面的要求，就难免成为脱离实际的空论。

第二、在体式方面，撰者还在书中谈到了和歌的三种体式。首先，在"求韵"里，他将和歌分长歌和短歌，规定长歌第二句尾字为第一韵，第四句尾字为第二韵，以双数句的尾字为韵。短歌只有五句，以第三句尾字为初韵，第五句尾字为终韵。这是模仿汉诗的隔句押脚韵的规律而强加给和歌创作上的。

第三、在意趣方面，撰者将"杂<雅>体"重新分为十项。其中对"聚蝶"一项作者解释说，"譬如叶蝶聚集一处"。而为了说明"谲譬"（或为"谜譬"）一项，撰者模仿《玉台新咏》里的诗，以隐语藏情意，作为特殊技巧，表现和歌意趣。

第四、在语言方面，受六朝文风追求"词采华茂"（《诗品·序》）的影响，撰者在和歌语言方面提出避免直接使用俗语等要求。这已在《万叶集》的创作实践中出现。

此外，还从修辞学角度，要求紧凑集中，反对芜杂堆砌，以增强和歌的表现力，这与《文心雕龙》里的"文丽而不淫"（《宗经》）；"措辞以举要"（《熔裁》）的精神是一致的。

综上所述，可见《歌经标式》关于和歌理论问题的论述，是在接受了中国魏晋诗学思想影响的基础上展开的。由于撰者脱离了日本语言与和歌实际，他的和歌理论主张没有成为指导和歌创作实践的"标式"，机械地模仿使他的良好意图基本上落空了。不过，他要建立和歌理论体系和范式的尝试，意义却是重大的。

据推测《孙姬式》约成书于九世纪初，即平安朝初期编成。现存本首先套用中国《毛诗序》："在心为志，发言为诗。"等诗学观点谈及和歌的本质："夫和歌者，所以通达心灵，摇荡怀志者也。故在心为志，发言为歌。"在《歌经标式》中中国诗学的影响仅仅略见端倪的话，在《孙姬式》里则显得全面。

可见，《歌经标式》和《喜撰式》拘泥于中国的诗学亦步亦趋，袭用、模仿之处较多，而《孙姬式》在理论探讨上，即关于和歌的本质、起源、作用、流变和品评等问题方面，虽然仍未脱离中国诗学窠臼，却更接近和歌的史实和现实，迈出了一大步，为建立他们自己的民族诗歌理论，作出可贵的尝试，促进了和歌理论的产生。

《古今和歌集·序》(905?)简称《古今集·序》，是公元905年奉醍醐天皇敕命编撰的，是日本第一部敕撰歌集，其序标志着日本民族自己的文学理论诞生。卷首载有纪贯之(872?—945)用日文写的序文即"假名序"，书末载有纪淑望(?-919)用汉文写的序文即"真名序"。两序大致相同，阐述了和歌的作用和价值，回顾了和歌产生，发展的历史，表达了序者对和歌艺术特点的看法；对于和歌的分类和内容，也有形象的说明。《古今集·序》从思想观点、语言文字到表现形式，多方面地借鉴了中国的诗学论著，尤其是《诗品·序》。其他如《诗大序》、《文心雕龙》等直接间接地对它产生过影响，而《文镜秘府论》应该是中间的一座桥梁。《古今集·序》，尤其"假名序"，在"和歌三式"等前人著述的基础上，进一步借鉴和承袭了中国诗学著作的思想观点和方法，结合了和歌的历史和现实，打破了前人以研究如"歌病"、"歌体"等修辞表现为中心的藩篱，接触了和歌各个领域的一些重大理论问题，提出不少有重要意义的见解，在和歌理论的形成上做出了卓著的功绩。《古今集·序》的这一主张对日本后世文论影响甚大。例如，《古今著闻集》[28]中有关和歌功德效果的观点，直接承継之。

平安朝歌论家有关和歌起源、本质的观点明显地受中国古代文论，尤其是魏晋南北朝"自然感应"、"言志"、"缘情"诗论的影响。如《新撰万叶集·序》(893)里有关和歌起源论上，以为和歌是人见到了不同季节的景物而有所感触自然产生的。即"青春之时，玄冬之节，随见而兴即作，触聆而感自生。"还有论及和歌本质的《古今和歌集·序》"假名序"即"和歌者，以人心

---

28) 《古今著闻集》是日本中世时期的世俗说话集，成书于日本建长六(1254)年，作者是下级官员橘成季。它是日本文学史上收录"歌德说话"最多的故事集。"歌德说话"是一个比较新的作品内容分类概念，指专门讲述某人由于咏了和歌或因所咏的和歌而得至功德效果的故事。"歌德"即和歌的功德。

为种籽，发而为各种言语。人在世间，诸事纷繁，心有所思，即托之于所
见所闻而形之语言。听花间莺啼，水中蛙声，纷纭众生，孰不歌咏。"和
"真名序"即"夫和歌者，托其根于心地，发其华于词林者也。人之在世，不
能无为，思虑易迁，哀乐相变，感生于志，咏形于言，是以逸者其词乐，
怨者其吟悲。……若夫春莺之啭花中，秋蝉之吟树上，虽无曲折，各发歌
谣，物皆有之，自然之理也。……可以述怀，可以发愤"这两种说法从自然
感应出发，主张"言志"、"缘情"、"情"、"志"并举，道出了诗歌的抒情本质
特点。这种观点就和《诗大序》："诗者，志之所之也。在心为志，发言为
诗。情动于中而形于言，言之不足故嗟叹之，嗟叹之不足故咏歌之……"与
钟嵘《诗品·序》："气之动物，物之感人，故摇荡性情，形诸舞咏"观点，如
出一辙。由此在文学史上第一次明确提出和歌概念对抗汉诗。不过《古今和
歌集》两序"托之于所见所闻"、"感生于志，咏形于言"，趋于唯心倾向。这
一点对和歌理论的性质产生了重大影响。

　　在有关和歌的作用方面，"假名序"说："无需费力，即可感动天地，使彼
世之鬼神动心，男女之间和合，猛士之心亦得以慰藉者，和歌也。""真名
序"说："动天地、感鬼神、化人伦、和夫妇，莫宜于和歌。和歌有六义：
一曰风，二曰赋，三曰比，四曰兴，五曰雅，六曰颂。"还有纪贯之在《新
撰和歌·序》里"皆是以动天地，感鬼神，厚人伦，上以风化下，下以讽刺
上。虽诚假文于绮靡之下，然复取义于教诫之中者也.."的主张，还有《孙
姬式》："…… 功成作乐，非歌不宜。理定制礼，非歌不感。昭烛三才，辉
丽万有，与星辰而若琼。随茵仑而俱降，达于幽微之旨，小大之际，动天
地感鬼神，莫近于和歌。"主张，这些都涉及了和歌的美感作用和社会伦理
教化作用。而这些观点来自中国《诗大序》："……正得失，动天地，感鬼
神，莫近于诗。先王以是经夫妇，成孝敬，厚人伦，美教化，移风俗。故
诗有六义焉：一曰风，二曰赋，三曰比，四曰兴，五曰雅，六曰颂。"与中
国钟嵘的《诗品·序》："气之动物，物之感人，故摇荡性情，形诸舞咏，照
烛三才，辉丽万有，灵祇待之以致飨，幽微藉之以昭告，……"。在这里可

知，其所论不仅在一些内容、基本观点，而且谋篇摘句的评论方法，甚至不少段落、字句皆与中国文论相似。

在和歌的起源和变化发展问题上，序的作者推崇古风的淳朴，鄙薄今风的浮艳。由此他厚古薄今地叙述了和歌从古至今的演变脉络，旨于振兴和歌，抗衡正在兴盛的汉诗。而这些问题的提法，是仿效《文心雕龙》、《诗品·序》评论汉诗的起源和发展的方式方法，不过换上了日本和歌史实的例子。

在和歌的种类(体)问题上，《诗大序》的"六义"通常认为"风雅颂者诗篇之异体，赋比兴者诗文之异辞"(孔颖达：《毛诗正义》)。就是说前者是诗的体裁，后者是诗的表现方法。但是在"假名序"里引用了"六义"，却保持了作者自己的理解。他作为六种"和歌之姿"，一一开列，并各附例歌。这六种是风、赋、比、兴、雅、颂。以"风"为例，"风"不是"国风"地方歌谣，而是"讽喻歌"的意思。他可能根据《诗大序》的"上以风化下，下以风刺上，主文而谲谏言之者无罪，闻之者足以戒，故曰风"，而解作一种表现手法，归为"一种体"。其他五种有全然不同的，如"雅"，只有"颂"大体相同。名目与例歌之间也不尽一致。这反映了作者纪贯之对"六义"的不同理解。他分明是把"六义"用来区分和歌的种类，这一点倒很明确。

藤原公任(966-1041)在《和歌九品》里，以"词妙而有余情"者为最优秀的作品。这种"余情"就是《诗品·序》所说的"文已尽而意有余"，是体会不尽的"韵外之致"、"味外之旨"。(司空图)作者意在强调"心"、"词"与"姿"的谐调而产生的含蓄和韵味。可见，他既以"心"为主，又强调三者的谐调而产生的艺术效果。《新撰髓脑》里他在声病方面，采取的标准是和谐入耳，而不拘泥于"歌病"的禁例。这与《诗品·序》的"但令清浊通流，口吻调利，斯为足矣。"，其基本精神相同。

二、中国诗论与日本俳谐论

俳谐是日本格律诗体。在世界文学范围内它是最短的格律诗体。俳谐全诗由十七个音组成。与歌论、连歌论相同，俳论也大多数是作为指南书、作法书，针对特定人即往往是门内人而做的。俳论里一般有伟大的指导者有关艺术或俳谐的一般见解。这种见解针对具体问题的多。俳论中谈创作方面的内容一般都详细说明俳谐连句的有关作法。蕉门[29]的俳谐论里有关情景交融的追求就受到中国古代此方面论述的影响。方东树《昭昧詹言》的"情融乎内而深且长，景耀乎外而远且大"的要求与《文心雕龙·神思篇》"寂然凝虑，思接千载；悄焉动容，视通万里"；与南宋的《白石道人诗说》的"意中有景，景中有意"；与《三体诗》的"以景物化造情思"相同。《四溟诗话》的"作诗本乎情景，孤不自成，两不相背。…… 景乃诗之媒，景乃诗之胚，合而为诗。以数言而统万形，元气浑成，其浩无涯矣。"这与蕉门俳谐论的《去来抄》[30]"去来曰，他派与蕉门 …… 有不同点。蕉门追求情景交融……。他派追求心中的东西。"同趣。蕉门追求情景一致的象征的确立。蕉门把这种情景交融境界作为诗论的审美意识确立起来，引起俳谐的革新。

在蕉风俳谐里作为情景描写的手法指出虚实相应法。蕉风俳谐的虚实论与《三体诗》的诗论对应。《对床夜话》对《三体诗》的虚实概括为"不以虚造虚，而以实造虚。化景物为情思"。情与景、虚与实的关系是从有限的实引出的境与无限的虚相联系，把实虚融合起来形成"言有尽而意无穷"的意境。这种有限与无限的统一作为由主观与客观有机地构成的意境的基本特征，与芭蕉的虚实说相连接形成"不易流行"的理念。即作为有限的实的自然景物的"流行"与无限的虚的情感境界的"不易"相结合的东西。这种"不易流行"论把不能脱离生活的本质的"真"与不执着于表象的"实"相融合，达到风雅的"诚"的顶点。蕉门俳谐论里"发句可想象为屏风的画。我们造句时应以画为标准闭目构思。…… 因此俳谐以姿为先，以心为后。"(二十五个条)；"在理屈、当流里制禁之一也。…… 因偏固的人必定理屈破坏雅，所以姿先情后乃教之精髓也"(许六《俳谐雅乐集》)；"俳谐的风姿·风情在其体

---

29) 江户时代以松尾芭蕉为首形成的俳谐流派。
30) 载于古典文学大系列化10《蕉门俳谐俳集》集英社，昭和四十五年九月十日。

上有古今的差别。古风听到其情用语言加以表现。今风用眼睛看到其姿后用语言含其情。可以说古风单以情重，今风以姿重。物里有情的话，就没姿。"(《俳谐十论》)在这里"以姿为先，以心为后"之说就是在姿与情的关系上以物之姿优先的主张。但它与主张"单以情重"的古风说相对立。这是想把俳谐从单纯的叙情本质属性避开的主张。创作活动上这种"姿先情后"说与中国诗论的"人禀七情，应物斯感，感物应志，莫非自然"的以物象为先的唯物论思考方法相关。在《文心雕龙·物色》里将触景生情的过程如下说明。"春秋代序，阴阳惨舒，物色之动，心亦摇焉 …… 是以献岁发春，悦豫之情畅；滔滔孟夏樊陶之心凝；天高气清，阴沈之志远；霰雪无垠，矜肃之虑深。岁有其物，物有其容，情以物迁，辞以情发；一叶且或迎意，虫声有足引心，况清月与明月同夜，白日与春林共朝哉！"所谓"物色之动，心亦摇焉"是在情与物之关系里从自然之姿决定人之情的"情以物迁，辞以情发"的认识里加以展开。这种物与我、景与情、虚与实的相融合是意境的基本特点。基于此，可以表现"象外之象，景外之景"的含蓄性特点。在蕉门里以"加深虚实"方法所追求的俳谐特点是这种独特的意象反映而已。

有关由审美意识之动而产生的"气"问题，魏晋时代曹丕的《典论·论文》里提到。即"文以气为主，气之清浊有体，不可抗力强而致。譬诸音乐，曲度虽均，节奏同检，至于引气不齐，巧拙有素，虽在父兄，不能以移子弟。"这就是曹丕的"文气论"。在这里曹丕主张"文以气为主"，并把这种先天"气"分为"清浊有体"，评价作家及其作品的高低。即把作家的个性看作文章的各种特色的决定因素。可因这种气质和个性是先天的，所以文品的评价基于人品的评价。曹丕强调作家气质和个性的先天性显然是唯心的。这种局限由刘勰、韩愈、愈、苏辙等的"养气"说所克服。曹丕的"文气"论的"气"与北宋刘分的《中山诗话》里提倡的"诗以意为主，文辞次之"说的"意"相结合影响了日本俳谐论。在蕉风俳谐的转换期俳谐论里"景气"论引人注目。据尾形仍先生的《蕉风俳谐与元禄俳谐》，[31]"景气"的流行是歌学、连歌论以来

31) 载于《俳文史论考》，尾形仍著昭和三十年三月。

的传统的夏兴，当时汉诗构思和手法的反映。通过《常磐屋之句合》、《初怀纸评注》等俳谐的评注、评语，从蕉门俳论里可感到"景气"说的一些特点。即把"冷溲溲景气"、"哀调景气"与当时流行的"景中之情"说相联系起来考虑时，那不是单纯地把自己的感情直接外泄出来，而是把淡泊的柔情寄于景物而表现出来的雅味。换句话来说，所谓"景气"就是把情寄于景轻柔地表现出来。在这里强调主观的情方面与强调主观的"气"、"意"的中国文论息息相关。

在蕉风俳谐论里"景气"论是以获得高境界的基础上趋向于"轻味"的。芭蕉在元禄三年《此筋、千川宛书简》里表明，俳谐不能陷于理性的条条框框的叙述，要排除人工的技巧，主张轻柔的"轻味"。此外，芭蕉有关"轻味"的创作主张在元禄三年的《去来宛书简》、元禄八年的《麂塒宛杉风书简》等书简里能看到。而作为"轻味"境界的根本修行法在《三册子》[32]里说："要悟出清高的心，归于世俗。"土芳把芭蕉的理论概括为"要经常悟出'风雅之诚'，归于俳谐。"在这里所谓"悟出清高的心"、"悟出风雅之诚"就是摆脱卑俗而滑稽，要取得高雅的诗歌精神，而"归于世俗"、"归于俳谐"则如在《俳谐十论》(支考)里所论，通过修行体会到"从虚实的自在，走出世间的理屈，游于风雅的道理。"即不要陷于理屈，"轻柔地不断用语言"造句为上。而在《麂塒宛杉风书简》里"用旧辞造新词"、"轻柔而有深度"等主张已带有理论上的飞跃。这种从元禄时代的"景气"说到"轻味"说的转移是受《三体诗》、《诗人玉屑》等主张的要站在"意高则不觉"的高境界，但要觉察不到地轻描淡写地表现的主旨和《二十四诗品》、《六一诗话》等唐宋文论里有关"冲淡"、"平淡"、"含蓄"等艺术风格主张的影响的结果。现看唐司空图《二十四诗品·典雅》一段。"玉壶买春，赏雨茆屋。坐中佳士，左右修逐。白云初晴，幽鸟相逐。眠琴绿荫，上有飞瀑。落花无言，人淡如菊。"在这里以"人淡如菊"评价陶渊明脱俗飘逸的气质和平淡冲和的诗风。这种"似淡实美"的高雅品格以静、远、淡、逸为特征。这一点就是日本俳谐论所取的。

---

32) 载于日本古典文学大系66《连歌论集俳论集》，岩波书店昭和36年2月6日。

季语是俳句结构的要素，俳句应有季语，增加句的姿色美，成为日本审美的传统习惯。弘法大师《文镜秘府论·论文意》所说："春夏秋冬气色，随时立意"和松尾芭蕉所说："乾坤的变化，乃风雅的种子"，（《三册子·赤》）"随顺造化，与四时为友"(《书籍小文》)，就谈季语。而这与陆机《文赋》谈情思和四季景物交融时说的"遵四时以叹逝，瞻万物而思纷。悲落叶于劲秋，喜柔条(柳)于芳春，心懔懔以怀霜，志渺渺而临云。"与钟嵘在"……若乃春风春鸟，秋月秋蝉，夏云暑雨，冬月祁寒，斯四候之感诸诗者也。"里的"四候之感诸诗"之观很相似。中日文论家们不约而同地都点到了有关季语问题。

《文镜秘府论·论文意》写道："夫置意作诗，即须凝心；目击其物，便以心击之，深穿其境。"这早就说明意与境的联系。意境论在诗学是重要的课题。松尾芭蕉曾谈到"写松学松，写竹学竹"的话，意思也有要求作者的情意渗入松竹的意味。到后来竟求达到"物我一如"的境界，说"物我分为二，其情即不真诚"(《三册子·赤》)。这种精辟的俳论，如中国王国维《人间词话》所说："能写真景物，真感情者，谓之有境界"；袁枚的"性灵论"等要求诗有真情实感的意境论不谋而合。

总之，在日本古代俳谐论里景情说、虚实说、姿情说，还有近代俳谐论里景气论就受中国魏晋南北朝及唐宋时期有关文论的影响而形成。

此外，日本作家在诗歌创作上追求言有尽而意无穷，得其意而忘其形的禅宗境界·。即日本学者上岛羌贯在《帅酢惠能枭·序》说："本来无一物，是我俳道之眼睛"又说："一己恍然，倒道开眼，始识得曹溪大师无一物之旨。"从这里可知，日本俳谐所追求的境界就是禅宗的"无"。而这与中国南宋严羽在《沧浪诗话》里主张的诗禅说，即"羚羊挂角，无迹可求"，自然天成境界的追求毫无二致。

三、中国文论分类学与日本文论分类学

《万叶集》在作家风格与歌体的区分上，如《恋男子名古日歌》(第904～906

首)之后，编者注云："右一首，作者未详。但以裁歌之体，似于山上之操，载此次焉。"因歌的风格近似山上忆良就与他的作品列在一起。在第530首之后注云："右今案，此歌，拟古之作也。"这种古体、今体之分，也是受了中国诗歌"格律论"影响的结果。

空海的《文镜秘府论》，其中地卷有一篇"九意"，是汉诗佳句选集，首先以四季分类，其名有春意、夏意、秋意、冬意、山意、水意、雪意、雨意、风意等九类。"九意"的来源，肯定是中国，这是因为，在《文镜秘府论》中，确实可以断定为空海之手创作的文章，总共只有天卷总序及东西两卷序而已。所以从总体上来看，空海只是一个编纂者，而不是执笔者。南卷"论文意"说："凡作诗这人，皆有抄古今诗语精妙之处，各为随身卷子，以防苦思。作文兴若不来，即须看随身卷子，以发兴也。"这种"随身卷子"，也就是《新唐书·艺文志》中所载的《文场秀句》，《古今诗人秀句》之类东西，"九意"盖即是取汲于此类"随身卷子"的，其分类，当然亦与原本所有无疑。这些书的分类完全有可能和"九意"一样，当时的歌人都能看到。

中国《文镜秘府论》里有"八阶"概念，其中名称有相同的，最后是"神世异名"，并举出八十八物异名，这被视为"枕词"研究的萌芽。这给日本文学作品的分类理论以极大的影响。在日本现存的最早的诗论批评诗文《和歌三式》中的《喜撰式》中就把和歌作品作为所谓"八阶"分类，即咏物、赠物、述怀、恨人、惜别、谢过、题歌、和歌，这是和歌作品的分类概念。而又在"三序"中(《新撰万叶集·序》、《古今和歌集·序》、《新撰和歌·序》)的《古今和歌集》"假名序"里就把和歌的种类按照中国《诗大序》的"六义"分类为风、赋、比、兴、雅、颂，并以摘句举篇、设喻品题的方式进行批评。以后，藤原公任在《新撰髓脑》书中的《和歌九品》里，也把作品分类列品给予评价。这种分类列品的方式成为日本诗学批评的基本方式之一。

关于和歌集四季分类的形成，还应该考虑中国类书分类规范的影响。隋唐的一些类书中，都有"岁时部"，就是以季节分类的。如隋代《北堂书抄》的地十八部就是"岁时部"。入唐以后，"岁时部"的地位更有所提高，如在《艺文类聚》、《初学记》中，一跃而为仅次于"天部"的第二部，反映了唐代季节意识的增强。另一类书《类林》中，从六至七，是春、夏、秋、冬四部。在《白氏六帖》中，四时部也在卷一中。此后的类书中，"岁时部"（或称"时序部"）都位于类书之首。象《艺文类聚》、《初学记》、《类林》、《兔园策》、《白氏六帖》这些类书，都很早就传到了日本，前四种都著录于《日本国见在书目》，因此，说中国类书中的四季分类意识影响了平安时期的歌人，也许不为无据。此外，下文将要叙述的《古今和歌六帖》、《和汉朗咏集》等书的分类规范，都仿造中国类书，而其中的开头部分，就是四季分类。

由上观之，四季分类规范固然是日本民族季节意识发展的结果，但在他们的季节意识从模糊至清晰、四季分类规范由附庸到独立的发展过程中，明显地存在着中国影响。在这中间，"日本式"仅仅表现为：在和歌集中，季节意识及四季分类规范成为压倒一切的，而不像在中国文学中那样，仅仅是众多文学及分类意识中的一种不太引人注意的东西。也就是说，日本民族的季节意识比起中华民族来要远为强大。

平安时期的文学总集中，还有一类作品，如上述两类作品那样既具有文学总集的性质，又兼有文学辞典的性质。但它们在作为文学范本供人借鉴和模仿这一点上，倒是一致的。它们的分类规范，是自然而然地倾向于分得极细的中国分类书开式。这些总集的分类非常琐细，非《古今集》之类和歌集式的。其来源，就是中国的分类书。日本学者久曾神异说："'六帖'的名称，或许是分载六册的结果，但不能忘了《白氏六帖》的影响。恐怕正是根据《白氏六帖》，才有意识地把和歌分载于六册的。"小南正夫说："《白氏六帖》又影响和歌，因而产生了像《古今和歌六帖》这样的书籍。"这都指出了《古今和歌六帖》与唐代白居易自编的类书《白氏六帖》的关系。"像这种微妙而广泛的分类意识，不仅超过了《古今集》等书的分类意识，而且有着中国分类书的投影。又下卷杂部的各种项目，初看之下似乎很纷杂，但实际上各各都条分区划，反映了中国分类书的分类意识，志在绘解百科全书式的唐风知识……。"指出了《和汉朗咏集》于中国分类书的关系。这些说法，都联系中国分类书来谈这些文学总集兼文学词典的分类规范，可以说是抓住要害的。

梁代类书《华林遍略》(523)六百二十卷，《修文殿御览》(572)三百六十卷，隋代类书《编珠泉》(611)三卷，唐代类书《艺文类聚》(624)一百卷，《初学记》(727)三十卷，总集家中著录了《兔园策》(636-652)九卷。公元九世纪以前纂成的中国类书，在上述这些总集编撰之前大部分已传入日本。

中国类书传入日本以后，曾引起过一些文人、学者编纂日本类书的兴趣。出现了滋野真主编纂的《秘府略》，这是一部"从汉籍中收集事物出典"的类书，其性质与中国类书显然是一样的。后来，菅原道真把"六国史"及其他史籍中的记事依事件分类，纂成洋洋二百五十卷的《类聚国史》(现存六十二卷)，其性质与中国类书中的专科类书如后来宋代的《册府元龟》相似。而且只不过是"当时编纂的许多类书中的一种"，像《秘府略》、《类聚国史》这样的日本类书的出现，证明中国类书在当时的影响是很大的。

当然，中国类书的影响不仅表现在、并且不是主要表现在直接促使日本类书的产生这方面，而是表现在对日本平安时期文学总集分类规范的影响上面。魏晋南北朝的类书，都与学问有关，与文学的关系并不密切。到了隋唐，今体诗大兴，讲究用典和对仗，迫切需要这方面的工具书，于是类书的内容转而趋向于为诗文创作服务，以提供典故、词藻、范文为目的的类书应用而起。隋唐类书主要是为诗文写作服务的。所谓"创作时需要古人的名句，所以要求有一种辞典性的书籍"，和隋唐类书产生的原因基本上是一致的。它们同时兼有文学词典的功用，也就是同时兼有类书的功用，在供人们借鉴、参考、模仿、取材诸方面，和中国类书，至少是唐代类书是一致的，这是中国类书的分类规范能够影响平安时期这部分文学总集的基本前提。此外，《和汉朗咏集》看起来是另一种性质，但其实与《千载佳句》等仍属一个系统，"反映了中国类书的分类意识。"

分类意识是文学意识的一个侧面，一个缩影。分类意识的外来影响，如同文学意识其他方面的外来影响一样，在开始时，能够扩大接受民族的审美眼界，促使该民族文学事业的发展。比如，从奈良朝以前稀稀落落的分类项目到平安朝五花八门的分类项目的变化中，可看到平安文学的长足进步。

此外，能起源于猿乐，模仿歌、舞、物的各要素于4世纪中叶形成。而猿乐是在奈良时代模仿从中国传来的散乐而形成的。

3. 日本文论的独创性

当然，我们在指出这些文学总集的分类规范受中国类书影响的同时，也不能忽视它们所具有的民族特色。这一点，倘仔细比较一下二者的异同的话就能看出来。比如，在中国类书中，春、夏、秋、冬四部下面不再细分，但在上述日本文学总集中，春、夏、秋、冬四部下面却又分得很细。同时，又把在中国类书中隶属于天部的霞、雨、露、雾、霜、冰、雪、霰，隶属于果、木、花、草部的，隶属于鸟兽部的莺、郭公等项目，又分别归入春、夏、秋、冬四部，而且其中又有一些项目，如落花、落叶、红叶、前栽等，这充分反映了日本民族对四季节的特殊敏感性和感受力。此外，在平安文学总集中处于极重要的"恋部"，在中国类书中也是无法看到的。这与平安文人、甚至包括整个日本民族偏重于季节感受与内心感受的特点是分不开的。我们只能就其总的倾向而言，而不能一概而论。

在诗话表现方法上有用国文的、汉文的。汉语是中国自己的文字，所以，中国诗话当然全用汉文来写的。但日本诗话除用汉文写外，用本国文字"假名"来写的也不少。对此，日本人常引为自豪。这一点与朝鲜诗话除申采浩的《天喜堂诗话》等少数国汉文并用的诗话外，全用汉文写形成鲜明的对比。用本国语来写诗话，固然体现出一定的民族主体意识。

尽管《古今和歌集序》深受中国文论的影响，但却并非是中国文论的照搬，而是借用中国文论的术语，赋予其新的内容。相比较而言，"假名序"更多地表现了作者的独到见解，对日本歌论的形成贡献较大。因此，我们以这篇"假名序"为主，谈它的独特性。例如，在论述和歌功用上，《万叶集》"假名序"一定程度上摆脱儒家经典的论点，提出"感生于志"；"男女之间和合，猛士之心亦得以慰藉"的观点。这里不是没有《毛诗序》"诗者，志之所之"说的影响，但其主要还是把诗歌抒发个人的思想感情，特别是吟咏爱情之效抬到很高。由此推进了吟咏自我内心感受的和歌的发展。其和歌"六义"与《毛诗序》的"六义"也并不相同。"风歌"与"风诗"，名似而实异。至于"风雅"、"风流"、"有心"、"幽玄"等源于中国古代文论中的术语，在日本文论著作中便有着自己的理解和解释。这既体现了日本文学理论的民族特色，又是日本文学理论由附庸走向独立发展的标志。什么是"幽玄"呢？壬生忠岑在《和歌体十种》(公元945年)中将"幽玄"说成"词虽凡流，义入幽玄，诸歌之为上科也。"倡导由诗之语言将读者引入一种优美绝妙之境，达到"幽玄"之美。鸭长明《无名抄》(1209年)对"幽玄"解释道，所谓"幽玄"即"惟其词所不得言尽之余情，于其姿所不得见出其景气。"显然，"幽玄"是一种含蓄蕴籍，馀味曲包之美。"有心"，也是一个日本文论中独具特色的文论概念。所谓"有心"，指一种思虑深沉，富于情调之美。由此发展成为和歌的"有心体"，由于文人大力倡导"有心"概念，在平安末和镰仓幕府初期，和歌基本上形成"长高"、"有心"、"幽玄"三种歌体。

纪淑望和纪贯之等人将缘于中国的"感物缘情"说引到日本王朝贵族文学中形成"悯物宗情"、"好色猎艳"的传统审美情趣，并导致出"和合男女"的恋情意识，同时又使这种意识成为个人情感有关的文学自觉。显而易见，这种文学观点虽然来自中国，却已被熔铸在日本传统文化结构之中，体现着日本特有的"取彼汉家之字，化我日域之俗"的认识，肯定了日本和歌的本体价值在于"发乎恋情"的特质。由此看来，日本和歌理论自觉伊始，就表现出忽视政治教化和重视个人情感的文学特点，藤原定家的"有心"论就是从这种文学主体观点之中发展而来的。

纪贯之在《新撰和歌序》里对"花实"的"花"概念，进一步加以发挥成为一个颇具特色的日本独有的文论概念。然而，在世阿弥的《风姿花传》(又名《花传》书)中，"花"却成了世阿弥艺术论的中心思想，是艺术效果的最高理想。世阿弥指出："懂得'能'的演员，由于他能够自觉的认识自己技艺不足

之处"于是随时改进，随着日积月累的功夫，"终于达到炉火纯青的地步……到了老境，定会保留'花'的妙趣。"(《花修篇》)

还有《孙姬式》里提到的八病说就与早先提到的七病说、四病说不同，它对字词声韵的使用，直到题材、内容的加工，能从全篇着眼，不仅摆脱了对汉诗用字用韵的模拟，而且比较接近了和歌创作实践。如"同心"病，作者不直接袭用中国的诗病名，而在别名上统加一"和"字，以示不同一直为后世和歌作者所重视。又如在《文镜秘府论》里，"平头"指五言诗中一六字、二七字同声为病；"上尾"指五言诗中，五十字同声为病，而"和平头"、"和上尾"都与中国诗论的原义不同。

在曹丕的"文气论"里"气"乃作为宇宙万物的一种自然物，最终还是与人的精神活动、道德相连接起来，评价作家作品及其风格。但日本俳谐论的"景气论"里把"气"主要看作是自然之物，由此侧重于单纯的客观描写，观赏着自然景物并探索人生，但运作自然现象之"气"造出"景中情"境界，排斥一味陷于主观之情的倾向，追求"平淡"、"含蓄"的"轻味"。从自然景物中使俳谐创作没能堕落为社会政治、道德的工具即陷于"文以载道"的泥滩。

"原夫歌者所以感鬼神之幽情，慰无人之恋心者也，所以异于风俗之言语，长于游乐之精神者也"(藤原滨成，《歌经标式》)

"使彼世之鬼神动心，男女之间和合，猛士之心亦得以慰籍"(纲贯之《假名序》)

从这里可知，日本歌论从强调伦理道德教化趋于表现个人的感情。这与朝鲜古代诗论有点形成对比。朝鲜古代诗论则一味重视美刺功能，重视人品与诗品，诗感化人心的作用，相对而言忽视抒个人感情。

《孙姬式》提出同心、栏蝶、乱思、渚鸿、花枯、老枫、中饱、后悔等和歌八病说。该八病说与上述的七病说、四病说相反，主张不仅字、单词、音、韵律等形式，而且题材等内容方面也主张摆脱汉诗的文字和韵律模式，由此更加接近和歌创作实际。

藤原公任在《新撰髓脑》中对受中国歌病说影响而形成的日本的"七病"、"八病"或"四病"等歌病说持批评态度。他主张从和歌的创作实际出发，打破歌病禁忌的约束，反对滥用古语和前人作品，要用新颖的、洗练的词语，这对提高和歌内容的质量起了指导作用。

日本诗论受中国诗论的影响，起初把社会伦理教化功能与抒情言志功能并重，但其发展过程中逐渐把抒情言志推崇为和歌创作的唯一主旨了。正如日本学者铃木修次所说："日本文学最初是在汉字影响下产生的，但是，日本人似乎认为中国文学的主要性质、色彩过于浓重，而将其淡化了。"、"日本人提到'风雅'，首先是要考虑政治观念，其次是古典美。"[33]日本诗学始终不断地把中国诗学中的政治倾向性和社会伦理功利性给"过滤"掉，从而形成了日本诗学非功利性的显著特征。日本文学远离政治，仅仅作为一种纯粹表达感情和精神享受的手段追求"物哀"、"幽玄"等境界，表现民族心理深层。早在18世纪，日本学者本居宣长就发挥了《源氏物语》中"日本小说与中国小说不同"的看法，用"物哀"来概括平安时代文学以及产生这种文学的贵族审美趣味。偏重于个人内心的开掘是日本本土文学的一个特点，而这一传统与西方近代文学观念是相通的。

最后，附带地谈一谈中国小说论对日本小说论的影响。

众所周知，金圣叹(1608-1661)是明末清初著名的文学批评家。他的贯华堂《第五才子书水浒传》、《第六才子书西厢记》等书，对日本江户时期的文论产生了不可忽视的影响。现据张小钢先生的论文《金圣叹的文学批评与日本江户文学》综述如下。

梁田蜕岩(宽文十二－宝历七，1672-1757)名邦美，字景鸾，号蜕岩、窳斋。森铣三先生称他为"近期屈指的大家"。48岁致仕明石藩，成为藩儒，直至去世。蜕岩亦是清田儋叟的老师。在《答膝元琰》(《蜕岩集》卷之六)一文中写道："承足下阿国传一生精力半在兹编、未读已，知其为千百年风流嚆矢也。异日亦使老居士评之，则扫案焚香，乃现圣叹望如身，而为66州锦

---

33)《中国文学与日本文学》，福州海峡文艺出版社 1989。

绣才子说法矣。"文中的"锦绣才子"自不待言，"扫案焚香"句亦借圣叹评语。即"《西厢记》必须扫地读之"、"《西厢记》必须焚香读之"。总之，蜕岩想要模仿金圣叹、王望如评点《阿国传》，表示出对圣叹的好感。蜕岩的态度无疑对清田儋叟产生了影响。

儋叟(享保四－天明五，1719-1785)日本近代"水浒"评论的第一人者，远可和金圣叹比肩。[34]儋叟对金圣叹的"水浒"评点极感兴趣。儋叟对圣叹的评点方法和批评用语表现出极大兴趣，并极力模仿，但超过圣叹。比如说，像"血泪"、"血泪十斗"、"鬼哭"这样的批评语句，儋叟的使用频率极高，以至中村博士以为是他的独特的批评语句。在批评内容方面，特别是小说和史书的关系方面，儋叟以史学的观点展开了小说论。这是他与圣叹小说批评在本质上不同的地方。所以，可以说儋叟的小说论是在批判圣叹的过程中形成的。主要可以概括为三个方面：

(1) 小说的作用和价值。圣叹认为，小说的写作方法源于史书，却胜于史书："《水浒传》方法，都从《史记》出来，却有许多胜似《史记》处。……其实《史记》是以文运事，《水浒》是因文生事。"[35]("卷之三")圣叹的这段精彩议论，明确说明了小说和史书的不同，从理论上说明了小说的独立性格和存在的文学价值。但是儋叟对此不以为然。他认为小说归根结底不过是"史之余"，是史书的附庸而己，因而小说的作用也不过为史书拾遗补阙。因此在33回里，针对圣叹的"全用史公章法"的评语，儋叟措词激烈地反驳道"史公家奴婢亦不作此轻薄俳浅俗鄙俚之语，何狗章法，圣叹水浒评中最大谬误。"(《水浒传批评解》第三十四回)43回里，针对圣叹的"作史记非难事"的评语，儋叟批判道："当拔其舌。宇宙间只有一部史记，文章的法式、妙处均在左传之上。"(《水浒传批评解》第四十三回)

(2) 小悦的虚构和真实。圣叹明确指出，史书里确有宋江等36人的记载，《水浒传》取材于此，又进而敷衍出72人来。但圣叹的兴趣不在36人，而在

---

34) 中村幸彦博士评语。
35) 影印本第五才子书施耐庵水浒传：卷之三，上海中华书局，1983年。

虚构出的72人:"只是70回中许多事迹,须知都是作书人凭空谎造出来,如今却因读此70回,反把36个人物都认得了。任凭提起一个,都似旧时熟识,文字有气力如此。"儋叟则不然。他认为:"水浒的文面外有真的水浒,宋一代尽收入其中。"因此,儋叟追的是历史的真实,而圣叹追求的是文学的真实。这是两位批评家本质的不同。所以他们在《水浒传》批评中也表现出不同的兴趣。例如,圣叹对34回的清风寨起行一节的车数、马数、人数的具体描写,认为"分明是一段史记"。同样,48回里乐和与解珍确认亲戚关系的对话描写,令圣叹想起了霍光与去病的一段,发出"今又读此文也"的感叹。儋叟则对一句话、一件事都要找出史书里的史实作为根据。15回里有白日鼠白胜的"我今饶了你众从半贯钱罢"一句,对此据史评为"金主赐宋主亦同",并进一步解释道:"宋主贡金主金20万两,帛25万匹,金主还付归使金5万两、帛5万匹,详见宋史及宋元通鉴。"58回晁盖的"若那个捉得射死我的便教他做梁山泊主"一句,儋叟评道:"暗写杜太后嘱语妙。圣叹漏失。"并解释道此亦见宋史及宋元通鉴。《水浒传批评解》里,儋叟指出的"圣叹漏失"之处比比皆是。

(3) 小悦春秋笔法。在对待宋江的问题上,儋叟受圣叹影响,也认为宋江是个伪君子。但他们在具体批评中又有很大的不同。圣叹认为,《水浒传》有关宋江的描写是采用了史家"案而不断"的方法。"案而不断"的写法,是为了使作品保持一定的客观性,宋江的好坏由读者判断。与此相比,儋叟则更强调了作品的主观性,提出了"心匠"的说法。所谓"心匠"就是。'匠心'之意。即作者用心良苦,刻意表现之处。所以,儋叟在解读宋江形象时,又作了若干重要补充。应该悦,宋江是个恶人这一形象的变化,是圣叹批评的结果。但儋叟进一步论证了宋江好诈、有心计的一面,使宋江的形象更有了立体感。在分析小说的春秋笔法这一点上,儋叟比圣叹走得更远,做得更彻底。楔子是70回本《水浒传》结构的重要部分,是圣叹由元杂剧引入小说的一个重要概念。楔子是圣叹腰斩水浒的同时,把第一回改成楔子的。儋叟以极大热情批评了70回本《水浒传》,却对楔子未置一言。而服部苏门独具慧眼没有放过，发表自己的独特见解。

服部苏门(享保九–明和六、1724-1769)名天游，字伯和，号苏门道人、啸翁。金圣叹的影响主要见于苏门有名的《赤裸裸》一书。与儋叟相比，苏门有独到的见解，他主要是从文章论的角度接受了圣叹的影响。苏门认为："所谓无中生有、空中楼阁，文章家的妙境都在此矣。不愧为作者之才力。庄子、苏东坡、施耐庵辈应并驾齐驱。如此看破作者深意，实为有趣。若只看作事实，味同嚼蜡.又有何趣可冒哉！"明显表示出与儋叟追求史实的看法不同。

泷泽马琴(1767-1848)名解、号蓑翁、曲亭、马琴等。马琴是江户文学的最后一座巨峰，也是江户时代受圣叹影响最大的一位作家。据说马琴也看过儋叟的著作。这些也可以看作是圣叹的间接影响。马琴不仅是《水浒传》，还研读了圣叹的第六才子书《西厢记》。这在当时是非常难能可贵的，反映了学问家马琴的一个侧面。马琴对圣叹烦言颇多，模仿亦不少。马琴的解释，显然是受到了圣叹评点启发的结果。连语句都完全模仿圣叹的。此外，正楔、奇楔等术语亦是从圣叹那里搬来。后来，马琴在《八犬传》中虽未用"楔子"这一术语，但他仍然采用了这一手法，并称其"发端"，这大概是为了让妇孺也能看懂的缘故吧。

泷泽马琴与儋叟同样，也是在激烈批判圣叹的同时，接受圣叹影响的。马琴对圣叹的批判主要集中在《洁金圣叹》和《南总里见八犬传》里。马琴指出了"腰斩水浒"的事实，并承认前70回比腰斩的部分文笔"新奇巧致"。"70回以下，有招安事。宋江、卢俊义等徒　108人，为宋朝讨辽、征方腊，此与前70回的新奇巧致的文笔相比，似乎颇劣。"但另一方面，马琴也认为腰斩的结果从为民锄奸、为国锄贼的意义上说，只完成了小说趣旨的一半，这是圣叹的疏忽。圣叹的"腰斩水浒"，这桩公案，在中国由胡适、鲁迅等学者的研究才得以明确解决。而马琴比他们早半个多世纪明确指出了这个问题。此外，马琴不赞成圣叹扬水浒，抑三国、西游的态度。马琴认为，毛声山的《三国演义》评点，其妙在圣叹的《水浒传》评点之上。马琴还指出圣叹的"愤闷悦"、"游戏说",自相矛盾。

参考文献

1. 日本古典文学大系 65 《歌论集能乐论集》,岩波书店刊行 1961.

2. 日本古典文学大系 66 《连歌论集俳论集》,岩波书店刊行 1961.

3. 日本古典文学大系 94 《近世文学论集》,岩波书店刊行 1966.

4. 姜文清《"物哀"论考》,《日本研究论集》1 南开大学日本研究中心编,南开大学出版社 1996.

5. 赵乐生《和歌理论的形成与我国诗学》,《日本文学》1987. 3.

6. 赵乐生《中日文学比较研究》,长春:吉林大学出版社,1990.

7. 《日本诗话从编1》赵钟业 编 太学社 1989.

8. 曹顺庆 主编:《东方文论选》,四川人民出版社 1996.

9. 张小钢《金圣叹的文学批评与日本江户文学》,《吉林大学社会科学学报》2001.

10. 权 宇《古代中朝日文化比较研究》,延边大学出版社 2002.

日本中世诗歌文学和中国文学

第一节 中世的中日关系

史学家一般把日本的中世规定为12世纪末到19世纪中叶，也就是1192年源赖朝开镰仓幕府到1867年江户幕府灭亡为止。但文学史一般把它分为前后两个时期，把镰仓幕府的开始到1575年室町幕府灭亡为止看作是中世；而后期即260余年江户时代称近世。日本的中世大概有440余年，[36]包括12世纪末到16世纪初这一段时间。而它相当于中国的南宋(1127-1279)后期、元朝(1271-1368)、明(1368-1644)前期。

如前所述，中日文化交流始于上古时期，尤其是"大化改新"大量吸收中国文化，为建立和发展古代日本文化做出了重大的贡献。在这里遣隋使、遣唐使无疑起到了非常重大的作用。但是，进入平安朝以来日本吸收中国文化的态度和接受方式发生了一定的变化。从平安朝开始，日本克服前一时期接受中国文化中的盲目性，开始有所选择地学习中国文化，表现出了与前一时期有所不同的特色。很显然，日本社会进入了一个中国文化和自己传统文化的消化融合时期。于是，从那时起日本的对外政治、经济、文化交流的趋势开始有所减弱，文化上的民族特点明显增加，以至于达到了它与外来汉文化分庭抗礼的地步。从此，中日两国的文化交流进入了"你中有我，我中有你"的双向发展阶段。尤其是平安朝废除遣隋使、遣唐使后，日本和中国的文化交流进入了一个小康阶段，日本社会到处出现了民族文化

36）在此指文学史意义上的中世。

的风潮。但是，应该看到在那个时代仅靠日本的传统文化，也就是地方文化、庶民文化是不能把日本文化走向繁荣的，尤其是到平安朝日本文化开始刚刚成立，并开始走向贵族化的情况下，仅靠自己的传统繁荣民族文化是一种一相情愿，是一个美丽的幻想而已。日本文化的这种近乎"先天"的不足，决定了它必须借助外来文化，才能完成这一历史使命。所以，他们说是以传统为主，但也不能断绝与中国文化的关系。而入宋僧、入元僧、入明僧起了桥梁作用。

综观这一时期的中日文化交流佛教和留学僧起到了非常重要的作用。在这特定的历史时期僧侣知识阶层成为中日两国文化交流的主体，往返于中日之间，把中国文化传到了日本，并且在此基础上融会贯通中日两国的宗教文化与文学，为这一时期的中日文化和文学交流打下了坚实的基础。但是，这只是问题的一个方面，在问题的另一个方面这一时期的日本正是武人掌权，战乱频仍的时期，天灾地变，歌舞升平的景象也随之消失了。以武士为主体的战争严重地摧残了平安朝400年来培育出来的日本古代文化的基础，莫大的日本境内完整的绝无仅有佛教文化一脉。这不仅给人们的生活带来了莫大的痛苦，更为重要的是给萌芽中的日本的民族文化带来了巨大的灾难，给文学也带来了毁灭性的打击。可是，任何一种强暴也不能毁灭文化，在这特定的文化条件下，日本文化和文学按照自己的方式延续了自己的发展，并与中国文化和文学的交流中寻找到了自己的坐标，谱写了中日古典诗歌文学的又一个篇章。

下面我们把这一时期的中日关系分为南宋、元朝、明前期等三个时期加以考察。

一、南宋时期中日关系

南宋与日本没有建立正式的外交关系。但在处理日常外事问题时，可以说是基本上互相尊重平等相待的。而南宋对外贸易的极大发展和日本镰仓幕府对外政策的松动，以及他们积极推动的对宋贸易政策，商船的频繁往来，都为促进这一时期的中日文化交流，创出了良好的条件。南宋中叶以后，中日贸易进入了自由贸易时代，大量的日本商船驶往南宋，南宋的商人也到日本进行贸易，并且时常受将军的召见。南宋的市场经济影响日本经济，日本朝廷和大宰府官吏从贸易中获得了极大的利益，所以，此时两国之间贸易远远超出了北宋时期。据不完全的统计这一时期驶往宋朝的日本商船有时一年多达40至50艘。贸易方式也多种多样，其中"朝贡"和"回赐"作为官方贸易，可免交商税。随着南宋与日本自由贸易的兴盛，宋币也作为可信赖的中日两国的通用货币，在两国贸易间起到了经济杠杆和结算货币的作用，从而在日本国内也深受了日本人的欢迎。有些日本人不惜用重金来争先恐后地买入宋币，以至于南宋方面铜钱外流过多一时成为问题。由此可见，这一时期的日本几乎完全是纳入到了中国经济体制和经济辐射卷内，深受其影响。

这一时期，中日两国间的友好往来，除商人之外，还有僧人。当时为学佛传法往来于两国间的僧人，大部分是出类拔萃者。他们不仅佛学造诣深，而且文学修养和各种技术工艺知识也比较丰厚。他们往返于两国之间，自觉不自觉地成为两国文化交流的使者。与北宋相比，南宋时期搭乘商船来中国的入宋僧和入籍宋僧显著增多，其中能指名道姓者就有一百二十余人之多。其中不少是知名僧人。这个数字可与盛唐时期相媲美。他们不仅在中国学习了禅宗，还带去了颇具特色的南宋新文化。两国僧侣在往返两国的旅行中，把许多中国的佛经佛典传到了日本。不仅如此，他们还把他们著述的佛典献给宋朝，谱写了这一时期以佛典为中心的中日古典文化交流史。据查中国的经典传入日本后，至宋时再反馈回来的经典中，以佛典为最多。因此，可以说以佛教、佛典为媒介的文化交流是两宋时期中日文化交流中的特点。

综观这一时期的入宋僧，其入宋的目的也不同，这大致可分为巡礼佛迹；传习律宗；学习禅宗，这三大类。其中第三类人数最多。南宋末期50年间是禅僧来往最频繁的时期。入宋僧都是日本僧界佼佼者，所以大都佛学造诣很深。他们来时带自己或日本名僧著述的佛典，回时也带大量佛典和经论章疏，以及佛像、佛画、顶相赞、舍利、语录、法语、偈颂、僧传等等，还有儒书、诗文集和医书、字帖、茶之类。这些典籍对于日本五山儒学、诗文学的兴盛起了非常重要的作用。而这些典籍大部分是印本。因为当时宋朝已经摆脱抄本时代，进入印本时代，一般的书籍都是刻印的。这些宋刻本促进了日本的出版事业。宋刊本传入日本后，许多禅僧开始仿宋刻本刻印禅籍。14世纪初，以京都、镰仓为中心出现了各禅寺直接仿宋、元刻本的仿刻本。而当时镰仓缺乏优秀雕工，因此此间就有人趁赴宋之便，把日本禅籍带到南宋去刻印，然后把雕版再带回日本来刊行。

随着日本禅宗的兴盛，日本禅僧中入宋的人也逐渐增多，中国禅僧到日本的也逐渐多了起来。南宋一些僧人为日本禅学的兴起而感动，遂产生"游行化异"志，加上镰仓幕府愈益醉心于禅，常把中国高僧聘请到日本讲佛，加上13世纪中后期在中国大陆出现的残酷的民族斗争所酿成的"生不食元粟，死不葬元土"的时代气氛更是煽风点火，促使大量僧人东渡日本。据统计南宋僧人中东渡日本者多达十余人。他们东渡时，还带去了自己或宋名僧著述的大量佛典。1246年，南宋著名禅僧兰溪道隆(1212-1278)应邀与其弟子首次到日本。道隆助当时执政者建寺，当主持僧，成为禅宗的开山祖。日本禅宗建寺不再依附其他宗派的就始于道隆。南宋禅僧到日本后建寺外，还做主持，从事布道、讲学等活动。他们的活动对日本文化各个方面都产生了很大影响。其中首先必须指出的是禅宗对日本武士阶级精神的深刻影响。南宋禅宗东渡后最受日本镰仓时期武士阶级的青睐。大家知道，日本的镰仓时期是武士阶级崛起的时代，整个社会都奉行武人政治。任何一个政治势力的兴起，都要求与之相适应的意识形态一样，日本的武士阶级也要求能反映自己的思想感情的意识形态。但从前贵族公卿阶层信奉的佛教，已经无法满足新兴武士阶级的需要。而禅宗那种"即心是佛"、"明心见性"、"见性成佛"、生死如一等依靠自力即可解脱成佛的观点，正和他们的口味，引起了在战争生活中要掌握自己命运的武士的共鸣，使他们在紧张的战斗之余有了一种精神寄托。当时从大陆传入禅的先驱者荣西写的《兴禅护国论》，大受新兴武士阶级的欢迎的事实就是这种观点的最好注释。在这一方面当时日本的政治巨头北条氏起到了重大的作用。作为日本政界巨擘，他用武力征服了全国，但在宗教界他没有什么地位。为了对付宗教界的反对派，北条看中了与日本佛教各派无任何联系的禅宗。于是，他积极扶植禅宗，把镰仓建成全国禅宗的中心，以之扩大了自己在宗教界的影响。他还把禅宗定为国教，大大地提高了武士阶级的文化品位。一时间新兴佛教－禅宗席卷宗教界，成为与武士阶级和武家政权相联的日本代表性的宗教，迎来了它自己的兴盛期。这就是说，武士阶级的政治、精神上的需要，有力地促进了禅宗的发展。另一方面，中日禅僧的频繁交往，以宋理学为中心的新儒学也随着禅宗传到了日本。到13世纪中期，赴宋日僧致力于摄取宋理学的同时，中国的"归化僧"也把宋理学传到日本，以强化王权。据《花园院宸记》元应元年即1319年7月22日条记载，后醍醐天皇曾召玄惠进讲《朱子新注》。可以说后醍醐天皇视宋学为治国之本。

日本禅宗在传入初期还没有完全摆脱天台、真言等旧佛教的框架。及至南宋僧渡日后便逐渐中国化起来。后来随着宋僧和入宋僧的往来，传到日本的禅宗，其内容和外形全部中国化，以至日本禅林不管大小事，都向中国看齐。例如，日本禅宗寺院被称作"禅宗式"，这种建筑风格完全仿照南宋禅宗寺院的结构和布局，具有宋代建筑风格；禅僧举行宗教仪式时穿着宋式的大袈裟和肥大衣服；禅僧宣扬禅学宗旨时用汉语语录；表达见解时也是用汉语作成的偈。而佛学著述的交流和互相切磋琢磨，促进双方对佛学的研究。

南宋时代，禅宗高僧、大师讲法中的法语、偈颂、佛祖赞、题跋、书简等都由弟子编纂成集，募缘付印，赠送传阅，扩大影响，增加信仰。随着道隆去日，这种雕刻风气介绍到日本。从这以后，禅书的印刷逐渐增多，并从禅书发展到其他书籍，印刷业在日本得到迅速发展。

南宋雕刻、铸造工艺给日本以很大影响。南宋铸造工匠将其技艺，传授给日本铸造业同行，促进日本铸像工艺的发展。南宋瓷器国际知名，日本人很喜欢。日本茶碗一词，是那时专指宋瓷茶杯的特定名称。

此外，禅宗这种强调自身修养，对淡泊宁静的精神追求，对日本的文化艺术、文学、绘画、书法、音乐、舞蹈，以及各种"艺道"等都产生了极其深远的影响。当时随着禅宗的流入，南宋的绘画、书法、医学、茶业等也都传到日本。这就很快影响到日本人的生活方式，使日本日常生活也具有宋朝的特点。

二、元朝时期中日关系

元与日本也没有正式的外交关系。中国的元代，历史上相当于日本镰仓时代后期和南北朝时代前期。刚刚建立的元朝，早在世祖时期，就曾想征服日本，并要与它建交，多次派出了使巨，但均遭日本方面的拒绝，原因是日本不承认元朝的正统地位。于是两国政治关系日趋紧张，最终暴发了战争。但元朝的两次出征都以失败而告终。此后几十年，他们互相敌视对方，都忙于备战。但成宗后期，元的实力开始衰弱，已无力再作征日之举。与之相反，日本多次乘船窜扰中国沿海。明代倭寇的祸根，在这个时候已经萌生了。尽管如此，两国民间的商船依旧来来往往，贸易从未间断。就元准备第二次远征的1277年也有一些日本商人带金子来换铜钱。这种经济贸易往来到元末60-70年间达到了高峰。

综观元日之间的贸易主要采取民间的贸易方式，而且在贸易中日本始终是采取主动的方式，这与元和高丽之间以官方为中心的形式不同，也不同于以双方的往来为主要形式的南宋时期的贸易。

元朝对日本的民间贸易，采取严密监视与宽大措施相结合的政策。1278年，元在港口专门设置淮东宣慰司与日本商船接洽。元朝对日本商人始终持支持优待政策，无任何限制，甚至还有意创造一些有利条件，以利日商的往来。通过民间贸易，元不仅要达到经济利益，而且想利用日本商人与日本"通好"即修好关系。但镰仓募府对元的贸易商始终持警戒的态度，坚持与元不通和好。但出于奇货珍品及其过骄奢生活的需要，对本国商人到元朝没有阻止。所以日本商船驶往元朝的络绎不绝。日商入元的主要目的之一仍然是获取铜钱。因为这时，日本国内商业迅速发展，交易扩大，铜钱需求量大增。[37]元日间贸易往来从13世纪末开始进入14世纪更加频繁，其规模也趋于更大，呈现出比唐代和宋代更为活跃的盛况。当时，日本商队的规模也很大。1279年，4艘日本商船载2千多人来元进行贸易。此间也发生过日商借故引起骚掠，这些已为日后倭寇侵扰伏下引线。随着两国民间贸易的发展，又形成"互市"贸易。民间交流到元末不论在经济上还是在文化上都进一步扩大了。在这一潮流的推动下，1325年，镰仓末期，幕府本身也派出给予保护的筹措建寺经费的官许贸易船入元。而到室町幕府时期由当时执政者足利尊氏和足利直义兄弟派遣天龙寺贸易船。这些"经幕府批准，取得它的保护前往，而在回国后得负担一定义务的一种特殊的商船"[38]贸易都具有半官方性质。当时元日之间贸易品目与宋日贸易时期无大变化。即中方主要进口黄金、刀、折扇、螺钿、硫黄、铜以及其他工艺品；日方主要进口铜钱、香药、经卷、书籍、文房用具、绘画、禅寺用具、茶、锦、绫、毛毡、瓷器、珍玩等。

在元朝一山一宁等相继赴日的中国名僧的影响下，元日僧侣的来往激增，其数不亚于宋代。元代赴日的僧侣史籍可查者约有十三四人，无名姓者尚多。元僧去日本的目的多种多样，有的带着元朝的使命；有的应日本聘请；有的羡慕日本而去。这些渡日僧中很多在元朝就是有名的高僧，到日本后接受日本朝廷和幕府的王侯般的热情接待，在僧俗的优厚礼遇下，掌管京都、镰仓的名刹，大力宣扬禅风，对于日本精神界产生了很大的影响。由此，对日本儒学、书法、绘画以及其它各个方面也都给刺激与发展，在促进日本文化的发展方面做出了贡献。赴日禅宗名僧如一山一宁、道

---

37) 这时日本庄园和农民日益依赖于铜钱，到元初，以铜钱交纳年贡几乎已推行至全国。
38) 木宫泰彦：《日中文化交流史》，胡译本，第397-398页。

隆、祖元等对日本禅宗的发展颇有贡献。随着日本禅宗的逐渐兴盛，日本僧侣搭乘商船入元朝圣的也日益增多。据日本学者统计数字表明，入元的日本禅僧络绎不绝，形成自遣唐使之后又一次入华高潮，创历史最高记录。特别是从13世纪末至1368年止，仅就在史籍上姓名可考者竟多达220人。[39]当时虽然处于战争状态，但元朝朝野对来华的日本禅僧还是非常友好，并未加限制。当时中国著名的丛林中几乎都住有日本僧人，有时在一个寺院参禅的日本僧人达32人。有些日僧甚至得到元政府赐予的禅师称号。日本禅僧入元的主要目的多半为历访江南圣迹，游名刹，观光名山大川。总的说来，入元僧比起上一代的入宋僧来，已缺乏修习禅道，传播禅宗的热情，显出式微的倾向。但这些入元僧当中杰出之士久居中国，对元代的佛教制度颇感兴趣，日本禅宗的各种制度都愿效法元代。他们不但深研佛理，同时收集佛教经典、语录、文物，并学得儒学、诗文集、书法、绘画、建筑、印刷、茶道等方面的文化知识回国，或带回这方面的文化产品，不断给予日本以清新的刺激。特别是元代的绘画、书法对日本影响较深。这一时代，日本禅僧或入籍僧的语录、诗文集的序跋、行状、像赞、塔铭等，有许多也出自元朝高僧之手。这是由日本禅僧在入元时，携带先师的语录和诗文集等，寻求当地高僧题写后又带回国的。雪村友梅的墨兰深得宋、元清雅恬淡的意境。铁舟德济在元时，与元代的著名书法家、绘画家相处，不仅学到宋、元绘画、书法的手法、技巧和风格，而且也收集许多宋、元名画书法真迹。这些名画对日本的名僧、文人颇起推动作用，一时间名书法家、画家辈出，因而五山十刹的僧人有画僧之称。他们还带回很多在元时师僧所授给的顶相赞、[40]法语、偈颂之类。然后把它们挂在禅室壁间，借以缅怀先师的面容或作为修禅悟道的机缘。后世在壁龛间张挂书画欣赏的风习，就是由此发展起来的。元朝高僧潇洒而雄浑的墨迹，这样陆续传到日本，对于日本的书法，想必给予不少的刺激和影响。入元僧

---

39) 木宫泰彦：《日中文化交流史》，商务印书馆 1980年版，第422-460页。
40) 禅僧的肖像称顶相。

回国以后，大都受到朝廷的厚爱，历住京都、镰仓的五山等大寺院，处于社会指导者地位，为促进日本文化的发展和汉文学的兴盛，也都发挥了一定的作用。那些不喜欢接近权贵豪门的返日僧，或隐居深山，托钵云游，或开创寺院，教育弟子，把中国文化的影响扩展到穷乡僻壤。由他们传入的唐式茶会、食物烹调法、住宅建筑、室内装饰，以至庭园建筑艺术等都很受欢迎。例如，当时风行的日本茶会完全仿效宋、元两代的茶会方式，但不论在烹茶技术、茶会仪式、茶会场所的布置等方面，都有新的发展，形成具有日本封建统治阶级特色的茶会。

当时入元僧不仅亲眼看到当地禅林出版事业的盛大情况，有心模仿，而且入元僧中也有不少人曾亲身参与当地的出版事业，积累了一些经验，这也促进了日本出版事业的发展。而五山禅僧所从事的对汉文典籍等各类书籍的训读注释、讲解出版工作，是日本中世最有成绩的文化事业。这时元刊本不断地输入重刻，进而扩大到唐式版中的大出版物。入元僧不仅不断去元各大寺学习经验和技术，而且在回国时，有机会还聘请元朝优秀雕版工匠入日。就有名可考的元代入日的雕版工匠三十余人，没有留下名字的工匠当然会有。他们有的还出自己的钱财，为日本印刷技术及其出版事业的发展做出了贡献。当时，入元僧经常携带佛教经典、儒学经典和文集诗稿等往返，并将其付印。这些僧人多半为日本五山各寺僧人，因而由他们组织的雕版印刷，便称为五山版。五山版书籍主要复制宋元版书籍而广流传。由于印刷术的普及，书籍能够在更大的范围内流通和集中，大大开扩了日本学者文人的眼界。

当时日本五山十刹都是由朝廷和幕府来经营管理的公家机管，那里的住持都是根据朝旨、府令来任命，而这些都是模仿宋元制度的。日本规定以南禅寺为天下第一山，位在五山之上，这初看起来，似乎是日本创始的，但实际上也是1334年元僧明极楚俊当该寺住持的时候，照搬元制的。入元僧对日本文化各方面都有显著的影响。从中国传入日本的禅宗流派共有二十四派，但其中大部分是入宋僧和渡日的宋、元僧所传入的。元朝时期京城迁到北方的北京，但杭州仍然是汉民族的文化中心。所以日本的入元僧也和上一代的入宋僧一样，主要游历江南的禅刹，爱好江南风物。

三、明前期中日关系

明前期中日关系处于平缓发展阶段。但因倭寇骚扰海域，中日之间政治、经济、文化等方面的往来时疏时密。明朝建立伊始，太祖朱元璋便向日本派遣了使者。明太祖与怀良亲王的交涉是明朝与日本交涉的序曲。但因当时日本正处于南北朝对立时期，加之明嘉靖时期"倭寇之患"的加剧，明朝采取海禁政策等原因，明朝与日本的关系不是那么顺当的。最初怀良亲王对明使根本不予理睬。接着因同第三次明使赵秩意气相投，终于了解了大陆所发生的事情，向明派遣了答礼的使者祖来。明朝第二代惠帝与日本统一南北朝的足利义满从1401年开始互相来往使节，确立邦交，明朝把日本纳入自己的册封体制之中。这时，明朝与日本之间还缔结了勘合通商贸易条约，即永乐条约。于是按照勘合贸易条约所规定，两国互派贸易船。而日本方面的贸易船也就作为官许进贡船携带勘合，以进贡为名，经营贸易。日本室町幕府的正式遣明勘合船自1401至1549年将近一个半世纪之间，[41]先后共达17次，等到日本进入战国动乱时期，勘合贸易的历史就告终了。勘合船进口量最多最重要的也是铜钱。这时简直可以说，没有它就难以指望日本经济的顺利发展。可以说日本经济也被纳入中国经济体制之中。至于勘合船所装载做贸易的东西，除琉黄和铜这类矿物资源外，还有刀剑和扇子之类工艺品，以及象苏木之类从南海进口的中转贸易品。回程所带回的东西是生丝、丝绸织物、布、陶器、书籍、字画等。

除这些官方贸易以外，民间往来，尤其以中国商船为纽带的中日经济交流也始终没有间断。明日间私商贸易是从元末延续下来的。明初虽然一再颁布禁海令，但明日之间民间私商贸易一直在秘密进行。不过，这种私商

---

41) 是一种携带作为证明用的符票(名叫勘合符)的官许贸易船。勘合符的发行者是明王朝中央的礼部，规定每次皇帝更迭，发行100道。

贸易与前期相比规模不大，人数也不多。在明日建立外交贸易关系后，私商贸易依然没有中止，在明史籍中一再出现的有关无国书、无勘合的日本进贡船不准进港的记载，就是最明凿的证明。由于两国间存在着官方贸易关系，所以私商贸易的规模也无大发展。嘉靖中期，明日双方勘合贸易停止后，情况为之一变。参与日本内战的大武士、大名守护极其需要铜钱，而承担"日本造币局"[42]任务的明朝，却关上自己的大门中断贸易，这就等于切断为他们送铜钱的渠道。他们为了参战，为了自己的生存，为了铜钱，不仅不再约束倭寇的劫掠活动，而且组织亦寇亦商的商船，加入日本商人的走私贸易船队中来。于是私商贸易骤然增加。

　　明代300年间，日本很多僧侣入明继续深入吸收中国文化的优秀成果。其主力军仍是以五山禅僧为主的僧侣，有桑可考者"其总数达百十余人"。[43]入明僧以缔结勘合条约、遣明船进入制度化为标准可分前后两期。前期是求法僧、游历僧沿袭上一代入元僧风习到明朝修习禅宗和钻研诗文时期。在永乐条约之前，日僧入明多为自寻途径，在明居住时间较长，文学造诣较高，回国后传播明代文学方面影响颇大。后期是使节僧出任使节团正使等时期。这些使节僧是根据勘合条约派遣的，所以只能从宁波赴北京，得不到去各地游历的方便，而且逗留期间一般是一、二年，最多也不过两、三年。不过，接触了从宁波到北京沿途城镇的各界人士，了解当时明代各地的风俗习惯和生产交换状况，写下了许多日记体裁的著述。不少人因接触到所憧憬的风物触发灵感赋诗文或题字绘画，博得了极大的赞赏。此时，从事明日间贸易的日方大使几乎全都是由五山名僧充任。其他有意游历中国名山丛林寺院的日僧，多充当日方勘合贸易的工作人员，乘机赴明，达到游历目的。充任贸易大使的日僧，以官方身份常与明朝廷上层交往。而奉命访华的僧侣，也总是事前拟定所需书目，提请中方照单赠送。日僧多抱着多多益善的态度，多方调研，搜索枯肠，所以有时所求典籍数量之大

---

42) 原文为"日本的造币局设于中国"。载秋山谦藏：《日中交涉史研究》，第542页。
43)《日中文化交流二千年》，北京大学出版社1982年版，第166页。

而涉面广，真有点令人瞠目，惊俗骇世，但明朝有关当局，仍然依单照拨。自14世纪后期，特别是整个15世纪，明代官方向访华的代表日本官方的僧侣赠送儒书外典，以示友好。这似乎已成为外事礼宾"回赐"中的一种惯例。而到了明代日本僧侣研读儒书外典，竞成风气，儒学也成了禅僧的基本教养之一。

日僧入明，有时携带诗集、文稿，有时携带顶相赞、塔铭、行状、语录等，与明儒或名僧互相切磋，或求其作序跋。这种交流切磋提高日本五山僧人的诗文水平，基本上摆脱日式汉文腔调。

在日僧入明的同时，明僧也以使者身份或自行进入日本。除僧侣以外，到日本的明朝人似乎也不少。他们之中有的是为了躲避元末明初的战乱而到日本；也有的是被倭寇俘虏而去。

总而言之，日本中世中日之间的交往主要是通过贸易商和僧侣为中心展开的。在中世这些僧侣也就是学者、诗人。他们或直接见面或通过别的途径，谈诗论文，歌诗应答，彼此融合。他们作为中日古代文化交流的有意无意地使者，筑起了中日中世文化交流的又一个高峰。通过他们不仅中国的禅宗、宋学、汉诗、文赋源源不断地流入日本，而且中国的工艺美术、建筑、出版技术等也传到了日本，滋润了中世纪的日本社会。这时期僧侣是能够自由往来于中日之间的群体。宋代以后来华的日本禅僧滞留时间明显增多。少则数年，多则十数年，在华游学的地域也甚广，纵横南北，跋涉千里乃至数千里者为数不少。在他们携往日本的书籍中，包括大量与文学创作直接有关的诗文集和批评论著，而那些有关经史研究的新著，与文化思潮的演变有密切关系，对于理解中国文学也是必不可缺的。东福圆尔是最早从中国归来的禅僧之一。他携去的经籍就达千卷。1241年，日本禅宗史上著名的僧人辩圆园尔（圣一国师）从中国回抵日本时，带回经籍数千卷。这种携书归国的风气，持续了数百年。今存16世纪日僧策彦周良用汉文写的在中国的见闻日记《初渡集》与《再渡集》，其中详细记载了他本人在中国搜集文献的实况，这是我们今天研究中日文化交流的重要的文献资料之一。从宋代以来的几百年间，由入华僧携带书籍归国，是数百年间中国文学东传的主要通道。当时入华僧除在禅院参学外，云游中常去寻访古代诗人的踪迹，以便亲自体会一下诗中的意境，并随时写下当时的感受。大量的游宋诗、游元诗、游明诗便由此产生。有些在华长期居住的禅僧，还能说一口好汉语，应该说，这对于他们找准汉诗的语言感觉是大有裨益的。而入日僧和入中僧用汉语宣传禅学的宗旨，用汉语作偈来表达见解，大大丰富了日本语的词汇。而且盛唐和宋元明的诗歌所取得的艺术成就在僧人中深入人心，推动了他们的汉诗创作，终于形成了日本汉文学史上大放异彩的五山文学。

　　综观日本中世文学与中国文学的关系，相对来说其受中国文学影响不如前期平安朝那么明显，而且似乎有一种淡化的趋势，但这是一种表面的现象，在《新古今和歌集》中我们不难看出中国文学的深刻影响，尤其是以中岩为代表的五山汉文学堪称是中国禅宗文学的日本版，可以说其影响是绝对的。

　　在诗歌方面，13世纪初，慈圆与藤原定家均有《文集百首》之作，而该集子收有不少以白居易的诗为"诗题"的和歌，而且其中的佛教观念也给中世的日本文人以深远的影响。藤原定家在《京极中纳言相语》中云："读了《白氏文集》可以作出很多和歌，"[44]可谓是道出了白居易对当时日本文学的深刻影响。这一时期苏东坡、黄山谷以及杜甫的诗歌也引起了人们的广泛重视，逐渐取代了前一时期盛行的白居易诗歌和《文选》。还有《三体诗》、《古文真宝》的影响也不能小视。《三体诗》又名《三体唐诗》，由宋周弼编选，大量收录了中唐、晚唐的律诗绝句，其中最受日本人青睐的是杜牧的《江南春》、《山行》；张继的《枫桥夜泊》；曹松的《己亥岁》；王建的《华清宫》；温庭筠的《商山早行》等。《三体诗》还给日本的假名文学以深刻的影响，其影响至今还依稀可辨。比如《徒然草》二十一段中有一段这样的诗句："沅湘日夜东留去，不为愁人少时留"，而它就是出自戴叔伦的《湘南即事》，《湘

---

44) 又名《定家物语》，成书于1233-1237年。

南即事》就收录于《三体诗》中。这很可能是《三体诗》最早入文的证据。再比如《太平记》中的"先帝迁幸之事"一段，来自温庭筠《商山早行》，作者借用它描绘了作品人物的奔波；"先帝潜幸吉野之事"一段则借用张继《枫桥夜泊》的意境，并以之衬托人物的心情；"佐镀判官入道流刑之事"一段借杜牧《山行》，通过人物之口吟诵出来。这种借用现象我们在谣曲中也可以发现。

《古文真宝》二十卷，宋人黄坚编，前集收录了从汉至宋的古体诗，后集收录了从战国末年的屈原、宋玉的文章和从那时到宋代的各种文章。《古文真宝》在元明时颇为流行，版本也很多，室町初期传到日本后，成为五山禅僧最爱读的书目之一。尤其是其中的《长恨歌》、《琵琶行》受到日本学人欢迎，成为最喜闻乐见的篇目。清原宣贤还专门抄写《长恨歌 琵琶记抄》，对这两篇文章进行了详细的解说，这个解说给后世以相当大的影响。五山汉文学就最突出地受这种影响。十一世纪宋代画家宋迪画了一幅《潇湘八景图》，僧侣惠洪为该图作序文。由此，出现了宋迪的"无声诗"和慧洪的"有声画"的说法，而且这为中国古代文学史开了一个所谓的八景诗的历史传统。到苏东坡、玉闲这类八景诗大量出现，[45] 而且和宋禅一道传到了日本，禅僧玉涧、牧谷、惠洪等人的八景图、八景诗也传过去了。之后日本也广泛出现了仿造中国这种八景诗的近江八景诗、金泽八景诗等多种形式的八景诗。日本的文人墨客非常欣赏宋代的八景诗，特别欣赏诗和画相辅相成，还富于禅味的八景诗，并努力地去吸收它的深厚的文化营养的同时，积极地仿效它，创出了日本的八景诗。

中国的八景诗不仅影响了日本的汉诗，还给和歌给予了深刻的影响。综观这时期的日本和歌界，非常盛行八景诗。据《身延道记》的记载，日本元政和明朝的元斌专门以八景为题互相唱和，可见八景诗给日本的深刻影响。由于日本的八景诗是仿效中国八景诗的，所以在遣词造句、意象、意

---

45) 所谓八景诗就是借楚地萧湘八景，以洞庭、楚竹(斑竹)等为中心意象创作的一系列诗。

境等方面显示出许多共同点。

五山僧人，特别是入元僧，大大扩展了日本汉诗的表现范围，写出了大量歌咏中华壮丽山川和悠久历史，反映漫游生活及与中国文人友情的新作，在艺术上受到中晚唐及宋诗的熏染。有些作品放入宋元诗集中，也使人一时不易辨认。他们回国之后，又熟练地运用律诗和绝句，来描摹富士雪月、岚山樱花、镰仓史迹。五山诗人的成就不仅使当时的公卿儒者望尘莫及，而且在整个日本汉文学史上也闪烁着光彩。这一点我们将在"第三节五山汉诗与中国文学"里详细论述。

日本中世散文也与中国文学有密切的关系。综观这时期的散文大体上使用的是和汉混用体，但其中的汉文不是一般的汉文，而是他们用训读的方式借用的汉文，所以应该称为日本的汉文，即日语了。用他人的文字，并把它己化，变成自己的东西，这是日本人在借鉴外来文化时表现出来的一种主体性原则，是日本人的聪明之所在，也是日本的成功之所在。但是散文的素材、思想内容、修辞等等方面，都有借用中国文学的明显痕迹。日本中世隐逸文学的代表作之一兼好法师的《徒然草》(1331)文理清晰，机智敏锐，善用比喻、对句、问答等手法，语言典雅清丽，又不失刚劲简洁，很好地体现了随笔这种文学样式轻便灵活的长处，于是日本学界把它称为"日本的《论语》"。此外，五山文学是通过佛典学习汉语的，所以其中也不少中国文学的印记，接受宋元的俗语体的痕迹随处可见。这种宋元的俗语体传到日本后，开了笔彖的风气，而这笔彖成为日本口语体文学的先河，为后来的俗文学的发展开辟了道路。

禅宗的宗旨是以心传心、教外别传，因此，从来就有重视师徒相传传统，注重法统。禅宗的这种传统给禅林带来了热中于撰写禅僧传记的风气。在中国宋真宗景德(1004-1007)年间，编纂了《景德传灯彖》，以后陆续编写了《广灯彖》、《联灯彖》、《续灯彖》、《普灯彖》等所谓五灯，为了便于通览五灯，还编纂了《五灯会元》。当时日本的入元僧，亲眼目睹了这些，回国时他们干脆把它带回，在日本重刻后传播。日本禅林中著禅僧传记的风气就是受中国"灯录"影响的。虎关师炼著第一部日本僧传《元亨释书》，其编辑方法和内容就是参照中国《景德传灯录》、《广灯录》、《五灯会元》的。五山精英勤学韩柳古文，虎关师炼似以古文家自居，仿造韩愈的《原道》、《原性》、《原人》、《原恩》、《原毁》，而作《原嗔》、《原宽》、《原慢》。中岩的《与虎关和尚书》、《代虔九峰祭母》则有韩愈《与于襄阳书》、《祭十二郎文》的印记；《原民》、《原僧》则有韩愈《原人》、《原道》的痕迹。还有义堂周信（1326-1389）的《深耕说》，不足200字，但写法颇似柳宗元的《种树郭橐驼传》中"问养树，得养人术"传事为官戒。该文的先叙事后议论，以之增强说服力的写作方式，无疑是来自诸子散文。

这一时期的小说也受了中国文学的影响，其中也不乏采用中国故事的小说，有的甚至干脆意译或改编中国小说。例如，源隆国的《今昔物语》收录了中国故事八十多则，其中有的是小说，有的是传奇或志怪。元久元年源光行写了《蒙求和歌》十四卷，收了二百五十条故事，咏以和歌，是宋朝徐子光《蒙求补注》的翻译。另外《唐物语》，收录了用和文写的中国故事三十七则，其中六则就来自白香诗。藤原茂范写《唐镜》十卷，用和文记录了伏羲到太祖历史。室町时期的小说《李娃物语》则是改编白行简的传奇《李娃传》而成。这时期大量出现战争物语，其中许多小说都插入中国的故事情节，以之渲染气氛。还有些小说大量使用中国典故，以之一来渲染气氛，二来炫耀才华，如《平治物语》中就有三则中国故事；《平家物语》更多，有五则；《曾我物语》有十则；《源平盛衰记》有二十则；《太平记》中最多，多达二十四则，可见中国文化对这一时期文学的绝对影响。

日本中世戏剧是新产生的一种艺术形式，包括"能"（又称"能乐"）和"狂言"。"能"是在中国唐代散乐和宋元杂剧的影响下，融合日本民间歌舞而发展起来的集舞蹈、音乐、歌唱、对白为一体的悲剧型歌舞剧。从其动作、身段、舞蹈方面的严格程式来看略似中国的昆曲、京剧。从"能"的剧目来看有不少以中国故事为题材的，如《项羽》、《张良》、《皇帝》（杨贵妃故事之一）、《钟馗》、《杨贵妃》、《昭君》（王昭君）、《咸阳宫》（秦始皇）、《邯郸》、

《西王母》、《东方朔》、《白乐天》、《猩猩》、《石桥》(天台山)等等，就是直接借用中国的历史，塑造中国历史人物的。"能"的文学脚本称为"宴曲"、"谣曲"。镰仓时代的宴曲、室町时代的谣曲中也有受中国文学影响的痕迹。宴曲有迭用对句，罗列成语的特色，但文章前后不一贯，有忽视内容，修饰词句的毛病，这一点很象汉魏六朝的赋。谣曲则和南宋传奇(南戏)有密切的关系。这一点我们从南北朝、室町时期的留学僧观看演戏的情景和爱用古人的名句，到处渲染的创作态度中可以看得出来。

日本中世纪的和歌理论也深受中国文论和诗学的影响，并吸其精华，创立了具有特色的理论。例如，在平安、镰仓时期和歌理论中，常用的幽玄、余情、妖艳，均受到了《文选》的影响，分别来自《高唐》、《神女》、《洛神》诸赋及《游仙窟》，大有六朝隋唐时期的神仙意趣。可见《文选》不仅给日本的诗歌文学，而且和歌理论的创立也给予了重大的影响。万里集久亲自誊写《文选》若干卷，但不幸为"贼兵夺之"，让他好不痛惜。这一事实也从另一个侧面证明《文选》在日本古典文学史上的地位。

此外，我们在真渊的文论中还可发现明代李、何、李、王的夏古诗学理论的影响。日本诗话特别重视格律、法式，但不太重视诗歌的内容，这里似乎有南宋魏庆的《诗人玉屑》二十卷的影响。《诗人玉屑》由释玄惠翻译，于镰仓正中元年(公元1324年)在日本刊行，这是最早传入日本的中国宋代诗话。

中国的诗学一向重视文与质、辞与理，即内容与形式的关系。扬雄在谈论文质关系的时候说："阴敛其质，阳散其文，文质班班，万物粲然"，[46]这和《文心雕龙》中的"华实相扶"和《诗品·序》中的"体被文质"以及"文质彬彬"的观点一样，都显现出文质并重的儒家文学观点和它的特点。而藤原定家(1162-1241)提出的"心词相兼"的文学主张就与之有一脉相承之处。

在定家的歌学理论中，也有禅学诗歌理论的影响，这暗示了日本中世歌学理论和宋代诗学理论的关系。宋代的诗学理论，特别是13世纪初南宋时

---

46) 扬雄《太玄经·文》。

期的严羽和他的《沧浪诗话》，给这一时期的歌学理论给予了相当深刻的影响。如从定家的曾孙京极为兼，到南朝的忠臣花山院长亲(耕云)、室町期的歌僧正彻及其弟子心敬等人的歌论，都不同程度地表现出受严羽文论影响的痕迹。

藤原俊成(1114-1204)堪称是日本中世诗歌理论的先驱。他根据中国的"文体三变"的文学观点，率先支持新的文体和文风，同时还积极地创出了新的文体和文风。他创造的优美、清新、温雅的"幽玄体"，表现出一种"妖艳娇冶"的意趣和崇尚仙界的道家的文学色彩。这一情况说明它与中国的《文选》、《玉台新咏》、《游仙窟》有密切关系。另外，他的"虽如同浮言绮语之戏"的文学观点，则有白居易的影响。

藤原定家(1162-1241)是日本中世和歌理论的集大成者。他精通汉学，受中国文化影响较深。他所著和歌理论著作较多，《每月抄》是其中最主要的文学理论著作之一。从《每月抄》表述的观点来看，作者显然是受刘勰的《文心雕龙》的影响，直接或间接地吸取了刘勰的某些观点。尤其是《文心雕龙·序志》的历史观对他的影响较大。《每月抄》对和歌发展脉络的正确把握，对古今和歌进行的比较研究等等都表现出刘勰历史观的影响。而且他还基于历史唯物主义的正确观点，用发展的观点来归纳和总结和歌理论，并在此基础上提出了有关和歌的理论，以之告戒后来者。他根据和歌歌体的发展变化，追其本源，这颇似刘勰一再强调的"原始察终"、"沿波讨源"的观点。还有刘勰把"虚静"看成是进行艺术构思的先决条件，而《每月抄》直接借用这一观点，指出"唯有排除杂念，清心入境，方能偶为一首"。刘勰在《文心雕龙·体性》中，把文章的体制、风格分为四组、八体；定家在《每月抄》中，把变化不定的和歌风格分为十体。显然，对和歌的体制、风格的这种分类方法就是受刘勰"四组八体"理论影响的。《每月抄》还对秀逸之歌提出了"超脱万机，不滞于物；不具十体之外形，而兼十体之内旨者"的要求，而这和刘勰的"会通合数，得其环中，则辐辏相成"的观点有着密切的联系。《每月抄》提出的"有心"概念是日本中世和歌理论的重要的美学范畴，但它也是借鉴《文心雕龙·隐秀》篇中的"情在词外曰隐，状溢目前曰秀"的"隐秀"美说的。由此可见，《每月抄》和《文心雕龙》无论在诗歌本体的基本认识上，还是在诗与社会关系的认识上都有雷同之处，说明二者之间密切的关系。

藤原定家还非常重视歌心、声调、词意、情趣，而且极力推崇简古雅正而具有"余情妖艳"之体的作品，主张学古求新，反对照搬古典。他的这种观点和梅尧臣的"若意新语工，得前人所未道者，斯为善矣"的观点相同。他追求"行云回雪"的神仙艳冶趣味，这则是来自《高唐赋》、《洛神赋》等中国诗赋中常见的缥缈幽远之境；他提倡读《白氏文集》，认为"读汉诗可以使心神澄静高尚"。此外，他强调的修身养性和《沧浪诗话》中的"入门须正"、"路头一差，愈骛愈远"意思相近；他主张的"理世抚民"，则与儒家文学观有密切的关系。

京极派的代表人物是藤原为兼(1254-1332)。他是定家的曾孙。他儒、道、佛集于一身深受其思想影响，其中尤为禅学、理学以及《沧浪诗话》的影响较大。他根据《诗大序》、《文笔眼心抄》等文献中的思想观点，主张诗的本质在于真实地表现内心的情感。他还非常重视诗歌的教育作用和社会功能，认为诗歌"动天地、感鬼神，已成为治世之道。定群德之祖，百福之宗也。矫邪正之道，以此为近"，而这很类似《诗大序》中的观点。他主张诗歌应注重内容，吟咏情性，反对偏重技巧，以才学为诗的二条派人的创作倾向。他还提出了"词理意兴"的观点，而这就是来自《沧浪诗话》中的"诗有词理意兴"之说的。他所用的一些新的文学概念，如"天理"、"性"、"气"、"势"等，就和宋代诗学、理学、禅学有密切的关系。他在与二条派争论中，常常占上风，靠的就是宋诗学的。

日本中世还有一些出身于禅僧的文学理论家。其代表性的人物是花山院长亲(？-1429)。花山院长亲精通汉学，尤专汉诗和理学，他的和歌理论就是以此为底子的。其歌论的代表作就是《耕云口传》(1408)。该著述深受理学和《沧浪诗话》的影响。他强调的"心悟"与"兴趣"就是来自《沧浪诗话》中的"妙悟"和"唯在兴趣"。他认为作歌有才与不才之别，这也是来自《沧浪诗话》的"诗有别才"和"诗有别趣"的观点。

正彻(1381-1459)是京都五山之一的东福寺的书记。在诗歌方面，他主张"定家复归"，认为"学上道，得中道"，而这和《沧浪诗话》中所说的"入门须正，立志须高"以及"学其上，仅得其中"有相同之处；他提倡"幽玄体"妙境，而这妙境正和《沧浪诗话》中所说的"水中之月，欲取虽易，但取之不及"之言，又和皎然《诗式》中的"语忌直"，讲求含蓄的"情在言外"有一脉相承之处；他强调心悟，讲究情趣，"言外有影"，也是借用《沧浪诗话》中的"诗道亦在妙悟"和"言有尽而意无穷"的观点的。他还利用《沧浪诗话》中"以禅喻诗"的观点，发展了定家以降的日本歌论，而且在歌论中剀中时弊，断了二条与反二条之间争执不休的文学"公案"。

日本中世的最后一位歌学理论的巨匠是心敬(1406-1475)。他作为禅僧精通汉诗文，尤其谙熟《论语》和性理学。歌论代表作有《私语》、《心敬僧都庭训》等。他受"郊寒岛瘦"，李杜王苏黄等的古高雄劲汉诗气韵，以及受富于理学、禅宗味道的幽深峻拔风格的影响，创出了类似于孤傲、寒淡枯寂的艺术风格。

总之，日本中世文学无论在思想内容上，还是在艺术形式上都受了中国文学的影响，但这并不是说，日本文学就是中国文学的翻版。其实，日本文学作为一个民族的文学也有自己的特色，而且他们在接受中国文学的时候，也不是囫囵吞枣，生搬硬套，而是站在自己的立场，加工改造，使之呈现出许多新的文学特征。日本中世著名的"幽玄"就是这样的。这说明日本人接受中国文化有它自己固有的方式，而且他们能够把接受到的东西融入于自己的文学体系之中，使它呈现出自己独特的特色。

这一点也反映在文学理论的借用和接受上。比如，刘勰在《文心雕龙》创作论中，强调诗歌以"述志为本"，要求"为情而造文"，反对"为文而造情"。在《每月抄》中，藤原定家主张诗歌创作要"以心为本，定词之取舍"。显然，这很类似刘勰的观点，从藤原定家读过《文心雕龙》的情形和上面我们所论述的情况来看，可以肯定地说，藤原的这个观点是来自刘勰，但是，应该看到，藤原定家这是针对本国的和歌抒情形式的特点而发的，所以不能不说藤原定家的和歌论有别于刘勰。这是藤原定家的高妙之处。还有无论是刘勰也好，还是藤原也罢，两人都认为诗歌的本质在于表现情怀，诗歌本身是表现情怀的工具，但刘勰主张的是诗歌作为抒发思想感情的工具，其"情"和"志"应有密切的关系，从而更多地强调了"情"和"志"的和谐统一。他要求"情"不能越过"礼义"规范，应本着"文以致用"的文学基本思想，探求"情"在诗歌中是否具有"顺美匡恶"的效用，并以之判断文学作品的成与败。而藤原定家刻意追求的是由恋情发展而来的"爱花羡鸟，怜露悲霞"的纤细情味。而且他还特别强调以这种情味在和歌的抒情表现中所产生的艺术效果，并把它当作文学批评的着眼点。可见，两者显然有着很大的不同。而且藤原定家在接受中国古代文学批评理论的时候，对其中的有些观点、概念、术语进行了改造，从而使它在异国他乡里也起到它应有的作用。

　　有关在"风雅"观念问题上，日本文学家也是按照自己的方式进行阐释的。比如，依据《毛诗·序》："上以风化下，下以风刺上，主文而谲谏，言之者无罪，闻之者足以戒，故曰风。"所做的《风雅集·序》(即《风雅和歌集》，大约编于1346年)："大和歌[47]……　言幽而意深。确可正人心。教下谏上，为政之本。"中，就使用了《毛诗·序》中的"教下谏上"的观点。但是，日本把有关风的这种观点改造为"教下谏上"，扩大了其功能，使它成为既谏上，又教下的工具，左右开弓。

　　此外，二条良基在《筑波问答》(约撰于1369年)一书中，也提出"风雅"的观念，他说："当今之歌，尽玩花弄月，无风雅之姿也。"这个"风雅"观念很有可能也是借用中国的"风雅"观念，但细琢磨是有差异的。日本人提出的"风雅"观念比中国人提出的"风雅"观念，更多一些"典雅"、"消遣"和游乐成份。日本人一提到"风雅"，首先想到的是"典雅"和"消遣"，其次还有游离于社会生活的一种超脱的美的世界。显然，这不同于一提"风雅"首先就考虑政治，其次再考虑古典美的中国的"风雅"观。在日本，把"风雅"理解为

---

47) 指日本诗歌。

"风流"的观念比较普遍。

总之，综观这一时期的中日文学交流基本上是中国文学的影响为主的，日本作为中国文学的受益者，孜孜不倦地吸取了中国文学的丰富营养。但是，如前所述，他们不断地调整自己的接收态度，创造出了适于自己的、具有特色的文学。这是日本的古典文学虽然受到了中国文学的强烈影响，但始终没有失去自己特色的关键所在。

在这一时期的中日文学交流中，还有一个值得我们重视的地方，那就是在中国文坛上出现的日本文学的"反馈"现象，即优异的日本文学传到了中国，使这一时期的中日文学交流呈现出一种双向交流的态势。

中世日本的入宋僧、入元僧、入明僧是当时日本的文化精英。当然，他们到中国的主要目的是吸收以禅宗为首的中国的先进文化。但在与中国禅僧的互访与切磋过程中，他们不自觉地承担文化传播者，把日本文化传给了中国文人。日本民族文学的各种形式也在这一过程中，悄悄地传入了中国。日本平安时期是汉文学的鼎盛时期，但流传到中国的日本书籍几乎没有。而到这一时期，由于交通状况的改善，日本的有些僧侣常把诗集拿到中国，或请名家写序。这样一来，他们的作品也开始传播到中国，并有些作品引起了中国诗人的关注。由此中日文学交流中单向流动局面开始起变化，出现了双向交流的新的局面。中世初期日本政府没有象从前那样派大量的使节、留学生、学问僧访问，从而除了僧侣外，日本其他人员到中国的数量明显减少了。其交流方式也以中日诗人之间的"唱和"为主要形式。但随着交流的扩大，日本文学在中国的传播，不仅在规模方面，而且在形式的多样化方面，也有了不少新的进展。中国文人抛弃从前个人之间的"唱和诗"形式，直接用日本题材，写所谓的"风情诗"，而这与前一时期相比作品明显多样化了。自唐宋元以降，以日本为题材的文学作品只有诗歌一种。但自十四世纪以来，它已扩展到小说、戏剧等其他的文学样式中，出现了袁黄的《斩蛟记》、环鸡渔父的《莲襄记》等作品。这些作品虽然在艺术上尚不成熟，但毕竟是开拓新的表现形式的文学作品，在中日古典文学交流史上有着重要的意义。它标志着中国文坛对于日本文化和文学的理解已经达到了相当高的水平。十四世纪八十年代，明代开国文臣宋濂(1310-1381)创作了一组《日东曲》共十首，这是中古中国文坛上出现的第一部描述日本人情风土的诗作，叙述了中日古代文学交流的漫长历史。而作为代表日本民族艺术形式的和歌，也开始有了汉译的选集。明代不仅已有了日本和歌的汉译，而且日本汉文学作品也在士大夫中传递。

第二节　《新古今和歌集》和中国文学

和世界上的任何一个民族诗歌一样，日本的和歌也是来自民间的。但是，日本的和歌自平安朝开始明显贵族化，呈现出一种明显贵族化的倾向。镰仓时期前30-40年间，在日本复古思潮开始抬头，出现了沿袭前一时期贵族文学的风潮。

这一时期和歌文学也开始得到人们的重视，俗有"新古今集"时代之称。《新古今和歌集》[48]作为八部敕撰和歌集，即八代集的最后一部于元久2年，[49]即1205年镰仓前期编选完成。当时位居于最高统治地位的后鸟羽院(1180-1239)热衷于和歌，重设"和歌所(和歌歌坛)"，经常举行百首歌与歌合[50]等活动，使歌坛趋于空前的活跃。而这种歌合助长了不问政治的风气，对文学其他领域便一直影响下去。后鸟羽院于建仁元年(公元1201年)降旨，让著名歌人藤原有家、源道具、藤原定家、藤原家隆、藤原雅经等人编纂和歌集。此外，被称为后京极摄政的藤原良经，贵族宗教界领袖慈

---

48) 以下简称《新古今集》。

49) 即《古今和歌集》、《后撰集》、《拾遗集》、《后拾遗集》、《金叶集》、《词花集》、《千载集》、《新古今和歌集》。

50) 即和歌比赛。后鸟羽院组织的1500次歌合(1021-1202)和藤原良经组织的600次歌合最出名。

圆等杰出的歌人，以及其他和歌爱好者的大量参与，使得皇家传统文学－和歌，盛极一时，这恰似一道美丽的夕阳，给日本的和歌文学附上了一个圆满的句号。《新古今集》[51]初步选编后，经鸟羽院的屡屡增删，并附真假名序后，成了20卷，收录了包括《万叶集》的历代和歌约2000首。[52]其序曰：本集子的编撰目的是"理世抚民"、"治世和民之道"，显然这和"经世致用"的中国古代文学精神有相同之处。该敕撰集可以说是日本文学史上最后一部宫廷和歌集，从而该敕撰集后，和歌作为朝廷文学的时代宣告了结束。

《新古今集》的歌人绝大多数是皇室贵族。他们一向养尊处优，不关心民众的疾苦，自然吟不出象中国《诗经》"国风"；杜甫"三吏"、"三别"那样的反映社会阶级矛盾的现实主义作品。也没有象《万叶集》里常见的东歌或防人歌之类的作品。当时朝廷贵族势力江河日下，而武士阶级蒸蒸日上。因此，《新古今集》里的绝大多数歌人咏出来的基本上是一种感伤和怀古的没落贵族情绪和意识。所以，大部分内容空虚，和前期的和歌相比，有明显的畏缩、避让的迹象，反映着一种贵族阶级的萎靡不振的情绪。当然，和歌这种萎靡不振的情绪，并不是这一时期开始的，这和前一时期平安朝开始的文学的贵族化倾向，即贵族阶级对唯美情趣的憧憬与佛教的无常观的留恋有密切的关系。从那时起，日本和歌逐渐失去"万叶精神"，忽视思想内容，重视形式，即使是用缘语、挂词，也过分讲究修辞、谐调、语句配合等等，成为贵族阶级舞文弄墨，追逐闲情逸致的游乐工具。这颇像中国《玉台新咏》里的艳诗。

这一时期代表性的作家是藤原俊成(1114-1204)和他的儿子定家(1162-1241)。可谓这一时期是藤原一族独霸和歌歌坛的时期，他们提出的"幽玄"、"有心"等文学观念作为左右当时文坛的代表性的观点，对《新古今集》为中心的中世歌风给予了相当深刻的影响，《新古今集》的主要审美情趣也是由此构成的。

---

51)《新古今集》与《万叶集》、《古今和歌集》并称为日本和歌史上的"三大星座"。
52) 据版本其载数有出入。有的版本是1980首。

　　所谓的"幽玄"是在日本古典诗歌文学中常用的概念之一，主要指"甚深微妙"的情景。李善给《文选》加注时就说到这个"玄风"，说它是"幽远"，他指出："玄，幽远也"，[53]当然，首创"幽玄"一词的是中国人。在中国"幽玄"一词用法多种多样，莫衷一事。其中偶而也有像唐朝韩愈(968-824)"研文较幽玄"(《雨中寄孟刑部几道律诗》)；明朝胡应麟(1551-1602)在《诗薮》里对王维诗下评语时使用的"幽玄"等当作文学批评用语使用的。但这种用法很少。可"幽玄"这个词传到日本后，和他们所接受的佛教观念和道家观念联系在一起，成了他们所追求的诗歌的最高境界。也就是说在日本"幽玄"这个词真正固着为文学批评用语。他们自觉运用这种美学观念，把深奥纤细的余情和弦外之音看作是不可动摇的美学准则。俊成就主张和歌的真髓在于"幽玄"。他认为诗歌不能太白，也不能直来直去，诗歌应是深邃的，该有深不可测的妙趣，如果没有这种深而妙的东西，不成其为诗歌。可见，他所主张的"幽玄"是他所追求的一种审美境界，是一种余情美、余韵美、余白美，很像是中国的"只能意会，不可言传"的飘渺的境界。难怪它一经提出成了日本的古代文人竟相追求的理想境界，迄今还能看出其影响。但是，不能讳言的是他的"幽玄"是远离现实世界的，是人们不易探知的幽深的幻想世界。所以，不能表现出积极干预现实生活的精神。

　　《新古今集》的歌风"余情幽玄"具有强烈的唯美倾向和浪漫、梦幻色彩，追求巧致纤细的雕琢美和弦外之音的情趣。这某种意义上可看作是诗歌领域里的一种变革。它把幽玄作为诗歌文学所要达到的最高境界，在创作中始终贯彻幽玄的创作精神和它所应有的象征主义倾向。而这种"幽玄"正与"心中有佛"的禅宗有关。《新古今集》里那些禅味十足的和歌，在某种意义上可以说是表现了一种富于象征意味的幽玄之境。这与盛行于中国魏晋南北朝时期的"玄言诗"很相像。再者"幽玄"与"有心"基本意趣相同，而由"幽玄"向"有心"过渡，是《新古今集》的一大特色。它的这种"心"和和歌中的"心本位主义"，显然和中国文坛有密切的联系。

---

53) 参见高步瀛著：《文选李注义疏》绪论部分，中华书局 1985年版。

按照日本学者们的解释，所谓"有心"者，就是"心"有之。"心"者简单说是作品的内容，是指作者通过艺术表现反映到作品里的抒情内容。"有心"还与日本古代文学的一种美学理念--妖艳有关。比如，定家有"妖艳"的歌风，他是通过巧妙别致的词汇罗列表现这种歌风的。洋溢在他的诗歌里的艳美之情和幻境，是极易引起感官反应的，富于官能性特点。体现他的这些歌风的《新古今集》以"有心"之余情为根底，表现"幽玄"与"物哀"特色，具有象征情趣和浪漫情调(感伤性)二元性。《新古今集》立足于日本民族文化心理结构特点，强调以心为主体，主张心词调和交替发展，转向与中国正统诗论"诗言志"的功利观点相反的以审美为主的唯美倾向。而这又很相像于在中国文学史上富于旁门左道性质的魏晋南北朝两晋时期垅断政治和经济的士族阶级的不健康的艺术趣味。即把文学推向华美的形式主义道路，很少反映社会现实，为了掩盖空虚的内容，刻意追求词藻的华缛，爱铺陈，或机械地拟古，毫无新意，或一味眈于自然山水的诗风。

《新古今集》不仅从整体风格上表现出和魏晋南北朝时期文学相近的文学特征，而且在其他方面也表现出接受中国文学影响的明显痕迹。

用典，含蓄，言简意赅，而且在其中展开联想，开阔境界，这是东方古代诗歌的一大特色。作为东方文学的精髓中日古代诗歌概莫能除外。象李白《塞下曲》末尾两句是"功成画麟阁，独有霍嫖姚"，在这里作者就引用画麒麟阁的典故来揭示士兵的功劳全被记在将军一个人功劳薄上的现实，并发出"一将成名万骨哭"的发人深省的警句。还有杜甫《塞下曲》里也有类似的情景，如"应共冤魂语，投诗赠汨罗"句讲的是投汨罗江自尽的屈原的故事，并把李白比作屈原，为李白鸣不平。这种表现手法也常出现在《新古今集》里。例如，

春の夜の梦の浮桥とだえして、岭にわかるるよこ、云のそら(38)

在这里作者所借用的就是《源氏物语》中的最后一回标题－"梦浮桥"。说到"梦浮桥"人们自然就想起熏(《源氏物语》主人公之一。笔者注。)在夕雾里思念浮舟的情景，思念浮舟是一种眷恋、是一种惆怅，诗歌就是借用这种故事把一种深深的眷恋、惆怅之情象征性地表现了出来。

《新古今集》里我们还常见"歌枕"。所谓"歌枕"是和歌的一种艺术表现手法，简单地说就是一种铺垫，而这个铺垫一般用大家比较熟悉的风光、景物，所以，它可以是一个名胜，也可以是一般的自然风景。但还有一条重要的是所提的名胜或者景物也可以不是亲眼所见。如，藤原秀能在《水乡望春》中唱到："夕月夜潮みちくらし难波江の苇の若叶にこゆるし、らなみ(26)"。在这里，"难波江"是大阪一带的海岸，那里的芦苇很出名。这首歌借用的就是那里的景色，为吟咏"水乡望春"做铺垫。和歌中常用的"歌忱"有数十处。象"猪名原"、"有马山"等即是。在中国古代诗歌里也有类似的"歌枕"，但没有日本的和歌那样广泛使用罢了。例如，李白的《子夜吴歌》中的"秋风吹不尽，总是玉关情"；柳淡的《征人怨》中的"岁岁金河夏玉关，朝朝策马与刀环"；王之涣的《凉州词》中的"羌笛何须怨杨柳，春风不度玉门关"等等句子，都堪成是"歌枕"。这些句子提到的"玉门关"，不一定就是那个"玉门关"，换言之，在这里这不是一个"特指"，而是一个"泛指"，泛指那些边塞或边关。诗是通过"玉门关"使读者联想边关，再通过边关联想到戍守在那里的人们。

在《新古今集》里后鸟羽天皇和歌独秀一枝。在中国诗歌史上也不乏赋歌吟诗的帝王将相。其中魏晋南北朝时期梁简文帝萧纲、陈李后主比较典型。后鸟羽天皇与简文帝、李后主形成鲜明的对比。从政治上看，后鸟羽天皇不失为一个励精图治的英明君主，而简文帝、李后主则是庸碌无为的昏君。后鸟羽天皇具有百折不挠的性格，他竭力想从武家手中夺权重整皇室江山，最后决定了他那悲剧性的一生。而简文帝、李后主沉迷酒色，自甘昏昏噩噩，最终落个无所作为，身败名裂。于是他们的诗歌也经纬分明。

须知人世自有道　踏开深山荆棘行(739)

在这首和歌里后鸟羽天皇那刚毅的个性跃然纸上，有一股披荆斩棘的英烈之气。而简文帝首倡宫体，专写艳诗，极力主张"文章且须放荡"(《与当阳公大心书》)；李后主则作为亡国之君虽摆脱聊聊我我的艳诗之情，但只能唱出"问君能有几多愁，恰似一江春水向东流"的缠绵悲恻的哀切之音。

还有藤原定家的汉诗，颇像马致远。请看一首：

旅人衣袖频翻舞夕阳秋风过栈桥

夕阳栈桥，旅人蹒跚，形象逼真，宛如一幅有声的画。而这很像马致远的《天净沙》，"枯藤老树昏鸦，小桥流水人家，古道西风瘦马，夕阳西下，断肠人在天涯"。显然，两首诗在意境创造上有异曲同工之妙。只是定家之歌以"衣袖翻舞"强调了"动"，马致远则以"枯藤老树"强调"静"罢了。

《新古今集》里借用汉诗的构思、表现手法以及诗句的诗歌更是举不胜举。例如，

秋风にたなびく昙のたへまよりもれいづる月の影のさやけさ(413)

不难看出，该诗源出陶渊明《拟古诗》之七"皎皎云间月，灼灼叶中华"。《新古今集》中常见的三句切、体言止、省略法等形式，以及由此形成的富于弹性的错落体，即中世歌学所说的疏句，也是长年累月摄取汉诗的结果。

"句题和歌"是日本和歌史上的一种特殊的诗歌类型，说它特别首先在于它的作诗法。它一般先取一句或数句汉诗为题(即句题)后，再以句题的词语或诗意相关的内容，做一首和歌。例如，大江千里以白居易《嘉陵夜有怀》中的"不明不暗胧胧月"为题，写了一首诗歌，其全文如下：

てりもせず曇りもはてぬ春の夜の朧月夜にしく物ぞなき(55)

据日本学者们的研究，句题和歌源于"句题诗"，而"句题诗"源于流行在魏晋时期的拟古诗。[54]这种"句题歌"可以说是汉诗的翻版，沿用一些词句，再做加工的，所以，往往缺乏新意。

《新古今集》追求的有些审美意象及其意境显出与中国同趣。如，和歌里常见的花、鸟、月、石等自然物，和梅、兰、菊、竹四君子等等。还有以歌咏花、月著称的西行；具有咏月歌人之称的藤原家隆(1158-1237)的诗歌等等，也和宋诗有相近之处。西行笔下的花、月常具有理性、静观美的特点，它表达了作家对自然、生命，以及存在意义的探索；家隆的诗歌也是这样。在诗歌中，他经常追求明月的清明澄彻，这使我们很容易想起富于理性、哲理色彩的宋代诗风。

在《新古今集》中月亮、砧声、杜鹃、垂柳、菊花、喜春悲秋、猿声鹿鸣等审美意象及其意境显出与中国文学同样的审美意味。所以这些审美意象及其意境提供与中国文学进行同类型可比性研究的可能。那么，下面我们就这一可比性考察歌咏这类审美意象及其意境的日本诗歌和中国文学。

（一）月亮

月亮作为一种容易引发人们的审美想象的客观对象，自古就出现在中国诗歌里。我们不妨把这种诗歌叫做咏月诗。日本也有很多咏月诗。就拿《新古今集》来说，咏月诗就有308首，占有15.57%。人与自然交流，形成物我之间的情感交流，这是中日两国咏月诗里最常见的一种境界。中日古代两国诗人欣赏月亮，把玩月亮，对月情有独钟，乐此不疲。由此，月亮成了中日古代两国诗人寄托思想感情、心愿和美学追求的特殊载体，滋润着人

---

54) 参见本间洋一：《句题和歌的世界》，载于《论集'题'与和歌的空间》，笠间书院 1992. 11；小泽正夫：《关于六朝时代句题诗的成立》，载于《爱知县立女子短期大学纪要》，2辑，1951. 11。

们的文化生活。象"花好月圆"、"花前月下"、"月夕花朝"、"清风明月"、"花容月貌"、"花鸟风月"等乃成为中日诗人共同的审美意象。

　　宵のまにさてもねぬべき月ならば山の端近きものは思わじ[55](416)

　　秋の田に庵さすしつのとまをあらみつきとともにやもりあかすらむ(431)

　　第一首希望月亮象人那样早些入睡；第二首叙说月亮陪伴农夫看守稻田。可见，这些咏月诗由人及物，由物寄托情思，带有推理之趣、机巧之趣。
　　月的阴晴圆缺，亘古如斯。这使中日诗人以之探究事理，思考人生。象苏轼的《水调歌头》中的"人有悲欢离合，月有阴晴圆缺，此事古难全"句子就是这样。在这里他把人的悲欢离合和月亮的阴晴圆缺有机地结合在一起，阐释了人生的事理自古难全的道理。还有宋张先的《木兰花》中的"人意共怜花月满，花好月圆人又散"。在这里作者把"物是人非"的悲哀寄托在月亮上，阐明人生自古难圆的人生哲理。《新古今集》里也有类似的场景。例如：

　　梅香月色似旧否春月无言映衣袖(藤原家隆)

　　身のうさを月やあらぬと眺むれば昔ながらの影ぞもり来る(1540)

　　第一首借"月色似旧"、"春月无言"意象表现了自然宇宙的"物是"，而隐隐地暗示出了人不能"似旧"的"人非"，人生道路的艰辛由此得到淋淋尽致的表现。第二首借月回朔过去，顾影自怜，显出一丝淡淡的哀愁。
　　满月也好弯月也罢，月本无言无情，它只是按照自身规律运转而已。但是中日两国古代文人都把它看成是人间情感的表现，或以事相托，或兴衰比附，或悲欢寄寓，给月亮倾注了很多寄托，使之成为体现人的情感的对

---

55) 和歌后面的数字为载于《新古今集》的顺序号。

象物。由此人的形象、人的本质也在这里得到对象化，呈现出无尽的审美力量。

当然，中日咏月诗的内容不仅仅局限在这里，其中也有不乏思人、恋人乃至怀古伤今的。在中国古代诗歌里这类诗歌不少。如李白的"我寄愁心与明月，随君直到夜郎西"（《闻王昌龄左迁龙标遥有此寄》）；王建的"今夜月明人尽望，不知秋思落谁家"（《十五夜望月寄杜郎中》）；钱起的"二十五弦弹夜月，不胜清怨却飞来"（《归雁》），无不透露出对远方亲人挚友的深切的怀念之情。《新古今集》里也不少这类诗歌。但相比之下，《新古今集》更侧重于男女之间的恋情。象"面影のかすめる月ぞやどりける春やむかしの袖の泪に"（1136），描绘了朦胧的月色中春意盟发，思念情人而热泪盈框的情景。花好月圆的时节里，思念自己的情人是人之常情，所以，中国古代诗歌里也不乏抒发这种恋情的。但总的看来，日本这些情歌更富于那种缠绵悱恻的哀伤情调，而且还只限于男欢女爱、聊聊我我的男女之间的自然情感，所以，一般境界比较狭窄。反观中国此类诗歌境界开阔得多，象苏东坡那著名的"但愿人长久，千里共婵娟"；"有情人终成眷属"等等千古绝唱，其境界已远远超出一个人的范围，具有普遍性，所以，应该说比日本的诗歌格高韵胜。

至于借月怀古伤今的诗歌，中国也有情调哀切的，但富于阳刚之气的也不少。象杜甫的"星垂平野阔，月涌大江流"（《旅夜书怀》）的句子，气象开阔，超逸雄浑，足见诗人胸襟之豁达旷远。至于岳飞的"八千里路云和月"（《满江红》），更是淋漓酣畅，其英风豪气，直出胸臆，读之如闻金戈铁马，如临天风海涛，令人怫郁驱尽，胸胆开张。但《新古今集》的这类作品，缺乏这种风云之气，限于哀叹一己身世，抒发愁情，因而大多数悲悲切切，一唱三叹，细腻委婉。例如，"月影のはつ秋风とふけゆけば心——くにものをこそ思へ"（381）；"ふくるまで眺むればこそ悲しけれ思ひもいれじ秋の夜の月"（417）等等，都是这样的作品。这大概与平安朝以来的文学的贵族化有一定的关系。

"わび(空寂)"也是《新古今集》显现出的一种文学特征之一。大家知道，日本的古典诗歌文学有一种追求"わび"境界的倾向，尤其是俳句把它看作是诗歌的最高境界之一。它是一个清净无为世界，来自中世纪以来的失意隐世者。当时失去政治出路的人们，常常把自己的境遇比喻成"わび"，久而久之，它渐渐变成表现"闲寂"、"简素"情景的词语，后来和茶道、俳句结合在一起，成为一种文学用语，专指那些远离现实，远离生活的闲静幽远的艺术世界。可见"わび"概念的出现可以说是日本文学开始脱离现实向纯粹文学转化的标志之一。而这种转化在《新古今集》里已经开始了。请看亰院赞岐的一首和歌：

世にふるは苦しき物をまきのやに安くもすぐる初时雨哉(590)

这是贯穿在宗祇到芭蕉的所谓的"わび"的肇始之作。和歌全然不顾什么国家、政治、义务、责任等等男子汉大丈夫的事业和气概，用靡靡之音唱出人世的艰辛，一心一意陶醉在狭隘的个人的情绪之中。歌中描绘的初时雨，板屋上的雨声，不仅把人沉浸在周围的清静和闲寂之中，从中又让你感到人生的空寂，体验到人生的艰辛。

不仅如此，《新古今集》里还收有更为闲聊的诗歌，比如"世の中はとてもかくてもおなじこと宫もわら屋もはてしなければ"(杂下)，几乎没有什么积极的内容，从而只能说是一个虚无缥缈的和歌。如果日本文人们所说的"わび"就是这类东西的话，那么，我们无论如何也不能高度评价这类诗歌。但是，好在日本的诗歌所追求的"わび"不仅仅局限在这里。它还有一种如上所述的幽远的深邃之美，所以，它始终成为喜爱"阴柔之美"的日本古典文学传统一直延续到现在。但勿庸讳言的是这里不见中国文学向来主张的"歌诗为合时而作"的积极的人生态度和创作态度，也不见"文以载道"、"文以贯道"、"文以明道"等强烈的政治责任感，更不见中国文人中常见的"风骨"精神。

为了更好地说明这个问题，下面我们就举杜甫的《茅屋为秋风所破歌》与条院赞岐的和歌暂做比较：

安得广厦千万间，大庇天下寒士俱欢颜，风雨不动安如山？

呜呼！何时眼前突兀见此屋，吾庐独破受冻死亦足！(杜甫)

综观这两首诗歌自然与人对应，艺术构思、表现情境等各方面都有相同之处。但是，仔细品味就不难发现条院赞岐吟咏的是自己个人的情绪；而《茅屋为秋风所破歌》吟咏的是由己及人的普遍的情感，在这里他想到的是"天下寒士"的苦和他们的理想抱负，可谓心胸开阔、意趣深远。当然还有别的不同点，比如，在这里条院赞岐吟出来的喜怒哀乐是本能使然；而杜甫的喜怒哀乐是社会使然，从而有本质的区别。

中日两国的咏月诗在烘托、移情、拟人等艺术手法方面也有相近的地方。比如，像王维的"明月松间照，清泉石上流"(《山居秋暝》)，烘托出恬然自适的心境；温庭筠的"鸡声茅店月，人迹板桥霜"(《商山早行》)，烘托出孤独怅怅的羁旅愁思；柳永的"杨柳岸，晓风残月"，烘托出情人离别时的万般无奈凄苦，都不愧为千古名句。而《新古今集》里的"深草の里の月影さびしさも住みこしままの野べの秋风"(374)描绘的是荒村野外的月光之凄寂；"深からぬ外山の庵の寝さめだにさぞな木の间の月はさびしき"(395)叙说的是庵外树间的月华之幽清；"秋风にたなびく昙のたえ间よりもれいづる月の影のさやけさ"(413)表现的是洒银辉之孤冷，烘托出落寞无助的刁零。其实，烘托、移情、拟人等都是典型的一种含而不露的东方式的艺术表现手法，是有别于西方的直露宣泄的表现方法。而这种境界也是中国传统诗歌理论所强调的"借物抒情"、"景外之旨"、"言外之意"等等有关，又和日本歌论中的"幽玄"、"余情"、"景气"、"空寂(わび)"、"闲寂(さび)"等审美观念有关。

（二）砧声

搗衣是东方古代妇女整洁衣物的方式之一。男儿出征或远游时，女人搗
衣备干净的衣物相送。所以，出征或远游的男人一听到搗衣声自然就沉浸
在无尽的乡愁之中。由此，这种砧声形成主要的诗歌表现对象之一，经常
出现在作品里。例如，杜甫的"寒衣处处催刀尺，白帝城高急暮砧"（《秋
兴》）；沈全期的"九月寒砧催木叶。十年征戍忆辽阳"（《独不见》）等等，都
以砧声为主要表现对象，抒发了出征人的无尽乡愁；而刘长卿的"乡心正欲
绝，何处搗寒衣"（《余干旅舍》）则以砧声为主要表现对象，展现了游子的乡
愁；李白的"长安一片月，万户搗衣声"（《子夜吴歌》）；宋之问的"南陌征人
去不归，谁家今夜搗寒衣"（《明河篇》）则以砧声为主要表现对象，陈述了妇
女对征夫的思念之情。在五言诗《闻砧》中，孟效把它和哀切的杜鹃的悲鸣
相媲美，深切地表现出了游子的怀念之情和农妇的思夫之情。"杜鹃声不
哀，断猿声不切。月下谁家砧，一声肠一绝。杵声不为客，客闻发自白。杵
声不为衣，欲令游子归"即是。在中国古典诗歌里，这类诗歌举不胜举，
而《新古今集》里也不少这类诗歌。现在试举其中的几首如下：

　　秋风は身にしむばかり吹きにけり、いまやうつらん妹がさ衣(475)

　　秋とだに忘れんと思ふ月影を、さもあやにくに寿つ衣哉(480)

　　ちたびうつきぬたの音に梦觉めて、物思ふ袖の露ぞくだくる(484)

　　显而易见，这些诗歌多半是蹈袭中国诗歌的。比如，第一首借用的是宋
之问的"谁家今夜搗寒衣"（《明河篇》）和刘长卿的"何处搗寒衣"（《余干旅
舍》）；第二首、第三首和孟效的《闻砧》有同工之妙。

（三）杜鹃

杜鹃又名子规，是一只普通的鸟。但是在传说中，她与蜀帝魂化结缘，说她的叫声哀怨悲切，好像在诉说"不如归"，所以，日本有时干脆叫她为"不如归"。也许正是因为这个缘故，她经常出现在中国古代文人墨客的诗歌里，成为抒发痛苦之情的客体对象。李白的"又闻子规啼，夜月愁空山"（《蜀道难》）；李群玉的"风回日暮吹芳芷，月落山深哭杜鹃"（《黄陵庙》）；李贺的"夜雨冈头食蓁子，杜鹃口血老夫泪"（《老夫采玉歌》）；刘长卿的"诸烦行客荐，山木杜鹃愁"（《经漂母墓》）等等，就是这样的。这些诗歌都借用杜鹃的形象，表现出了别愁离恨的痛苦。而《新古今集》里，也有不少类似的诗歌。其中藤原俊成的"昔思ふ草の庵の夜の雨に泪なそくそ山ほととぎす(201)"（《杜鹃歌》）就是典型的作品之一。这首和歌引用的是白居易的"兰省花时锦帐下，庐山夜雨草庵中"诗句，并以杜鹃为媒介"怀往事"，进而叙说着一个失意的政客在隐居生活中的孤独凄楚的心情。式子内亲王的和歌"子规声咽云路里，阵雨夜过泪滂沱"的诗句也是借用杜鹃表达缠绵之情的优秀的抒情诗歌。

（四）垂柳

柳树作为一个很普通的树种，但不知何时开始它作为人们抒发情感的对象，进入到艺术的高雅之堂，成了表现人们依依惜别之情的客体对象。柳树是经常出现在中国古代诗歌领域里的客观对象，"两个黄鹂鸣翠柳"；"客舍青青柳色新"等有名的诗句就是利用柳树创出了一个别具一格的诗歌意象。请看贺知章的《咏柳》：

碧玉妆成一树高，万条垂下绿丝条。
不知细叶谁裁出，二月春风似剪刀。

这首诗把杨柳比作娥娜多姿的美人。用"碧玉妆成"引出"绿丝线"；由"绿丝线"又引出"谁裁出"；最后把"春风"比作"剪刀"引出个巧裁缝。环环相扣，一气呵成，真是巧夺天功。还有一首唐彦谦的《垂柳》：

绊惹春风别有情，世间谁敢斗轻盈。
楚王江畔无端种，饿损纤腰学不成。

这一首也是把柳比作美人的。东风绊惹着柳树，她拌风体态轻盈地婆娑起舞，其轻盈的姿态，娥娜的舞姿，胜过楚王宫里的宫娥们。

《新古今集》里也有不少咏柳的佳句。例如：

嵐吹く岸の柳のいなむしろ、おりしく浪にまかせてぞ见る(71)

这是歌咏随风而动的、岸边垂柳的美丽姿态的，可见在赞美垂柳的美丽多姿的情态方面，日本诗歌和中国诗歌有异曲同工之妙。但相比之下，中国咏柳诗歌大部分由物及人，旨在说人，描绘的也惟妙惟肖，栩栩如生，显示出一种现实主义的倾向；而日本咏柳歌由物及物，旨在状物，描绘的细腻倍至，显示出一种唯美主义倾向。

（五）菊花

中国人非常欣赏菊花的那种傲雪风霜的强烈生命力，所以，自古她进入那些文人墨客诗文里，成了咏怀述志的对象，有时甚至被誉为孤高绝俗顶。中国自古有重阳赏菊的习俗和饮菊花茶的习惯。日本古代也有重九赏菊之举，上田秋成在《雨夜物语》中所描写的"菊花约"就是明证。日本人也有喝菊花茶的习俗。因此，她也自然在日本文人的诗歌里有一席之地。《新古今集》里就不少咏菊的和歌，但其内容上看，有受中国的影响的痕迹。

魏晋南北朝的著名诗人陶渊明特以赏菊闻名。他的"采菊东篱下，悠然见南山。……此中有真意，欲辨己忘言"的句子，就是流芳千古的佳句。《新古今集》里频频出现的"篱菊"之词恐怕就是受此影响的。例如：

> 霜を待つ篱の菊の、宵のまに置きまよふ色は、山のはの月(507)[56]

> ここのへにうつろひぬとも、菊の花、もとのかきを、思ひ忘るな(508)

再看唐元稹的脍炙人口的《菊花诗》：

> 秋丛绕舍似陶家，遍绕篱边日渐斜。
> 不是花中偏爱菊，此花开尽更无花。

在《新古今集》里，有与之相仿的诗作。如：

> いまよりは又咲く花もなき物を、いたくなおきそ菊、のうくの露(509)

这首和歌中的第一句"いまよりは又咲く花もなき"就和元诗的"此花开尽更无花"一句如出一辙，有明显借鉴的迹象。

（六）惜春悲秋

日月交替，春夏秋冬，循环往复。这本是一个毫无感情色彩的自然之序。但是，人们自古给这自然之理赋予了人的情感，并把她也纳入到了艺术的高雅之堂。但是由于自然地理环境的不同，各民族对四季的感受显现出明显的不同。相比较而言，大和民族身处相对封闭的岛屿里生存，似乎对一年四季自然变化比较敏感，日本传统诗歌中强调的所谓的"季语"就足以说明日本人对季节的相对的敏感性。所以中日古典诗歌中出现的对季节

---

56) 这首和歌的大意为"处寒篱菊沐月光，疑是深夜落秋霜"。可见，其与李白的《静夜思》"床上明月光，疑是地上霜"，在构思及其遣词造句上很相象。

的感受自然有一定的区别，但是也有不少共同的地方。尤其是爱惜和暖的春季，悲恨落叶的秋季等方面，似乎有一个共同的感受技能在起作用，所以，呈现出许多共同之处。下面我们分两个部分对这个问题进行粗略的探讨。

（1）惜春

先看白居易的《大林寺桃花》：

> 人间四月芳菲尽，山寺桃花始盛开。
> 长恨春归无觅处，不知转入此中来。

白诗把"春归处"当作主题，用桃花来形容春光，好似在从中寻到了一个真正的春光，由此表现出一种惜春的情感。《新古今集》里也不少这类诗。如，

> 暮れていく春の湊はしらね共、霞におつる宇治の柴舟(169)

这首和歌承接的是白诗的"长恨春归无觅处，不知转入此中来"意趣，把晚霞中顺流而下的船只以及它的去向，喻成春光的归处，在一幅寂静美丽的画面中，展现出一丝浓浓的惜春之情。

而藤原俊成女儿的和歌"春夜梦觉秋风过枕畔芬芬袖亦香"，则借用"春夜梦觉"的意境，倾述着对春日的怜惜之情；被认为是藤原定家的佳句的"春夜梦桥中道绝高峰划破横云空"中，作者用"春夜梦桥中道绝"的句子来反衬出惜春之情。57)但这种借用里，似乎有中国诗歌的"一场春梦"的意象。

（2）悲秋

宋玉就写有一篇《九辩》的长诗，在诗歌中，宋玉以哀切的心情抒发了自

---

57) 有关该和歌歌意有多种解释。一说春梦指仕宦生涯，春梦猛然惊觉，表厌倦仕进之意；一说下句系指宦途多难，感到无所适从，这可印证定家出家事。

己的悲秋情绪，可谓是开了悲秋诗歌文学的先河。从而之后的中国古代文学史上咏悲秋意象的诗赋大量出现。其中北宋欧阳修(1007-1072)的《秋声赋》最为脍炙人口。该赋通过多种譬喻，描摹无形的秋声，栩栩如生，烘托出变化百端的秋天景象。《新古今集》里也有这类诗歌。如：

寂しさはその色としもなかりけり、槇立つ山の秋の夕暮(361)

心なき身にもあはれは知られけり、鴫立つ澤に秋の夕暮(362)

見渡せば花も紅叶もなかりけり、浦の苫屋の秋の夕暮(363)[58]

　　日本人非常喜欢这三首歌。因为它们各抓住"秋夕"的具有特色的景色，在寂静的月色里表达了他们各自的悲凉的心情。第一首咏的是松树，松树是一种常青树，她纵然青葱，但逢秋仍觉孤寂，由此可见一斑秋气之烈；第二首写的是秋声，她不知不觉间向你走来，为此，出家人亦为之动容；第三首写的是红叶，秋风是悲凉的，但因为有了她，其间仍自有可观的秋光和秋色。

　　再看一首太上院的和歌"霜夜秋深泣铃蛩蓬蒿月影觉微寒"。在这首诗里，就像作者描述的那样，月照乱草，倩影亦寒。在这里"微寒"一词衬托出上一句"霜夜秋深泣铃蛩"的句子，更鲜明地表现出了它的凛冽之气。

　　总之，《新古今集》里的悲秋歌，基本上是追求一种感伤主义情调的。这和中国的有些诗歌即使是在悲的秋色中也寻求秋的乐趣的倾向不同。例如，杜牧的"停车坐爱枫林晚，霜叶红于二月花"(《山行》)，就是描绘这种秋光秋色的。在这里作者用娴熟的笔调把秋景秋色写得生机勃勃。诗歌情调明朗，情趣盎然，久诵不厌。还有刘禹锡《秋词》：

---

58) 这三首歌各由寂莲、西行、定家所作。因为都吟咏了"秋夕"，所以一般被称为"三夕歌"。

自古逢秋悲寂寞，我言秋日胜春朝。
晴空一鹤排云上，便引诗情到碧霄。

这首诗更是一反悲秋的常理，以乐观主义态度，唱出了别有情趣的"好秋歌"。

（七）猿声鹿鸣

综观中国的古代诗歌"猿声"一般表现悲凉哀切的情调。例如，屈原的"猿啾啾兮又夜鸣"(《山鬼》)，杜甫的"风急天高猿啸哀，诸清沙白鸟飞回"(《登高》)；白居易的"巴东三峡巫峡长，猿啼三声泪沾裳"和"其间旦暮闻何物，杜鹃啼血猿哀鸣"(《琵琶行》)；刘禹锡"归目并随回雁尽，愁肠正遇断猿时"(《柳州赠别》)等等，都是写"猿声"来描绘催人泪下的诗句。中国江南猿多，正如李白诗中所吟"两岸猿声啼不住，轻舟已过万重山"那样。

而《新古今集》里也有这类诗歌，但他们用的不是"猿声"，而是"鹿鸣"。例如下面引用的几首诗歌都是这样的：

"山おろしに鹿のねたかく聞ゆなり、をのへの月に、さ夜や深けぬる"(438)

"み山べの松の梢をわたるなり、嵐にやどすさをしかの声"(442)

"我ならぬ人もあはれやまさるらん、しか鳴く山の、秋の夕暮"(443)

"鳴く鹿のこえにめざめて忍ぶかな、みはてぬ、梦の秋の思ひを"(445)

像慈圆(1155-1255)的和歌也把梦中的秋思描写为鹿鸣惊破的场景，而且通过它表现出了一种梦幻般的悲怆感。

总之，中国人牵于猿声，日本人牵于鹿鸣，似乎显出不同的审美意境。但其中通过动物之声所感所受的悲感则是相同的，没有丝毫的差异。猿声鹿

鸣乃是中日在各自的自然风土及其审美传统中形成的其内质息息相同的审
美符号而已。

第三节 五山汉诗和中国文学

　　随着禅宗的传入，到13世纪日本镰仓末期，仿照中国的佛教五山之名
法，59)在其政治中心镰仓，组建了建长寺、圆觉寺、寿福寺、净智寺、净
妙寺等五座大禅院排定为"五山"。到14世纪中期，因禅宗影响扩大到京畿
地区，于1338年至1342年之间又把南禅寺、天龙寺、建仁寺、东福寺、万
寿寺定为"五山"。此后，又把妙心寺、大德寺、临川寺等寺院称为"准五
山"。到室町初期，镰仓、京都又分别定出"五山"，把这些十大禅寺称为十
刹。这五山不仅作为禅宗的中心，在日本各地颇具盛名，而且还作为传播
中国文化的重要基地，在日本文化史上具有很高的声誉。自从五山禅院的
建立日本文化史开始了一个新的文化时代－五山文化时代。60)
　　五山文化时代日本文学在继承前一时期丰富的文学遗产的同时，积极吸
收以禅宗为中心的中国文化，在各方面都有了长足的发展。五山汉文学也
不例外。五山汉文学是以上述的几大禅院为中心发展起来的。它一方面通
过中国的禅宗学习具有玄学意味的中国文论；另一方面通过留宋、留元、留
明的留学僧学习中国文学。中国的禅僧也时常去日本传播佛教的同时，还
传播中国文化。众所周知，中国禅宗毕竟是由宋代程朱理学催生，并在南
宋繁盛并影响波及日本。所以它与程朱理学有密切关系。程朱理学在观念
与方法论方面，与禅宗极为相近。中国以程朱理学为主体的宋学－新儒
学，大约从五山初期开始进入日本。一直到中岩出现文坛之前，日本五山

---

59) 即临济宗五大寺院的总称。中国的五山十刹是在南宋宁宗(1195-1224)时仿效印
　　度的五精舍、十塔而设置的。这是南宋禅宗的主要基地。
60) 其时间期限一般指12世纪平安朝之后至17世纪初期江户幕府之前的历史时期。

禅林也曾积极地摄取过宋代理学。当时，日本禅僧大多也学些事涉外典的儒家之书。《古文尚书》、《毛诗郑笺》、《春秋经传集解》、《音注孟子》等，都是禅僧讲解儒家经典的教材。于是逐渐形成了儒佛互相渗透、儒学与禅学相辅相成的五山文化特色。当时，五山僧侣们广泛接触汉文化，尤其积极从事汉诗创作。五山时代的日本禅僧，心胸开阔，佛儒兼修。他们接受中国新佛教－禅宗的同时，接受中国的新儒学。由此，五山时代由僧侣们主宰的文化，并非全都带有宗教性质，而还包含着非宗教性质的中国文化中的"儒学"与汉文学等内容，就其数量而言，或许可以说与宗教性质的文化等量齐观。随着宋学的确立日本诗坛宗宋之风越来越炽，给五山僧侣们创作的汉诗内容很大的影响。而反过来说这些五山汉诗人，通过汉诗的创作，广泛地接受了宋代新文化，成为中国"新儒学"（宋学）输入日本的主要传媒，为宋明理学日本化做出了贡献。

所谓的五山汉文学就是在这样的文化环境下产生的。所以，它不能不反映中国文学的强烈影响。五山汉文学是日本汉文学史上最灿烂的一页。

大家知道，所谓的五山汉文学一般指从镰仓后期到室町时代，由五山寺院僧侣创作的以汉诗为主的文学。综观五山汉文学主要受了宋朝以后的中国文学影响，其中尤以禅宗和程朱理学的影响甚大。但是，由于它过分地追随中国的禅宗和有些诗赋，加上过分追求汉文学的表现技巧，不仅远离了社会生活，而且缺乏创造性，有明显照搬中国文学的痕迹。

但是，五山文学尤其是汉文学是连接平安朝汉文学和江户汉文学的一个承前启后的文学，所以，它在日本文学史上具有重要的地位。尤其是考虑到日本的汉文学从平安以来逐渐衰落的情况，不能不给五山汉文学以应有的评价。五山汉文学作为中世文学的重要组成部分，形成其主潮，构建日本中世精神的支柱，从兴起至衰亡，近400年的历史。五山汉文学经南北朝、室町初期至义堂、绝海出现，达到鼎盛期，禅僧们摄取、研究中国文化、汉诗文，融会贯通，可谓有青出于蓝而胜于蓝的气势。

要说五山文学还有一点值得一提的问题，那就是日本中世崛起的武士阶级。大家知道，日本的镰仓室町时期是日本武士阶级之间争权夺利的斗争如火如荼的年代。全国各地战火纷飞，硝烟弥漫，社会生活一片萧条，找不到一顶点的文化生机。但唯独以镰仓和京都为中心的"五山"禅院，香烟缭绕，清净安静，大力弘扬禅风，成为世外桃源，维系着日本文化的一线生机。于是，寺庙文化尤其是五山文化便成为这一时代文化主潮。他们远离战争，超脱世俗，印汉籍、学汉文、写汉诗、作书画，成了文化的捍卫者和传播者了。这一时期的中国文化就是通过他们才得到了传播。寺院禅僧不仅翻刻了数目可观的禅门语录和文学作品，而且写了不少寓有禅机的汉诗文。由此，其作者也由古代的贵族文人变为僧侣或与禅相关之人，汉诗的写作也由宫廷移到了禅院。

汉诗在作者层面上的这种变化是日本汉诗发展史上的一个重大的变化。日本的僧侣并不是天生知晓汉文的。当时用汉文著述的佛经佛理很难读懂，加上当时日本还没有日本版佛经的情况下，僧侣们要读懂禅宗就必须学习汉文。从禅宗的传入一直到镰仓中期，日本禅僧作的法语、偈颂，被认为是不够地道的，这是因为他们不太懂汉文，所以所作的法语、偈颂总不能摆脱满口的日本腔调。因此，对当时的每一个僧侣来说，说一口流利的汉语，写娴熟的汉语汉诗文，是一个无上的荣耀。当时日本对那些想出家为僧的人，进行有关汉诗文的考试，这从一个侧面证明当时对汉语文的要求何等的严格。这在另一个侧面说明汉诗文的写作已经成了禅院生活的重要组成部分。而当时要想成为有道高僧必须具有高深的汉学造诣和作得出一手优秀的汉诗文。所以各大禅院把研习汉学、创作汉诗文看成是步入禅门必修课和必备的基本功底，加以推崇。这一情况客观上起到了推进日本学习汉文，习作汉诗文的作用，这是这一时期汉诗得以发展的又一个社会原因。

综观五山禅房里讲的有关文学的部分，包括禅文学和俗文学两大类。其中俗文学里讲的有《杜诗》、《韩文》、《东坡诗》、《山谷诗》等，禅僧讲解的儒家经典有《胡曾咏史诗》、《联珠诗格》、《皇元风雅》、《诗人玉屑》、《翰林珠玉》、《阿房宫赋》等。当时，五山禅院被认为是日本的最高学府，云集了最优秀的僧侣，具有浓厚的文化氛围，成为汉学人才的培养基地。所以，众多禅僧由坐禅修行逐步把兴趣转移到了汉诗文的创作和儒学的研究上。由此尊崇汉诗文的风气进一步流行，出现了"诗禅一味"、"诗高于禅"、"文本禅末"等等文化现象。在这种风气驱使下，汉文学的复兴就是很自然的事情了。

五山十刹各寺院间的竞争也给汉文学的兴起起到了推波助澜的作用。以五山禅林[61]为中心僧侣们争先恐后地投入到汉诗文的创作中，有力地推动了这一时期汉诗文的发展。五山僧侣创作出了语录、偈颂、像赞、碑铭、诗歌、随笔、骈文等多种多样的汉文学形式。五山高僧们还利用自己的汉文修养和汉诗创作弘禅布道，使得弟子们争相效仿，于是汉诗文渐趋成熟，涌现出了一批杰出的禅宗诗人，为富于特色的"五山汉文学"的形成做出了有益的贡献。随着"五山汉文学"的兴起，禅僧们的文学观也发生了一系列的变化，"诗禅一味"、互为一体、相辅相成的文学观，开始向"诗高于禅"、"文本禅末"转变，致使本来不立文字的禅宗渐渐变为离不开文字的禅宗，僧侣们与其说是修禅，倒莫如说是在学诗习文上下起了功夫。[62]由此出现了重文学而轻修禅的奇异的文化现象，弄得住持们忙于应付自己笔力不济的尴尬局面，遂请人代作语录或诗文的现象也屡屡出现。

五山汉文学作为一支新兴阶层的文学逐渐取代了王朝的贵族文学，诗风上也主要倾向于陶渊明和盛唐、中唐、晚唐以及宋代的李白、杜甫、苏轼、黄庭坚等人的诗歌，堪称有唐宋之韵。所以文风也和平安朝相比，有了很大的改变，韩柳古文代替了骈俪文体；苏东坡、黄山谷的诗代替了白香山的诗歌。一般僧人特别喜欢苏轼，讲授并注释苏诗者甚多。苏东坡的爱好给禅僧们的诗风也带来了各种变化。杜甫的诗歌也颇得人们的喜爱，

---

61) 即京都－南禅寺(五山之上)、天龙寺、相国寺、建仁寺、东福寺、万寿寺；镰仓－建长寺、圆觉寺、寿福寺、净智寺、净妙寺。

62) 元僧竺仙梵仙在答复弟子提问时指出"多见日本僧以文为本，学道次之"，要以修禅为本，诗文为次的教诲；还有大体正念提出的"禅本学末"的观点从反面说明了这一点。

胜过了白居易,《昭明文选》与《白氏文集》的影响也开始衰退。虎关师炼(1278-1346年)的《济北集》；中严丹月(1300-1375)的《东海－沤集》；义堂周信(1325-1388)的《空华集》；绝海中律(1336-1405)的《蕉坚稿》等五山名僧的诗文集中有很多有关杜甫的论述,其中我们可以窥见这种变化的足迹。

五山汉文学给文学形式的变化带来的影响也是不能低估的。五山汉文学作为佛教文学一开始所采用的形式大部分是偈颂、法语等等,但是,到了这一时期由古诗、律诗、绝句、赋、铭、序、跋、画赞等形式取代它,并由绝海中律始七言绝句逐渐超过了律诗。到室町后期这种情况再起了一些变化。随着禅院官僚化的进程,禅林与公卿、武士政权的关系越来越密切,五山汉文学也开始显露出明显的贵族化倾向,并随着"连歌"的兴起,开始出现所谓汉联句、和汉联句的诗歌。当时禅僧与公卿、武士集于一堂,禅僧以汉文赋诗,公卿、武士以汉诗或和歌应对,如此反复酬唱,遂联成五十韵或上百韵的汉联句或和汉联句开始出现。还有武士惊喜地发现,如果训读禅僧的汉诗的话,则显得节奏明快,铿锵有力。于是,中世男性知识分子除汉文外,找到了另一种能够表达他们的意志的和汉混合体。毫无疑问,中世禅林古朴和幽邃的诗风,以及汉诗所具有的韵律美,为和汉混合体的产生和发展创造出了良好的客观条件,并在其中起到了关键性作用。这说明五山汉文学已开始和和文学联姻,又为能乐等其他的文艺领域产生新的文学体裁,提供了良好的文化营养。

总之,这一时期五山禅僧为移植中国文化,促进中日文化交流方面做出了巨大贡献。当时的入宋、入元、入明僧不辞辛苦带回大量的佛教经典和佛典的注疏、禅籍、僧传,同时还带回了众多的经书、诗文集、医书、字帖等,把灿烂的中国文化撒遍了日本各地。

在长达近四百年兵荒马乱的分裂状态下,五山禅院及其禅僧还积极推进了以汉籍为主的各类书籍的训读注释、讲解出版工作。他们除出版有关佛教的书籍之外,还刊行很多宋、元时期的文学书。他们刊行的这些书,一律叫作五山版。吉野朝代(1334-1392)把高楚芳的《集千家注批点杜工部集》二十卷翻刻成五山版两种，这是日本最初的杜诗版本。义堂周信的门徒心华元棣熟知杜诗，其《心华臆断》成为日本最早的杜诗注释书。绝海中律的门徒江西龙派(1375-1466)也著有详细的杜诗注释书《杜续翠抄》。五山版中还有1370-1395年间刊行的《东坡诗集》，它标志着东坡诗的流行期到了。五山禅僧中讲解东坡诗的各家，也著了不少有关东坡诗的注释本，笑云清三的《四河入海》堪称注释东坡诗的集大成者。万里集久的《帐中香》则是为黄庭坚诗歌作注释的。

　　五山禅院都是由朝廷和幕府来管理的。由于僧侣中人才的拔擢举用，才识卓异的僧人逐渐从各地集中到五山十刹之中，自然偏重名誉、地位，而远离生活。于是随着外部条件，即室町幕府的衰亡，依附于武士集团支持的五山文学，也进入了"夕阳无限好，只是近黄昏"的境地，其中汉诗的创作自然也逐渐失去往日的炫目光辉。到室町后期，由于入明僧失去了昔日那种摄取外来文化的热情，致使禅宗难以借域外文化的不断刺激保持活力。于是到室町末期其成就平平。许多禅僧失去了创作汉诗的外部环境，开始与和歌联姻，有的甚至开始抛弃汉诗而专门从事和歌创作或儒学研究，诗中多用典故，夸耀知识修养。从此，五山汉文学在世俗化、和文学化的过程中，逐步消亡，代之兴起的是多姿多彩的近世文学。而大量选集的问世，从肯定意义上来说意味着五山汉文学即将完成它的历史使命，进入最后的总结阶段。

　　有关五山汉文学，学术界已经进行了多方面的研究。例如，高文汉教授在《中日古代文学比较研究》中对它的概念、产生背景、发展过程及其作家、作品等等进行了较全面的研究，具体论述过程中，运用比较文学的研究方法对中国文化和五山文学的关系也进行了深入的研究，为这一时期的中日文学关系的研究打下了坚实的基础。所以，我们在下面的论述中在这些学者们的研究成果的基础上，侧重于五山汉诗与中国文学的关系从宏观和微观两个方面加以论述。具体地讲，在宏观论里主要从宏观角度分八个部分考察五山汉文学和中国文学的关系；在微观论里主要从微观角度分四个部分重点考察五山汉诗的具体作家作品和中国文学的关系。

一、宏观论

（一）中国高僧的大量渡日为五山汉文学的形成起到了推波助澜的作用

如前所述，五山汉文学在镰仓室町年间在日本产生，点缀了日本的汉文学。但是，它的兴盛离不开中国文学，也离不开中国高僧们的大量渡日。中国高僧们的大量渡日不仅给五山文学的产生营造了良好的外部文化环境，而且为它的发展起到了推波助澜的作用。

综观当时渡日的中国僧侣，大都是中国的高僧。他们相继受到日本政府的邀请赴日，受到了贵宾般的礼遇。他们分布在日本各地主持名刹，掀起禅风的同时，竭力传播了中国文化。

在五山汉文学的开拓期，他们以宋元明时期的禅风和文风，感染着周围的僧徒，并通过自己的著述，阐明兼修诸学的必要性，这为转变禅林风气起到了至为重要的作用。由于他们擅长诗文，所以，他们有时给僧侣们直接传授了汉诗文的创作方法和技巧。因此，日本五山禅僧一般对中国文化，尤其是文学都具有相当深刻的理解，汉学水平也相当高。可见，这些中国名僧们在日本不仅自己直接写了一些汉文学作品，而且培养了一大批日本五山汉文学家。在宋、元、明时期渡日的禅僧中，较负盛名，而且又和五山汉文学有密切关系的高僧有竺仙梵仙、无学祖元(1226-1286)、明极楚俊、一山一宁(1247-1317)、清拙正澄(1274-1329)等等。其中，无学祖元于宋元之际去日本，用自己高贵的人格修养和学识深得日本禅林的敬重。在那里他除了传授禅学之外，每日还热心地为僧侣们修改颂诗，并且为其讲述做颂的要领，作颂词必须注意的事项等等。明极楚俊是元代的高僧。他当时赴日，僧俗争求法语，于是瞬间即成巨篇，命名为《沧海余波》。从明极楚俊法系诞生的惟肖得岩，被称为"四绝"之一，勿容置疑，《沧海余波》给他的影响也是相当大的。一山一宁就是元朝临济宗高禅妙慈弘济大师，于

1299年受元成宗之命，出使日本，历经坎坷渡日后，在五山讲学，取法名一山一宁。他在日本生活23年，终老未归。在日本期间他以自己的高风硕德和博学多才，深受日本各界的拥戴。他的住所经常有众多的宦绅大姓、僧侣武士前去拜访，真可谓是门庭若市。于1313年(正和2年)受后宇多上皇之邀入居京都南禅寺，成为一山派禅宗的开山祖。南禅寺也正因为此深受时人的敬仰，天皇曾敕诏该寺为日本五山名寺之首。他的到来在五山僧人之间掀起了学习汉文的热潮，以致禅院变成学馆，僧人不重修禅而注重诗文。一宁为南宋末大慧宗系世俗诗文传统的继承者，不仅精于禅学，而且通晓儒家、道家等诸子百家，还对稗官小说也具有相当深刻的理解。在兼传禅宗与宋学之时，他以高深的汉文化素养，大力提倡学习汉诗文，这就极大地刺激了五山汉文学，起到了推波助澜的作用。因此，五山僧人的汉文学修养甚佳，所谓的"五山学派"就是在相当的汉文水平之上，才得以形成的。他死后后宇多上皇亲笔撰写象赞："宋地万人杰，本朝一国师"，并封他为国师，禅林把他看成是五山文学和五山文化的始祖。继一宁之后，禅学大师清拙正澄于1326年受北条氏的招聘赴日讲学。他以严格的法理不仅为日本禅林确立了严格的规章，而且竭力推广汉诗，在日本掀起了一股学习汉文的热潮，这也对五山禅林、五山汉文学形成和发展起到了很大的作用。正澄赴日第三年，即1329年元高僧竺仙梵仙赴日。在五山禅僧争相赋诗撰文的环境里，竺仙梵仙出于禅林的实际需要，创办了以"金刚幢下"命名的高雅友社，以自身的汉文学修养和造诣以及元代的新禅风吸引了众多文笔僧。以梵仙为中心，高雅友社创作出了大量的汉诗文，使禅僧的汉诗文水平有了很大的提高。他著有《天柱集》、《来来禅子集》、《当时集》、《东渡集》等诸多诗文集。在他的推动下，五山汉文学有了长足的发展，不久就迎来了他的隆盛期。此外，1375年赴日的嘉兴府天宁禅寺的仲猷祖阐，金陵瓦宫教寺的无逸克勤等人，虽然在日本的时间不长，但与五山禅僧来往非常密切，他们不厌其烦地为日本禅僧撰写行状、塔铭，为他们的诗文集题辞、作序，有时还为他们修改诗文。所有这些都为五山汉文学的发展作出了巨大的贡献。而元末的古林清茂在日本形成以他为中心的另一条富于特色的日本禅林文学。

在这些中国高僧的积极倡导下，在日本国内也开始出现了开拓五山汉文学的许多中坚人物。像高峰显日(1241-1316)、梦窗疏石(1275-1351)、虎关师炼(1278-1346)、雪村友梅(1290-1346)、龙山德见(1284-1358)等等，就是中国高僧的直接培育下成长的优秀人才。他们大都儒佛兼通，精通汉文，具有很高的学问。他们深刻领会禅宗奥旨，以赋汉诗为荣，从而都成了五山文化及其汉文学的中坚力量。虎关师炼年幼步入禅门，曾经师事高僧一山一宁。此时，他对于程、杨之学有什么不解之处，便请教一山一宁，从而受益非浅。他修儒释之学，精通孔孟老庄之学，又长于汉学。他著书立说大谈宋学之理，创作汉诗文抒情言志，靠的就是这个深厚的汉文化底子和汉文功夫做保证的。而他所作的汉诗文被誉为"五山文学"之精粹。雪村友梅被尊为五山汉文学的创始人，他曾到中国，师事普陀山的高僧一山一宁，除学习佛典外，游历许多名胜，写了数百首诗歌，其诗歌集《岷峨集》中有许多水平很高的汉诗，为五山汉文学的兴盛起到了非常重要的作用。所以，他一般被认为是前期五山汉文学的代表。

（二）五山汉文学的文学内蕴和中国文化。

五山汉文学前后有数百文人，他们可分为两类：一类是到中国留过学的"留派"；另一类是没到中国留学，在本土内土生土长但受中国文学影响的"土派"。一般地说，"留派"是为求法到过中国的，在中国期间他们云游中国的山川大刹，讨教过高僧名士。因为他们亲身体验过中国文化，所以在他们的创作中表现出来的中国文学的影响，感性、直观的部分起到更重要的作用。而"土派"则是通过通读中国典籍和文献接触中国文化的。为了阅读中国典籍他们刻苦钻研有关著述的同时，还认真学习汉文汉诗，以之提高对中国的理解。因为他们是通过书本接触了中国文化，所以，他们所受的中国文化的熏陶，与其说是感性的，不如说是理性的，从而综观他们的创作理性色彩比较浓，诗歌也以文献博学取胜。

综观当时留学中国的日本僧侣可谓是日本禅林中的佼佼者，其数量也远远超过没有留过学的"土派"。这些"留派"一般都是倾倒于中国丰厚的汉文化和汉诗的。他们一般都长期滞留在中国，有的十年、二十年，大半辈子逗留在中国的也大有人在。在逗留期间，他们除在禅院学习佛典外，靠托钵化缘，游历各地名山大川、圣迹名刹，遍讨禅林，参禅学艺，就禅与汉学请教于方家，交流于众多高僧，并常去寻访那些中国诗人生活和创作过的地方，以便亲身体会诗中的意境，还随时写下当时的感受。大量的游宋诗、游元诗、游明诗就是这样产生的。他们不但深研佛理，而且学习儒学、文学、艺术、书法、绘画、建筑、茶道等等。他们修禅赋诗，对汉诗文的创作表现出了极大的热情。这些人从心眼里景仰大陆文化，深入到中国各地体验各种生活，对中国有了非常深刻的了解，以至于有些人把生活方式也中国化了。在诗歌领域里也是这样。他们对中国的诸子百家、天文地理、历史演进、风土人情、名人逸事等等，都有深入的了解和研究，还直接受到了宋、元文化的熏陶，而且把她带回日本，给五山文化注入了新鲜的风气。他们回国后，不少人受到朝廷厚待，历住京都、镰仓的五山大寺院，成了一个自觉的中国文化的传播者。五山汉文学的繁荣就是和这些人有着密切的关系。其代表性的人物有荣西、道远、虎关师炼、中岩圆月、雪村友梅、绝海中律、万里集久等。他们为了提高五山禅僧们的汉学知识，在禅院为中心进行了各种形式的汉文教学。从此，在一般僧人之间也出现了争相研读中国各种文献典籍及其注疏、选粹的风气。初学者一般以唐代周弼编的《三体诗》为必修之教本，又以宋黄坚编的《古文真宝》前后集为作文之本。对这两种书，五山学僧作有注解。其集部数韩柳文、杜苏黄诗最多，此外，还有前时代流行的白居易的诗、《昭明文选》等。这就使五山汉文学在题材、典故、意象、人文地理等方面不能不带有中国古代文化、文学的色彩。

五山汉文学的创始人是荣西和道远。他们两个人都到中国学过佛禅。五

山汉文学的形成一般以五山前期汉文化之大成者虎关师炼的创作为标志。据
中岩圆月的信件，虎关师炼对中国的经史子集无所不通。而中岩圆月12岁
起拜道惠为师学习《孝经》、《论语》等儒家经典，还学了《九章算法》。15岁
时挂褡于圆觉寺，拜曹洞宗宏智派的元僧东明慧日为师，学习《易经》。从
那时起，他开始热爱文学，并显出强烈的创作欲望。25岁入元后，云游长
江南北长达8年，亲身体会到了汉文化。而当时元古林会下高僧云集，禅风
刚猷，诗风高雅峭拔，他曾三次参谒古林清茂，深受其文化的熏陶。他涉
猎的汉文典籍非常广泛，元僧宗廓在赠诗中就曾说他"读尽汗牛充栋书，道
情纯熟世情疏"（《东海一沤集》卷末）。在日本他是第一位讲授《三体诗》的禅
僧。他精通程朱理学，诗慕杜甫、李白，诗风学黄山谷、陆放翁，文风则
学韩柳。他的作品充满灵气与才气，追求杜甫的那种"语不惊人死不休"的
刻苦、认真的态度。雪村友梅18岁赴元，留学23年。在参禅之余他喜读儒
家和老庄典籍及其汉诗。他喜欢《庄子》，汉诗大部分作于中国四川，其诗
集叫《岷峨集》，其名就取于岷山和峨眉山的第一个字的。他的汉诗深受陶
渊明、李白、杜甫、韩愈、苏轼等人的影响，宗教色彩不十分明显。绝海
中律(1336-1405)三十岁入天龙寺侍梦窗国师，33岁入明。绝海中律在大陆
留学时间长，且师从大慧派高僧，又与诸多诗僧交往，所以他的诗歌颇有
宋、明诗风，大慧派的影响甚深。所以有些人认为他的诗"吐语辄奇"。相传
他的诗作又得益于当时著名诗僧全室和尚。如兰在《蕉坚稿》跋文中所说：
"今观蕉坚稿，乃知绝海得益于全室为多。其游于中州也，观山川之壮丽，
人物之繁盛，登高俯深，感今怀古，与硕师唱和，一寓之诗，……而深得
全室之所传也。……尤得一家之所传……"。[63]他和明高僧高启年龄相仿，
诗风也相近，可以看出他所受的高启文学的影响。他又跟随季潭学习十年
之久，而后"罄其所蕴而归"，成了日本禅林中骈文的传播者。回国后绝海中
律逢谗言相侵，遂抛却权职，手拿一部《杜工部集》，开始了隐居生活。此
外，万里集久视黄庭坚为南宋第一大诗人，将他视为儒释皆通的与自己信

---

63)《空华日用工夫集》。

仰相近的学者崇拜备至。

总之，日本的五山汉文学是在这些人的积极参与下得以形成的。所以，无论是思想内容，还是艺术形式都离不开中国文学的强烈影响。更为重要的是五山汉诗所表现出来的艺术底蕴和文化内涵中仍可看到中国文学的强烈印记。至于这一点我们下面还论及到。

（三）五山汉文学和中国文学的艺术情趣

日本镰仓幕府刚开始，宋代的禅宗像洪水般涌入了日本。五山禅僧和文学受中国禅宗和文学的影响，艺术情趣也开始趋于中国化。例如，五山禅僧也喜欢在释迦、观音、达摩等画像上题写赞词；喜欢在自画的肖像画上题写赞词；喜欢在梅、兰、菊、竹，花鸟山水画上题词。显然这是中国诗画风气在日本的翻版。1269年，宋僧大休正念去日本，将把宋代隐士林和靖介绍给日本禅林。而后日本禅僧开始写大量的咏梅诗，"疏影暗香"之吟也叠出，咏梅成了一时的时尚。

另外，在镰仓、室町文学艺术中我们还可以发现南禅及其禅诗的影响。比如，表现随缘任运、安贫守寂和自由旷达的人生态度；展示空灵无垢的心境；表达对自然万物的情感体验；浮世的无常或者讥讽碌碌众生的愚昧可笑之相的描绘等等，都程度不同地和南禅有关。日本中世文学最有特色的幽玄、空寂、古雅等风格也就是在南禅的精神和思想耳濡目染过程中形成的。

在宋代由苏轼、陆游、黄庭坚等诗人引起一股陶渊明诗热。宋代对陶诗的再发现，推动了五山诗僧对陶渊明诗的再学习。而苏轼、陆游、黄庭坚的作品在五山禅僧中广泛流行的过程中，这些中国诗人对于陶渊明的推崇，无疑引起了雪岭等五山禅僧对陶渊明诗的共鸣。

在中国明代诗论里出现尊唐论和崇宋论之争。日本诗论里也出现这种现象。五山禅僧在汉诗创作上一直主要取宋诗风格。而随着木下顺庵提倡"诗必以盛唐为规范"的明代复古派的主张，在当时日本诗歌界引起尊唐或崇宋的分庭抗礼的争论。

(四) 五山汉文学和中国的文学传统

日本古代传统文学尚幽玄崇枯谈，寻求的是悯物哀情，拥抱自然，而对政治很少触及，日本古代文学家认为带有政治色彩的文学作品是俗不可耐的。而中国古代传统文学观则恰恰相反。中国古代传统文学观强调文学的社会功用，即文学旨在"救世劝俗"(唐元结《文编序》)、在于"补察时政"、"泄导人情"(白居易语)。古往今来的文学家一般都把"言志"、把"文章合为时而著，歌诗合为事而作"(白居易语)作为自己的创作原则。由于中日两国的古代文学观存在着这种差异，所以在日本的古代文学作品中，能够反映社会现实的作品就显得越发珍贵。日本古代传统文学这种远离现实政治，追求空灵、幽玄、寂静等倾向，加之五山汉文学毕竟出于追求具有佛教的空无寂灭色彩的禅宗僧侣之手，所以很多作品流露出对现实冷漠，题材比较狭窄，注重形式，内容空虚的倾向。但五山汉文学不乏入世的忧国忧民精神的。不少作品在一定程度上摆脱宗教色彩，显出与中国古代传统文学观息息相同的现实主义特点，闪现出正视现实的光芒，义堂周信、惟忠通恕、中岩圆月及其诗作乃最好的注脚。

义堂周信虽是与绝海中律齐名的镰仓幕府重要的禅僧，博通佛书禅泉，但他颇有儒家的风范。他谈及杜甫及其诗时就表现出"先天下之忧而忧，后天下之乐而乐"的大度。即"余尝读老杜诗，感其方安史丧乱之际，不失君臣忠义之节，至苦文章一小枝，于道未为尊，是余感之深者也。"他曾得到室町第三代将军利义满(1358-1408)的厚遇，更表现出"穷则独善其身，达则兼济天下"的进退自如。其实他的思想深处是奉儒佛互补相济的人生哲学。这与中国士大夫文人的人生哲学息息相同。

惟忠通恕(1348-1429)感情格外丰富，时常对百姓、弱者表现出无限的同情。他在《孤村残雨》中咏道："可怜父老淡生涯，村北江南八九家。数亩桑麻残雨外，归鸦闪闪日西斜。"这是当时老百姓生活的真是写照。在禅林文学中，反映乡村生活的作品极少，尤其是反映百姓疾苦的作品则是更少，通恕的这首诗无疑显得越发珍贵。这与中国诗歌主流即有感而发、遇事而作的现实主义精神相同。

中岩圆月受儒教影响较深，不畏他人非议，誓为天下进言，热切渴望把自己的才智报效社会，是位很有抱负、极富正义感的热血诗人。他是"文以载道"中国传统文学观的忠实实践者。他的作品充满经世济民激情，对政治改革和社会改良表现出极大的热情。他那富于社会责任感的诗作，主要以国计民生为题材。此外，还有作为一名外国人，对生活在社会最下层的元代妇女表现出无比真挚的同情。这些现实主义佳作，自然会使读者联想起杜甫的"三吏"、"三别"。他在五言古诗《和仪则堂韵谢珠荆山诸兄见留》中，曾涉及乘船西渡入元留学时的情景和抱负。从诗中自白可以看出，中岩从渡元时，就已经具有朴实无华、心系百姓的品德，开始抱有教化民众、造福于社会的伟大抱负了。还有在《坛浦》中所吟，

> 晚浦烟横日影斜，渔歌送恨落苹花，
> 封侯能有几人得？战骨干枯堆白沙。

诗中大胆揭露统治者穷兵黩武，不惜用广大人民的鲜血来染红自己的冠缨，给人民带来无尽的灾难和痛苦。这一针见血的抨击使我们想起中国唐代诗人的名句："凭君莫话封侯事，一将成功万骨枯。"《坛浦》一诗很可能是从上面这两句诗中脱胎而来。这首诗对社会现实进行了典型的艺术概括，充满对统治阶级的强烈控诉和对人民疾苦的深厚同情，感情深沉哀怨，有很强的艺术感染力。

（五）五山汉文学的很多文学艺术体裁受启于中国文学艺术体裁。

五山汉文学初期律诗受人尊重占很大比重，补以一些绝句。那些入元僧回国以后，熟练地运用律诗和绝句的形式来表现在日本的生活感受即是。五山汉文学刚开始显出从七言律诗到七言绝句的倾向。但随着时代的发展，

长诗渐渐发生，最后趋于由七言绝句占绝大比重的倾向。这与中国古代诗歌形式走向相同。

宋代的文学批评思想也是首先在禅林中发生反响。《沧浪诗话》等宋人诗话首先是由禅林汉诗人研读引用，而后才在和歌论中被反复陈述。义堂周信读《诗人玉屑》则是最早有关此书的记载。日本禅僧在读到这些诗话之后，也尝试用诗话的形式，来表达自己对诗的看法。虎关师炼《济北集》第十一集诗话即是。

虎关师炼作为当时日本第一文章家和文学评论家，以诗文集《济北集》中的诗话为最佳，有日本古来第一人之称。从现有文献资料来看，在日本文学史上，最早以"诗话"命名的诗论就是《济北集》第十一集《济北诗话》。《济北诗话》以汉文记之，评论唐宋诗人，由内容互不相关的论诗条目连缀而成，凡20则，评论唐朝李白、杜甫、白居易、元稹、王维、韦应物以至宋朝林逋、王安石、杨万里、刘克庄之诗。例如，他论及白居易、元稹及其作品在日本的人气鼎望时说："二子之文传时者，浅易之所致"，这很有见地的。现学术界普遍认为《济北诗话》之体例从模仿诗话之鼻祖北宋欧阳修《六一居士诗话》而来。船津富彦先生根据《六一居士诗话》之《百川学海》本和近藤元粹《萤雪轩丛书》本为二十九则诗话之事实加以证明。[64]可见，日本诗话一诞生，就与中国古典诗歌和中国诗话结下了不解之缘。

此外，义堂周信借用中国古老的人文之说来对他所倡导的"文"作了界定。

元末明初，在散文方面中国禅林流行四六句，首倡者为笑隐大诉。中岩东归后即适应这一形式，率先在日本讲授了当时被五山文坛视为四六骈体文典范的笑隐大诉的《蒲室集》。継之，绝海中律来华后，跟随季潭学习四六骈体十年之久，得师祖真谛，"罄其所蕴而归"，回国后在五山文坛传播，逐渐成为后期五山汉文学的重要样式，日本禅林文学的一大传统。在绝海的《蕉坚稿》中，有《枢寰中住周阳承福，京城诸山疏》一篇，用的是四六骈体。对于日本人创作四六文并非易事。但是，绝海的这篇疏内容充

---

64) 船津富彦，《中国诗话之研究》，东京八云书房 1977年版。

实，既有"学该百氏，理透重玄"的气魄，又有甘洒雨露润"八荒"的胸怀，读之如吞甘饴。同时从形式方面看，全文对仗整齐，层次分明，运笔细腻而又不乏气势。通篇写得从容自如，丝毫没有切削拼凑的痕迹。由于绝海在四六文创作方面取得了巨大成功，从此人们争相效法，四六文开始风靡日本文坛。当时禅师们热衷于四六骈体文，甚至达到了"不成四六不可言学"(桃源瑞仙《百衲袄》)的程度。于是四六骈体文不仅对中世日本的和文体、和汉混体等散文，而且对日本的和歌、连歌、谣曲等韵文也产生了深刻影响。因为这种文章简洁明快，颇有节奏感，深受日本文人的欢迎，这是一方面。另一方面，创作四六文需要有广博的知识。这种需要极大地刺激了禅僧们的求知欲望，从而有力地促进了儒学的研究、外典的注疏以及对中国古典文学的学习，这反过来又提高了五山汉文学的创作水平。

在元代古林、清拙主张禅林文学不可作俗诗，僧侣文学的题材应限于佛教方面，即日常修行的感受。为了与一般俗诗区别，禅僧之作应称为"偈颂"。这就是所谓偈颂运动。当时日本入元僧很多，受到偈颂运动的影响后回国，出现了许多偈颂作家。很多入元僧目击中国偈颂运动的展开，正确地传达了中国的偈颂运动。好多五山文学大师站在偈颂主义立场上来从事文学活动。由此，五山汉文学一时以偈颂为中心展开。五山汉文学的双璧之一义堂周信专作偈颂而出名。元亡明兴，禅林文学开始俗化。这个时代的禅僧喜欢与士大夫结交，所作的诗几乎与士大夫的作品一模一样。禅林文学再次俗化出现所谓收集偈颂以外的作品即俗诗俗文的"外集"。当时作外集的人很多。就具体作家来看，雪村友梅(1290-1346)，18岁渡元，天历二年(1392年)40岁时返回故国。他把当时元代最新潮的禅林一流的偈颂文学迅速地介绍到日本，使之与稍后的明代四六文体成为五山文学两大支柱。还有五山汉文学的双璧之一绝海中律虽然也作偈颂，但尤长俗诗文，或与明皇帝唱和，或与贵族唱和，还与当时文豪高启(青邱)、宋濂(景濂)、虞集(伯生)等结成知己。因受他们的影响，日本五山汉文学又开始俗化。北山文化[65]直接模仿高启、宋濂等活着的文学家。

诗轴即做诗裱装成轴在辞别会或祝贺会上互相赠送。这是中国文人之间至今盛行不衰的礼仪文化之一。诗轴在南宋时颇流行，在此种风气的影响下，镰仓时代诗轴也很流行，成为一种社交的礼仪。

至于法语，是禅僧平时向大众说法的。这种法语采用文学表现方法，还加入一些问答。而这些问答体中有不少戏剧性要素。有人认为这种戏剧性要素是从元杂剧而来。

中国文学从诗到文，从文到戏曲，所有方面都影响五山汉文学，这是饶有兴味的。

（六）五山汉文学文人与中国文人之间结出许多美好逸话、逸事。

绝海中律(1336-1405)别号蕉坚道人，1368年赴明留学，作为僧人求学问法11年，汉学造诣很深，善作骈文，尤长于诗赋。其成就代表了后期"五山文学"的最高水平。汉诗文集《蕉坚稿》备受赞赏，明高僧道衍为此集作《日本国绝海禅师语彔序》。1376年[66]归国前明太祖朱元璋[67]在宫中英武楼接见他，询问日本国事。两人谈兴浓烈，就中日关系作了两首诗，宾主一唱一和。这两首辑入《蕉坚稿》中。当时明太祖据传闻寻问徐福东渡日本[68]并熊野古祠之事。于是绝海中律作《应制赋三山》答道："熊野峰前徐福祠，满山药草雨馀肥；只今海上波涛稳，万里好风须早归"。这首以徐福墓前满山都是茂盛的长生不老草的描写来对答有关徐福的传说是可靠，并希望他早归，进而歌颂朱明政权升平气象，中日友好往来。诗中选词均可发现对唐代诗人张志和《渔歌子》五首之一的妙用。

---

65) 室町幕府第三代将军足利义满(1358-1408)在京都北山营造山庄及金阁，文人汇聚以模仿中国文化为其特征。

66) 即明洪武九年，日本南朝天授二年、北朝永和二年。

67) 当然，朱元璋是政治家。但鉴于古代政治家和文学家往往合而为一，且朱元璋也赋诗饯行等表现出诗才，所以在此把他囊括进文人的范围了。

68) 据说徐福原本是秦始皇时代的一介方士，他奉秦始皇之命率童男童女渡海赴蓬莱、方丈、瀛州三山，采长生不老之药未果，死于熊野峰前。

西塞山前白鹭飞，桃花流水鳜鱼肥。
请箬笠，绿蓑衣，斜风细雨不须归。

　　原诗中"西塞山前"、"鳜鱼肥"、"不须归"等语句都可以在绝海中律的诗中找到对应。《应制赋三山》一首不仅在一个题材，两层情怀，表现诗人具有很高的汉诗诗才，而且在用韵上显出汉语音韵的精湛知识。例如，"上平微"韵，还有"祠"虽然属于"支"韵，但古汉语中"支"与"微"相通等。朱元璋对他的诗极为欣赏，于是作和韵赐诗《御制赐和》答道："熊野峰高血食祠，松根虎珀亦应肥。昔年徐福求仙药，直到如今竟不归。"两首唱和诗，是咏吟徐福故事富有生气的佳作。一位日本僧侣和一位中国开朝帝王，唱和同一个主题，有各自的风格和心情，实在是为中日文学关系史上的佳话。

　　入元、明的日本禅僧在广泛游历时，与中国的僧侣和文人结下了深厚的友谊。他们吟诗作赋，互相酬唱，留下许多反映中日两国人民友好交往的诗文。日本禅师桂庵玄树在中国时曾写下这样一首诗：

途中适遇四明人，一笑如同骨肉亲。
可有扶桑新客到，报与东鲁送残春。

　　虽是超凡脱俗，四大皆空的世外之人所作，但洋溢着在中国的人间情感。
　　策彦周良是日本五山汉文学后期的著名代表人物，十六世纪中期，他曾两次作为日本使节来中国。他性爱汉诗，曾赋诗赠翰林金仲山：

莫道江南隔海东，相亲千里亦同风。
从今若许忘形友，语纵不通心可通。

　　诗人以感人的笔触，娓娓道出了对中国朋友的一往深情。日本京都的天龙寺妙智院珍藏着一幅四百多年前的画卷《谦斋老师归日域图》。谦斋即策彦周良，画中生动地描绘了中国朋友与策彦依依惜别的情景。

不闻契闻1326年入元，在江南游历时，就曾被误认为是日本奸细关押在武昌。他在秋雨淋岑的夜里，怀着孤寂的心境题诗于壁：

> 孤筇远入异乡云，满耳语音浑不分。
> 唯有檐头深夜雨，萧萧犹似旧时间。

据说这首言浅意深、哀惋缠绵的诗，感动了一位颇有地位的人，亲自代他求情，才使他得以无罪释免。

寂室元光在中国走过不少地方，1326年归国。他在《南云说》记述了他在滕王阁下对王勃的怀念。他在滕王阁下听到少年舸公歌唱"阁中帝子今何在，槛外长江空自流"，一种无常感涌上心头。回国后，在华的种种经历记忆犹新，于是他写下"因思畴昔游庐岳，双剑峰前独自吟"等诗句。而雪村友梅18岁入元参见当时名宿，与赵子昂(孟俯)有交，在华期间，他到过许多中国诗人生活与创作过的地方。《宿鹿苑寺王维旧宅》便是他取道函岭、越秦陇，访问唐诗人王维故居时写的一首缅怀王维，抒情言志的诗。

1511年，日本禅僧了庵桂悟(1424-1514)奉命以87岁的高龄出使中国。当地士大夫、文人墨客均与之相交。1512年与王阳明相遇。1513年5月，桂悟将东归，王阳明作《送日本正使了庵和尚归国序》一幅相赠，以表纪念。

很多到中国的日僧回国时带回很多中国名僧的语录和诗文集。这些书籍不但促进了日本五山及其它禅寺中所谓五山版的出版事业的发展，而且它的流传，对于五山汉文学的兴盛产生了很大影响，这是不难想象的。涉猎日本禅僧的语录和诗文集等，令人吃惊的是其中很多序跋、行状、塔铭等出于中国高僧手笔。当时日本禅僧入中国时，携带先师的语录和诗文集等，访求当地名僧巨匠给予批评，请他们作序跋，或作行状、塔铭等带了回来。这种事历代不衰。这些大量的序跋、行状、塔铭等是极好的资料，足可以看出中日两国禅林之间的往来如何频繁和亲善。正因为这些文章都是出于中国第一流大家的手笔，对于日本汉文学的影响一定很大。

15世纪，日本中央禅林的桂庵玄树，"通儒书，旁及庄列，无一之不究心矣"，1468年入明，游历苏杭，与刘洪、俞泽等交游，"增其所未能"。回国后，1495年，他将自己的《岛隐集》托人带到中国，请朝列大夫洪常（子经）为他作序。洪常欣然为这位素不相识的异国诗人作了序。玄树的作法除了对于自己呕心沥血吟唱的诗篇渴求中国诗人的评价之外，无疑也寄托着他对于漫游过的中华山川的怀念。

汝霖良佐善写文章，他到中国后，凡遇文章巨子，悉趋事之。翰林学士宋濂（1310-1381）读了他的文稿，为他书跋。

中岩在元期间，创作了一些作品，如《赠张学士并序》、《游武夷山》等，记述了他与大陆文人的交往以及游览中国山川的情况。

万里集久在《帐中香》里为黄庭坚三百八十五年忌日作祭文。而笑云清三的《四河入海》中载有万里集久祭奠苏东坡的祭文。

此外，虎关师炼深深受到一宁的刺激和启发，努力收集本国名僧事迹，以流畅汉文编写日本僧传巨著《元亨释书》三十卷，成为日本佛教史上一段佳话。他本身则享日本僧传的先驱之誉。

（七）五山汉文学学中国汉文学达到如火纯青的地步。

五山汉文学经过中日两国禅僧的辛勤培植，成为日本汉文学的典范，同时也成为这一时期日本文化的代表。许多僧侣汉诗文章法整齐、格律谨严、音韵婉转、声情并茂，可以与中国名家的诗章并驾齐驱，各标风韵。五山汉文学比起平安朝时代贵族玩弄的汉文学以及江户时代儒者所作的汉文学来远为优秀，完全脱尽日本模式和腔调，把整个创作过程中国化，即用汉语以中国式的观察、思维方式去酝酿、构思、创作汉文学，达到可以与纯粹的宋元文学媲美的地步。五山汉文学出现一批卓越的诗人和散文家。五山汉文学中以义堂为始祖的相国寺派和以绝海为始祖的建仁寺派的作品都很优秀，完全摆脱日本腔调，冲破宗教的樊篱，不再是单纯从属于禅院布道或仪式的偈颂与法语，而是表达个人思想情感、心得体验等发自内心的高水平的汉诗与文章。

当时日本入元僧偶尔把《空华集》的作者义堂周信的诗稿带到中国，嘉兴天宁寺的楚石梵崎看到后，禁不住赞叹道："不意日本有此郎耶？明人皆云，疑是中华人，寓其人者之作也。"[69]在此以为其诗出自中国人之手，可见其水平非同一般。中国明代文人曾以序或跋的形式对著名诗集《空华日用功夫集》、《蕉坚稿》等的创作技巧与风格给予高度评价。例如，绝海的诗文集《蕉坚稿》，由明成祖宠信的僧录司左善世道衍作序，文中赞美其诗道："日本绝海禅师之于诗，亦善鸣者也。自壮岁挟囊乘艘，泛沧溟来中国，客于杭之千岁岩，依全室翁以求道，暇则讲乎诗文。故禅师得师之体裁，清婉峭雅，出于性情之正，虽晋唐休彻之辈，亦弗能过之也。" 还有明人富春山杭州中天竺寺僧人如兰，在入明僧绝海中津的诗集《蕉坚稿》跋文中不胜赞叹道，"虽吾中州之士老于文学者，不足过也。且无日东语言习气，……信矣，其疏语绝类蒲室之体制，其文缜密简劲，……诚为海东之魁，想无出其右者。"[70]中国明代诗僧道衍在《日本国绝海禅师语录序》中对他的诗称赞道："日本绝海禅师之于诗，亦亦善鸣者也。……故禅师得诗之体裁，清婉峭雅，出于性情之正，虽晋唐休彻之辈，亦弗能过之也。"此外，别源圆旨的《南游东归集》被元僧清拙正澄评为"概得大唐音调，语意活脱，如珠走盘"。[71]这类事在五山诗僧的传记中一再可看到。尽管这些评价难免有溢美之辞，但我们从日本五山诗作中确实感到五山禅僧汲取中国文学的滋养创作出了与中国大家为伍，也毫不逊色的汉诗。而希世灵彦倾毕生精力研究汉学，达到令人叹为观止的地步。欲创作出这种令同行首肯的作品，没有高深的汉学修养、广博的知识是难以办到的。中岩(1300-1375)在元时去江西，登百丈山，参拜深受僧俗景仰的大智寿圣禅寺的高僧东阳德

---

69)《空华日用工夫集》，应安八年三月十八日条。

70)《蕉坚稿跋》。

71)《南游东归集跋》。

辉。中岩得到东阳高僧的赏识，被礼聘为书记。而鉴于怀海和尚的无量功德，东阳高僧便将供奉怀海像的佛堂命名为"天下师表阁"，并命中岩撰写"上梁文"。一名外国留学僧能在著名禅院任书记，并且能够得到为"天下师表阁"撰写上梁文的机会，这足以证明中岩的才学和文笔已得到中国上层禅僧和文人的充分肯定。赴日华僧竺仙梵仙曾评价中岩圆月为"学通内外，乃至诸子百家，天文地理，阴阳之说，一以贯之发而为文，则郁以乎其盛也"。汝霖良佐，于1368年入明，在明除学佛事外，善于属文。明翰林宋景濂见其文稿，十分欣赏。有些在华时间长的禅僧，说得一口好汉语，应该说，这对于他们找准汉诗的语言感觉是大有好处的。雪村友梅矢志不渝地热爱中国文化，说汉语说得相当流利，用汉诗表达自己的感受，把汉诗创作当作人生的重要组成部分。他的诗学李白、苏轼。据《岷峨集》所载《行道记》说他"舌本澜翻，换骨夺胎，人不知外国来客"。从整个日本汉文学史来看，五山汉文学最接近大陆文学水平，有不少作品甚至堪与宋、明诗媲美。即使与同时期的和歌、连歌、歌论、物语等类作品比较，也毫不逊色，尤其是在表现雄浑、深玄、沉郁、崇高等风格方面远远超出同时代的所有作品。

（八）五山汉文学并没有亦步亦趋中国文学。

五山八景诗并不是亦步亦趋中国八景诗的。日本八景诗从刚开始吟中国八景，后来以日本名胜古迹入诗吟日本之景，题材上翻新。还有在细节上以吴竹代替楚竹；以松桥代替柳桥；以山风代替晴岚显出日本情趣。日本还出现很多题在屏风的八景诗。从整体上来看，日本八景诗境界不象中国八景诗境界开阔，恰似其境界的缩版，显示出日本文学小巧玲珑之特色。

就一般的具体诗歌创作而言，雪村友梅曾作《过邯郸》一诗，表达自己"人空法亦空"的禅学思想：

莫笑区区陌上尘，百年谁假夏谁真？

今朝借路邯郸客，不是黄梁梦里人。

这首诗明显为模仿金代诗人元好问(1190-1257)的《过邯郸四绝》之四而作。原诗"四绝"之四为：

死去生来非一身，定知谁妄夏谁真。

邯郸今日诗提客，犹是黄梁梦里人。

但他的诗一反原诗本意，将自己比作人生苦旅中的匆匆过客，难知百年身后事，因为他觉得尘世中的一切，"触目无非是幼空"。因此字号空幼。他将原诗中的"犹是"改为"不是"，以翻案文章表达自己的新意。在入世与出世之间，他仅以一字之改表示了自己的抉择，充分显示出他淡泊名利、恬淡高洁的性情，以及"眼中无归贱"的禅家品格。日本评论家冈田认为这首诗是"纯粹的诗人之诗"。72)日本汉学家也喜欢引用此诗为雪村的代表作之一。

一休宗纯(1394-1481)自号"狂云"著《狂云集》。他就以恣意言行，不拘礼法而著称于世。他是个富有个性的狂放派诗人。他的狂诗在禅诗中内容最丰富，与社会现实结合得也最紧密，因此具有较大的社会意义，颇似唐代诗僧寒山(约680-793)。但他的讽喻诗和狂诗，旨在吐露心中的郁积与不满。他的作品虽不无生硬感，但其中不少诗表达了赤裸裸的爱欲，反抗时代不良倾向方面另辟溪径，反映五山汉文学另一种类独特倾向。

五山禅僧自己也编书，其中最有名的是天隐龙泽所编的《锦秀段》。它的前身是瑞岩、慕哲所编的《新编集》和江西龙派编的《新撰集》，共收中唐至元末诗千余首。天隐龙泽看到"童蒙者往往倦背诵"，便缩编为338首七言绝句，随《文选》中"美人赠我锦绣端"之意，但改"端"为"段"，明之曰《锦秀段》。他在《锦秀段》里加进了与禅僧诗体很不相称的"闺情"这一项，收入

---

72)《中国文学在日本》第212页，台北纯文学出版社，1981年版。

了《宫怨》、《闺怨》、《春女怨》等作品。其中收入227位诗人，陆游诗最多，但并没有选那些"千年史策耻无名，一片丹心报天子"这样充满忠君报国激情的诗章，而收进了"磅礴昆仑三万里，不知何地可埋忧" 这样忧郁衰伤的诗作，显出自己的特色。

如上所述，虎关师炼《济北诗话》之体例从模仿欧阳修《六一居士诗话》而来。而其整体特点重醇厚尚义理，这显然受韩愈《南阳樊绍述基志铭》中对友人樊宗师文章的评价的影响。但具体展开其观点的过程中虽不无偏颇、武断、苛求，但一反传统观念，努力表现出自己独特的观点。《济北诗话》中最引人注目的是作者对于宋人诗论的批评态度。虎关师炼评价中国古代诗人方面，整体倾向上反对白居易的诗风，推崇苏轼、黄山谷、李白、杜甫。但具体问题具体分析，有褒有贬，有自己主见的。他肯定苏轼"道德文章为赵宋师表"，却也指出他鼓吹庄周齐死生，一毁誉，安贫贱，有"言之不醇"的地方；他评价欧阳修尽善而不能尽美；他指责王安石剽窃了柳宗元；他对于陶渊明更多微词，说元亮长于一格而非全才，算得上介洁冲朴之士却算不上大贤，这是针对宋人对陶渊明的赞誉有所不满而发的，等等。虎关师炼热心地提倡夏兴古文，他力图将载道说和贯道说统一起来。他曾经希望通过关白藤原内经影响当时的最高统治者在日本扫除骈俪余风而大兴古文，这集中反映在《答藤丞相》一文中。

而他的《济北集》中许多诗作撷取中国汉诗精华独辟溪径。例如，《秋日野游》、《泛海》等诗作深得谢灵运的"池塘生春草"、"山水含清辉"以及谢朓的"澄江静如练"、"朔风吹飞雨"之妙，又体现了李白"清水出芙蓉，天然去雕饰"的创作主张，确实达到了词浅意深的独特境界。具体吟咏被称为五山汉诗开山之作的《秋日野游》，宛如漫步在田野，如闻稻香之感。

浅水柔沙一径斜，机鸣林响有人家。
黄云堆里白波起，香稻熟边荞麦花。

此诗前两句是化中国宋代诗僧道潜诗句"隔林仿佛闻机杼，知有人家在翠微"二句的诗意而来。后二句则是取法王安石的诗句"缲成白雪桑重绿，割尽黄云稻正青"。前后二联，化他人诗句为己用，不袭用其句，皆得其神韵。从整体构思上独辟溪径，显得和谐圆满。

二、微观论

在这里我们重点论述五山汉诗和中国文学在遣词造句、用典、意象·意境创造、风格特色等方面的关系。

（一）遣词造句

如前所述，日本这一时期的八景诗是在中国八景诗的基础上产生的。所以，它在许多方面表现出仿照中国八景诗的痕迹。这一点也表现在遣词造句上。综观日本的八景诗直接借用了中国八景诗中的句子。象栗里龙泽《潇湘夜雨》里"雨声入夜不堪闻"[73]则与宋朝薛昭蕴《莞溪砂》里"不堪离恨咽湘弦"；瑞谷《潇湘夜雨》里"湘江夜雨不胜情"则与明朝谢茂棒《送客游洞庭湖》里"黄陵月寒不胜愁"；《翰林葫芦集》里的《潇湘夜雨》中出现的"座我潇湘"则与宋朝黄山谷《题郑防画夹》里"座我潇湘洞庭"如出一辙。此外，不耐、不禁、孤蓬、孤客船、蓬底旅人忱、宿孤、愁吟忱、晴岚、山风、斑竹等词句也都是来自中国八景诗的。

别源园旨是1319年入元的，在那里他滞留11年，学了一身地道的汉语，汉文学功底也非浅。他对中国诗人、诗作也十分了解，在诗歌创作中常把中国诗人的名句自如地纳入到自己的诗歌中，表现出深厚的中国文学功底。他有一首《夜坐》的诗歌，诗中他吟道："秋风白发三千丈，夜雨青灯五十年"。显然，句中有两句来自中国诗歌，比如，前一句中的"白发三千丈"来自李白的《秋浦歌》；"青灯五十年"则出自王右丞诗《偶然之作》"读书三十

73）底线为笔者所划。以下同。

年"句。

中恕如心、虎关师炼、惟忠通恕、梦岩祖应、义堂周信等僧人的创作中也有借用中国诗歌句子的地方。比如，中恕如心[74]的"白鹭洲前望去舟，云涛千里入江州。风帆影灭青天外，日暮苍苍楚岫幽"(《送人之九江》)中的"白鹭洲"、"青天外"词句显然是受了李白的"三山半落青天外，二水中分白鹭洲"(七律《登金陵凤凰台》)的影响；虎关师炼的"不许姑苏城外寺，钟声半夜入船寒"(《海云寺》)一句，来自张继的"姑苏城外寒山寺，夜半钟声到客船"(《枫桥夜泊》)句子；惟忠通恕的《倦鸟》中的"万里青云"一句，很可能来自张九龄的"宿昔青云志，蹉跎白发年"(五绝《照镜见白发》)句子；《孤村残雨》中的"归鸦闪闪"一句，来自唐彦谦的"柳短莎长溪水流，雨微烟暝立溪头。寒鸦闪闪前山去，杜曲黄昏独自愁"(《长溪秋思》)句子；梦岩祖应的"行藏一听天"(《题扇》)中的"行藏"一词源于《论语·述而》"用之则行，舍之则藏"里。这种情况说明两方面的问题，一方面它说明这一时期的日本文人，尤其是僧侣文人非常熟悉中国诗歌；另一方面他们想借用中国诗人的名句，创出新的意境，赋予它以新的意义。但是，整体上讲有的诗人做到了这一点，有的诗人没有做到这一点。这一点完全取决于他们对中国诗歌的理解程度，换言之，如果他们对中国诗歌的理解程度高，那么，他们借用时能够创造性地应用它，反之，则是止于一般的文字游戏或者自我显耀而已。如果从这种标准看上述几个人的诗歌，那么显然是中恕如心的诗把中国诗句运用自如，开拓一个新境界，而虎关师炼则引用中国诗句开创一个更加细腻的独特境界。义堂周信的写景诗《小景》也是一首非常有名的作品。请看：

> 酒旗翩翩弄晚风，招人避暑绿荫中。
> 谁家钓艇来投宿，典却裳衣醉一蓬。

---

74) 生卒年不详，到明朝修禅，并以诗僧知名。

这是一幅描绘夏日黄昏的醉人图。在夏日的晚风中，河畔谧静安详，"酒旗"、"晚风"、"渔船"、"蓑衣"等等，都在夏日的晚风中，那么和谐，生机盎然。其中尤以"典却蓑衣醉一蓬"堪称绝唱。该诗起承首句借用的是陆放翁的"雾收山淡碧，雪漏日微红；酒旗近村场，暑船浦憩通"(《平水小憩》)；转结末句则用了皮日休的"何事对君有惭愧，一蓬冲雪返华阳"(《寄怀南阳润卿》)句。但是，他不是盲目的借用，而是把它们融入在自己的情感体系里，咏出了自己的情感。所以，无论是陆放翁的句子，还是皮日休的句子，都在那里起到画龙点睛的作用。这就是借用外国文学时的"己化现象"。

此外，绝海中律的诗歌显示出他对中国文化的深刻理解和丰富的想象力。请看《河上雾》一首："河流一带冷涵天，远近峰峦秋雾连。似把碧罗遮望眼，水妃不肯露婵娟。"在这里，作者由中国湘水的雾景联想到湘水的女神，即舜妃娥皇与女英，说她们不肯露出美丽的身影，以之赋予湘江以无穷的余味，给读者以动态的美的感受。绝海中律咏《鹊》诗，里面也包含着中国文化因素，其诗曰："月夜绕枝无可依，翩翩双影只南飞。朝来偶向晴檐噪，此日行人归未归。"这首绝句显然与曹操的《短歌行》"……月明星稀，乌鹊南飞。绕树三匝，无枝可依……"有密切联系。

还有15世纪的雪岭永瑾是一位陶渊明的痴迷者。他的有些诗作全然是仿照陶渊明的诗歌做的。如他的"老矣思闲未得闲，羡看倦翼早归山；汝先飞去卜吾隐，五柳阴中茅半间"(《鸟倦知还》)，就是根据陶渊的诗歌"山气日夕佳，飞鸟相与还"而做的。又如"菊从霜后晚香加，一朵分来五柳家；醉倒吟衣赏秋花，人生七十莫羞花"(《谢入惠菊花》)中说的分明是入惠所赠之花就是陶渊明在东篱所采之花。

在这一时期的诗歌中，这类诗歌还能举出一些。但是已经列举的诗歌中可充分看出这一时期的诗人在遣词造句方面的大体情况。

（二）用典

用典是日本汉诗的一大特色，我们已在日本的第一部汉诗集《怀风藻》中看到了日本诗人运用中国典故的情形。可以说日本诗人用典是由来已久的。这一时期的诗人也不例外。

日本的八景诗经常用典，如一休宗纯的"黄陵风竹庙前泪"、"黄陵庙畔一从竹"（《狂云集》中的《潇湘夜雨》）、义堂周信的"楚竹飕飕冷"（《空华集》中的《洞庭秋月图》）、栗原龙泽的"斑竹村西送西瞳"（《东山殿八景》中的《潇湘夜雨》）和《补庵京华续集》的《潇湘夜雨》里的"和泣滴残斑竹秋"等诗句里出现的"风竹"、"从竹"、"楚竹"、"斑竹"等等是借用中国八景诗里的"斑竹"、"楚竹"、"湘竹"的。而所谓的"斑竹"、"楚竹"、"湘竹"等等就和湘妃有关。据中国传说竹上的斑点是湘妃的眼泪使然的，所以"斑竹"又叫"湘妃竹"。《艺文类聚》讲："博物志曰、洞庭之山，帝之二女啼，以啼挥竹，竹尽斑"，[75]《述异记》也有这个故事，说："舜南巡，葬于苍梧，尧二女娥皇、女英泪下沾竹，文悉为之斑"。而后中国的八景诗接受这个说法在诗歌里提到竹子时，时而用这个典故，以诗歌和古老的传说遥相互应，相得益彰。如杭准的"斑竹雨冥冥"（《送徐石东金宪潮南分韵得潇湘》）；东坡的"祇向竹枝添泣痕"（《潇湘夜雨》）等等就是利用该典故的。而日本人使用的也是这个典故。

此外，日本八景诗元政的《琵琶八景》之一《唐崎夜雨》里把唐崎拟于潇湘，木下顺庵的《江州八景四首》之一《辛崎夜雨》里把辛崎拟于潇湘，都和屈原的"潇湘"、"洞庭"有关；雪村友梅的《九日游翠微》中"翠微"就指陕西临潼骊山，和李白的"却顾所来径，苍苍横翠微"之典有关。

如上所提及，一休宗纯是个性较强的狂放派诗人。他看不惯那些动辄以圣贤自居，一入大寺，便欲自为其主。于是他借汉时马援（公元前14－公元49）曾评头论足两汉之交在蜀称帝的公孙述（字子阳，？-36）说："子阳乃井底之蛙耳。"典故，[76]作如下《蛙》诗进行讽刺。

---

75)《艺文类聚》卷八十九。
76)《后汉书·马援传》。

惯钓鲸鲵笑一场，泥沙碾步太忙忙；
可怜井底称尊大，天下衲僧皆子阳。

梦窗疏石是一山一宁的弟子，义堂周信的老师。他精通孔孟老庄之学，也精通禅学。他好赋汉诗，诗中禅味甚浓。《暮春游横洲旧隐》二首之一云：

日映苍波轻雾收，四洲叠嶂斗奇龙。
满船载得暮春兴，与点争如此胜游。

该诗最后一句显然用了《论语》中有关曾皙的典故。

除此之外，万里集久使用的葛长庚《白玉蟾集》、《海南集》中的典故；绝海中律在《新秋书怀》中使用的安期生、徐福与季子(苏秦)的故事等等，也应属于此例。

(三) 意象·意境创造

绝海中律的汉诗，题材广泛，形式多样，古近体诗皆备。如《读杜牧集》，

赤壁英雄遗折戟，阿房宫殿后人悲。
风流独爱樊川子，禅榻茶烟炊发丝。

诗人以杜牧的七绝《赤壁》和《阿房宫赋》为依托，咏出自身的感慨，表达对杜牧为人的追忆与崇敬。每一句皆以杜牧诗为意象触发点，紧扣主题，生动活泼。在这里最后一句意象组合则由杜牧的《题禅院》"觥船一棹百分空，十岁青春不负公。今日鬓丝禅榻畔，茶烟轻扬落花风"演化而来。

西胤俊承(1357-1422)有诗集《真愚稿》一卷。在该集里《柳烟》诗"时清无夏诗人叹，莫比台城十里堤"句中"诗人叹"意象指的是白居易写新乐府《隋

堤柳·怜亡国》抒感慨。而他的《立秋》与《柳烟》有异曲同工之妙，"只恐白头易栖断，莫将潘赋入悲歌"句的意象组合由忆起潘岳的《秋兴赋》引起共鸣而来。

禅林"四绝"之一，心田清播(1375-1447)曾住进长乐寺时，模仿张继的《枫桥夜泊》，写《听雨集·长乐夜泊》诗。清播诗在意象创造上直接受张继诗的启发影响。

日本《翰林葫芦集》里景徐周麟的《山市晴岚》，《大通院御屏风》里瑞谷的《山市晴岚》，《狂云集》里一休宗纯的《江天暮雪》等八景诗其诗题象征远离尘世，追求清净无为境界。其中《江天暮雪》第一句"水天万里雪霏霏"就与唐朝柳宗元《江雪》："千里鸟飞绝，万径人踪灭"的境界相仿，显出境高韵胜。而这些八景诗诗题直接从中国八景诗惠洪的《山市晴岚》，玉涧的《山市晴岚》；董其昌的《江天暮雪》等诗题而来。

义堂周信涉猎经史百家，又善于汉诗文的创作。他非常崇拜李白、杜甫的诗歌和韩愈、柳宗元的文章，对苏东坡等宋代文人也五体投地。他著有汉诗文《空华集》，其诗歌创作不仅表现出博学知识，还显现出艺术表现能力的洗练和巧致。请看一首《石桥山吊古》：

> 石桥夜战事茫茫，余一丰三墓木荒。
> 卧涧古杉笞半合，谁知霸主此中藏。

据说1180年的赖朝与平家之战是这首诗歌的背景。显然，这首诗歌的艺术表现力是精湛的。这首诗起承处先直写怀古之意，而转结处发出对赖朝的追忆之情，以之表现抒情主人公对那场战争的吝惜之情。不仅如此，这首诗歌在表面的幽寂荒静中，映射出当年金戈铁马、血战正酣的历史景象。这部作品显然是受唐诗中的那些凭吊古战场的启发的，但是，作者不是照搬唐人的写法，而是以静寂衬出激烈，以残景显现幽思，使诗歌有了一个明显的特色。很明显，这首诗歌表现出来的，既有受中国文学作品影响的一面，又有日本传统的静寂、幽远意境的一面，这种特色是这首诗歌的成功之秘诀所在。

此山妙在在长时间的留元过程中，对中国古代文学以及宋、元诗有着较深的理解。所以，在创作的时候他对大陆文化的利用不仅仅局限于个别词句的借用或断章取义，而是把精神关注在诗歌意境的把握和利用上，从而把中国文化、中国人的思维和表达方式都注入到自己的诗歌中，并把二者有机地结合在一起，再创出新的意境。他在元时写的《友人归乡》、《偶作》等诗歌利用的是中国传统的白描手法，颇具有元诗的意味。请看他的《城中闲居》：

> 闹中消息静中看，世味何如曲臂眠。
> 门掩夕阳春寂寞，更无花鸟到阶前。

凡隐居者，或韬晦或闲居或避祸，虽居住地点不同，闲居目的各异，但都表现出一种志向。大者以之表现不同流合污的高尚情操，小者以之表现出清高的人格或一种情趣。所以，隐居或闲居之人，自古有之，而且自古也不乏相关的感慨之情和议论。《晋书·邓灿传》中云："夫隐之道，朝亦隐，市亦隐。隐之初，在我不在物"；王康琚则认为"小亦隐隐于陵薮，大隐隐于市朝"；白居易的《中隐》诗亦云："大隐住朝市，小隐入丘樊。丘樊太冷落，朝市太嚣喧…… 贱即冻馁苦，贵则忧患多。惟此中隐士，身致吉且安。"苏东坡的《禁阁夜直呈王敏甫》中也有"大隐本来无境界，被山猿鹤漫移文"之类的诗句。所有这些都给妙在提供了创作素材，也为他在"城中"怎样"闲居"提供了样板。作者的"闲居"不亚于隐居，诗中表现的也是一位大隐者的风范。尽管他身居闹市，但"门掩夕阳"、"更无花鸟"，犹如闲居深山，有一股局外人的心态，所以，他可以"冷眼向洋看世界"，把人世间的一切都视为"曲臂"之梦幻。看得出，作者这首诗的构思、情趣、意境都和中国文学有密切的关系。

（四）风格特色

创作风格方面，日本南北朝、室町时期的和歌中，随处可见冷寂的静寂美。雪舟的画、利休的茶相配合表现出来的就是这种美。

中岩圆月自幼参禅习儒，尤其在大陆留学多年，对宋学理解得较为透彻。文学上他仰慕李杜，对苏轼也有较深的理解，并从他们身上吸取大量文化营养，使自己的文学呈现出一种自然洒脱的文学风格。他的诗风奇峭清俊，悲壮仓古，笔致纵横无阻，卓然有李杜之风。他在《拟古》中声称："吾爱李太白，骑惊捉明月"，可见他爱李太白的洒脱和浪漫；他在《偶看杜诗有感而作》中声称："久废成野趣，早凉读杜诗"，可见他爱杜诗的沉郁和洗练。而他的像"丈夫期远大，莫甘他残杯"（《和韵赠大虚并序》）；"欲伴鸾凤待时出，庸随燕雀逐风翔"（《和答明岩》）；"吾才应无用，世情嫌不羁"（《和仪则堂韵谢珠荆山诸兄见留》）等诗句则显然现出那种"燕雀焉知鸿鹄之志哉"般格外清高的李白风范。整体上看，中岩的诗"全以盛唐为准，用力于长篇。其五古效法于太白，能得其轮廓。其七古学少陵，得其气息；七律亦近于少陵。"[77]

此外，义堂周信对中国诗歌，特别是对杜甫、苏轼的诗歌有深刻的理解。所以，他的诗歌有一股东坡的豪迈遒劲；雪村友梅的怀古旧诗清瘦含情，馀意萦绕，有杜牧的情趣。

总之，这一时期的日本诗人无论是留学的还是土生土长的都孜孜不倦地学习中国文化，在其中吸取丰富的文化营养，为日本古典诗歌文学，尤其是中世汉诗文学的发展做出了重大的贡献。当然，在日本古典诗歌文学的历史长河中，这一时期的文学不能说是最优秀的，但是，正因为有了他们，日本的汉诗文学有了历史的延续性，正因为有了他们，中日文化交流写下了一段以禅宗为中心的灿烂的历史一页。在这一点上他们的历史功绩是不能磨灭的。

---

77)《本朝高僧传》卷32《中岩传》。

第四节 连歌、小歌和中国文学

随着镰仓、室町幕府的建立，日本社会各部门发生了巨大的变化。这种变化也反映到文学领域结束了平安贵族社会为止和歌一统天下的局面，迎来了反映武士阶级的思想感情和审美情趣的许多文学体裁，连歌就是其中的一个。

连歌是代替前一时期盛行的和歌成为这一时期的文学的主要体裁的。它的产生和和歌的衰退有直接的关系。大家知道，和歌到日本南北朝时期随着武士阶级的崛起，开始走下坡路，取而代之的是连歌。但是连歌也不是凭空产生的。事实上它和和歌有着密切的关系。

众所周知，日本把和歌一般称为短歌。在日本最早的和歌集《万叶集》(759)中，短歌是以"长歌"的"反歌"形式出现的。"反歌"是指那些在长短不一的长歌之后，起概括内容，深化主题，强化感情作用的短歌，它一般有一个五、七、五、七、七的固定形式。而这种"长歌"、"短歌"的称谓，原是中国古乐府歌行体的两种曲类。在中国它一般表示"声"的长短，如《乐府诗集》引古诗云："长歌正激烈"。曹丕(187-226)的《燕歌行》里说："援琴鸣弦发情商，短歌微吟不能长"，魏晋傅玄(217-278)《艳歌行》里也有："咄来长歌续短歌"的句子。日本和歌采用这两种中国古乐府歌行体的名称，用来表示诗行的长短。东方文化史家常任侠先生曾引用日本中村博士的话说："长歌的反歌，是学《楚辞》的'乱'的。"[78]可见，日本和歌与中国古代文学有密切的关系。而日本的连歌在和歌的基础上，受中国文学联句形式的诱发产生和发展的。

和歌发展到南北朝时期出现了由两人同作一首和歌或者同吟一首和歌形式，连歌也就由此而来。据日本学术界研究，武尊与御火烧翁在甲斐酒折宫的一问一答乃连歌的肇始之作。即武尊问："过了新治筑波后，还须宿几

---

78)《东方文化知识讲座》，黄山书社1988年版，第31页。

宿？"御火烧翁答："屈指数一数，十天又九宿。"79)可见，在这里由一个人作或咏五、七、五音和歌的前半部句，另一个人作或咏七、七音和歌的后半部句来应答。这种两人相唱和同作一首和歌形式就是连歌最初的形式。这种形式一开始不过是两人唱和两三句，但后来变成许多人在连歌所80)等地方聚在一起将五、七、五音，七、七音轮流往夏不已地交替连缀，81)有时长达50句，甚至100句的长连歌。一般所谓的连歌也就指这种长连歌。据说这种长连歌是受中国柏梁体影响的产物。所谓柏梁体是指汉武帝元封三年(公元前108)曾建造柏梁台，并在那里诏群臣，每人一句，每句同韵，一句一意，联句共赋七言诗。可见，联句形式上与长连歌相同。日本中世连歌所就很相像于中国汉武帝造的柏梁台。而后鸟羽天皇对振兴连歌的贡献与汉武帝开辟柏梁体相仿。

在短连歌基础上发展起来的长连歌，其第一句(五、七、五)称为"发句"，第二句(七、七)称为"胁句"，从第三句开始反夏这两种格式，最终第100句以七、七格式结束，这最后一句称为"举句"(或称"扬句")。"发句"是连歌中最重要的一句；"胁句"必须铺陈"发句"之意；依次循环，直至终了。所以在长连歌中，只有"发句"才有独立完整的意义。而在这"发句"中必须用与季节有关的词，以之表示对参加联咏者的问候。这个词语叫"季语"。像梵灯数代的"锦绣山上/百合花野呀。"发句就以这种"季语"起头。"季语"在连歌里起到引起对季节的联想和造成氛围的作用。82)讲到春天，你可以联想秋天，再从秋天联想到人生的巨大变迁。参加连歌唱和的，叫连众，他们必须用自己的机敏，要考虑到富于情趣的"季语"，使之成为构成

---

79) 故连歌又称筑波之路，沿用"筑波"一词的连歌书也不少。

80) 类似一种连歌学校，在这里师傅和弟子常聚在一起切磋或吟咏连歌。

81) 日本文学史上长连歌很相象于朝鲜文学史上良班贵族在酒席上酬唱的高丽末期"景几何如体"和李朝初期连时调。但相对来说，形式上日本的长连歌比较讲究，而朝鲜的"景几何如体"和连时调比较随便。而长度上朝鲜的"景几何如体"和连时调一般没有象日本的长连歌那样长。其实在朝鲜长歌形式的典型体裁为"歌辞"。

82) 这一传统在日本人现在的书信格式里还保留着。

整个连歌情趣的一个组成部分。这种对季节的敏感反应和从中寻求一种诗歌情趣的做法，可以说是和唐代书仪中的季节套语传统有关。

连歌进入镰仓时期，发挥和歌的游戏、余兴性质，[83]以滑稽、机智的特点，代替短歌得到流行。其中的许多句子没有实际内容，整个诗歌也没有贯穿全篇的中心内容，只要求一时的兴致、机智和和谐。所以，文字游戏特色很浓，表现出作为镰仓贵族上层阶级沙龙文学的"余兴"。这与中国古代"词者诗之余，曲者词之余"的情形相契合，由此我们也可以说"连歌"是和歌的余兴，"俳谐连歌"乃至俳句是连歌的余兴。就内容而言，贵族连歌多显示出"闲情雅致"。就具体例子来看，宗祇(1421-1502)与弟子肖柏、宗长所吟的《水无濑三吟》一百韵第9句至第22句"初折里"里唱和的句子，即

> 不惯寂寞难渡生(10句，宗祇)
> 独隐而今自安得呀(11句，肖柏)
> 情移枯荣尽抛空(12句，宗长)
> 露珠沾花诚可悲呀(13句，宗祇)
> ……

可见，其审美意象及其意境与中国曹操(155-220)的《短歌行》"对酒当歌，人生几何？/譬如朝露，去日苦多。/慨当以慷，忧思难忘/何以解忧，唯有杜康"相仿。但细细品味就能觉到宗祇等连歌，从对寂寞的难熬转到自安得，再升到对人世荣哀的绝念和人生无常的悲叹上，显出与世无争，消极避世的痿靡之音。但曹操的《短歌行》面对同样的人生境况，显出一种慨慷悲戚，于心不忍，但又无可奈何，于是"唯有杜康"、"对酒当歌"不无消

---

83) 日本文学史上的短歌很相象于朝鲜文学史上的时调。这从朝鲜的时调也叫作"短歌"里可看出来。但相对来说，日本的短歌以简约的17字，表现一瞬间的感受而已。可谓短也。但朝鲜的时调一般以45字左右，由初章、中章、终章构成，讲究3、4调音韵，显现出比日本短歌长且工整的特色。朝鲜时调明显地显现出受中国古代诗歌结构上起、承、转、结影响的痕迹。

极性，但有情可缘，可以理解，不失男子大夫丈的气概。此外，像心敬(1406-1475)在"卖炭市上归/栖身在深山"等连歌句子里追求一种空谷孤高、幽远冷静的境界，这与陶渊明(365-427)作为"田园诗人"、"隐逸诗人"追求"少无适俗韵，性本爱丘山。"[84]的境界同趣。

镰仓时期连歌进一步规范化。在唱和过程中出现了吟唱和歌风格的有心连歌和吟唱诙谐滑稽风格的无心连歌的新形式。[85]连歌在武士阶级支配的社会环境中，开始向一般庶民阶层发展，从而出现了所谓的"地下连歌"。[86]于是，镰仓中期开始有些人就以创作连歌为职业，创作出适合于庶民阶层的连歌，这种连歌相比之下更富有健康活泼的大众性特点。

连歌到中世后期由二条良基(1320-1388)与庶民连歌师的合作，出现了一个繁荣的局面。二条良基是连歌的集大成者。他非常热爱连歌，经常会同救济等著名歌人举行连歌会，在此基础上他由延文元年(1356年)编撰最早的连歌集《菟玖波集》20卷(1356)及连歌论集《筑波问答》，[87]连歌创作进入一个高峰期。而当时正是町人(市民)阶级逐渐登上历史舞台的时期。众所周知，市民阶级是一个特殊的阶层，他们的经济活动和生活习性有天然的自由习性。他们政治上反对专制，生活上追求自由和享受。这就决定了他们的文学具有一种自由和享乐性质。日本的连歌表现出来的诙谐、幽默等等正好说明了这一点。连歌开始表现出来自普通市民阶层的生活情趣，以夸张、比喻、诙谐、幽默等艺术手法，成为真正代表市民阶级思想情趣的文学形式。因此它被称为"俳谐连歌"(简称"俳谐")。[88]而这里的问题是他们所用的那个"俳谐"两个字来自中国，源出《史记·滑稽列传》。《史记》的滑稽

---

84) 《归园田居》第一首。

85) 《第四讲镰仓、室町时期的文学》(上)，《日本文学》第三期，1994年，第299页。

86) 同上。

87) 如上所述，"筑波"乃"连歌"之意，故又称《连歌问答》。产生于约1368-1374年，论述了连歌的名称、起源、沿革、作法等问题。

88) 日本连歌逐渐与町人联姻趋于诙谐调侃。这与朝鲜文学史上时调与市井商人联姻趋于游乐享受性的"破格时调"(笔者译)相仿。可见，从总体上来说日本短歌、连歌、长连歌的交替性发生、发展很相象于朝鲜时调的发生、发展。

列传是司马迁为那些历史上的滑稽者列传的，其中他给滑稽解释道，"滑稽如俳谐"。这里的"滑稽如俳谐"就是诙谐、滑稽的意思。日本的"俳谐"引用这个意思，就俳谐连歌的那种诙谐幽默的特色来命名的。其实在日本早在平安时期问世的《古今和歌集》(905)中，就已有模仿中国诙谐体诗而设置的"俳谐歌"的部类，收有俳谐歌58首。继后，那些并非高雅、庄重，内容以滑稽诙谐为主的和歌及连歌(两人合咏一首的和歌)也均被称为"俳谐"。这些俳谐与讲求风韵优雅的连歌相比，使用的是俏皮的语言，表现的是世俗生活，追求的是生活情趣，因而应该说，比起其他的诗歌更有生活意韵，有平民色彩。

小歌是相对于"大歌"的，如果说把那些宫廷歌谣叫作"大歌"的话，广泛流行在民间的歌谣叫"小歌"。

日本的小歌是镰仓后期开始流行在民间的一种歌谣，进入室町幕府后流行得更为广泛，所以，小歌又称为室町小歌。其产生的社会历史条件大体上与狂言[89]相同。刚刚兴起的武士阶层是小歌的支持者，平民百姓也喜欢小歌。

室町时期日本出现了《闲吟集》、《宗安小歌集》(又称《室町时代小歌集》)、《隆达小歌集》等三本小歌集。其中《闲吟集》是最好的一本，堪称日本小歌的集大成者。其中收录了不少人们喜闻乐见的优秀作品。

《闲吟集》是室町中期永正15年(公元1518年)编纂成书的，收录诗歌311首，编纂者是连歌大师宗长。《宗安小歌集》的编撰比《闲吟集》略晚些，收录歌谣219首，编者为宗安。《隆达小歌集》编纂于室町后期，收录歌谣439首，编者为高三隆达，其中由高三隆达创作的有110首，此外是后人追加的。而《宗安小歌集》的有些歌谣和《隆达小歌》重复。但是总的来说，这些小歌都是来自民间的，所以，它与其他的民间歌谣具有许多相同的特征。

---

89) 狂言主要是以对话和动作来表演的的口语剧，滑稽风趣，取材于当时的世态，富于庶民性，写实因素强。狂言主要适应市民阶层的情趣而产生。

中国也有不少来自民间的"小歌",《诗经》中的"国风"、汉乐府、南北朝乐府等等都可看作"小歌",而且作为"小歌",它和日本的小歌有不少相同之处。为此,下面我们以日本的《闲吟集》为中心和中国的乐府诗歌进行比较,对中日民间歌谣中表现出来的异同点加以粗略的考察。

如前所述,在日本和中国小歌来自民间,其大部分作者也是平民百姓,但它曾盛行于宫廷。在日本早在"万叶"时期宫中仪式中使用的许多歌谣就采用小歌的形式。可是后来由于宫中流行雅乐、雅歌,小歌渐渐受到排斥,失去了宫中歌谣的地位。而后它反开始流行于民间,向庶民阶层普及,并渗进狂言里,[90] 渐渐带有了世俗气。小歌的作者群里自然也有一些文人和贵族,而其主体仍然是平民百姓。中国也显出同样的情形。比如《诗经》收录305首诗歌,而其大部分是来自民间的,因而其创作主体自然是民众,但其中也有部分文人的创作。《诗经》内容上所谓"国风"和"雅乐"、"颂歌"的分类正好说明了这一点。

另外,《闲吟集》的体例、编撰宗旨也和《诗经》有相似之处。比如,《诗经》收录诗歌305首,而《闲吟集》收录诗歌311首;《闲吟集》收录的311首诗歌分大小歌,其中小歌233首,大歌78首。而对它进行分类时,按"风"、"雅"、"颂"体列,将当时流行的类似早歌的歌谣,即民谣化宴曲中的一节、朗咏式作品、田乐和猿乐的小谣等种种小歌分类进行了编排。这从《闲吟集》的和文序"毛诗三百余篇にならへ 数同じくし"里也能看到。显然,日本和中国小歌在选入宫廷时受官方文人的润色和加工。

《闲吟集》的编撰宗旨也和《诗经》有相似之处。《闲吟集》序说其编撰主旨在"伸数奇好事,喻三纲五常"。三纲五常是中国儒家文化的核心内容。所以,中国的文论及其文学无不强调和表现这一点,其典型的例子就是《诗经》。比如《诗经》说:"饥者歌其食,劳者歌其事";汉乐府也说:"感于哀乐,缘事而发"。但这里的"饥者歌其食,劳者歌其事"也罢,"感于哀乐,缘

---

90) 这类小歌叫狂言小歌。其分为当时流行的小歌、渗和进狂言的小歌和狂言作者为了狂言剧情而新创作的小歌。

事而发"也罢，都原则上是不会超出三纲五常、仁义礼智信等儒家传统观念的。但是，从整体上说《闲吟集》侧重于儒家观念，具有抽象的观念性特点，《诗经》和汉乐府、南北朝乐府等则侧重于活生生的现实，具有具体可感性，原则上应说是属于现实主义。

　　日本的小歌盛行于十六世纪初叶，这一时期正是日本战火纷纷的年代。连年不断的战争，不仅严重影响了日本社会的政治经济，也直接影响了人民的生活，人们的生活每况愈下，生活在水深火热之中。不断的战争，也给室町幕府带来了许多困难，以至于室町幕府的统治日趋衰退。这种复杂的社会状况不能不影响小歌创作。小歌中常见的人生无常和虚无正是这种社会生活在作品中的反映。尤其是那些具有使命感和责任感的文人墨客更是忧心重重，写出了反映这种时代特色的文学作品。请看两首：

　　来ぬも可なり、梦の间の露の身の、逢ふとも宵の稲妻（《闲吟集》，139)[91]

　　百年不易满。寸寸弯强弓（《闲吟集》，239)

　　显然，诗歌表现出来的是一种人生的无常感和虚无感。而这种无常感和虚无感往往和佛教连在一起，构成这一时期小歌的一种特色。这与当时整个社会弥漫佛教气氛有关。

　　梦幻や、南无三宝（《闲吟集》，53)

　　在这里作者首先吟出不被随缘真如之波所染，不可能进入悟境的说教，然后转到不追求真如，只坠入爱情而虚度年华的哀叹。但小歌只是以哀叹之声结束而已，没有转折、升华展开另一个境界。

　　中国乐府诗显出与之正好相反的情景。[92]即使直接吟咏战争的作品也没

91）小歌后面的数字为载于各集的顺序号。

有表露出这种倾向。请看汉乐府《战城南》，

> 战城南，死郭北。
> 野死不葬乌可食。
> ……
> 枭骑战斗死，驽马徘徊鸣。
> ……
> 朝行出攻，暮不夜归。

　　这首诗歌展现的是死无葬身之地，空为乌食的残酷的战争场面。但这里没有日本小歌中的那种无常感和虚无感，而注重的是"愿为忠臣安可得"的思想，表现出来的是对君王的忠诚。控诉汉代腐败的兵役制度之罪恶的汉乐府《十五从军征》；控诉频繁战事的南北朝乐府《企喻歌》等一系列有关战争之歌都表露出这种思想。可见中国民歌沉着、凝重；日本小歌伤感、飘逸。
　　当然，日本的小歌也不是完全脱离现实的，其实，小歌中也有许多反映现实的作品。例如：

> 只吟可卧梅花月。成佛升天总是虚。（《闲吟集》，9）

> 世人哪有假正经，梦里梦中梦般世，应该醒醒。（《闲吟集》，54）

　　第一首小歌强调的是眼前实实在在的享乐性世俗生活，揭穿宗教的神和来世的虚幻；第二首强调要在昏昏噩噩的日子里醒过来，正视现实，实实在在，不必矫揉造作。
　　这类反映现实的小歌还反映了当时商人旺盛的海上贸易，及市井町人豪爽、明朗、自由自在气氛。但这类小歌里有时也带些庸俗的"铜嗅气"，但

92）在中国文学里吟"人生不易百"等人生无常感和虚幻感的诗歌意象主要出现在曹植等文人作品里。

一般显出积极向上的亮色。

　　小歌中还有迎合市井阶层的诗歌，这些诗歌有的是放纵情欲，有的鼓吹尽情的享乐。但仍不失生活情趣。比如：

　　你还犹豫什么，假正经，不过一场梦，来呀，放纵！（《闲吟集》，55）

　　早川十七、十八岁的鲇鱼，游着游着让堰堤堵住，伸手抓呀，伸手。
　　（《宗安小歌集》）

　　小歌中我们随处可见类似的歌谣。在战火纷飞的那个年代放纵情欲、享乐显然是不太符合战争现实的。这与日本诗歌表现人生无常感和虚无感的另一个传统正好相反。这类小歌富于生活情趣，有大胆的追求和直率的表现。这是日本小歌的一大特征，也是日本的古代诗歌文学传统。这和中国文学相比较的话，不难发现两者之间的巨大的差异。

　　如前所述，中国民歌的传统是现实主义。《诗经》的"饥者歌其食，劳者歌其事"，汉乐府的"感于哀乐，缘事而发"等等就是现实主义精神的真实概括，具体的文学作品也是这样。比如，《诗经》中的《七月》、《式微》、《扬之水》；汉乐府中的《妇病行》、《孤儿行》、《乌生》；南北朝乐府民歌中的《紫骝马歌》、《陇头流水歌》、《琅琊王歌》等等无不真实地表现当时真实的社会生活画面。还有《诗经》里的《伐檀》、《相鼠》、《新台》；汉乐府里的《东门行》、《长安有狭邪行》、《相逢行》等作品，也充满现实主义色彩。但是日本的小歌没有这种精神。这既是日本的这一时期诗歌文学的不足，又是特点。这里也可看到中国文学的现实主义精神和日本文学的唯美主义特点。

　　小歌的这种特点在下列一首诗歌中也得到充分的表现。

　　舟行けば岸移る、泪川の瀬枕、昙驶ければ月运ぶ
　　上の空の心や、上の空かやなにともな（《闲吟集》，127）

这首小歌引用的是《元觉经》里的"云驶月运。舟行岸移"句子，而且整篇诗歌流露出把现世看作轮回妄执的胡同的禅宗思想。但诗歌中还有浓浓的情意，无尽的思念，难抑的情欲，以及宗教的束缚和无可奈何的夏杂的感情在这里有机地交织在一起，形成一个巨大的情感旋涡。主人公的哭泣、流泪都是这种抑制不住的情感的一种反映。在一首短短的诗歌里竟表现出这种夏杂的、相互矛盾的思想感情，这在中国古代乐府诗歌里是很难看到的。

《闲吟集》里还有很多情歌，所占的比重最大。中国乐府民歌里也有不少情歌。但是日本小歌的情歌和乐府诗歌中的情歌表现出不同的特色。试看一首《闲吟集》里的情歌：

花の锦の下ひもは　とけて中中よしなや　柳のいとの
みだれごごろ　いつわすれうぞ　ねみだれがみのおもかげ。(《闲吟集》，1)

这是收象在《闲吟集》里的第一首诗歌。在短短几行诗里作者塑造了一个活灵活现的女性形象。在作品中，她在花绵被下解开带子，款款解衣，这是为什么？是为了情？还是为了肉？显然作品给人的印象首先就是肉感。这与中国《诗经》中的第一首诗歌《关雎》形成鲜明的对比。

关关雎鸠，在河之州
窈窕淑女，君子好逑

在这里第一、二句用的是迂回曲折的含蓄的比兴手法，造成一种气氛，而后直奔主题，并没有象上述小歌情歌那样开门见山直入情网。到第三、四句才进入"情境"。而这个"情境"并没有"肉色"的，只是按儒教之德推出爱情的标准而已。

即使是比《诗经》更为直接地表现男女之情的南北朝民歌，也没有像日本的小歌那样赤裸裸的性欲描写。请看下列几首歌谣：

> 夜长不得眠，明月何灼灼。想闻欢唤声，虚应空中诺。(《子夜歌》)

> 气清明月郎，夜与君其嬉；郎歌妙意曲，侬亦吐芳词。(《子夜歌》)

> 打杀长鸣鸡，弹去乌臼鸟。愿得连冥曙，一年都一晓！(《读曲歌》)

　　这几首是在南北朝民歌中任意找到的。第一首《子夜歌》是描绘一个心上人的作品。在作品中抒情主人公是深深地怀念自己的情人，一至于达到夜不能寐的程度，但是这里没有日本小歌中常见的那种赤裸裸的肉欲描写；第二首《子夜歌》是描写月光下的男女青年的嬉戏场面的，但是这里也没有日本的那种露骨的描写，只用一个"嬉"字，代替了所有的情爱场面；第三首《读曲歌》是描写青年男女相亲相爱，情人间"欢娱恨夜短"的心情的。可见，中国的民谣描写男欢女爱的场面，也不是直接地描绘它，而是"打杀"、"一年都一晓"等委婉或者是含蓄的手法，把他们的真情实感描绘得活灵活现，而且也非常得体。显然这一点和日本的小歌有个很大的区别。

　　日本小歌正因为有那些露骨的情欲，所以常常被统治阶级斥为"淫声"、"乱世之声"等等。当然中国也有这种情况。如《诗经》中的"郑声淫"的说法就证明这一点。但是，应当指出，日本的小歌也好，中国的"郑声"也好，都是来自民间的。所以，那里不仅有那些过分的官能描写部分，而且还有那些朴素、活泼、直率的特征，而这就是民歌所具有的特征。从这一点上来说日本小歌也不是没有可取的东西。

　　日本小歌中有不少情歌，而这些情歌中有些是值得称道的，尤其是它的艺术表现力已经达到了炉火纯青的的地步，请看：

　　恨みは数数多けれど、逢うた嬉しさにはたと忘れた(《闲吟集》，141)

　　这首小歌描绘的是一种微妙的爱情心理。在这里抒情主人公抓住恨和爱的微妙感情变化来表现了一种男女之间的深切的爱情。在作品中，抒情主人公是恨情人的。但是这种恨并不是一种真正的恨。其实，这是一种爱，是爱的另一种表现方法。所以，这种恨一见到情人就烟消云散。这首诗歌还有一个特点，那就是把非常直率、如此大胆的情爱表现得直来直去，不拐弯抹角，但是仔细琢磨这里却表现出日本人对待任何事情所持有的夏杂的内心世界。显然，这与魏晋南北朝民歌里表现的"欲来不来早吾我！"(《地驱乐歌》)、"老女不嫁，蹋地呼天"(《地驱乐歌辞》)的心理完全相同。

　　还有小歌里常见的那种"丈人屋上乌、人好乌亦好"(《闲吟集》，226)的"爱人及物"的爱情心理的描写也是非常有特色的。

　　民歌作为诗歌是一种敏感的晴雨表，它以短小精悍的形式，时常最敏感地反映时代精神和社会现实的变化，也许这也是民歌的特色之一。日本小歌和中国乐府诗歌也不例外。综观日本的小歌也可以说是真实地反映了变化着的社会现实。象隆达小歌反映的市井町人的生活和活龙活现的生意场景，都可以说是时代的一种风俗，预示着市民阶级的崛起。其实，日本小歌描写的这种风景是为后来的近世诗歌开辟道路的。它和反映市民阶层的风土人情的中国魏晋南北朝时期的"吴声歌曲"一样，显示出从中世向近世过渡的时代风貌，江户时代的俗谣之风就是由此发轫而来的。但是这是问题的一个方面。在问题的另一个方面，这一时期的日本小歌在一些构思及其语句等各方面也受到了中国乐府诗和中国典籍的影响。

　　比如，"在天愿作比翼鸟，在地愿为连理枝，扯个乌"(《宗安小歌集》)，这首小歌表现的是一种爱情的忠贞。而其"在天"、"在地"的构思及其"比翼鸟"、"连理枝"等用语就来自汉乐府《孔雀东南飞》的最后诗句。《闲吟集》中还有这样的一首诗歌，"二人寝るとも忧かるべし、月斜窗に入る晓寺の钟"(101)，而这首诗则出自《三体诗》卷二，元稹的诗句"何时最是思君处。月

入斜窗晓寺钟"。还有"味气なひぞぢや、枳棘に凤鸾栖まばこそ継承"(38)也出自《后汉书》列传66仇香的"枳棘非鸾栖"语句。另外,《宗安小歌集》中的"雨はさながら便りあり、砂润ふて踏に声なし"出于《白氏文集》野行"草润衫襟重。沙乾履齿轻"诗句;"やもめ鸟の羡むも哀れ鸳鸯独り宿せず"则出自杜甫的佳人"鸳鸯不独宿";"舟行けば岸移る、泪川の瀬枕、昙驶ければ月运ぶ"则出自《元觉经》"云驶月运。舟行岸移"的句子。

除此之外,日本小歌在艺术上还有许多特色,而其中最鲜明的艺术特点之一就是雅调与俗调或俗调与雅调的有机衔接。小歌的这种衔接方法和《新古今集》、短连歌追求上句与下句调和的倾向形成鲜明的对比,堪称是小歌的特色之一。隆达小歌中就有雅调后逆接俗调的情况。例如,小歌"喜政が行われる太平の世には谏鼓も苔むしている、あんまり会いたくてまた来たよ"的前一句以"善政"、"太平盛世"等庄严调唱出,由此创造典雅的境界。然后在后一句突然转变调子以"因为太想您再过来了"之类表现以依依惜别之情要留住男子的女子的哀愿俗调冲击雅调。这是雅调与俗调逆接。

再看《宗安小歌集》里的两首诗歌:

> 雨はさながら便りあり、砂润ふて踏に声なし。
> やもめ鸟の羡むも哀れ、鸳鸯独り宿せず。

在这里第一首小歌从和句俗调转到汉诗句雅调;第二首从表现悲叹独宿的鸟(象征男子)的和句俗调,转到表现雌雄不相分离的鸳鸯(比喻夫妇关系好)的汉诗句雅调。这是俗调与雅调逆接。当时流行和汉联句形式。一般以和句为发句,汉诗句为受句。以这种和汉逆接联句形成小歌。这种和句和汉句相唱和的和汉联句刚开始在贵族、武家、僧侣之间流行。后来则对室町小歌给予很大的影响。

这种逆接是小歌提高诗歌紧凑感的艺术手法之一。但这与中国乐府诗的传统比兴方式正好相反。中国乐府诗的比兴法都是先言"他物",然后才进入正题。不仅如此，这个正题是承上"他物"的，而且顺着那个气氛道出正题。就拿《诗经》中的《关雎》来说，先言一双关雎鸟的"在河之州"，然后切入正题，谈男女之爱的。这样以来，诗意有前有后，层次分明，顺理成章。显然，这和日本小歌的逆接有明显的不同。

　　直接切入正题也是小歌的一个特点。综观日本的小歌切入正题从不拐弯抹角，一般都是单刀直入。小歌的这种特点源于它的逆接法和它的短小的形式特征所决定的。很明显，这种特色有短小精悍、直奔主题的长处的同时还有有点太单纯的短处。例如：

　　人の心はしられずや、真实心はしられずや。(《闲吟集》，255)

　　看这首诗歌一点也不拐弯抹角，直言"人心隔肚皮"的现实，但是有些单薄，没有诗歌应有的那种长长的余味。说的严重一点白的有点不象诗。

　　但是，在另一方面小歌还有作为小歌的特色。日本的小歌一般都善于捕捉一瞬间的情景或感觉，以之表现抒情主人公在瞬间所受的感受和体验，而这又反映了日本人的超强的感受力和小歌这种短小形式的特点。例如：

　　水にふる雪、しろふはいはじ、きえきゆるとも。(《闲吟集》，248)

　　这首诗歌捕捉的是雪花融化在水中的一瞬间的。在这里，我们不能不钦佩在降落在水中的一瞬里捕捉诗的灵感的日本人的高强的感受力。相反由于中国乐府诗歌主张的是赋、比、兴，所以一般很难开门见山，直接切入正题。但是，这不能成为判断诗歌好劣的标准。其实，无论是日本的小歌，还是中国的乐府诗，各有千秋，相得益彰。

　　日本小歌的另一个特点是它的随意性。日本小歌的前身是民谣，但是它不同于中国的民谣，形式要求也不太严格，格律上也不是那么严整。而在用语和韵律方面和中国的乐府诗歌有雷同之处。比如小歌主要使用的是平易流畅的口语体，有时候也可用方言。在韵律方面，它相当自由，一般采用四句形式，但有时使用7、5调，7、7调，5、5调，也有用8、6、4，5、7、5或7、5、7、5和7、7、7、5。中国乐府诗也是这样。在用语方面，它也用平易的口头语，有时可加进一些方言。93)在韵律方面，中国乐府诗沿袭的基本上是传统的韵律形式。如《诗经》采用比较整齐的四言体，汉乐府、南北朝乐府民歌则有四言、五言、七言等多种形式。

　　总之，日本小歌和中国乐府诗在诗歌形式方面都显示出民间文学相对于文人文学比较自由的特点。

參考文獻

1.《中日文化交流史论文集》北京市中日文化交流史研究会 编。
　　人民出版社 1982年。

2.《日中交流二千年》藤家家礼之助 著 张俊彦 译 北京大学出版社1982年。

3.《中国比较文学》浙江文艺出版社 1985年。

4.《中日文化关系史论》周一良 江西人民出版社 1990年。

5.《中日文学比较研究》赵乐生 主编 吉林大学大学出版社 1990年。

6.《汉文化论纲》第317页，北京大学出版社，1993年。

7.《中国古典文学在国外》宋柏年 主编 北京语言学院出版社 1994年。

8.《中日文化交流史大系·艺术卷》王勇·上原昭一 浙江人民出版社 1996年。

9.《比较文化：中国与日本》中西进教授退官纪念论文集吉大出版社1996年。

10.《中日古代文学比较研究》高文汉 著 山东教育出版社 1999年。

11.《东方文学交流史》孟昭毅 天津人民出版社 2001年。

12.《古代中朝日文化比较研究》权宇 延边大学出版社 2002年。

13.《日本文学史概说》市古贞次 著，倪玉，缪伟群，刘春英 译，东北师范大学出版社 1987年。

---

93) 所谓"南腔北调"也说明了这一点。

14.《东方文论选》曹顺天 四川人民出版社 1996年。

15.《世界文学发展比较史》(上册)曹顺庆 主编 北京师范大学出版社 2001年。

释梦概论

　　梦是一种正常的生理、心理现象，正如人经过白天活动后需要睡眠让身心获得充分休息来消除疲劳。梦对心理方面具有调和与舒解的作用。假使没有梦，许多人可能早就会得神经病了。所以人人都做梦，而且常常做梦，可是人们对梦的理解很少。梦千奇百怪，神秘莫测，是生活中难解之谜，自古以来引起各种各样的解释和猜想。人们对梦一向很感兴趣，很多人或多或少地相信梦是有意义的。

　　本文主要介绍西方现代代表性的有关释梦理论。[94]弗洛伊德的《梦的解析》，弗洛姆的《梦的精神分析》都是关于释梦的现代经典。

　　现代科学对梦的解释大致可分为脑神经生理学及心理学两学派。现代脑神经生理学者克里克(F.Crick)认为梦并不提醒我们什么，而是通过快波睡眠忘记无用信息，避免储存信息过度饱和而造成混乱，做梦乃是为了整理记忆。做梦时主要是大脑的脑干部分产生兴奋，发出信号引起脑视觉区出现影像，前脑把传送到视觉区信号勉强编成梦，若浪费精力去解释梦的意义是毫无价值。

　　随着现代科学精神及实践理性的发展，出现了从实验角度研究释梦的方法。1953年，美国芝加哥大学柯立行曼教授和他的研究生阿赛斯基(Rleitman & Aserinsky)[95]

---

94) 西方的释梦历史从古希腊亚历斯多德开始源远流长。亚里士多德指出，善于释梦的人，必须能于各种梦相中把握共同点。因为梦相就像水中幻影一样，只要稍一碰动，影像立即歪曲变形，而唯有能于歪曲变形中看出内容的意义的人才是成功的释梦家。《圣经》就有著名的释梦故事。但本文因篇幅有限，有关西方现代以前的释梦问题另找机会论述。

95) 美国加州大学学者史毅德也做了相同的实验。

用脑电波("EEG")测量眼动等方法研究睡眠。他们把一些成人被试者带到实验室里，在他们头上接到电极，然后让他们睡觉。当脑电图出现快波时，他们的眼球也开始了快速运动即快波睡眠("REM")时，柯立特曼和阿赛斯基急忙唤醒他们，问他们是否做梦，他们回答说：是的。96）如果做梦之后过五分钟叫醒睡者就不会知道自己曾经做过梦。而当没有快速眼动即慢波睡眠的时候，被叫醒的被试者大多数都说自己不是正在做梦。由此，人们发现，梦和脑电图的快波和快速眼动是相联系的。97）

研究发现，一夜的睡眠过程是两种睡眠的交替，在较短的快波睡眠后，是时间较长的慢波睡眠，然后又是快波睡眠，如此循环。我们由睡眠过程的脑电图可推断，一个人每夜一般会做4~6个梦，前半夜的梦较短，后半夜的梦较长。根据研究，整夜共有约1~2小时的时间人是在做梦。由于每个人正常睡眠时间都超过一个循环的时间，由此可知每个人每晚都要做梦。98）

早期的研究者们认为，只有在快波睡眠时才有梦。但是近期的研究却发现，慢波睡眠期也有梦。慢波睡眠期的梦不像一般的梦那样由形象构成，也不是像一般的梦那么生动富于象征性。例如，一个从慢波睡眠中刚醒来的人会说"我正在想着明天的考试"。研究者还发现，大多数的梦游和梦话都是出现在慢波睡眠期。

对睡眠，特别是与梦有关的快波睡眠的生理层面的研究，使我们对梦的作用有了一定的理解。还有一些研究也发现，快波睡眠和梦可能与新信息的编码有关。一些没有见到过的新形象在梦里得到"复习"和"整理"，然后存入长时记忆库中去。根据这种假说，婴儿每天见到的新东西多，所以就

96）史毅德并用电子仪器发出声响使做梦者做完梦立即清醒并启动录音机，使做梦者讲述梦境取样。

97）不仅仅限于美国，而世界各地的睡眠实验研究家都与此同感。

98）根据这个发现，美国史丹福大学学者伯兹利用特殊低频"粉杠噪音"调制发光二极管眼罩，使睡者能在快波睡眠期诱发"神志清醒的梦"，做梦者可以有意识地左右梦的内容，甚至自由导演出令自己满意的情节与结局，把恶梦转换成美梦或寻求解决日间疑难问题。

需要多做梦，老年人难得会见到什么新东西，因此就不必多做梦。实际上，婴儿快波睡眠的时间占总睡眠时间的比例也确实远大于老年人。实验也发现，在环境丰富的条件下饲养的大白鼠快波睡眠的总时间和百分比都比其它大白鼠更长更多。由此提示，至少"复习整理新形象和新知识"是梦的作用之一。

脑电波可以指示出人是否在做梦，因此脑电波测量是研究梦的一个主要手段。但是脑电波却不能说明梦和睡眠的生理机制，更无法告诉我们梦是什么。问题是我们可以用脑电图等科学仪器判断人是否正在做梦，但是我们绝不可能知道他梦见了什么。因此，证明梦的意义或进一步研究梦，这种释梦法显出自己的局限。要弥补这种局限，在做梦的内容不能由第三者观察的情况下，只能靠梦者的自我观察或称内省法深入下去。

通过心理学的释梦技术可以解读梦，知道梦的隐藏的真意－梦的隐意。不同流派的心理学家对梦有着不同的解释。早期的一些心理学家认为梦没有意义，而到了今天，这种观点已不夏存在。现代释梦研究由19世纪初期俄国生理心理学家巴甫洛夫发其端。[99]他在条件反射理论基础上认为梦是人对内外界刺激的反应。即当一个人在梦中感到饥饿时，他会梦见吃饭；感到渴时，他会梦到水。巴甫洛夫在大脑神经生理层次上认为，睡眠就是大脑皮层神经活动停止，也即所谓抑制状态。梦只不过是在大脑皮层偶尔出现的残余活动而已，也即所谓兴奋状态。按巴甫洛夫的观点，如果把清醒状态下的大脑皮层比做一个燃烧着的火堆，那么睡眠就是这堆火熄灭了，而梦就是在木炭灰烬中偶尔亮起来的火星。巴甫洛夫认为梦是靠不住的没有意义的。因为它混淆了生理－心理两个层次。近几十年来，通过对睡眠机制的研究，人们认识到巴甫洛夫的观点是不准确的。睡眠不是觉醒状态的终结，不是神经活动的停止或休息，而是中枢神经系统另一种形式的活动，是一个主动活动的过程。

---

99) 从20世纪50年代到70年代，我国学术界一直把他的理论当成唯一科学的解释，奉为正统。

在精神分析理论出现之前，科学界一般否认梦有任何意义。当然那时的科学界对梦有一种解释。即"梦是大脑神经细胞的无规律的活动。在人们睡眠时，多数神经细胞不活动而处于抑制状态，而少数神经细胞没有抑制而进行无规律活动。这就是梦。所以梦没有意义。它是大脑的涂鸦。如果你梦见了被狗追，这什么意义也没有。"

精神分析理论提出了一种新的关于梦的见解，而且通过成功的释梦实践使这种见解获得了一定程度的证实。精神分析理论指出在梦荒谬无意义之表面之下有另外的隐藏的意义。例如一个女人梦见一条蛇在追赶她，这也许表示在实际生活中有一个男子对她有性的侵扰，[100]也许表示别的什么意义。精神分析理论释梦法在现代释梦中独辟溪径。

弗洛伊德(S.Freud)是精神分析理论的创始人。他19世纪末奥地利伟大的心理学家。与巴甫洛夫相反，弗洛伊德认为梦是靠得住的有意义的。弗洛伊德是第一个对梦进行全面解释的现代心理学家。他是一位心理学界的伟人，曾和马克思、爱因斯坦一起，被誉为对20世纪思想界影响最大的三位犹太人之一。他用科学方法研究梦，发现了梦的本质规律，首次建立了关于梦的科学理论，发展了科学的释梦法。1900年出版的《梦的解析》就是这方面的代表作。根据精神分析理论的创始人弗洛伊德的观点，人的心灵或说精神不是一个单一的、完全可以意识到自己的一切活动的主体。人的心理活动大部分是在意识之外的，用弗洛伊德的话说是：潜意识的。人的很多欲望、想法、观念被压抑在潜意识深处，入睡后这些便会在梦中偷偷进入意识里，但它们是经过化装的，真实意义已经过象征化或符号化。通过对梦的分析可以了解到压抑与问题所在。潜意识的认识方式是一种以"原发过程"形式进行的原始的"逻辑"。它作为一种形象的象征活动，是一种形象的、感性的认知。梦就是潜意识中的主体用原发过程的形象的象征方式表达出的语言。

弗洛伊德分析心理有毛病的人的过程中，发现梦和精神病有些类似。他

---

100) 因为蛇的外型像男性性器，所以在梦里常作为性象征出现。

认为做梦就是正常人发"精神病"，而精神病人就是白天睁着眼睛做"大梦"。梦境这种无意识心理活动是人类的第二精神世界，而光怪陆离的梦境常使人产生迷惑。从弗洛伊德开始，心理学家发现了一件事即人的心理活动有一部分是潜意识的。现代释梦也就离不开潜意识。

他认为解析梦要从下列三个方面入手。第一，睡眠时躯体受到的刺激：睡眠中如太冷时，会梦见在冰天雪地。太热时，会梦见身处火焰旁。太渴时，会梦见在找水。但是他却认为这些刺激只是被梦作为素材使用而已，对梦的意义的形成影响不大。第二，日间活动残迹的作用："日有所思，夜有所梦"，白天所经历的事晚上会进入梦，人们还可在梦中继续白天未完成的智力活动。很多科学家的发明或发现都是在梦境中突然领悟出来的。这已是已知的事实。可弗洛伊德认为梦不仅在于再现白天的一些经历，而更在于用这些经历影射更重要的心之事。

第三，儿童期的经历。弗洛伊德提出，那些早已忘记了的童年往事也会在梦中重现。

弗洛伊德关于梦的一个重要的观点是梦是愿望的幻想性满足。他指出，使愿望在梦中得到满足可用以维持精神的平衡，同时也是为了保护睡眠不受干扰。"它可以算是一种清醒状态精神活动的延续"，是由高度错综复杂的智慧活动所产生的。他引用大量的梦例证明梦的意义在于愿望的满足。例如，口渴时做梦喝水。梦满足人的愿望，人们对这一点会有同感的。人们在日常生活中把美好而又难以实现的愿望称为"美梦"、"梦想"及"梦想成真"之类话语也是基于这一观点的。但是说梦的唯一目的是满足愿望，则并不是谁都能同意。因为这一观点不好解释恶梦之类自损性的梦。但弗洛伊德主张所有的梦究其实都是愿望的达成。因为梦不仅直接显示出愿望达成的梦相，而且有些梦相是"伪装"后的愿望达成。那么，梦中为何要伪装呢？弗洛伊德从自己的人格结构理论加以说明。弗洛伊德认为一个人的人格是由"本我"、"自我"、"超我"三个部分组成。每个人都是由这三个"我"组成的有机体。具体来看，本我的欲望无处可泄时，就只好靠幻想安慰自己，从而编一些美梦。[101]可本我的欲望基于本能，形成潜意识，为所欲为，往往想入非非。这受到基于良知、道德的超我的制裁。而自我基于现实生存意识调节本我和超我之间的关系。于是本我在自我的协助下往往变个花样，混过超我关进入到意识层。梦的形成也就基于这种"本我"、"自我"、"超我"的有机关系中。从劳逸相结合的原则，自我组织睡觉。于是本我就幻化出各种梦相，超我这个"检查官"也就鞭长莫及了。梦的机理也就在这里。弗洛伊德把释梦作了解潜意识本我的利器。据于这种理论，弗洛伊德释"被追赶的梦"。这种梦大概是最常见的梦了，几乎每一个人都做过。如被一只狗、或一群狗追赶，或被一伙土匪、强盗追赶，或被一伙敌人追赶等等。按照弗洛伊德的解释，这类梦的象征意义是指人的自我与本能间的冲突。如性本能、攻击本能等因被文明、社会所压抑，所以一般用野兽或野蛮、充满兽性的人来象征。也就是说，在这类梦中狗或其它凶猛野兽、土匪、强盗等都是本能的象征。而被追赶者，一般是做梦者本人，有时也会是别的什么人，但仍是梦者自我的象征。

　　但本我惯于意识到超我，所以往往以伪装的梦形式出现。弗洛伊德在这里提出梦的显意和隐意两个概念，并揭示出两者的关系。即经过伪装后的梦是梦的显意，而它所要表达的意义是潜藏着的梦的隐意。梦的显意不同于隐意，而隐意就是某种愿望。前者好像"谜面"，后者好像"谜底"。例如，某男人梦见他妹妹和两个女孩在一起。这个梦的显意似乎是无邪的。而在隐意中，那两个女孩则表示他妹妹的乳房。这个梦表示他想看想接触他妹妹的乳房。通过化装乳房变成了另外两个女孩，使梦者可以去看而不受到道德的谴责。

　　总之，为了伪装，梦采用了一些特殊的构造形式，或者说一些特殊的骗术。弗洛伊德具体把伪装归纳为象征、移置、凝缩、视觉化、二次加工。

　　象征，是指在梦里用一个事物代表另一个事物。例如，在梦里"所有长的物体－如木棍、树干、雨伞之类代表着男性性器官，长而锋利的武器如

101）中国人常说的"做梦娶媳妇"就应验了这句话。

刀、匕首及矛也一样。手枪也是性象征的一种，特别是当女性梦见有人持枪追她时。……箱子、皮箱、柜子、炉子则代表子宫。"[102]弗洛伊德说："梦所要象征的事物并不多，只包括人体、父母、孩子、兄弟姐妹、出生、死亡、裸体，以及一些难以启齿的东西。"所谓难以启齿的东西主要指性。"梦中的象征绝大部分是性的象征，而且令人奇怪的是，我所提到的这些主题虽然寥寥无几，但用来表示它们的象征符号却多得不计其数。"弗洛伊德乐于从性的象征角度解释梦，[103]并把那些梦往往说成是恋母或恋父等潜意识情结作用下的乱伦幻想。在后来的心理学家看来，梦所象征的事物当然不只是上述那些东西。但是，弗洛伊德的话大致是对的，那就是梦中最常见的就是那些，而且那寥寥无几的人、事物或主题，每一个都有许许多多象征符号。道理很简单，因为上述人、事和主题是人生中最重要的东西，是人们最关心的东西，是人们最常思考的东西。对人们越重要的，人们与它打交道越多，被它们所用的"词"即象征符号也就越多。

移置，是指梦把重要的内容放在梦里不引人注意的情节上。这有些像一个害羞的借钱者，他先和有钱人东拉西扯地说好多话，然后好像顺口提起一样，捎带说起借钱的事。

凝缩，是指梦把有联系的几个事物转化为一个单一的形象或单一的内容。例如，某一女子梦见一间房子，蒙蒙胧胧，像浴室，又像厕所，还有些像更衣室。而这间房子所指的是"脱衣服的房子。" 利用这个凝缩，梦说出了一句不好直说的话"脱衣服"以及与其相联系的性交之类。

视觉化，是指梦把心理内容转变为视觉形象。梦好像一个黑社会的成员，他不能把黑社会相联络的信息写在留言簿上。如果他写上："明天到翠华楼去，我们要和××帮打架。"

---

102) 弗洛伊德还指出帽子和领带可以作为男性性器象征。还认为梦见黑森林象征着性（阴毛）。还认为梦中的许多风景，特别是有桥或树木的小山都象征性。

103) 例如，弗洛易德把梦见上楼梯解释为性交，因为上楼梯与性交的律动相似。还有如果一个女子梦见打针，针很可能代表男性生殖器，而打针则表明她希望有机会性交。

那么，警察就会也赶到翠华楼。于是，为了躲避警察，黑社会成员在墙上画了一个咧着嘴拿着个木棍的小孩，头上有一朵花，同伴看到后就明白了。而外人却以为那只不过是小孩乱画的。

二次加工，是指梦把当超我不小心让一些不允许出现的内容出现在梦里，本我就会通过一些话去努力减少这些内容的影响。例如，在梦里加上一句话"这不过是个梦。"再比如，改造梦内容的回忆，让梦者对梦的一些"敏感性"的内容尽快遗忘掉。

弗洛伊德在具体的释梦技术方面创立并最擅长用联想法。在释梦过程中，弗洛伊德尽可能地让梦者自由联想，以保证自己对梦的解释正确客观。

此外，弗洛伊德认为梦可用来启发梦者思路，认识环境等等。弗洛伊德还指出，有一类梦中的情绪是与梦实际所讲的事一致的，但是强度却超强。这往往是由于有其它原因加强了这种情绪。

总而言之，弗洛伊德首创富于科学性的现代释梦法。但对其释梦法学界不无异议。从弗洛伊德在释梦中高度评价性的作用以来，许多人对此已作了批评，认为他过分抬高了性的作用。弗洛伊德释梦基于梦是伪装后的愿望满足，那么梦伪装之后，意识中的自我并不理解梦的意义，又有什么满足可言。打个比方，一个笑话说了，听笑话的人没听懂，那么这个笑话又有什么用呢？另外，从具体释梦经验来看，用"满足愿望"角度去解释许多梦是解释不清或根本解释不了，即使解释也很牵强符会的。还有以伪装形式通过超我的检查之观点也存在很难自圆其说的问题。弗洛伊德所关心的，主要是如何通过释梦了解一个人内心隐蔽着的东西，而不是如何证明他的解释如何正确。他就像一个侦探，从一点点蛛丝马迹中寻找罪犯的踪迹。他不像法官，要让每一个证据都尽可能地可靠。因此对于如何发现梦的隐意，他考虑得很多，至于如何证明这些意义可靠，他考虑得就稍少了一些。弗洛伊德的理论常常遭到"科学性不足"的批评，也正是由于这个原因。质疑者们提出："你说梦有意义，可是你如何证明这一点？怎么才能分辨出你对某个梦的解释是不是它原有的意义？举例来说：你们说某个女子梦见打针表示想性交，而我们说这只不过是因为她那天打过针，有什么方法可以证实你是对的？"由此，引出了证实的问题。

但弗洛伊德毕竟是释梦大师，努力从科学的角度解释梦现象。所以继弗洛伊德之后进行释梦的都与他有关系。新的解释往往反对和批评弗洛伊德，但它们同样是受弗洛伊德梦理论的激发所致。也就是说当今任何一本谈梦的书，都离不开弗洛伊德对梦的解释。但像荣格、弗洛母等后继者青出于蓝而胜于蓝，踏上巨人的肩更上一层楼。

弗洛伊德之后，心理学开始了对梦的研究，而所有的研究都趋于支持对梦是潜意识中主体的原逻辑的象征体系这一基本观点。继弗洛伊德之后，荣格、弗洛姆等许多人的研究把梦这一现象由一种个体的心理活动引向了集体或社会文化。

荣格是在释梦方面大师级的瑞士心理学家。荣格释过数以万计的梦，对梦有极为深刻的理解。但他的观点与弗洛伊德的观点不同，他不认为梦仅仅是为了满足愿望，也不认为梦进行了什么伪装。

荣格认为"梦是无意识之灵自发的和没有扭曲的产物……，梦给我们展示的是未加修饰的自然的真理。"在弗洛伊德看来，梦好像一个狡猾的流氓，拐弯抹角地说下流话。而在荣格看来，梦好像是一个诗人，他用生动形象的诗性语言讲述关于心灵的真理。这种梦所用的类似于诗的语言就是象征。象征不是为了伪装，而是为了更清楚地表达。这正如我们在给别人描述一个新奇的东西时，为了说清楚，需要利用比喻来加以说明。而梦的基本目的不是经过伪装满足欲望，而是启示，是对未来的预测或预示，所以我们应重视梦的智慧。荣格认为由集体潜意识中产生的梦就有直觉智慧。例如在第二次世界大战前，荣格发现在自己德国患者的梦中经常出现"金色野兽即将出现"的主题，预示战争的暴发。

荣格释梦最主要的特点乃在于原型释梦法。荣格在释梦中非常注意寻找原型。要想了解荣格释梦的方式，就应该对他所说的原型有所了解。原型是由人类祖先千千万万年生活经历所形成的，也是人的动物祖先甚至前人类的生活经历的结晶。荣格称之为集体潜意识，而在这里储存着大量原型。比如雷电以可怕的印象在世代相传的过程中，心灵上形成一些"愤怒的雷电之灵"之类的原型。原型虽然没有固定的意象，但是却有形成某种形象的潜质，所以人们可以很容易地把它和一些具体特征相结合，形成相似的形象代表同一原型。比如西方有圣母玛利亚、东方有观音，这二个形象虽然不同却有很多共性，很可能来源于同一原型。这二个形象的不同是后天文化的影响，而其相同的质则是各民族人心灵中共有的，而且是一直就有的，是一个原型。

　　荣格确定并描述过许多原型，即太阳原型、上帝原型、恶魔原型、智慧老人原型、大地母亲原型、英雄原型、阿尼姆斯原型、阿尼玛原型、阴影原型、人格面具原型、自性原型。除了这些比较常出现的原型之外，还有巫术原型、武器原型、风、雨、云之类自然力原型等。这些原型在梦中显现时，它会根据梦者的具体情况成为某一种样子，也许每次的样子都会不同的。但如果熟悉这些原型，我们就能在千变万化不离其宗的前提条件下，能识别出它是哪一个原型。例如，大地母亲原型以大地的形象出现，大地中的岩洞代表母亲的子宫。梦见进入岩洞没有性的意义，而是代表回到子宫的安宁中。这一点与弗洛易德正好相反。

　　荣格认为梦是一种补偿。如果一个人的个性发展不平衡，当他过分地发展自己的一个方面，而忽视、压抑自己的另外一些方面时，梦就会提醒他注意到这被忽视被压抑的一面，恢复心理平衡。例如，当一个人过分珍重自己的强悍、勇敢的气质，而不承认自己也有温情，甚至也有软弱的一面时，他也许就会梦见自己是个胆怯的小女孩。从上述原型角度来看，梦里出现的原型就具有互补性。阴影原型代表着人心中的被压抑而没有显示出的部分，包括人的动物性。阴影原型不仅是不受一般道德束缚的、不驯服的、危险的蛮力，而且是富于激情的创造力。如果一个人的阴影被压抑从不出现，他将肤浅而缺少生命力。人在依阴影从事时，会感到充满活力；当人压抑阴影时，他将缺少活力而且潜伏着危机。因为阴影会以破坏性的形式出现，而且变得凶狠残暴。荣格指出，基督教国家的人们要求自己善良、强烈压抑自己的兽性阴影，时间长了，阴影就会反扑，所以"世人从未目睹过比基督教国家之间的战争更为残酷的战争"。如果你也是压抑阴影、过分要求自己无兽性，那么，在梦中阴影将会以各种危险可怕的形象出现。即怪兽、恶鬼、邪恶的人等等阴影使你的梦极为恐惧。阴影也会以"危险而神秘的黑衣人"面貌出现。人格面具原型是人在公众中展示的形象，是人的社会角色形象。人格面具原型是一个扮演者，他往往按照别人的希望来扮演角色。人格面具过强，人就会迷失自我，把自己混同于自己扮演的角色。在梦中人格面具原型会以演员等形象出现。而那些人格面具后面被压抑的人格在梦里以别样人物或异样动物等出现。

同一个原型的形象虽不固定，但是它给人的感受或它的"性格"却是较为固定的。正如不论是西方百姓心中的圣母还是东方百姓心中的观音，都是同样的善良仁慈。对每一个人来说，对原型的反应一定程度上是先天的，不需要后天学习。例如人害怕蛇，害怕黑暗，都是与生俱来的。就算他从没有被蛇咬过，也没有在黑暗中遇到什么可怕的东西，他也一样怕蛇，怕黑暗。原因是，他的许多代祖先－从动物远祖开始，到猿人，到原始人都被蛇伤过或在黑暗中遇到过野兽侵袭。那个生活在山洞里的祖先害怕天黑，因为天一黑狼就会来到洞口。这种恐惧进入了集体潜意识，使从来没见过狼的现代子孙不敢走夜路。当然，如果这个人走夜路遇到过危险，他就会更怕黑，这是后天经历对原型的强化。荣格认为人类世世代代经历的事件和情感，最终会在心灵上留下痕迹，而这些痕迹通过遗传形成集体潜意识。例如，当一个人想到太阳，他就会想到伟大、善良、光彩照人，如同一个英俊的男子。想到月亮，就会想到温柔、美好，如同一个少女。这是因为一代代的人都看到太阳和月亮，一代代人对太阳和月亮的情感通过遗传传到每个人心里。一个现代人想到智者时，很容易在心里浮现出一个白发长须的老者形象，而不太可能浮现出一个活泼的少女形象来，这就是因为在过去的世世代代，最聪明的人是那些饱经沧桑的老人。荣格把这种遗传的原始痕迹称为原型。他说原型本身不是具体的形象，而只是一种倾向，但是原型却可以通过一种形象出现。在梦里，有时会出现一些奇异的情节和形象，而对这些如果用做梦者自身生活经历解释不了，那么这就是一种原型表现了。在荣格眼中，原型并不是一些固定的形式，而更像一些潜藏在我们心灵最深处的原始人。这些原始人在梦中以种种不同的形象出现，当我们遇到难题时，他帮我们想主意，当我们面临危险时，他警示我们。由于他有几百几千代的生活经验，他的智慧和直觉远远超过我们意识中的思想。荣格认为"我们心中的原始人"是用梦来显示自己，表达自己的。我们如果能理解梦，就如同认识了许多"原始人"朋友，他们的智慧可以给我们极大的帮助。在人们的梦里，有时会出现极为相近的情节，仿佛他们在梦里讲着同一个故事。主人公的名字不同，但讲的是同一个故事。孩子或没有受过教育的人会做梦，梦中有极为深刻的哲理和象征意义。这些哲理和象征意义是他们清醒时完全不知道的。荣格指出，这些梦来源于集体潜意识里所共有的共同的祖先，共同的心灵史。因为每个人的集体潜意识中都存储着共同的人类千万年来的经验，不同人的集体潜意识内容几乎相同的。

而在梦里这些原型不仅以单个出现，也以两个以上相结合形式出现，并有时还形成新原型。例如，在梦里太阳原型和阿尼姆斯原型相结合形成被荣格称为太阳王子的新原型，即现代女性理想的配偶模型白马王子。

荣格认为不是所有的梦都有同等价值的，有些梦只涉及琐事不太重要。而另一些梦即集体潜意识原型介入的梦则震撼人心，如此神秘和神圣，如此奇异陌生，不可思议，和日常生活相距极远，仿佛来自另一个世界，与一些古老的神话反而十分近似。荣格把这些梦叫作"大梦"。这些梦比一般梦更重要，极具震撼力，会给梦者留下极深的印象。

荣格创造一个释梦方法即扩充梦法。它要求做梦者自己讲出对梦的印象，讲出梦中自己最有感触的部分。同时释梦者寻找梦与神话情节、童话故事、传说等等之间的共同点以求理解梦。例如，一个女人梦见飞蛾扑火。释梦者可以由此联系到古希腊神话中有一个传说，有人装上蜡和羽毛做的翅膀飞上天空，飞得离太阳太近了，翅膀的蜡被熔化，人也就落下去掉到海里淹死；还可以联系到中国的夸父逐日的故事，夸父追太阳，结果离太阳太近，因热而渴死了。从梦和这种传说中，可以找到一个共同主题，追逐光明，但因离光明太近而死。由对神话的理解，就可以启发我们去理解那个女人的梦的含义。

而这些集体潜意识原型不仅出现于个人的梦，也同样出现在像童话、神话、传说、宗教、艺术等象征性的活动中。这些原型在梦里不出现时，以潜在的形象存在于人们的心里。他们仿佛构成了另一个世界，一个神秘的鬼神世界。

继荣格以后，当今在释梦方面独树一支的是美国心理学家弗洛姆。其代表作为《梦的精神分析》。弗洛姆认为，梦所用的是象征语言。他说："所有的神话和所有的梦境都有共同的地方：它们都是以相同的语言，象征的语言'写成的'"。"巴比伦、印度、埃及、希伯来和希腊的神话，是以相同的语言写成的。生活于纽约或巴黎的人所做的梦，与几千年前住在雅典或耶路撒冷的人的梦是一样的"。

弗洛姆认为用日常的语言很难解释清楚我们内心的感受。许多微妙的心情找不到适当的语言来表达。而运用象征语言则可以把这些有效地表达出来。

弗洛姆把象征分为三类：惯例的象征、偶然的象征、普遍的象征。即惯例的象征示例的是用"桌子"这个声音代表家具的一种；偶发的象征示例的是一个人如果在某城市遭遇过悲哀经验，以后对他来说，这个城市的形象就象征着悲哀；普遍的象征示例的是火往往象征着活力、光明、能量等。火还可以象征我们内心相同特性的内在经验：热情、激动、智慧的光明、心理的能量等。语言是惯例的象征体系，而梦是偶发和普遍的象征体系。梦是可以解读的，其解读就是把梦的象征转化为语言。解梦就是对梦的"文本"的释意。一个男人梦见："看到果园里有苹果，正想摘。一只狗向他追过来"，当我们知道苹果往往象征诱惑，而狗往往象征外在的法律、规范和内在的道德约束时，把这个梦解读为"他受到婚外的异性诱惑，又受到道德的谴责"似乎是十分合理的。弗洛姆对象征的分类很恰当很准确。他认为在梦里，这三种象征都存在，但后两种象征居多。他不同意弗洛伊德把梦说成仅仅是"愿望达成"。

弗洛姆指出群体就像一个个人，不仅一个人有潜意识即个体潜意识，而且一个群体、一个社会、一种文化也有潜意识即社会潜意识。社会潜意识就在梦中出现等。因此，不仅个人有梦，集体、社会或一种文化也有梦。所谓文化之梦有两种意义。一是这个文化中某些个人做的、特别有典型性的梦。这些梦或反映出这种文化的基本特点，或反映出这个文化的发展和变迁。二是这个文化中其它象征活动，如神话、童话、传说、宗教以及流行的风尚、畅销书的主题、有巨大影响的电影等。这些象征活动可以看成是广义的梦。我们可以用分析梦的方法分析它们，从它们不可理解的外表后面找到意义。分析文化中典型的梦和用释梦法分析文化中的其它象征活动就是解读文化之梦。

现代西方重要的心理学派之一格式塔心理学[104]所谓表演梦观点也是一种独特的释梦方法。该释梦方法把梦当成一幕戏剧，然后让梦者自己再去演梦中的自己。这个过程，实际上也就是再重新体验梦中的情感。重新进入了这种情感后，梦者也就理解了梦的意义。例如，一位妇女梦见泥地里有一个车牌。释梦者就让她表演那个车牌，用车牌的口吻说话，无论说什么都可以。她说："我就是那个车牌，躺在泥地里，没有人管我。我曾经是一辆车的标志，可现在什么也不是，没有用处……"。这位，妇女后来解释说："这个梦正是我的心情。"约费慈·皮尔斯是格式塔心理学治疗的创始人。他发展出优势者对抗劣势者的观念。另一位格式塔心理学家安·法拉戴在释梦的时候，把这些观念做了进一步的发挥，并加入秘密破坏者的观念。简言之，皮尔斯把我们心中权威命令"应当"做的事，视为优势部分－无懈可击的完美主义者。如果我们凭着冲动，正要做出某些不"该"做的事

104）也翻译成完型心理学。

时，这一部分则会正重地告诉我们，将会发生可怕的结局。例如，一个人一方面在用功读书，另一方面又想去溜冰。她梦见不去溜冰实在是虚掷宝贵光阴，而做这个梦的那段时间里，她正处于"认真读书"的痛苦冲突中，那优势的部分威胁："如果你胆敢去溜冰，那么未来投身科技领域的生涯规划将付诸流水。"她相信优势部分的命令，也就是说如果她把精神放在溜冰上，就不可能完美。她很害怕即使稍微心动，随便去溜个冰也将前功尽弃，成为一名不入流的溜冰艺人。她的重要个人需求－让精力与创造力有个宣泄管道，遭到强烈否定。而她人格中的另外部分则化身为劣势者。而她的心声却说："我要溜冰！"在她远离运动的日子里，这个念头经常出没。一到晚上，这个劣势部分就以做梦的方式嘲弄她，在冰地上愉快滑行、舞蹈。劣势部分代表着遭到优势部分打压的基本需求，它会自行反抗，甚至以打击优势部分而满足自己。这种神秘破坏者，可能是优势部分，也可能是劣势部分，他们以神秘的方式在梦中让我们受挫。如果梦中事情遭受挫折，你可以把这个破坏者拟人化，问他为什么安排暴风雨，把你的车子吹离路面。假如你错过班机，遗失钱包。触不到近在咫尺的人物，那就是秘密破坏者在梦中作怪。如果它对你提出的问题有了回应，而且是用强烈批评性的口吻，要求你应该如何如何；假如你不听，它又警告你将会有如何如何的灾祸。那么可以确定，这是优势部分的夸张演出，正在反映你的生活中的困扰。反之，如果秘密破坏者语多抱怨，自认受害，摇尾乞求优势部分放它一把，那么，这种抱怨会破坏你的意向，不让你遵守优势部分要求的，正是你的劣势部分。

　　德卡斯尔博士认为女性的梦境和男性的梦境迥然不同，熟练的释梦者能从梦境报告中判断出梦者是男是女。女性的梦境多半在室内，而且往往在熟悉的环境里，例如家、宿舍、教室。女性梦中的人物比男性梦中的人物数量多，其中女性比例稍大，然而主角约男女各半。女性梦中主角常常是熟人，他们的面容和服饰能被生动地回忆起来。女性不常做进攻性的梦，暴力的梦更少。在梦中，她们不打人只是骂人。她们梦中的敌人多为女性。在梦中她们和男人比较友好。梦中女人的性对象一般是熟人，其性交次数比男人少。女性彩色梦较多。而男性梦中，梦者体力活动多，室外活动多。许多梦有敌意。在约半数的带敌意的梦中，梦者对另一男性进行肉体攻击，被攻击者大多是陌生人。男性梦中，男主角多于女主角2倍，而且职业受到重视。梦中人不仅是其他男人，而且是理发师、司机或店员。在梦中男性对女性比对男性友好。除了有公开性行为的梦以外，男性梦者通常认识梦中女性。梦中男人的性对象主要是陌生人。德卡斯尔博士认为这些比较意义也许并不大，因为在实际解释梦时，它们并不能提供什么帮助。但是其它一些男女差别梦也许就有用。例如，青年女性的梦大多是关于恋爱的，而青年男子的梦关于恋爱的和关于社会地位的差不多。女性梦中"旁观者"和"评价者"角色更常出现。中年女性中，关于子女的梦比男性多。

心理学家查尔斯·莱格夫特指出，儿童所以更容易做焦虑梦，是因为世界对他们来说，比成年人要陌生，他们还担心一旦离开了父母自己能否生存下去，能否独立对付这世界。孩子比成人更容易做恶梦，是因为他们更无助，他们的父母一旦抛弃他们，他们就会毫无办法。而父母又往往不能注意到孩子的需要，为了制服倔强的孩子，还会用抛弃或叫警察等方式来威胁孩子。偏偏孩子又缺乏知识，不知道父母只是威胁而已。他们会把这些话当真，从而格外恐怖。

近年来，随着对电脑研究的加深从电脑学角度发掘的梦的新理论令人注目。如上所述，经现代脑电波研究证明快波睡眠期做梦。而在母体内的胎儿及新生儿，快波睡眠高达百分之五十五至百分百。按克里克或佛洛伊德的理论，梦是由被压抑的欲望求满足或无用信息须花费掉才出现的。而胎儿及新生儿人生经验几乎是零，脑中还有什么压抑欲望或无用信息须花费那么多时间去做梦？不论克里克或佛洛伊德的理论都无法获得满意答案。纽曼(T.Newman)和伊凡(C.Evans)两位学者提出从电脑角度去协助理解人脑做梦机制。他们把人脑入睡后不能感知外界信息现象比拟为电脑需暂停正常运作始能输入新程序或修改旧程序，并以此来解释快波睡眠期可能是人脑在膳彖或修改程序的时刻。此新启发性理论可满意地解释胎儿及新生儿为什么需要那么长的快波睡眠。因为他们脑中的蛋白质分子正忙着在其脑纹上膳彖生存本能及生活所必需的大量程序。此电脑程序观点不仅能把佛洛伊德和克里克理论互相沟通，同时对于析解各种人脑之谜往前迈跨一步。

　　以上本文主要介绍了弗洛伊德、荣格、弗洛姆、格式塔心理学的主要释梦观点。此外，还有像德卡斯尔博士、心理学家查尔斯·莱格夫特等的一些独特观点。

[完]

參考文獻

[英]查尔斯·莱格夫特著斯格译：《梦的真谛》，学林出版社 1987。
夜未眠：《梦与人生》，光明日报出版社 2000。
诸葛君：《解梦全书》，中国城市出版社 2002。

*以下均出自《心理学》，中国人大报刊复印资料。
陈桌乾：《弗洛伊德及其〈梦的解析〉》1985. 7。
辛　克：《梦的精神分析》1987.5。
许梦虞：《初评弗洛伊德的〈释梦理论〉》1990. 4。
孙名之：《弗洛伊德〈释梦〉的几点认识》1991. 6。
刘晓明：《一种人类奇特的思维方式》1999.1。
　　　　（论梦的本质特征及其成因）
苏　宁：《梦，灵感与非自学构思》1995. 1。
余占海：《梦与创造性思维》1993. 6。
程明太：《梦幻于艺术》1988. 5。

克川泽:《再现梦与心里矛盾有关》1986.9。

袁伦全:《盲人是怎样做梦的》1985. 11。

翁　伟，俊　深:《关于梦的新见解》1984. 7。

王树茂:《大学生梦境分析》1984. 10。

赵　凌:《梦境新解》1984. 10。

New scientist:《做梦的机理》1984. 10。

阮芳赋:《做梦新说》1981. 1。

胡孚琛:《梦境中的创造性心里》1981. 10。

木　风:《大脑，睡眠，梦》1980. 3。

向　望:《睡梦中的发现》1980. 6。

　　　　《梦的秘密》1979. 10。

　　　　《睡眠与梦》1979.11。

中国释梦概论

内容摘要：本论文从纵史论和分类论相结合主要论述了中国古代释梦概况。即回溯释梦历史；释梦方法方式；梦书特点；有关梦的成因问题；梦的分类问题；释梦的社会影响等内容。

关键词：释梦、梦书、成因、分类、影响。

中国文化底蕴深广殷实，无所不包。其中梦文化神秘无穷，引起人们无限的好奇，令人遐想，跃跃欲试。释梦是中国梦文化的主要组成部分之一。它从古到今绵延不断，横贯整个中国文化。

某种意义上来说，释梦的方法、模式里渗有好多中华民族集体无意识特点。当然，中国的释梦可分为古代和现代。古代释梦富于传统特点，而现代释梦揉和进许多国外最新有关释梦研究成果。

本论文主要着手有关中国古代释梦研究。至于中国古代释梦研究，学术界出现了像《梦的迷信与梦的探索》、《中国古代的梦书》、《古代占梦术注评》、《解梦全书》、《梦与人生》等可喜的成果。其中像刘文英先生的《梦的迷信与梦的探索》、《中国古代的梦书》不仅肇其始，而且成为集大成者。本文根据前人的这些可贵研究成果，按纵史论与分类论相结合角度介绍有关中国古代释梦文化。

释梦在中国古代叫作占梦。中国古代对梦及其占梦的探索源远流长。中国古代占卜种类大致有占梦、占天、占星、占日、占月等等，几乎无所不卜。在以上种种占卜术中，以占梦最为发达，所以在班固的《汉书·艺文志》云："众占非一，而梦为大。"105)中国古代对梦及其占梦不仅历代都有人乐其不疲，而且从不同方面探索和辩论。从而使梦及其占梦的研究在纵向上不断加深，横向上不断扩大，形成自己独特的研究理论、思路和范畴、方式。

据有的学者考证，占梦的始源可以上溯到遥远的洪荒之世。可现有文献记载来看，中国最早在2000年前，在医学经典《黄帝内经》中，对梦的形成原因进行了正确、系统的描述："正邪外袭内，而未有定舍，反淫于脏，不得定处，与营卫俱行，而与魂魄飞扬，使人卧不得安而喜梦。"继《黄帝内经》的这种"淫邪发梦"说后，出现了像《周礼》的"六梦"说、《列子》的"情化往夏"说、王清任的"脑气阻滞"说等；又如"形开形闭"、"志显志隐"、"神用神藏"和王充所谓"梦之精神"、乐广所谓"想与因"、王廷相的"魄识之感"与"思念之感"及梦之"因衍"等一系列有关梦及其释梦观点，这些都与西方传统梦论不同。

《梦占逸旨·宗空篇》根据《列子》和《帝王世纪》所载的一则故事认为黄帝运用析文解字来占梦得两名臣。现根据国内外许多原始民族的情况推测，黄帝时代有可能出现占梦的。但黄帝和尧舜禹时代还没有产生完整的文字的情况下，这些析文解字式占梦活动只能作为远古的传说供研究参考而已。

在中国历史上，从殷人开始占梦才有了可靠的记载。甲骨卜辞中有关殷王占梦的记载很多。殷王对自己所做的梦的吉凶非常关心，占梦在殷王的生活中占有相当重要的地位。但占梦在整个占卜中的地位并不那么重要。占梦在周人的政治生活中也占有极重要的位置。根据《周礼》记载，周代的占梦活动则更为频繁，在朝廷里专门设立了专司占梦、释梦、圆梦的官职，并将梦境分成所谓正梦、思梦、寤梦、恶梦、惧梦与喜梦六种。周代上至王侯，下至庶民都迷信占梦，关于周人占梦的记载也较丰富。

殷周时代，凡国家大事殷王和周王都郑重地进行占卜后定。占梦是观察国家吉凶、决定国家大事的一个重要工具。因而占梦迷信是官方宗教神学的一个重要组成部分。殷周时代占梦同占龟、占易之间，形成一种参照的

---

105)《梦占逸旨》中开宗明义地也说这话。

关系。殷代同时并存着两种占梦方式。一种是直接根据梦象来占梦，如殷高宗之梦传说，就是根据梦中看到的形象而找傅说的；一种是借龟(龟卜)来占梦，这就是卜辞中有关占梦的那些记载。根据这些卜辞可知，殷王就把占龟作为占梦的一种重要方式。

现从《周礼·占梦》来看，周王又把占星作为占梦的一种重要方式。《周礼》所规定的占梦官的职能，非常清楚地说明了这一点。这是占梦演进过程中的一个重大变化。但中国古代通过占星具体如何占梦，其细节已难以考究。根据《周礼》记载，太卜兼掌"三兆之法"、"三易之法"和"三梦之法"。这三种占卜方式在周人那里不是彼此孤立和分离的。因而周人也可能借用占龟和占易来占梦。

《左传》主要反映了春秋时期的占梦活动。各国诸侯对梦还大多非常认真，以为梦的吉凶应验是注定的。但这时占梦开始失去官方参与的正统的神圣性，而逐渐变成一种世俗迷信。

进入战国时期，七雄争霸，完全是一场经济实力、军事实力以及智术谋略上的较量。由于人的作用得到充分的显示，无神论思潮空前活跃，占梦在上层人物心中的地位急剧缩小。

在记载这一时期历史的文献中，占梦材料就十分稀少。就很难看到哪个国君及臣僚以占梦决定政治军事活动。在思想界，作为儒家代表人物的孟子、荀子，作为法家代表人物的商鞅、韩非，以及道家的庄子，兵家的孙膑，阴阳家的邹衍，都没有流露出他们对占梦的迷信。而在《庄子》和《韩非子》等书中，对占梦持揭露和批评的态度。可以说这时人们的理性精神开始觉醒。当然，占梦在民间的影响肯定还是很深的。

先秦占梦，只是受古老的传统的梦魂观念所支配。两汉以来，由于整个宗教神学的发展，占梦迷信也日益走向理论化。理论化的标志是，利用神道唯心主义哲学，为占梦迷信进行论证。这也可以看作秦汉以后占梦迷信的一个重要变化。

魏晋时期，流行有一本《解梦书》，站在神道主义的立场上，进一步援引唯心主义的形神论来论证占梦，其理论色彩则越来越浓。

随着中国古代占梦研究的深化，在接近近代黎明期的明清之际出现了不唯是唯心的而是很有价值的理论观点。

明清之际的哲学家和科学家方以智提出了著名的"醒制卧逸"说。方以智的"醒制卧逸"说揭示了梦的本质和释梦原理，即：它是人的潜意识的反应。106)

据刘文英先生研究，中国古代占梦从秦汉以后，主要显出三个特点。

第一，占梦从官方的一种宗教信仰，变成民间的一种世俗迷信。先秦时占梦首先是统治者的一种信仰。占梦是国家的一种制度，凡有大事，统治者都必须严肃认真地进行占卜。占梦者和梦官属于国家政府官员。秦汉以后，占梦一般已经不登大雅之堂，官制中也不再有占梦之职。因此，占梦主要在民间流行，逐渐同卜卦、算命、风水、相面之类一样，成为许多世俗迷信中的一种。

第二，占梦作为一种迷信，同其它宗教信仰互相交流、互相渗透、互相利用。在道教、佛教的影响下，道教、佛教的某些内容渗入到传统的占梦迷信。例如，道教始创于东汉时期，本来没有什么占梦的内容。但从两晋以后，则不断吸收占梦迷信，来为其主旨服务。于是道教有了它自己的梦说梦论了。在敦煌煌遗书现存的一些梦书残卷中，还专门有《佛法仙篇》、《佛道音乐章》以及相关的兆辞占辞。

第三，占梦作为一种方术，从简单到复杂、精巧和圆滑。从《左传》和《诗经》所提供的材料可以看到，一直到先秦占梦主要用的是最简单的"直解"、"直应"方式，秦汉以后，除了"直解"、"直应"之外，又生出"转释"，即"象征法"、"连类法"、"类比法"、"破译法"、"解字法"、"谐音法"等等。不仅如此，后来还出现了一种"反说"的新占法。

---

106) 正因如此，钱中书把方以智的"醒制卧逸"说与弗洛伊德的释梦学说相比较。钱中书说："醒制卧逸之说与近世析梦显学所言'监察检查制'眠时稍解，若合符契。……弗洛伊德谓梦幻虽不尽属眼界色相，而以色相为主，均资参证。"

　　总观中国古代占梦，中国古代占梦家无论其占梦说得如何玄乎离谱，但他也逃不出由阴阳五行思想、儒佛道宗教思想、民俗信仰等形成的最深层的集体无意识思考方式及其价值观等传统文化思想之根。如同孙悟空逃不出如来佛手掌一样。由此看来，占梦家对人们梦的解释，在某种意义上来说也是对传统文化的解释，因为人们的做梦在特定的文化氛围下，已成为一种文化符号的编排。而占梦家的占梦也就是据以传统文化思想之根的一种文化解读。

　　"灵魂离身而外游"乃是中国古代原始初民的最主要的原初观点之一。占梦深植于这种梦魂观念所长期积淀的思想土壤。中国古代大多占梦家就是在这种神秘的梦魂观念的支配下进行占梦活动的。

　　中国古代对五彩梦的解析常常以阴阳五行配五脏。《灵枢·五色》云"以五色命脏，青为肝，赤为心，白为肺，黄为脾，黑为肾"。即什么样的色彩与相互对应的脏器状态有关，如肺气虚则使人梦见白物。

　　陈士元在《梦占逸旨·真宰篇》中说："人葆冲和，肖乎天地，精神融贯"他认为，天属阳，地属阴，人禀阴阳冲和之气，因而人同天地之间有一种相似的关系。人的精神同天地精神交融贯通，不会相违。由此，从人的梦即可测知天地之意。这实际上是中国传统的"天人感应"的学说。陈士元的占梦理论，正是建立在这种"天人感应"的思想之上的。所以，《梦占逸旨》的出现是占梦迷信理论化的一个重要标志。[107]《新集周公解梦书》里也渗有许多中国传统的有关魂魄神游与神、鬼启示等原初思想观念及儒家伦理观中的五常学说。

　　在道教、佛教的影响下，道教、佛教的某些内容也渗入传统的占梦迷信。例如，在敦煌遗书现存的一些梦书残卷中，专门有《佛法仙篇》、《佛道音乐章》以及相关的兆辞占辞。不过有的推崇道教、有的推崇佛教，从中也曲折地反映了佛道两家的斗争。例如，"梦见老子，为人所念"、"梦见僧尼，所求不成"，显然反映了道教的倾向及其对佛教的诋毁。又如，"梦见

107)《古代占梦术注评》，第三页。

僧尼，弘福大吉"、"梦见大浮屠，大富贵"、"梦见菩萨者，主长命"，这些显然又在宣扬佛教。另外，佛教的咒、道教的符，也都不知不觉地进入占梦。

从南北朝以来，在各种译成汉文的佛经中，关于梦兆和占梦的著名的有佛母摩耶五梦、波斯王十梦、汔栗枳王十梦、不黎先泥王十梦、恶生王八梦、阿难七梦等，其内容都是佛教对未来的预言。隋唐时期，从印度还传来了《竭伽仙人占梦经》一卷。这些传说和迷信，虽然原是印度佛教固有的东西。但一经佛教传入中国与传统文化相结合后，成为中国传统占梦的思想基础。

而具体占梦时，特别是像象征法之类占梦法则离不开民俗信仰等事项。所谓象征法，它的特点是象征显示。先要把梦象转换成它所象征的东西，然后根据所象征的东西再对梦象进行解释。在这里显然其关键是分析象征意象。如梦柳，被认为是出游之兆，因为在古人那里，"柳为使者，梦见柳，当出游也。"梦见桃，则为守官形象。因为桃有辟邪驱鬼的功效，所以《梦书》说："梦见桃者，守御官也。"；梦见松，则见人君。因为"松为人君"，所以，见之者，"见人君之征也。"可见，在这里不知道柳、桃、松的民俗文化象征意味不成其为占梦的。

占梦家和占梦者对他们的占梦术，总是秘而不宣。这样不但可以保持和增强占梦活动的神秘性，而且便于他们根据占释需要而随意附会。这也正是占梦的关键：必须把已经出现的梦象、梦兆同将要发生的人事联系起来，以说明和证明前后的一致。然而实际上，梦象、梦兆和未来的人世之间，有时完全一致，大量的并不一致，甚至还可能完全相反。因此逻辑上正如刘文英先生指出可能有三种情况：一是同一关系，二是相异关系，三是相反关系。所以，历史上无论多么奇奇怪怪各种各样的占梦术，究其实不外乎三种占释的方式，一曰"直解"，二曰"转释"，三曰"反说"。

表现同一关系的"直解"即直接用梦象的内容解释梦意。即古人所说的"直应之梦"、"直叶之梦"。它的特点是把某种梦象直接解释成它所预兆的人事。即有什么样的梦象，就认为有什么样的人事，梦象和它所预兆的人事无论在形式上和内容上都属于一种同一关系。也就是说直接显示"梦什么得什么"，所谓"梦君则见君，梦甲得见甲，梦鹿则得鹿"之类。由于是同一关系，这种占梦方式就非常容易，一般情况下，梦者都可以自占。有时因为知识经验不足而不能自占，但一经占梦者提示，很快就会清楚。例如，殷高宗梦得傅说，即找到了傅说。他虽然在梦中不知道傅说的名字，但却看到了傅说的模样。他认为梦中上帝赐给他这样一个人，就一定能找到这样一个人，这个梦就是他直解自占的。又如武王梦见三神告诉他：我一定要让你去讨伐殷纣。梦象是如此，武王认为这就是三神的命令，他果然出兵去讨伐殷纣，这也是直解和自占。然有些梦涉及神形的奇异和变化，虽能支解，梦者却不一定能自占。比方说，晋侯梦见一只黄熊，进了他的寝门，很害怕，子产给他解释说：黄熊是鲧，"昔尧殛鲧于羽山，其神化为黄熊"。

　　直解是一种最简单最容易的占梦术，它在占梦历史上出现得最早。原始人在早期的某一个阶段上，本来就把梦象当作实在的东西，就像他们在清醒时眼见耳闻的一样是实在的东西。因而他们"本能地"对梦象似乎有一种直解的习惯。由于"直解"简单，似乎不要学习什么门道。然对占梦者说来，实际上属一大忌。若无充分的把握，绝不可轻率用之。如果随意用"直解"，在事实面前很容易，"占而不验"，失去回旋余地。那样，占梦者不但威信扫地，恐怕连饭碗也要打了。从现存的各种梦书残卷和佚文中，很少用"直解"的方式来释梦，可能就是这个缘故。事实表明，历代占梦家或占梦者最喜欢使用的占梦术是"转释"。

　　表现相异关系的"转释"与"直解"不同的最主要的特点是"象征"的解法。它不是直接把梦象解释为它所预兆的人事，而是先把梦象进行一定形式的转换，然后再据转换了的梦象来解释它所预兆的人事。这样，由于梦象经过了一定形式的转换，比直解灵活得多，占梦家就给自己留下了回旋的余地，他们就可以根据其需要而随意附会。同时，占梦家还可以说，梦象同人事虽然表面上不一致，而实际上一致。正由于表面上不一致，才需要他们这些具有特殊本领的方家术士，帮助人们去揭示梦象所蕴藏的鬼旨或神意。所以在不明真相的人们看来，占梦家对梦象的解释，实在神乎其神。"转释"认为梦象并不直接表现梦意，只有梦象所象征的内容才是梦意。因而应验亦不是"直应"，而是"曲应"。如成公十六年射月之梦，十七年声伯涉洹之梦，两梦并不表明将要"射月"、"涉洹"、"射月"和"涉洹"只有象征的意义。这种梦的应验当然不是直接而是间接的了。不过，这两种占法都比较简单。是否灵验，梦者也很容易判断。但正因为如此，有些梦便不好占释，占释不好则难以证明"占而有验"。这样，占梦迷信要存在和发展，占梦的方法方式就不能不给占者留下回旋的余地。于是，秦汉以后，除了"直解"、"直应"之外，出现"转释"法。"转释"的具体方法很多，常见的有象征法、连类法、类比法、破译法、拆字法、谐音法。以上几种占梦法，有时单独使用，有时几个合并使用，往往相互交错，相互渗透，迷人耳目。

其中拆字法、谐音法基于汉语的特点，富于民族特色，它是中国古代一种常用的占梦方法。

拆字法[108]即析文解梦法，重在按笔画分解字形，把一字化为几个字，或把几个字缩为一字，在此基础上根据新组成的字解释梦意或人事。其占梦最早见于黄帝梦得风后、力牧之占。《后汉书·蔡茂传》说，蔡茂曾有"失禾之梦"，而"失禾为秩"，蔡茂能升官得禄，因为"秩"的意思，既是俸禄，又是官吏的职位或品级。还如"昌：字可以折为二日，所以如果梦见二日监空，昌也。拆字法有些穿凿附会，因为它本身就是一种文字游戏。"

谐音法。如梦见棺材是升官发财的征兆。因为"棺"、"材"与"官"、"财"二字谐音。[109]《敦煌遗书·占梦书》中说："梦见入棺中者，得官，大吉；梦见棺木，民更迁官，大吉。梦见棺木，官事利。"又说："梦见死棺在台，得财。梦见棺照死人，得财。梦拜棺木，大吉，得财。梦见棺中死人，得财。"棺材乃送死厚终之制，但它对梦者来说，棺材与官财谐音却别有一番深意。所以古人认为梦见棺材多为吉兆。即凡是梦到棺材者必定升官，凡

108）拆字法在晋代占梦中最为普遍。隋唐间拆字法也颇为流行。
109）魏晋以来有关棺官谐音法无论在士林还是在民间都很普遍。

是梦到失去棺材者，则要丢官，或断送锦绣前程。据说，赵良器梦见十一个棺材，结果历任十一个官职，官至中书。高达夫梦见很多棺材，他坐一个宽大的当中，结果由长史升任詹事。李逢吉婢女梦见有人把棺材抬到堂中，结果李逢吉做了中书舍人。又说："梦见松树者，十八年后位至三公。"、"槐为木旁鬼，梦见槐树将身死为鬼。"与拆字法相连谐音占梦法也独具特色。《益都耆旧传》说，何袛梦"桑生井中"，赵直占此梦说："桑字四十八，君寿恐不过此。"赵直用的是谐音和拆字占梦法。

　　表现相反关系的"反说"法就是把梦象反过来，从其反面释梦。在古人看来，有些梦是"反梦"或"反极之梦"："也是就是说，梦象的内容与后来的人事是相反的关系。"〈周公解梦书〉云：梦见"与人哭泣有庆贺，放声大哭欢乐至。"又云："见人死主有吉利，见自己死主有吉，子死者有添喜事。"这种释梦法的特点是"反象以征"。不仅如此，为了坚持梦象是人事的预兆，占梦者只能说这是一种"反兆"。于是出现了一种新占法"反说"。所谓表现相反关系的"反说"，就是把梦象反过来，从其反面解释梦意和说明人事。即梦凶为吉、梦吉为凶。在历代梦书残卷中，有很大一部分是以这种"反说"占梦来论吉凶的。例如，梦见死伤者不但不会死伤，而且预兆要得财、长命。按占梦的理论，这些梦为"反梦"或"反极之梦"，其特点是"造极相反"或"反象以征"。相应地，"反说"也成为占梦的一种基本方式。110)

　　这样，一个梦到底是"直解"，还是"转释"，以至于"反说"，占梦者可以左右逢源，就有很大的主动权和灵活性，彼求占者愈觉占梦之神秘。就是这样，占梦家以其独特的占梦逻辑方式把梦象圆通，也正是这种占梦逻辑方式使占梦保持着神秘性，并保存下来，在社会中产生着影响。

　　另外，在中国古代占梦者对占梦活动规定了很多附加条件。比方，占梦不但要分析梦象，而且还要"谨其变故，审其徵侯，内考情意，外考王相"。又比方，占梦还要看人，看梦者的地位。还有，还要看梦者占梦的心诚不诚。诚则灵，不诚不灵。

---

110) 宋明间各种小说杂记特别喜欢收集和引用这一类梦例与占例。

理清有关梦的本质问题乃是占梦的前提条件。梦的成因问题是理解梦的本质问题的捷径之一。综观中国古代有关梦的成因问题，当然少不了那些"离魂之游"的梦魂观念的唯心主义观点。但与此相反，也出现了不少从生理病理和心理原因和机制阐明梦的生成的唯物主义观点。

中国古代医学家很早就从生理病理方面探索了梦的原因和机制。在传统医学的影响和推动下，中国古代哲学家们从形神关系入手，也进行了这方面的探讨，著书立说。

《黄帝内经》从生理上分析了人在夜间做噩梦的原因。东汉初期的著名唯物论学家也对梦的成因作过探讨。他认为人们用脑过度就要做噩梦，还可能生病。东汉无神论者王充对此也认为，假如人在白天过分劳累，精尽气倦，那么夜里入睡后便会发生日反光的现象，看见自己在白天的活动，这就成了梦。人得了病也会发生类似的现象，在梦中所见的人都不自知。这是精尽气倦的反映，不是吉凶的兆头。王符继承桓谭、王充的思想，在《梦列》中对梦的成因作了较为全面的阐释，这种阐释用现代人的目光看来，虽然不尽科学，但在当时，却起了一定的积极作用。他在《梦列》中竭力反对梦受鬼神启示所生成，而主张梦是人在困乏时迷糊入睡而造成的。

东汉后期进步思想家王符的《潜夫论》在谈到占梦、卜筮、巫祝、看相等迷信活动时，他虽然承认天命，同时也认为要重视个人修身慎行的能动作用。王符在《潜夫论·梦列》中，在梦中引用上帝之言，认为"直梦"理所当然。但是，他在谈"感梦"、"时梦"、"病梦"时，又注意到梦有生理病理的原因和特征。在谈"精梦"、"想梦"和"性梦"时，又说明了梦有精神心理的原因和特征。在谈"人梦"时，又认为梦同梦者的地位、智能、性别、年龄有关，这些看法都有一定的科学道理。前面说过，王符认为在"十梦"中，有三种梦主要是生理病理原因所引起的，这就是"感梦"、"时梦"、"病梦"。这些气在人睡眠中刺激人体，人必有所感，感就产生厌迷、乱离、怨悲、飘飞等等梦境或梦象，所以王符解释说："风雨寒署谓之感。"王符所指出的"感梦"，一方面有医学的影响，另一方面也有生活的经验。狂风飘发，魂魄梦飞。宋代袁文《瓮牖闲评》一书也记载。长期流行的"将阴梦水，将晴梦火"之说，也是由于外气所感而致。因而"发生"、"高明"及"熟藏"的梦象是时象的一种反映。因此王符又认为："春夏梦生长，秋冬梦死伤"，这就为"顺时"。这种观点的合理之处在于，它注意到时象对梦象的影响，梦象与时象的联系。但如果一定要说春梦木、夏梦火、秋梦金、冬梦水，这就显然把复杂的梦因，梦象看得太简单了。同时，王符这里也没有解释"五行王相"对梦象的具体影响，使人感到十分神秘莫测。时象对梦象的影响是应该肯定的，但在一个季节里，时间很长，外界自然和周围人事不断变化，谁也不会老做一种梦。

这里的"病梦"之称是王符首创的，但这时的一些中医学著作，如《内经》中论脏气盛袁虚实之梦，实际上也都是指"病梦"。王符在《梦列》中说："观其所疾，察其所梦，谓之病。"由此可见，他对"病梦"的概括是直接来自我国医学的。因而阳病可能梦寒，也可能梦热；阴病也可能梦寒或梦热，不能一概而论。当然，王符认为病会致梦，不同的病会导致不同的梦，这个观点基本上是值得肯定的。

至于梦的精神心理方面的成因问题上，中国古代多有论述。战国时慎到曾说："昼无事者夜不梦"。白天的心理活动在夜间会一定程度地转化为梦象活动。这也就是"日有所思，夜有所梦"。王符在《梦列》中，就揭示了梦的精神心理的原因和机智，他在谈到"精梦"、"性梦"时，就指出这三种梦不是外界因素所诱发，而主要是精神心理因素所致。

对于"精梦"，王符解释道："孔子生于乱世，日思周公之德，夜即梦之，此所谓精梦也"。这种精神上的"疑念注神"并不是一种病态，如果我们比附《周礼·春官·占梦》中的"六梦"，它更接近于其中的"思梦"。

何谓"想梦"，王符指出："人有所思，即梦其到；有忧，即梦其事。此所谓想梦也"。但"有忧，即梦其事"，有可能涉及到《周礼》中的"惧梦"。

至于"性梦"，王符认为是："人之心情，好恶不同，或以此吉，或以此凶，……此谓性梦也"。

总之，"精梦"、"想梦"、"性梦"均由精神心理原因所引起的这一点是没有疑义的。

明代陈士元《梦占逸旨·感变篇》的"感变"这个概念的高明，不仅在于它对梦的生理病理原因进行了集中的概括，而且在于它把睡梦放在人同自然的大系统中去考察。

应当承认，人的肉体变化是可以通过梦反映出来的，隋代医家巢元方在《诸病源候总论》中说。着就说明，人体内脏如有病，就有可能通过反映出来，如本篇所云："杨子云梦吐五脏"、"王仁裕梦洗肠胃"等等。人内脏有问题，反映到梦中，最后又因内脏有问题，得到应验，如杨雄在梦后一年即去世。但作者却认为这些梦倒均属天意，这是十分错误的。

张载《正蒙·动物篇》肯定寐梦之所感，主要来自于"气于五脏之变。"而《内经》中的"淫邪发梦"或"正邪发梦"之说，则代表了中国古代医学对梦因的看法。

在《梦占逸旨·感变篇》谈了历史上一些哲学家和医学家对梦的分析，以及梦产生的不同原因和梦与所兆的不同关系。《梦占逸旨·昼夜篇》是作者阐述天地万物变化运动的节律，这种节律都与睡眠、做梦有关，并认为梦是精神的独立活动。

占梦最主要的基础之一就是梦的分类问题。占梦家一般在梦的分类框架内进行释梦。中国古代对梦的分类，可以上溯到远古时。那时，初民们根据对自身的利害关系，自发地把各种各样的梦，分为吉凶两大类。后来，又出现了占梦家和哲学家、宗教家对梦的分类。这些分类方法，把科学和迷信混淆在一起。其中对后世影响最大的，便是《周礼》的"六梦"之分。"六梦"的分类，可看作先秦时期占梦官的分类，实质上是占梦迷信的思想体系。但"六梦"的划分本身主要以梦的内容及其心理特征为标准，不能视为迷信。如"正梦"即平常之梦；"噩梦"即恶梦或梦魇；"思梦"即梦中有思虑活动；"寤梦"即昼梦或白日梦。"喜梦"即梦中有喜事；"惧梦"即梦中有惧怕之事。这可能是占梦官长期占梦"经验"的一种总结。在我们看来，古代占梦官和后来占梦家，不管他们自觉不自觉，他们在占梦过程中，实际上已经开始进行"心理分析"。

东汉时期，王符在《潜夫论·梦列篇》中开宗明义把梦分为"有直、有象、有精、有想、有人、有感、有时、有反、有病、有性"十类。王符认为"凡此十者，占梦之大略也。"，占梦家就是根据这十类梦来进行占梦的。因此，十梦的划分实际上就概括了当时整个社会对梦的看法。王符还对这"十梦"的特征作了介绍。

佛教传入中国后，由于宗派和传授的不同，有"四梦"的分类，有"五梦"的分类。

《梦占逸旨·感变篇》把梦分为九大类，即"感变九端，畴识其由然哉？一曰气盛，二曰气虚，三曰邪寓，四曰体滞，五曰情溢，六曰直叶，七曰比象，八曰反极，九曰厉妖。"这种划分绝大部分是有一定科学根据的。

据刘文英先生的《中国古代的梦书》的"历代梦书考证"，中国有关占梦的史料十分丰富，历代的占梦书很多，并且上下流传不断。只要翻检一下《汉书·艺文志》、《随书·经籍志》和《四库全书总目提要》等历代图书目录，就可看到占梦在其中占有一定的比例。这些书与其它讲占卜的书一道，古人都把它们分为"术数类"，而这些占卜方法统称为术数。从东汉班固《汉书·艺文志》开始，历代史志目录在"术数类"或"五行类"均有著录。从这些占梦书著录当中，可以大体窥见古代占梦书流传的历史线索。现观其大概《汉书·艺文志》著录汉代流行的《黄帝长柳占梦》十一卷和《甘德长柳占梦》二十卷共二部；《隋书·经籍志》著录魏晋至隋代的《占梦书》三卷(京房撰)、《占梦书》一卷(崔元撰)、《竭伽仙人占梦书》一卷、《占梦书》一卷(周宣等撰)、《梦书》十卷、《解梦书》二卷、《新撰占梦书》十七卷(并目录)、《杂占梦书》一卷共有八部；新旧《唐书》和《宋史》经籍艺文书目著录唐宋以来新出和流行的《梦书》四卷(卢重玄撰)、《梦隽》一卷(柳灿撰)、《周公解梦书》三卷、《占梦书》十卷(王升缩撰)、《校定梦书》四卷(陈襄校定)、《神释应梦录》三卷(僧绍端撰)、《应梦录》一卷(詹省远撰)共七部；明代焦竑《国史经籍志》、《明史·艺文志》和清代《四库总目》著录明代新出现、清初仍流行的《梦占逸旨》八卷(陈士元撰)、《古今应验异梦全书》四卷(张斡三撰)、《纪梦要览》三卷(童轩撰)、《梦占类考》十二卷(张凤翼撰)、《梦占元解》三十四卷(陈士元撰、何栋如辑)共五部;清代只有王照圆和洪颐煊曾从唐宋类书中收辑的一些汉唐时期的《梦书》佚文。除了历代史志所著录的梦书而外,在敦煌遗书中还有另外时代、撰者均不清楚的《新集周公解梦书》一卷和《占梦书》共二部。以上刘文英先生共考证历代梦书二十四部,其中真正的占梦之书16部,现存有残卷或完本者共6部。111)

这些占梦书由于占梦者常常专为己有、秘不示人和后来占梦迷信的日趋衰落,现在大多已经亡佚,除最近新发现的一部完整的梦书外,其余的都是一些书名、佚文和残篇。即大都仅有存目而无内容,只有《梦占逸旨》保存得较为完整。而在民间像《周公解梦》一类书最流行。不过,材料虽然残缺,我们仍然能够弄清它们的一般面目,及其流传的一般线索。

中国古代许多占卜都有其书。例如,占龟有各种龟书,著筮有各种著书或易书。占梦书一般简称梦书。112)龟书、易书和梦书作为占卜之书,都必须告诉梦者如何占卜吉凶。但由于各种占卜不同,这些占书也各有特点。其中最重要的一点,就是占龟和著筮都需要占具,而占梦则不用占具或自为占具。这样在内容上,龟书除了说明如何根据兆纹判断吉凶外,还得说明凿龟取兆的方法;易书除了说明如何根据卦形判断吉凶外,还得说明揲策

---

111) 随着占梦的兴盛和迷信,各种典籍及文学创作中大量产生了有关梦及其应验的作品。在《左传》、《尚书》、《国语》等传类作品中有一定数量的记梦作品。在野史笔记小说中也出现不少记述这类梦验的记梦小说。这类作品一般先记述梦境,然后记述对梦的占卜及其应验。记梦小说在古代的笔记小说中很丰富。在宋代《太平广记》中辟出专类记述梦,收入梦类作品就达二百则。这类作品多半是记实性的,有真实的人物,以及梦的前后过程,或是对梦象的占卜及其应验程度。有些作品也许是出于后人的附会或是出于政治需要而虚构的。如选自《太平广记》中的《隋文帝》一则即属这样作品。选自《晏子春秋》中的几则占梦作品明显地带有圆梦的性质。《诗经》则留存着像《小雅·斯干》占梦诗。

112) 参看《汉书·艺文志·数术略·著龟》。

成卦的方法。梦书则不然。虽然占梦也有得梦、致梦的问题，这在上古时代相当重要，但自春秋以后，占者根本不谈梦者如何得梦，而只问其梦象如何。只要梦者有梦，占者就可以，而且应该根据梦象进行占卜。因此，梦书的内容，主要是关于各种梦象的占辞。

根据我们掌握的材料，中国古代梦书编纂的体例，一般在书前安排有简短的梦论或小序，然后才是正文。如《太平御览》卷三九七所引"梦者象也"、"梦者告也"一段，就是一篇简短的梦论，说明梦的神秘的本质。又如，敦煌遗书现存《新集周公解梦书》前有小序，正文都是按照梦象分类进行编排的。梦象的分类，大致以天、地、人为顺序。天类通常包括天、日、月、星、辰、风、雨、雷、电等等；地类通常包括山、川、水、火、五谷六畜、草木禽兽等等。然后每一种梦象，都分别说明其吉凶。所以，历代的各种梦书，不过是把种种梦象的占辞分类编纂而已。

大凡占书都有占辞。其结构大体都由三个部分组成。龟书占辞通称卜辞，考之殷墟甲骨和有关记载，其构成主要是：（一）兆纹图形；（二）释兆之辞；（三）占断之辞。易书占辞通称繇辞或筮辞，考之《周易》古经，其构成主要是：（一）卦爻图形；（二）释卦之辞；（三）占断之辞；（三）占断之辞。同龟书、易书相对应，梦书占辞的构成亦是：（一）梦象之辞；（二）释梦之辞；（三）占断之辞。不过，由于占梦本身的特点，梦书占辞也有自己的某些特点。

所谓梦象之辞，就是记述梦象的词句。占龟的兆纹，既可以图画，也可以记述。占易的卦形，文字记述不大方便，图画出来反倒一目了然。梦象由于非常复杂多变，只能用文字记述。其文字形式一般是"梦见XXX"或"梦得XXX"。早期梦书比较简单，一般只记梦见什么形象，如"梦见印钩"、"梦见珠珥"、"梦见灶"、"梦见香物"等。这种像梦见什么就象征什么的字典式释梦法太简单太笼统，没有实际意义。后期梦书则比较复杂，不但要记梦见什么形象，而且对其状况要有所说明。如梦见"天"是人上天还是天裂天陷，梦见"日"是日升还是日落，其吉凶意义往往很大。

所谓释梦之辞就是解释梦象、说明梦意的词句。梦者同梦象的关系来说，各种梦象都是以梦者为中心。因此，梦书的释梦之辞，既有据梦象以"转释"者，又有据梦象以"直解"者和"反说"者。而释梦之辞则有紧接梦象之辞者，亦有在梦象之辞之前者。

所谓占梦之辞，就是最后判断吉凶的词句。这在整个占辞中是最关键、最重要的一个部分。由于最后的判断上承对梦象的分析解释，凡占断之辞无不都在整个占辞的最后。又由于梦之吉凶，都是就梦象所预兆的人事而言，因此占断之辞因其内容差异形式上也有种种不同的情况。

占梦者认为，梦是有吉凶兆应的，而这些兆应都是有神灵所掌握的。根据这种思想，伴随占梦迷信，又出现了一些祈吉梦、禳噩梦的宗教活动。这种宗教活动在历史的演变中又成了一种宗教习俗，与占梦迷信相辅相成，或构成占梦迷信的一个组成部分。根据《梦占逸旨》记载，早在周代，中国就出现了祈吉梦和禳凶梦的活动，每到"季冬"，正当旧年新年交替之际，占梦官特别祈求神灵来年给周王赐吉梦。祈求的程序结束之后，遂将求得的吉梦献给周王。由于吉梦是神灵所赐，所以周王不得不拜。"赠恶梦"是占梦官为周王送走来年恶梦的一种仪式。这种风俗沿袭到东汉时，名曰"难欧傩"，其内容十分丰富，主要包括禳除各种厉鬼，其中以"伯奇食梦"表示禳除恶梦。在民间，祈吉梦和禳恶梦的宗教习俗，也是代代相传。传说中的神荼和郁垒有禳恶梦的本领，因而在民间受到人们长时间的供奉，每到新年，便画上二神人像，贴在门前以驱邪恶，祈盼新年吉利。

对中国古代的占梦，与迷信态度相反有一股持怀疑态度的无神论者。东汉著名哲学家王充就在他的代表作《论衡》中，不仅对梦因作了解释，而且对古代许多梦事提出诘难，意在否定占梦迷信。清代的文坛巨匠纪晓岚也对梦因从生理、心理等方面做出了较为科学的解释，他认为人脑在某个意念上有所专注，就会可能造就梦。此外，无神论者大都以"偶中"、"偶合"去解释占梦。这种解释虽有它的历史意义，但并不能真正解决问题，人们会进一步探究"偶中"、"偶合"的原因。

从整个中国古代社会来看，占梦的影响主要表现在历代统治者最喜欢用占梦来论证他们的"受命之符"。西汉武帝时期，由于董仲舒所宣扬的天人感应的封建神学，成为一种官方的占统治地位的社会思想，占梦则成为论证上天感人、帝王受命和汉得天下的一个非常重要的工具。两汉所开创的这种社会风气，历经魏晋，特别在南北朝愈演愈烈。如果说两汉以梦论证"符命"还有神奇之处，那么南北各朝则陈陈相因，差不多都是一个模式。

占梦虽说是一种世俗迷信，但在中国古代社会常常同政治纠缠在一起，常常被各派政治家所利用。这也是占梦迷信的一种社会作用。根据一些史书提供的材料，唐代政治家非常喜欢说梦占梦。

在各种宗教迷信中，占梦是一种很特殊的麻醉剂。占梦就是根据梦象揭示神灵鬼魂之意。这样，占梦实际上成了各种鬼神观念的最后避难所。而梦是一种很生动、很具体、很直接的心理体验，没有任何神职人员或占卜者从外面灌输或施加。任何梦者对自己做梦和自己的梦象、梦境从不会有什么怀疑。由于在占梦的过程中，被占的不是外在的龟兆或爻卦，而就是梦者自己的梦象，这样在人神之间就再没有什么中间环节，自己的梦就是自己和神灵的中介。所以，人们对占梦的迷信往往是自发的、发自内心的、不知不觉的。

从整体上看，占梦作为一种迷信，是中国传统文化中具有神秘主义和宗教迷信色彩的一种文化现象，至今仍有不少人十分关注。如何科学地解释梦占这一现象，这是文化研究中的重大课题，要解开这一神秘现象并不是件轻而易举的事情。彻底否定它并不难，难的是对它做出科学的恰如其分的解释。的确，古人的许多占梦是不灵验的，不少对梦的解释也显得牵强附会，毫无道理。它在中国古代社会生活中的作用，无疑是消极的有害的。但是，世界上任何事情都是很夏杂的。由于，几千年来占梦一直同各种各样的梦打交道，为人们正确认识这种特殊的精神现象积累了大量的资料。占梦者在占梦时所进行的心理分析，有时也不自觉地接触到梦的一些秘密，因而也有某些合理的内容。所以，我们要对占梦持一分之为二的观点，对其迷信部分我们必须用科学的方法剖析破除，而对其合理的部分加以継承发扬。

參考文獻

1.《梦的迷信与梦的探索》，刘文英，中国社会科学院 1989。

2.《中国古代的梦书》，刘文英，中华书局 1990。

3.《古代占梦术注评》，卢元勋、王世杰、丁文俊、孙志刚编著，北京师范大学出版社·广西师范大学出版社，1992。

4.《中国梦话》，吴绍九、郑淑慧主编，东北朝鲜民族教育出版社 1994。

5.《论中国古代释梦心理思想》，汪凤炎，《心理学》，中国人民大学报刊夏印资料 1997。

6.《中国古代的释梦心理思想》，燕良轼，《心理学》，中国人民大学报刊夏印资料 1998。

7.《解梦全书》，诸葛君，中国城市出版社 1999。

8.《梦与人生》，夜未眠，光明日报出版社 2000。

韩国释梦概论

从地政学角度来看，韩国地处周边强大国的角逐地，自古战争频乃，动荡不安。现历史学界初步统计，韩国古代就受将近一千次的外来侵略。韩国的好多古代书籍就在这些战火中归于灰尽。有关释梦的资料也所剩无几，只是在像《三国史记》、《三国遗事》等一些典籍里零星地可看到。从《高丽之前有关风俗资料撮要Ⅰ》[113]可看到，在高丽之前的文献里是看不到有关梦的记载。而到现在根据这些典籍及民间流传的释梦法进行展开发挥出现了不少释梦书。

综观有关韩国的释梦研究并没有引起国内外的重视。只是从现实的实用角度出发，韩国国内的一些学者接受国外释梦理论主要就现代韩国人的梦问题各抒己见而已。像论文类《有关巫的降神梦分析》(金光日·金泰坤，韩国文化人类学第二次全国大会 1969. 11.16)、《通过有关梦的分析进行精神治疗问题》(申明淑，庆北大学硕士论文 1983)、《为了精神健康而进行的有关梦的分析》(李修珍，明知大学地方自治研究生院硕士论文 2001)等；著作类《解梦法》(秋成云 编作，优成出版社 2001)、《释梦大百科》(杨东仁，松光出版社 2002)、《5,500我们的梦大辞典》(我们文化企划组，同学社 2002)等就是代表性的研究成果。就笔者所掌握的资料来看，还没有系统地阐述有关韩国古代释梦问题。

鉴于此，本论文以韩国古籍《三国史记》、《三国遗事》[114]为中心，并结合现代的一些典型的释梦书，阐述有关韩国的梦及其释梦问题。

---

113) 朝鲜总督府中枢院 1980，图书刊行会东京。

114) 有关韩国三国时期的历史资料，中国方面有《汉书》、《后汉书》等历史典籍，但这些资料里没有有关梦的内容，所以从略。

《三国史记》由高丽时期的史学家金富轼所著，作为正史主要记述韩国高句丽、新罗、百济三国时期历史事件。《三国遗事》由高丽时期一然所著，作为野史主要弥补《三国史记》所遗漏的部分。《三国史记》、《三国遗事》是韩国最典型的历史典籍之一。现把《三国史记》、《三国遗事》里的有关梦的记载从"出处"、"梦者"、"梦的主题"、"释梦"项角度展示如下。

I.《三国史记》

(1) 出　　处：卷六，新罗本纪 卷六，三十. 文武王 上

　　梦　　者：王后的姐姐(做王后之前)

　　梦的主题：尿

　　释　　梦：买梦，买的人当王后(预示性的)

(2) 出　　处：卷十五，高句丽本纪 三，六. 太祖大王 九十年

　　梦　　者：王

　　梦的主题：豹咬虎尾

　　释　　梦：预示性的

(3) 出　　处：卷十六，高句丽本纪四，十. 山上王 七年

　　梦　　者：王

　　梦的主题：天上告知小后要生男孩

　　释　　梦：胎梦，神的告知(预示性的)，如愿以偿

(4) 出　　处：卷四十一，列传 一，金庾信 上

　　梦　　者：金庾信的父亲徐贤及其夫人万明

　　梦的主题：徐贤梦见火星和土星落在自己身上
　　　　　　　万明梦见穿金色铠甲的童子进屋来

　　释　　梦：胎梦(预示性的)

(5) 出　　处：卷四十六，列传六，强首

　　梦　　者：强首的母亲

　　梦的主题：头上有角的人

释　　梦：胎梦

Ⅱ.《三国遗事》[115]

(1) 出　　处：卷一，纪异一，东扶余[116]

　　梦　　者：大臣阿兰弗

　　梦的主题：天帝的告知，迁王都

　　释　　梦：作为神告接受

(2) 出　　处：卷一，纪异 一，金庾信[117]

　　梦　　者：高句丽王

　　梦的主题：秋男(高句丽的占卜人)扑入金庾信母亲的怀里

　　释　　梦：预示性的(胎梦)

(3) 出　　处：卷一，纪异一，太宗春秋公

　　梦　　者：文明王后的姐姐(做王后之前)

　　梦的主题：在山上撒尿

　　释　　梦：预示性的(与买梦有关)

(4) 出　　处：卷二，纪异二，孝昭王代 竹旨郎

　　梦　　者：述宗公

　　梦的主题：夫妻同梦死者进屋

　　释　　梦：胎梦

---

115)《三国遗事》有关梦的记载远远多于《三国史记》。为了便于理解有关梦的原文记载，在下面提示中以脚注方式引用几个典型的原文记载。

116) 北夫馀王解夫娄之相阿兰弗梦天帝降而谓曰将使吾子孙立国於此汝其避之东海之滨有地名迦叶原土壤膏腴宜立王都阿兰弗劝王移都於彼国号东夫馀……。

117)……乃以谓失言将加斩罪其人誓曰吾死之後愿为大将必灭高丽矣即斩之剖鼠腹视之其命有七於是知前言有中其日夜大王梦楸南入于新罗舒玄公夫人之怀以告於群臣皆曰楸南誓心而死是其果然……。

(5) 出　　处：卷二，纪异一，元圣大王

　　梦　　者：登基之前

　　梦的主题：元圣大王脱掉福头带白笠拿着伽耶琴进入天官寺水井里

　　释　　梦：预示性的

(6) 出　　处：卷二，纪异二，真圣女大王　居陀知

　　梦　　者：良贝

　　梦的主题：老人出面告知怎样才能得到顺风

　　释　　梦：解决问题

(7) 出　　处：卷二，纪异二，驾洛国记[118]

　　梦　　者：父王和王后(成为王后之前)

　　梦的主题：拜见上帝得到教诲

　　释　　梦：神的告知

(8) 出　　处：卷二，纪异二，驾洛国记

　　梦　　者：王

　　梦的主题：得到熊妃

　　释　　梦：生儿子(胎梦)

(9) 出　　处：塔像四，王龙寺九层塔

　　梦　　者：百济工匠

　　梦的主题：看到百济灭亡的情景

　　释　　梦：说明佛法无边

---

118) 在本国时今年五月中父王与皇后顾妾而语曰爷娘一昨梦中同见上天皇帝谓曰
驾洛国元君首露者天所降而卑御大宝乃神乃圣惟其人乎且以新寡邦未定匹偶
卿等渍遣公子而配之言言乞升天形开之后上帝之言其声在耳尔于此而忽辞亲
向彼乎往矣。

(10)　出　　处：生义寺石佛[119]

　　　梦　　者：僧生义

　　　梦的主题：石弥勒告知所埋处

　　　释　　梦：神的告知(预示性)

(11)　出　　处：三所观音众生寺

　　　梦　　者：皇帝

　　　梦的主题：十一面观音象

　　　释　　梦：强调猜中别人的梦的能力

(12)　出　　处：三所观音众生寺

　　　梦　　者：寺庙和尚

　　　梦的主题：大圣出面指示

　　　释　　梦：原原本本地接受神的告知

(13)　出　　处：南白月二圣　努盼夫得　怛怛　朴朴

　　　梦　　者：朴朴师与夫得师

　　　梦的主题：同时梦见在白色光里金色臂膀抚摸两人的额头

　　　释　　梦：敫动神圣的征兆

(14)　出　　处：洛山二大圣　观音正趣　调信

　　　梦　　者：调信

　　　梦的主题：持久的爱情和苦恼

　　　释　　梦：使人大悟觉醒

(15)　出　　处：台山　五万真身

　　　梦　　者：慈藏法师

　　　梦的主题：大圣给四句偈

　　　释　　梦：觉醒的标志(在梦里得到的梵语在现实里得到重新解释)

---

119) 善德王时释生义常往道中寺梦有僧引上南山而行令结草为标至山之南洞谓曰
　　我埋此处请师出安岭上既觉与友人寻所标至其洞掘地有石弥勒出置于三花岭
　　上善德王十三年甲辰岁创寺而居后名生义寺。

(16) 出　　处：卷四，义解五，慈藏定律

　　　梦　　者：母亲

　　　梦的主题：星星掉进怀里

　　　释　　梦：胎梦

(17) 出　　处：元晓不霸

　　　梦　　者：元晓之母

　　　梦的主题：流星流入怀里

　　　释　　梦：胎梦

(18) 出　　处：义湘传敬

　　　梦　　者：智俨和尚

　　　梦的主题：在海东长出大树，其上有凤凰之家

　　　释　　梦：预示性的

(19) 出　　处：明朗神郎

　　　梦　　者：义安大德的母亲

　　　梦的主题：吞绿玉

　　　释　　梦：胎梦

(20) 出　　处：感通七，郁面婢念佛西升

　　　梦　　者：大师怀镜

　　　梦的主题：老人给参鞋和葛鞋各一双

　　　释　　梦：没有论及

(21) 出　　处：孝善 九，真定师 孝善双美120)

　　　梦　　者：真定

　　　梦的主题：死去的母亲告知已还生到天上

　　　释　　梦：死者的告知

(22) 出　　处：大城孝二世父母 神文代

　　　梦　　者：金大城

---

120) ……讲毕 其母现於梦曰 我已生天矣。

梦的主题：被猎的熊化做鬼神要求建庙

　　释　　梦：神告而建庙

(23) 出　　处：纪异卷一，脱解王[121]

　　梦　　者：太宗

　　梦的主题：脱解王告知太宗要厚葬自己

　　释　　梦：要进行国祀

(24) 出　　处：感通卷七，仙桃神母修回佛寺

　　梦　　者：惠明

　　梦的主题：仙桃神母告知惠明藏银处

　　释　　梦：马到成功

(25) 出　　处：卷三塔像，卷四弥勒善花・美施郎・真慈寺

　　梦　　者：一僧

　　梦的主题：梦见弥勒善花

　　释　　梦：如愿以偿

　　可见，《三国史记》有5个梦记载，《三国遗事》有25个梦记载。[122]总观这些梦可知，从"梦者"来看大部分梦是有关王及其王后、王子王孙等王侯将相的(《三国史记》的(1)、(2)、(3)和《三国遗事》的(2)、(3)、(5)、(6)、(7)、(8)、(11)或有关和尚的(《三国遗事》(12)、(13)、(14)、(15)、(16)、(17)、(18)、(19)、(20)、(21)即是。而从"梦的主题"、"释梦"来看，可分为第一，预示型梦：《三国遗事》的(1)、(6)、(7)、(10)、(12)、(15)、(21)、(22)即是；第二，胎梦型梦：《三国史记》的(3)、(4)、(5)和《三国遗事》的(2)、(4)、(8)、(16)、(17)、(19)即是；第三，醒悟型梦：《三国遗

---

121) ……一云 崩後二十七世文虎王代 調露二年庚辰三月十五日辛酉夜 見梦於太宗 有老人貌甚威猛 曰 我是脱解也 拔我骨於疏川丘 塑像安於土含山王从其言 故至今国祀不绝 即东岳神也云。

122)《三国史记》(1)与《三国遗事》(3)是同一个人的梦，只是所记述的内容有点相左而已。

事》(14)第四，因果报应型梦：《三国遗事》(22)、(24)、(25)即是。第五，另类型梦：《三国史记》(2)和《三国遗事》的(5)、(7)即是。

请看下面详解。

第一、预示型梦

梦的内容繁多，但与现实生活最有关系的是预言梦。《三国史记》和《三国遗事》里除出生胎梦告知外，还有有关神圣的告知及教诲的梦。《三国遗事》(1)里东扶余大臣阿兰弗在梦里得到天帝的告知，而王作为神告接受，进行迁都；(7)里驾洛国父王及其女儿在梦里拜见皇天上帝得到教诲把女儿嫁到别国之王；(12)寺庙和尚梦见大圣出面指示并挽留、给予实际的帮助；(15)慈藏法师梦见大圣给四句偈并按此行事；(6)良贝梦见老人出面告知怎样才能得到顺风；(21)：真定梦见死去的母亲告知已还生到天上；(10)僧生义梦见由石弥勒所化生的僧侣告知其所埋处，并创寺；(22)金大城梦见被猎的熊化做鬼神进行教诲，不要杀生并要求建庙。此外，(13)朴朴师与夫得师同时梦见"在白色光里金色臂膀抚摸两人的额头"；(18)智俨和尚梦见"海东长出大树，其上有凤凰之冢"则预示梦者或梦内容的主人公的超凡脱俗。

第二、胎梦型梦

胎梦即有关出生的梦。胎梦是最典型的预示梦之一。在韩国自古以来一般都很迷信胎梦。做了胎梦就以为能身孕，而身孕有了胎梦则要极力追究其预示的意义。所以胎梦及其解释在韩国梦论里占很大的比重。[123]

先看《三国史记》里的胎梦。(3)里王因没有儿子向山川祈祷，于是上天显梦答应让"小后生男"。但山上王持半信半疑的态度时，部下乙巴素劝说"上天"之命没有不应验的，要耐心等待。于是王从之。据《三国史记》"年表"可知，王等待小后五年最终如愿以偿。在这里显示出有关"上天"的梦是真实的应验的。(4)是有关金庚信出生的胎梦。即其父梦见火星和土星入怀，其母梦见穿着金碧辉煌的铠甲的一童子从天上依云下凡入屋。这个梦说明胎

---

123) 有关韩国的胎梦问题笔者将在《中韩释梦种类比较》论文里再论及，所以在此从略。

梦是其父母可同时做。(5)是有关强首的胎梦即在胎梦里看到"头上长角"的孩子。

其次再看《三国遗事》里的胎梦。(2)、(4)显示出佛教的还生说。即(2)高句丽王梦见占卜人秋男被自己杀掉后投到金庾信母亲的怀里还生为新罗金庾信。而(4)夫妇同梦死者竹旨郎还生进屋。即"公赴州理隔一朔梦见居士入房中室家同梦惊怪尤甚";(8)则驾洛国王梦熊妃而得子。(16)胎梦则慈藏定律"母忽梦星坠入怀因有娠及诞与释尊同日名善宗郎";(17)胎梦则元晓之母梦见流星流入怀里。可见(16)、(17)都由女方梦见星星扑入怀里。(19)胎梦则女方梦见吞绿玉。

第三、宣扬佛法无边型梦

这些梦主要出现在《三国遗事》里。因为《三国遗事》的最主要的写作动机之一乃在宣扬佛教。这些梦的梦者多为僧侣、大圣、法师、佛教徒等与佛教有关的人物。所以通过梦宣扬佛法无边再自然不过了。《三国遗事》(9)有关建黄龙寺九层塔的神秘梦事,促使百济工匠继续从事建寺;(10)僧生义梦见石弥勒告知所埋处;(11)十一面观音象猜中别人梦的能力等即是。

第四、醒悟型梦

《三国遗事》(14)里"忽梦金氏娘容豫入门祭然启齿而谓曰见早识上人于半面心乎爱矣未尝忘(中略)信闻之大喜各分二儿将行女曰我向桑木辛君其南矣方分手途而开残灯掩吐夜色将兰……"。这就是韩国新罗时期有名的"调信梦"故事,是《九云梦》等梦字类、梦游类小说的前身。"调信梦"里佛教徒调信刚开始三心二意,鬼迷心巧,贪恋女色。于是他在梦里娶到梦寐以求的邻居姑娘,尽情享受世俗的爱。但穷困僚倒,妻离子散之际,如梦初醒,悔悟人生,皈依佛教。还有(9)百济工匠在新罗建王龙寺九层塔,梦见百济灭亡的情景,无心干活时,看到老僧和壮士出面在金门堂上立柱后飘然离去,于是悔悟前非,尽力尽责。(15)慈藏法师梦见大圣给四句偈也属于此类梦。

第五、因果报应型梦

《三国遗事》(22)里"一日登吐含山捕一熊宿山下村梦熊变为鬼公曰汝何杀我我还口炎汝城怖据请容赦鬼曰能为我创佛寺乎城誓之曰口若既觉汗流被沃自后禁原野为熊创长寿寺于其捕地"。可见，乱杀生熊变鬼进行报复。(24)"梦一女仙风仪约珠翠饰来慰曰我是仙桃山神母也喜汝欲修佛殿愿施金十斤以助之(中略)每春秋二季之十日义会善男善女广为一切含灵设占察法会以为恒规惠乃惊觉金一百六十两"；(25)"恳至祷之情　日益弥笃　一夕梦有僧谓曰汝往熊川水源寺得见弥勒善花也。"

第六、另类型梦

《三国史记》(1)和《三国遗事》(3)里记有文明王后姐姐的梦。而该梦竟是文明王后姐姐在山上撒尿淹没整个首都，其妹文姬买此梦。即"初文姬之姊梦登西岳拾溺弥满京城且与妹说梦文姬闻之谓曰我买此梦"。这就是一般在释梦里认为的旋流梦。124)《三国遗事》(5)"伊飱金周元初为上宰王为角干居二宰　梦　脱幞头著素笠把十二弦琴入於天官寺井中　觉而使人占之　曰　脱幞头者　失职之兆　把琴者　著枷之兆　入井　入狱之兆　王闻之甚患杜门不出　于时阿飱馀三来通谒　王辞以疾不出　再通曰　愿得一见　王诺之　阿飱曰　公所忌何事　王具说占梦之由　阿飱兴拜曰　此乃吉祥之梦　公若登大位而不遗我　则为公解之王乃辟禁左右而请解之　曰　脱幞头者　人无居上也　著素笠者　冕旒之兆也　把十二弦琴者十二孙传世之兆也　入天官井　入宫禁之端也……"。对元圣大王的此梦向来众所纷纭，莫衷一是。有的说是进宫做大王；有的说是要蹲监狱。可谓婆说婆有理，公说公有理。此外，《三国史记》的(2)高句丽太祖大王"豹咬虎尾"之梦至今还没有令人心服口服的释梦。

综观《三国史记》和《三国遗事》里的梦可知，古代韩国人虽然不像一些原始民族或古代埃及、希腊人那样积极主动地准备做梦，但祈祷之后做的梦里可看到其梦的人为性、有为性。他们认为梦具有神秘的魔力不能忽视，好好利用梦可利于人生。由此他们对梦现象很重视，有的达到迷信程度，

---

124) 学术界对液体溢满某处的梦这么称谓。

有梦必占，高句丽太祖大王做梦就必求占卜师。他们对梦的预示性特别感兴趣，这从预示梦占最大比重里也可看出来。他们认为按梦里出现的"神人"、"超人"之命行事会万事如意。像高句丽山上王梦见"天上告知小后要生男孩"，而当他梦醒感到自己还没有"小后"时，急着要找"小后"典型地说明了这一点。他们把梦看做与鬼、神、死灵相交，抹消此世与彼世界限的唯一的通路。这也说明古老的梦魂观念。而梦是"日有所思，夜有所梦"的。所以他们认为要做好梦平时心态及其所作所为是相当重要的。由此像高句丽右辅高福章解太祖大王"豹咬虎尾"之梦时说"不做善事吉梦也变成凶梦，做善事凶梦也变成吉梦"那样，把释梦看做一种善恶道德判断的行为。还认为释梦因人而异，莫衷一是，有的把凶梦解成吉梦；有的把吉梦解成凶梦，把元圣大王的梦解成正好相反的内容就说明了这一点。所以他们比做梦更重视释梦。还有在买卖梦的行为里可知，做或持个美梦可谓梦想成真。有的梦其神秘的堂奥不可解。[125]

　　当然，《三国史记》和《三国遗事》的梦中不能排除那些诈伪性的梦例。众所周知，《三国史记》作为正史主要记述王室的历史，而《三国遗事》著者作为高僧主要记述与佛事有关事宜。所以《三国史记》和《三国遗事》里为了神化王公贵族好多胎梦显现出他们的诞生非同一般，或"天人感应"、"君权神授"啦，或异类相助啦，不一而足。而那些与说明佛僧的异迹或塔、寺院等缘起有关的梦里不无神化佛教的。《三国遗事》里把梦里的好多神秘事都当作佛显灵的现实之事。

　　但包括这些诈伪梦，《三国史记》和《三国遗事》里的梦及其释梦无论如何也离不开韩国传统的民族文化心理及其价值观。因为这些传统的民族文化心理及其价值观已形成其内在最深层的集体无意识。这些梦里的意象[126]及其梦境，还有对这些加以解释的立足点及其逻辑展开都离不开这些集体无

125) 在这里当然包括大梦、吉梦要说出的话，招来不幸，应不要解，要缄口才能成为大梦、吉梦的意思。在韩国民间释梦里有这些说头，但在《三国史记》和《三国遗事》里没有看到这一点。
126) 形成梦境的最简单的一个形象。

意识。那么，下面就从《三国史记》和《三国遗事》里的主要梦及其释梦看一看形成韩国民族集体无意识的文化心理及其价值观。

如上所述，《三国史记》和《三国遗事》里最主要的梦的意象之一就是"天"。当然，这些"天"以"天帝"、"上帝"、"星星"、"流星"、"火星"、"土星"等来代表。而这些意象多出自有关王、伟人等的胎梦里。在韩国人梦里一般出现这些"天"的意象就是吉梦。其实，这与韩国人自古以来对"天"的崇拜有关。韩国的好多神话传说里其祖先或首领都与"天"有关系。韩国的第一篇神话《檀君》里韩国民族的祖先檀君的父系就是天上的神仙－桓因及其子桓雄。桓雄从天下凡乃生檀君。高句丽、新罗、驾洛国等后継国家的始祖神话传说也与天结下不解之缘。高句丽的始祖神话《朱蒙》中其始祖朱蒙的祖先海慕漱乃是天帝之子自天而降，神奇无比，孕娠柳花，柳花生出蛋，高句丽始祖诞生。新罗的始祖神话《朴赫居世》中，传说新罗原有六村，其祖先都是来自天上。而六个村的祖先率子弟们寻求有资格为王的人。他们发现南边有奇气如同闪电，一匹白马下跪作叩头状。跟踪找去，马大叫一声飞上天去，地上发现一个青紫色的蛋。把蛋打破以后，一个俊美的童子从中而出。沐浴之后，童子全身光彩照人，鸟兽为之起舞，日月分外明亮，起名为赫居世。而赫居世之名韩国语之意就是红的太阳。可见，新罗不仅其祖先来自天上，而且其王也是上天指定的。驾洛国的始祖神话也不例外。传说当时有九个"干"－即氏族公社的族长。一天，忽然从龟旨峰中发出了一种声音，这声音告诉他们天帝指派人来当九个"干"的王，要他们唱着《迎神歌》去迎接。于是，人们便唱起来。这时一条紫色的绳子从天上悠悠降下，下系一个红布包裹的金盒。金盒中有六个金色的蛋。不久，每个蛋中都钻出了一个男孩。六个孩子在十年之后都成长为魁伟的青年。六个青年中，首先由蛋内钻出来的被称之为"首露"，成为了驾洛国的王，是为首露王。在这里也是天帝指派王来。而这些神话传说里共有的蛋意象[127]究其实也就是太阳的象征。可见，韩国人崇太阳的。据学者

---

127) 学者们把从蛋里诞生出始祖的神话叫作卵型神话。

们研究韩国人喜欢穿白衣服的主要缘由也是从这里来的。从《檀君》神话的天上桓因及其子桓雄的神系；《朱蒙》神话里海慕漱坐龙车早晚来回天地之间；还有韩国人平时感到冤枉时，不知不觉中说出的"苍天呀！你做主……"、"苍天在上……"等等里可知，韩国人把天看做是另一个更高档次的世界，并把持地上的正义公道。于是，对于韩国人来说包括日月星辰，天乃是至高无上的存在，令人敬仰。所以，在韩国人的梦及其释梦里出现日月星辰等天的意象，并断定其为吉梦是再自然不过了。从这个角度来看，像《三国遗事》(19)吞绿玉等梦象[128]里绿玉意象也可看做变相的太阳意象，由此顺利成章地可解成这是一个吉祥的胎梦。

在韩国不仅日月星辰等天的意象常出现在梦象里，而且像"熊、虎、豹、龙、鹤、白马、龟"等地的意象也常出现在梦象里。就《三国遗事》(8)驾洛国王梦见熊妃生儿子的胎梦来说吧。熊是韩国最古老的图腾，[129]是神话原型意象之一。韩国最原古神话《檀君神话》里"熊虎争为人"，在阴湿的洞穴里苦熬，最终熊熬出来变为美丽的女人。而这熊女苦苦要求与神桓雄结合生出韩国人的始祖–檀君。从这里可知，熊是顶能生孩子的典型的母性意象。所以韩国人在胎梦里见到熊一般认为这是生宝胎的吉兆。由此可见，驾洛国王梦也就理所当然的了。

人类最普遍的古老观念之一就是魂游观念。古人认为人乃魂魄结合体。可睡时，魂游形成梦。这是最古老的有关梦因的解释。韩国也不例外。《三国遗事》(14)的"调信梦"典型地反映了此类梦。韩国的梦字类、梦游类小说也基于这种梦。在这个魂梦观念里，还有人死了魂魄相分离，而死去的别人的魂归来显梦的观点。《三国遗事》(4)"夫妻同梦死者进屋"；(21)在真定的梦里"死去的母亲告知已还生到天上"即是。这种活人与死人的魂在梦里相交是形成来世、还生等宗教观念，并形成传统的祖先崇拜观念，进行祖先祭祀活动的原由之一。《三国遗事》(23)里脱解王魂在梦里告知太宗要厚葬

128）梦的意象之间发生一定的关系形成的梦的情节单元乃至景象。
129）像斡伦克族等好多东北亚原始种族都把熊当作自己的原始图腾。

自己，并把该梦解释成要进行国祀典型地反映了传统的魂梦观念。而在(22)里被杀的熊的鬼魂在梦里找麻烦，并把该梦解释成要给它建寺乃是这种魂梦观念与佛教相结合的扩张形式。而《三国遗事》(2)里被高句丽王杀的秋男扑入新罗金庚信母亲的怀里的梦则典型地反映了佛教的还生观念。在韩国祭祀祖先活动根深蒂固。在现代韩国仲伙节不用说，一般在春节、清明节、死人忌日里都进行祭祀。他们在集体无意识里感到进行这些祭祀时死魂之归来，所以必须毕恭毕敬，以诚相待。在韩国不仅在家族范围内进行祭祀活动，而且定期地进行叫作洞祭的在一个村子范围内的祭祀活动。他们认为如果不进行这种洞祭，村子的保护神通过梦等途径预示给村里人的。

在《三国史记》和《三国遗事》里都出现有关"撒尿"梦象。即在"另类型梦"里提到的《三国史记》(1)和《三国遗事》(3)的旋流梦。在韩国民俗里，尿属阴，具有母性的生成力。所以认为把尿涂到患处会有疗效。而在尿中孩子，特别是未婚处女的尿更具神秘的效力。在《三国史记》(1)和《三国遗事》(3)的旋流梦里未婚处女梦见自己在上山撒尿，并淹没整个首府，可谓其生成力函盖王权，具有无比的力量。于是《三国史记》(1)和《三国遗事》(3)里文明王后(当王后之前)买其姐姐的旋流梦，最终当王后也是顺理成章的事了。

在《三国史记》和《三国遗事》的梦里出现有关老人的意象。例如，像《三国遗事》(6)里老人出面告知怎样才能得到顺风；(21)里老人给参鞋和葛鞋各一双。在这里可知，老人是解决问题、指点迷津的能者。至于对这个问题，当我们对韩国传统文化有个认识时不难理解了。韩国早在372年高句丽时就接受中国的儒教，形成其最深层的文化血脉。而儒教文化是一种老人文化。不仅道德上像孟子所主张的"老吾老"，而且在知识经验上看重老人的价值。儒教价值观是向后看，向老人看齐，是老人引领社会的。从这个意义上说，儒教政治是老人政治也蛮可以。基于此，理解(6)和(21)里的老人梦意象也就有个眉目了。[130]

---

130) 这给我们提示一个从共同的儒教文化圈，进行有关中韩梦及其释梦比较研究

此外，像《三国史记》(5)里强首母亲在胎梦里梦见"头上有角的人"则伟人出生时强调异样异味的韩国神话原型意象的翻版。

《三国史记》和《三国遗事》里的许多梦意象及其梦象在后来的韩国有关梦的记载里能看到它的一脉相承性。就文学作品里有关那些伟人异人的胎梦来看就无一例外地与天的意象相挂钩。在英雄小说里有关主人公诞生的胎梦里预示主人公从彼界－天的身分降生到人世来。17世纪许筠(1569-1618)的英雄小说《洪吉童传》里洪丞相做胎梦，就梦见青龙从天沿瀑布下来进入他的嘴。而艳情说唱脚本小说《春香传》里春香的胎梦为"一仙女手持桂花一枝曰我乃被贬天上女，如今投胎到贵舍"；131)而李梦龙的胎梦为"一青龙沉入碧桃池"也如出一澈。

最后，看一看现代韩国有关释梦问题。

据《释梦法》、《释梦大百科》等有关释梦书可知，把梦分成四类。即心梦："日有所思，夜有所梦"型。这种梦具有反夏性特点。虚梦：身心憔悴时所做的令人悔气的梦。阴郁型的梦多。杂梦：有关欲望的梦，对释梦没多大意义。灵梦：富于神话原型象征意味，而一般人很难做到的梦。此外还有"正梦"。但《释梦法》与《释梦大百科》对此解释得有点不一样。据《释梦法》正梦是指与实际生活里发生的事相符合的梦。132)而在《释梦大百科》里所谓正梦是富于灵感的梦，具有突发性特点。而这些梦中心梦对释梦来说最重要。据《释梦法》释梦的很重要的一点就是看做梦醒来后梦的印象如何、气氛如何。即印象好、气氛好那是吉梦，反之，是凶梦。但因有所谓易梦解法也不能千篇一律地这么看。

[完]

的可能。

131)《沈清传》等许多古典名著里女主人公的诞生就沿这种模式。

132) 在《释梦法》里正梦是与易梦相比较提出的。所谓易梦是指梦象与实际生活相佐之梦。《春香传》中春香在狱中梦到"镜子被打碎，樱桃花掉落，门上吊着偶人"，而瞎子对这个梦的解释正好基于易梦从相反相成角度出发的。

參考文獻

1. 金富轼：《三国史记》上、下，金钟权 译，汉城大洋书籍 1972。

2. 一　然：《三国遗事》。李丙焘 译，汉城大洋书籍 1972。

3. 李符永：《在韩国人被分析者的梦里所显现的矛盾的样式及其解释》，1975
   《神经精神医学》14。

4. 李符永：《在韩国人的梦里显现的原型形象(1)》，韩国《精神医学报》第八期
   第一号。

5. 李御灵主编：《韩国文化象征辞典》上、下，韩国东亚出版社 1992。

6. 秋成云编纂：《释梦法》，优成出版社 2001。

7. 杨东仁：《释梦大百科》，松光出版社 2002。

中韩胎梦类释梦比较研究

　　梦的内容无奇不有。可谓眼花潦乱，不可捉摸。但在梦是由人做，且离不开人的事项的基本前提下，也可做分类的。像"行为类"、"人际交往类"、"人物类"、"植物类"、"动物类"、"物品类"、"自然类"、"身体类"梦即是。[1]生、老、病、死，某种意义上来说是人的宿命，佛教乃持此种观点。人生的许多哲理都从这里来。我们"日有所思"的这些人生的宿命问题，也就成为"夜有所梦"的梦的内容。所以人类的梦逃不出这种宿命，生、老、病、死乃成为梦的基本内容之一。中国和韩国的许多梦例也莫能除外。这是进行中韩释梦比较研究的可比性前提条件。但中国和韩国毕竟是不同国度、不同民族，所以其基本思考方式及其价值观方面也显示出不同的特点。由此，即使对同一个梦境、梦相、梦的意象的解释，不仅有别，有时显示出天壤之别。这是展开中韩释梦比较研究的分析性前提条件。

　　鉴于此，围绕有关生、老、病、死之梦进行中国和韩国释梦比较研究是一个好视角。但学术界还无人问津。本论文作为此种研究的始作俑者，抛砖引玉，以启后来者。所以，本论文就围绕"生"的问题所做的梦即胎梦[1]，进行中韩释梦比较分析，探索出一种研究模式。

　　在研究资料方面，主要靠中韩传统的释梦资料。因为这些资料可显示出富于中韩民族特色的传统特点。在研究步骤、方法上，首先从中韩各自的传统释梦资料里归纳出有关胎梦的释梦资料；然后从梦相、梦的意象角度进行中韩释梦对比归类。而对这些归类进行具体比较分析过程中测重点放在其异同点上，并从民俗、宗教、历史、文化等多种视角加以解释。

(1)

现把中国和韩国有关传统的胎梦资料归类如下。

中国资料来源：《古代占梦术注评》、《周公解梦》[1]

韩国资料来源：《释梦释福》、《释梦法》、《解梦大百科》、《5，500我们的梦大辞典》[1]

中　国	韩　国
1. 与天有关的 ○梦见上天者，生贵子 ○梦见上天者，大吉、生贵子 ○天明妇人生贵子 ○女子梦见吞下日、月：将有贵子 ○吞日月当生贵子 ○日月昏暗孕妇吉[1] ○日月合会妻有子 ○君见后妃行、[梦见]长月，夫人庆之。 ○星入怀主生贵子	1. 与天有关的 ○梦见天清，生儿子。 ○梦见用裙接日，将要生在事业或学问、宗教方面大成的人物。 ○梦见接落日，将要生掌握最高权力或名声大振的人物。 ○梦见吞日，将要生取得政治权势或名誉或干大事的孩子。 ○梦见日落到围裙上，将要生有出息的儿子。 ○梦见用手触或摘日，将要生有地位、权势、财物的儿子。 ○梦见两个日帖在一起日，将要生双胞胎或同时成就两个事业的孩子。 ○梦见日和月入腹怀孕，将要生伟大的领导者或艺体能名人。 ○梦见日，生儿子，梦见月，生女儿。 ○女人梦见把月光装在裙子里，生女孩。 ○梦见月亮入腹中，将要生玉童子。 ○梦见星星入口中，将要生玉童子。 ○梦见星星入怀中，将要生探索学问和和真理或从事宗教事业的人物。

中　国	韩　国
	○梦见用手摘星入怀，将要生名声大振的儿子。 ○梦见星掉入怀中，将要生探求学问、真理的贵子。 ○梦见用裙接或吞落下来的星，将要生在事业上有成创作方面大成的人物。 ○梦见光渗入寝室，将要生玉童子。
2. 与神仙有关的 ○与神子遇得贵子 ○看神佛者妻有子 ○入寺院中生男子	2. 与神仙有关的 ○梦见仙女送子，将要生负责重要之事务的人才。 ○梦见山神领童子出现，将要生以学问名声大振的孩子。 ○梦见山神递给文书，将要生使学问更上一层楼的孩子。 ○梦见从白发老人那里获得某种东西，将要生政治方面大有作为的孩子。 ○梦见神送子，将要生以学问名声大振的孩子。 ○梦见神佛进入腹中怀孕，将要生圣人或宗教人物。 ○梦见得观音菩萨像，将要生出色的孩子。 ○梦见和尚念佛，并要施舍，将要生搞学问或创作而出名的儿子。 ○梦见住在寺院怀孕，将要生从事宗教的人才或得到神的保护的孩子。 ○梦见得金佛像，将要生出色的宗教家或探索真理的人才。 ○梦见入法会念经，将要生精神方面的领神或为国家做贡献的儿子。 ○梦见僧拜佛，将要生致力于学问的孩子。 ○梦见童子僧坐在鹤身上从天下凡，将要生身份高贵，以学问名声大振，成为光荣的领导者的孩子。

中　国	韩　国
3. 与动物有关的 ○梦见龙，必富贵；一云生贵子。 ○梦见食龙肉，生贵子。 ○梦见龙子，贵子大吉。 ○妇人见龙生贵子	3. 与动物有关的 ○梦见龙乘云直上大叫，将要生伟大的领导者，在各部门启蒙人们的人物。 ○梦见青龙含如意珠入腹，将要生事业有成的大人物。 ○梦见黑龙和红龙相交直上天，将要生文武兼备的人物。 ○梦见在溪里有龙，将要生身份高贵，立身扬名的领导人物。 ○梦见孕妇生龙，将要生在各部门都能出息的孩子。 ○女人梦见赤龙和黑龙相交在一起飞上天，生女孩。
○蛇绕身者生贵子 ○梦见蛇在怀中，有男女 ○梦见蛇入怀，有贵[子] ○蛇入怀中生贵子 ○梦见蛇齿人妻，必[有]子	○女人梦见大蛇缠绕自己的腿或往身上怕爬，生儿子。 ○梦见红蛇入裙中，生强忍而热情的贵子。 ○梦见与蛇性交，将要生享受权利和名誉，并有智慧的贵子。 ○梦见蛇，生女儿。 ○梦见怀孕而被蛇咬，将要生出为社会和国家献身的孩子。 ○梦见在井边龙和蛇相交而飞上天，将要生在政治上或社会上得到别人的帮助而掌权的儿子。 ○梦见蛇啃人，并把它踩死，将要流产。 ○梦见摆满蛇，微笑时，将要生出色的领导者、政治人物、事业家。 ○女人梦见在路边许多蛇缠绕在一起不敢过去，生女孩。 ○女人梦见蛇群中有一条白蛇跟自己来，生女孩。 ○女人梦见各色美丽的蛇跟自己来，生女孩。

中　国	韩　国
○梦见鱼贯在井，得贵子、得财 ○鲤鱼妻有孕大吉 ○蛤蜊主老来生子	○女人梦见在房间或地下室或客厅里观看游鱼，将要生过丰衣足食的生活，搞创作或成为领导者的孩子。 ○梦见买或抓二条鱼，将要生二个兄弟。 ○女人梦见生鱼或蛇，生儿子。 ○梦见鲤鱼在房间里玩，将要生成富翁的贵子。 ○梦见鲤鱼从水中拨雾出现，将要生有名的作家或在司法界里成名的儿子。 ○女人梦见在江或溪边抓到一条大鲤鱼装在裙角或盘子拿过来，生儿子。 ○女人梦见抓到一条鲫鱼抱着回来，生儿子。 ○女人梦见两手抱着硕大的鲫鱼，将要生成为作家或名利双全的儿子。
○鹤入怀中生贵子	○梦见鹤飞入怀，将要生出对精神文化的发达做贡献学者或宗教从事者的女儿。 ○梦见鹤飞落到肩上或入怀，将要生出漂亮的女子或学者或宗教从事者。 ○梦见鹤在树丛中玩耍，要生出成为学者或宗○教从事者或企业家，悉心培养后代的孩子。 ○梦见鹤飞落草地，将要生出贵公子。 ○梦见童子骑鹤飞下，将要生出典范学者或当最大官的人物。 ○女人梦见童子坐上鹤下来，生儿子。 ○梦见童子坐在鹤上下来，将要生身份高贵，有名的学者、光荣的领导者。
○燕飞入怀妻贵子	○女人梦见一只燕子飞落到自家院子里，生儿子。 ○女人梦见一只燕子飞落到怀里，生才华横溢，很聪明的孩子。 ○梦见训服一只燕子，生才华横溢，并美貌的孩子。

中　国	韩　国
○梦见食马肉，妻有娠	○梦见跑马或骑马跑，将要生成为政治人物或企业干部的儿子。 ○梦见马在草萍里吃草，将要生丰衣足实，探索真理，成为诚实的教育家，为社会做贡献的儿子。 ○梦见喂饿马，将要生伟人。 ○梦见得马，将要生宽宏大量或成富翁的孩子。 ○梦见引马或牛上山，将有孕。 ○梦见从别人那里得马，将要生人品高尚或度量大，成为富翁的孩子。
○梦见食鸟肉者，有了孕。	○梦见很多鸟飞去或落在某处，将要生成为领导者的孩子。 ○女人梦见麻雀飞进屋来，生儿子。
○梦见鸽衔栗，必生贵子。	○女人梦见鸽子飞，将要生传播自由、和平、爱的福音的女儿。 ○梦见鸽子飞来，将要生以自由、和平、爱的精神从事的女儿。
○熊罴主身生贵子	○梦见熊生贵子[1]
○梦见蜘蛛，忧怀妊妇人也。 ○女人梦见围猎，会生一个身强力壮的儿子	
4. 与植物有关的 ○食枣者主生贵子	4. 与植物有关的 ○梦见吃枣，生儿子。 ○梦见摘枣吃，会生头脑清醒的出色的孩子。 ○梦见枣树里结满枣，会生健康而头脑好的孩子。

中　国	韩　国
○门中主果树有子 ○梦见门中生树，生贵子 ○林中树茂生贵子 ○食桑椹主生贵子	○梦见在果园摘水果，生出将要从事农业的儿子。 ○梦见花或水果，生女儿。 ○梦见孕妇生水果，生贵子。 ○女人梦见在山角往筐里摘多种水果，生女孩或孩子将来经营企业得到人们的尊敬。 ○女人梦见一下子摘一撮水果拿过来或装在筐里，生女孩。 ○女人梦见握到小粒水果或含到嘴里嚼(例如，樱桃、草梅、野葡萄)，生女孩。 ○梦见摘水果，生儿子。 ○梦见摘有摘把的苹果或莉，生儿子。 ○梦见拾甘枯，将生漂亮可爱的女儿。
○食茄者主妻有子	○梦见辣椒，生儿子。 ○女人梦见手里拿着一个红辣椒在口里来回抽动，生儿子。 ○梦见在辣椒地里看辣椒或熟透的红辣椒，生儿子。 ○梦见往筐里摘辣椒或红辣椒，拿过来，将来要生经营或搞创作成为富翁的人。 ○梦见熟辣椒，生儿子，梦见生辣椒，生女儿。 ○梦见一两个生辣椒，生儿子，梦见很多生辣椒或辣椒，生女儿。
	○女人梦见拿到一大堆栗子，生女孩。 ○梦见搬运很多的栗子，要生成就富贵功名的孩子。 ○梦见栗子堆满仓库，生漂亮可爱的女孩。

中 国	韩 国
○兰生庭前主添孙 ○折笋至家女有子，见笋者生子添孙	○梦见兰草或竹笋，好容易生子。 ○梦见屋里开满兰花，将要生做高官的孩子。
另外： ○金银杯皿有贵孕 ○得金玉环生贵子 ○梦得珠，得子也。	另外： ○梦见黄金块进入腹中而怀孕，将要生多彩多艺的孩子。 ○女人梦见用金银做成的腊台，生儿子。
○金钗耀光生贵子 ○得胭脂粉主生女 ○妇人梦粉饰，为怀妊。 ○手弄小石生贵子	○女人梦见拾金，生儿子。 ○梦见得金环，将要生女名流。 ○梦见金钗，将要生出人头地，成为栋梁之材的人。 ○梦见得匙和快子，将要生成为企业家或过丰衣足食生活的孩子。 ○梦见得银匙和快子，将要生人格高尚，有出息的儿子。
○新授官爵产贵子 ○梦见得官者，生贵子。 ○持印主妻生贵子 ○印授改迁生贵子 ○含吞印钩，妇怀孕也。 ○梦见印钩，人得子；而怀之，妻有子。	○梦见得印章，生儿子。 ○梦见接受印有职印或官印的文件，将要生完成使命或做高官或成有名人士的女孩。[1]
○妻着夫衣生贵子 ○妻着棉衣生贵子 ○梦见[着]绿衣者，妻有娠。 ○若梦得履袜者，必有子息也。履者为男，袜者为女也。 ○女著冠带主生子	○梦见妻穿男儿服，生儿子。 ○梦见妻穿绸衣，生儿子。 ○梦见妻子穿丈夫的上衣，将要生健壮的儿子。 ○梦见妻子披挂丈夫的衣服，将要生儿子。 ○梦见得鞋子，将要生功名成就的孩
○观人读书生贵子 ○携手上桥妻有孕	○梦见自己认真学习，将要生从事自然科学的孩子。 ○梦见婴儿把玩着书或说话，将来孩子从事讲学或搞研究成为名人。 ○梦见得到书或持有很多书，将要生成为学者的女孩。

中　国	韩　国
○得他人镜有贵子	○梦见得镜，生出孝子。
○抱物上山孕贵子	○梦见抱物上山，好容易生儿子，将来失大成小。 ○梦见牵牛或马上山，将要生子。
○梦见先祖入市，生贵子。 ○梦见杂薰者，有孕。	
○梦见妻带刀，生子则速。 ○女人拔刀主有子	
○梦见妇溺水中，生贵子。 ○梦见妇人水溺，忧子女、生贵子。	
○问吊他人主生子	
○门户更新生贵子	
○女人梦见丈夫唱歌，不久会怀孕，能生一个男孩	
○梦见妻有娠，大凶。 ○妻有孕主外私情	

综观这些资料，中国方面除"梦见妻有娠，大凶。"；"妻有孕主外私情"两个梦相外都属吉梦。而韩国方面不仅有吉梦，而且有恶梦。所以为了比较的方便以中国方面的吉梦为标准尽量选与中国方面的吉梦相对应的韩国方面的吉梦。而具体比较论述的过程中灵活地加以利用韩国方面的有关恶梦。

(3)

古今中外一般人认为梦最主要的功能就是预示功能。其中"胎梦"是最典型的显现之一。在现实里无论谁都会受过自己所做的梦的影响。特别是做父母的或怀孕时所做的或所要做的"胎梦"尤甚。当然，中国和韩国对胎梦也向来重视。[1]先看"与天有关的"。在中国和韩国传统意识上对"天"及其日、月、星等具体意象绝不等闲视之，而是向来感到神圣、崇高，加以顶礼膜拜。中国的"天人感应"；韩国的"苍天在上"正好说明了这一点。而日、月、星作为天的具体表象，成为宇宙的基本秩序，在人们的心理获得与天同样的意味。中国人对"清天白日"意象；韩国人崇白意识也基于此。中国和韩国"与天有关的"胎梦最深层根源上也就基于这种传统信仰。所以这些胎梦一般都具有神圣的性质，成为诞生伟人的前兆。而这些胎梦的具体意象也不乏"与天相(性)交"的意味。像"吞日月"啦；"接受日月星辰"啦；"有光照进来"啦；"日日相交"或"日月相交"啦等等就象征性地显示这种意味。中国三国时期有关孙坚诞生的胎梦里就有"孙坚夫人梦日月入怀"之胎梦。在中国古代历史上，两宋皇帝梦天、梦日的梦兆、梦征、神话最多。宋太祖赵匡胤是开国皇帝，但不闻早先有什么梦兆。太宗以下则层出不穷。当然，历代帝王的这些所谓"梦兆"、"梦征"不能说百分之百都是虚构，但可以肯定大部分都是出于有意神圣化的杜撰。韩国古代新罗有关明将金庾信的胎梦也有什么"荧惑镇"的星入怀之"梦兆"、"梦征"说，与之同归。

其次，看"与神仙有关的"。在原古生孩子乃是一种不可解的迷。于是，不论东西南北都有一种"神祇送子"的神圣观念。中国和韩国也莫能除外。这一古老观念作为我们人类的集体无意识，通过梦之类无意识窗口显现出来。"神祇送子"观念就是基于这种集体无意识基础上。中国和韩国有关神祇出现的胎梦就是其典型的表现之一。各民族的始祖神话乃至建国神话里神的要素正好说明了这一点。当然，因各民族所信仰的神祇的表象不同其表现形态也就不同。在中国和韩国传统信仰上有关佛教神祇是最基本的神祇之一。所以在胎梦里"神佛送子"也就成了基本意象之一。而在韩国山神作为土生土长的传统信仰根深蒂固。山神，白发老人，往往领童子同行。由此可见，在韩国胎梦里有关"山神送子"意象很富于民族特色。在胎梦里"神祇送子"是神圣的。由此，其子理所当然地不仅是"贵子"，还是大所作为的。在韩国胎梦里，与这些神祇沾边出生的孩子，将主要从事精神方面的事务，特别是在学问上有成。这与那些"神祇"在传统社会上成为精神导师不无关系。

第三，看"与动物有关的"。龙，是人们想象之物。与西方相反，在中国和韩国龙腾云驾雾，神通广大，百兽之最。中国和韩国的龙宫也是一个最令人想往的地方。[1] 在中国古代龙颜龙袍最尊贵，而如今龙已上升为民族图腾，龙种龙的传人成为民族共识。在韩国民俗信仰里龙是有出息的男子汉或天的象征。中国和韩国的有关龙梦就基于这种民族象征意味。韩国民俗里就有龙梦乃预兆王或王子等贵人出生或将来其人榜上有名，光宗耀祖等说法。[1] 所以在韩国就有许多有关王诞生时梦龙的胎梦。[1] 通过韩国古典小说看到的韩国人最崇拜的两个人物即文的象征李梦龙和武的象征洪吉童[1] 都是其母或父的梦龙出生。李梦龙其名本身就显示这一点自不必说，洪吉童也是其父做"青龙从天沿瀑布下来进入他的嘴。"的"梦兆"、"梦征"后生的。所以在韩国就有许多有关王诞生时梦龙的胎梦。而在韩国竟有"梦见孕妇生龙，将要生在各部门都能出息的孩子。"的释梦。龙一般是在飞升，显出自由舒展，富于生命力。所以，像"梦见龙在地上，将要生出虽然是大人物，但不能出息的孩子。"；"梦见龙倒在地，胎儿将要夭折或成为败类或不良分子。"；"梦见龙死，相关的亲人会流产，即使生出来也是个碍货。"；"梦见龙在屋里团团转，将要生有非凡能力的孩子，但在中途失败。"等胎梦里龙不能飞升、死等显出不正常的现象时，也就成为不好的胎梦"梦兆"、"梦征"。

蛇，喜阴湿的地方，生命力悠长，是最原古的动物之一。[1] 在中国与韩国，蛇与人很早就打交道，结了不解之缘。蛇，在中国和韩国形成二重性，即价值上具有神圣性和卑贱性特点；性别上具有男性与女性特点。在中国和韩国蛇乃龙种，蛇到一定的年限可升腾为龙。在韩国到了年限而没能升腾为龙的这种蛇有特别的叫法即"尹宙纪"。在韩国又有蛇食100人又变成美女或人的说法。这些在中国和韩国许多民间故事里都有反映。众所周知，龙乃中华民族的图腾。而蛇是形成龙的主干即身体部分的要素。[1] 据说，中国的补天英雄女娲的形象其身就是蛇身形象。至于蛇象征男性或女性性别，则基于从类感咒术上蛇形像个男性阴茎和从阴阳五行思想上蛇属阴。此外，蛇作为令人生厌的冷血动物，人们唯恐触之。在中国也有蛇可变成女人，特别是美女的意识。所谓美女蛇之谓就是基于这种意识。而这美女蛇称谓具有贬义。在韩国，与中国的美女蛇称谓相对应的有花蛇称谓。也是贬义的。中国和韩国有关蛇的梦就是基于各自对蛇的传统观念。综观，上述中国和韩国有关蛇梦的释梦，可见其释梦的基本出发点乃基于这些蛇作为男性意象的象征。[1]而从梦的情节单[1]元角度来看，这些蛇作为男性意象的象征与女性相交媾，顺利成章，生男生女。而韩国的梦里就直接出现"梦见与蛇性交，将要生享受权利和名誉，并有智慧的贵子。"梦相。在韩国的梦里还出现了像"梦见蛇啃人，并把它踩死，将要流产。"的凶梦释梦。而这个释梦也就基于"蛇啃人"这种象征性的交媾因被"踩死"而没能成行这个事项。可见，这些释梦也与那些吉梦释梦的逻辑相同的。

鱼，[1]也是与人类生存有密切关系的生物。在中国和韩国对鱼类也特别钟情。中国南方湖泊多，可谓鱼米之乡。中国还有绵绵流长的海岸线。在中国鱼与余相同，所以年年有鱼也就是年年有余了。年画里出现鱼也就是这个意思了。韩国三面环海，鱼类富足，与之结下不解之缘。鱼最大的特点之一鱼籽多，繁殖易、快、多。所以中国和韩国都有对鱼的生殖方面的崇拜。中国年画里最常见的小孩骑鱼相就是希冀在新的一年里多子多福。在韩国红白喜事里必须带鱼。鱼有那么一股避邪进庆的味道。所以在韩国迁入新居或举行开业典礼时必须把鱼(一般是明太鱼)用绳吊在门框上边。中国和韩国有关鱼梦的释梦就是基于这些民俗事项。在上表有关鱼的梦相里可知，在中国和韩国的胎梦里光涉及到"鱼"、"鱼贯"、"游鱼"等意象就有喜孕。而中国和韩国对鲤鱼情有独钟，所以有关鲤鱼的胎梦特多。[1]而在韩国传统上除鲤鱼外也特喜欢鲫鱼，所以有关鲫鱼的胎梦吉梦特多。由此看来，在梦里看到鱼死或消失都是不吉利的。像韩国"梦见死鲤鱼，可能流产。"；"梦见大鲤鱼从玩耍的湖里突然消失，将要生出精神上不稳定而一事无成的孩子。"梦相即是。

第四，看"与植物有关的"。枣，在中国和韩国有特殊的象征意义。在中国"枣"与"早"谐音，所以"枣生贵子"也就是"早生贵子"。而熟透的枣的红色在民间又有辟邪的意味。所以，在汉族的结婚仪式上当婆婆的把一把红枣撒到新郎新娘面前，也就象征辟邪并预祝"早生贵子"。在韩国传统信仰里用枣象征"鸡子"，所以在结婚典礼上摆婚卓时，在鸡嘴里塞个红枣象征婚配。由此可见，在中国和韩国有关枣的胎梦里出现"生贵子"的意象也就顺利成章了。

综观这些中国和韩国胎梦释梦，主要是基于本民族传统的宗教、民俗信仰，还基于人类普遍的思考方式及其价值观的一种象征类感咒术释梦法。

在中国胎梦释梦里"折笋至家女有子，见笋者生子添孙"就是基于笋即雨后春笋那种生机勃勃的意象，类感女子生子。还有"食茄者主妻有子"，茄子类感男性生殖器，女口类感女性生殖器，所以"食茄"也就象征性交。在中国民间口头禅脏话"塞茄子"正好应验了这一点。还有"梦见妇溺水中，生贵子。"；"梦见妇人水溺，忧子女、生贵子。"则基于"水"的普遍象征意味。弗洛伊德认为，水和出生相关联，是因为每个人潜意识中都还记得出生前在子宫内羊水中的生活。于是在这里"溺水"、"水溺"成为最纯粹意义上的出生象征。在韩国胎梦释梦里有关"辣椒"的释梦典型地属于这类释梦。在韩国民俗里辣椒象征男性生殖器，所以女子"梦见辣椒"也就象征性交，结果"生儿子"顺理成章。而"女人梦见手里拿着一个红辣椒在口里来回抽动，生儿子。"则更直接地把这种象征意味用类感意象表现出来。

像韩国的"梦见日，生儿子，梦见月，生女儿。"则基于传统的阴阳思想。中国和韩国的有关"梦见穿衣服、鞋"之类释梦也可从这个角度解。

中国和韩国的胎梦释梦有的基于现实意识的直喻。中国和韩国在长时期封建社会里"男女有别"、"男女授受不亲"，形成一套男女直喻代号。那些"金银杯皿、胭脂粉、金环、金钗"等与女性有关的胎梦；还有那些"官印、印章、印钩、职印、印授"等与男性有关的胎梦一般基于这种代号。[1]还有那种"男尊女卑"也牵制着这些释梦。例如，像韩国的"梦见熟辣椒，生儿子，梦见生辣椒，生女儿。"；"女人梦见用金银做成的腊台，生儿子。"；"女人梦见拾金，生儿子。"则用"生熟"差别，突出"金银"来"男尊"意味。还有在封建社会里"读书为皆上品"，所以在中国和韩国胎梦里都出现有关"书、读书"意象的绝佳释梦。

******

　　以上围绕中国和韩国胎梦的主要事项从可比性角度比较分析了有关"天"、"神仙"、"动物"、"植物"等意象的胎梦。还简略地说明了中国和韩国主要是基于本民族传统的宗教、民俗信仰，还基于人类普遍的思考方式及其价值观的一些胎梦释梦法。

　　本论文毕竟是限于有限资料，局于有限的几个事项、意象进行比较研究的，所以有待拓宽。至于有关胎梦释梦法的说明也有待进一步拓宽视野。

［完］

參考文獻

中国方面：

1.《梦的迷信与梦的探索》，刘文英，中国社会科学院 1989。

2.《中国古代的梦书》，刘文英，中华书局 1990。

3.《古代占梦术注评》，卢元勋、王世杰、丁文俊、孙志刚编著，北京师范大学出版社・广西师范大学出版社，1992。

4.《中国梦话》，吴绍九、郑淑慧主编，东北朝鲜民族教育出版社 1994。

5.《论中国古代释梦心理思想》，汪凤炎，《心理学》，中国人民大学报刊复印资料 1997。

6.《中国古代的释梦心理思想》，燕良轼，《心理学》，中国人民大学报刊复印资料 1998。

韩国方面：

1. 金光日·金泰坤：《有关巫的降神梦分析》，《神经精神医学》第1卷(1970)。

2. 李符永：《在韩国人的梦里显现的原型像(1)》，《精神医学报》第8卷 第1号。

3. 李符永：《在韩国人被分析者梦里显现的冲突特点及其解决》，《神经精神医学》第3卷(1975)。

4. 李树珍：《基于韩医学的释梦价值与活用可能性的研究》，东国大学研究生院硕士论文，2003。

有关在国家级森林公园里
建立动物自然放生园的一点想法

　　森林公园树林葱郁，是一个人回归大自然，与大自然融为一体的好去处。人与动物的关系表征着人征服自然的水平。人们对凶猛动物从刚开始害怕到后来不害怕，正说明了这一点。在茫茫太古凶猛怪兽成群结队，肆意呈凶，可如今好多品种频临绝境，可怜兮兮，变成稀有的珍奇物要受人类的保护。人类与动物要共存，形成一个有机的生物链，保持生态平衡，这是摆在我们现代人类前的课题。

　　森林公园要鸟语花香，要有动植物。这才是大自然的原汁原味。可如今到森林公园要看稀有动物难。而人们对像虎这些凶猛动物还是"谈虎变色"，不敢冒犯。所以，有必要在国家级森林公园里建立动物自然放生园。

　　所谓动物放生园并不是一般意义上像市内公园仅供观看的动物笼子式或动物窝式动物圈养，而是让动物回归自然的怀抱，任其洒野，"土生土长"，让游客可观赏原汁原味、野性十足的动物之美。这在国内外好多森林公园里已建成并得到游客的好评。像韩国水原自然农园的"saparly"就是其很成功的典型模式之一。

　　那么，下面结合国内外有关经验，谈一谈在和龙市仙峰或江源国家级森林公园里建立动物放生园的一点想法。

　　国家级森林公园方圆辽阔，有山有水，就仙峰经营总面积为19102.23公顷，完全有可能提供动物所生息的具有一定规模的自然生态园。

　　在仙峰或江源要建动物自然放生园在动物品种上要选虎熊为宜。众所周知，虎熊为凶猛之动物，虎乃动物之王，熊也不亚于虎。所以人们一般对虎熊惧而远之。但相反相成，在这惧而远之的心理基础上又形成靠近之细睹为快的心理。所以虎熊极具吸引力。加之，一方山水，不仅养一方人，还养一方动物。我们东北老虎王字当头，虎中之王。熊也不像南方的熊猫小巧可爱，而笨重粗壮，一掌可独霸天下。现在我们东北虎已成为保护动物，光其稀有价值就能使人刮目相看。选虎熊可突出地域特色。就像欧洲狼、非洲狮、南亚象似的。

从传统信仰上看虎熊与朝鲜族、汉族结成很深的因缘。朝鲜族始祖神话《檀君神话》里虎熊同住一穴，争为人，虎败熊胜，熊乃成为美丽的女人与神桓雄结婚生下朝鲜民族的始祖－檀君。通过这则神话可知，虎熊乃朝鲜民族的原始图腾。朝鲜半岛100分之70为山，朝鲜民族历来崇山传统上形成一种山神信仰。这个山神是一位蓄着白须，笑容满面，充满长者风范的老人。而这个老人出面时相伴而行的就是一只大老虎。有的地方干脆把老虎叫成山神灵。韩国人一般又把虎当作辟邪之神灵好把猛虎下山图挂在屋里。可见，虎在朝鲜民族那里已升华为神灵之物。朝鲜民族的好多民间故事、文学作品里虎形象也可表现出其与朝鲜民族的亲缘性。当然在这方面熊也不甘示弱了。以熊母为其祖先的朝鲜民族对熊真是情有独钟。这在朝鲜半岛的好多地名就带熊味的特征里也可看出来。[133]熊曾经是汉族的原始图腾之一。"大禹治水"，是有名的中国神话传说。大禹三过其门不入，以忘我牺牲精神治水，功劳永垂。可原来他是一只熊。他就是变成一只黄熊带着大家干活的。而他死后变成一只黄熊生出儿子－启。而这启就是中国第一个奴隶社会－－夏朝的始祖。所以要建动物自然放生园时与这些民俗文化挂沟，可提高文化含量。

在虎熊自然放生园里放进适当量的虎熊，演出虎熊同居图。韩国的"saparly"就是这么一个情景。虎熊和平共处真是另人耳目一新，别有一番

---

133) 请参考《从巫俗原型质看朝鲜说唱脚本系列小说-兼论朝鲜古代小说特点》(禹尚烈著，韩国 MORRISON出版社 2002)的<试论古代朝鲜人的虎文化、熊文化>部分。

滋味。游客可乘具有安全设施的特制旅游车进入放生园。车身周围吊着可吸引虎熊的肉类、鱼类、果类等食物，让虎熊自动靠近来使游客细睹文静状态的虎熊。其外，可放进活兔、活羊、活牛等弱小动物让饿了的虎熊抓着吃。通过这个残忍的景象使人亲眼目睹动物界那残酷无情的生存竞争，欣赏虎熊的野性美。这些在一般放生园里都经常示演。

所以我们要搞虎熊自然放生园不能仅仅限于这些动物之间的把戏，我们还要搞出别的名堂来。例如，像动物仿人；人与动物相安相戏等等。

据说虎熊作为哺乳动物比一般动物智商高的。特别是熊能够培养出几岁小孩的智商水平。所以首先要有一批训练有素的训兽员。也就是能够实际操作的虎熊专家们。让这些专家培养一批训练有素的虎熊。之后，专门开设虎熊表演场，按表演时间让游客进去观赏。

虎熊表演要分下列几种进行。

第一、让虎熊自己去仿人表演。在这里可按虎熊的智商及其能力表演多种节目。虎熊立正敬礼、鼓掌、"举手"拜拜啦；虎熊顶球、踢球、射门啦；虎熊画画啦；虎熊摔交啦；虎熊骑车啦等等不一而足。凡是动物仿人仿得越逼真，仿难度越大的越能令人称快。在这里可参考泰国的大象表演。

第二、虎熊与人相安相戏表演。例如，虎熊与人摔交啦；人骑虎熊啦；虎熊救人啦等等。通过这些表演给人一种哪怕是再凶猛的禽兽也能够与人沟通共存的生态平衡感。在这里可参考香港海洋公园海狮表演。

第三、也可进行惊险带刺激性的表演。例如，人的臂腿往张开的虎熊嘴里塞；人的头部往张开的虎熊嘴里塞，而当人的臂腿、头部从张开的虎熊嘴里挪开时，虎熊似乎要吞掉似地咂嘴等等。通过这些表演让观众捏把汗、放下心等在情绪的大起大落中图个精神上的爽快。在这里可参考泰国的惊险的鳄鱼"吞人"表演等等。

第四、实际性地示演一些神话、传说、民间故事或成语里有关虎熊的情节单元。例如，像《檀君神话》虎熊同穴争为人；朝鲜族民间故事开头口头禅"很久很久以前，老虎刁烟袋的时候……"的老虎刁烟袋；还有小孩感兴趣的熊摘包米啦；成语"虎视眈眈"啦、狐假虎威啦等等。这些示演把存于人们脑际的影像活生生地再现出来，会使人增加知识，趣味无穷。

与这些虎熊自然放生园及其表演场相配套，附近可设立虎熊博物馆及其研究所形成一种世界一流的有关虎熊的基地。这些博物馆及其研究所向游客免费提供并讲解有关虎熊的一切。之后，可开辟一条专门卖有关虎熊产品的商区。形成这么一个有关虎熊的配套的一条龙式大规模时，像熊胆粉等产品成为一个誉满全球的延边的出头产品。这方面可参考泰国的鳄鱼出头产品销售策略。

2004-4-25

有关和龙市建筑纪念碑的管窥之见

众所周知，纪念碑不仅是一个瞻仰缅怀的地方，也是一个很好的旅游观光景点。所以开发旅游景点不能不注目有关纪念碑事宜。现就有关和龙市建筑纪念碑方面的一些问题，谈一谈我本人不成熟的看法。

第一、不仅要建筑中国共产党系统的革命纪念碑，还要建筑民族主义系统的有价值的纪念碑。例如，像1910-20年代朝鲜民族主义系统的独立军的抗日斗争。此外，还要建筑有关朝鲜族移民史，名人方面的纪念碑，因为延边是朝鲜族自治州，加之，和龙市是在延边朝鲜族最早迁移过来的地方。这样能突出地域的民族的特色。当然进行革命传统教育角度，我们要多注重革命纪念碑，但在这改革开放的时代方方面面多考虑适应时代的步伐。

第二、要配套地建筑重要的纪念碑。光靠一个纪念碑是很难读懂纪念碑的深层意义的。所以在纪念碑周围建筑有关博物馆或展示馆具体显现纪念碑的意义的话，最好不过了。例如，像青山里大捷战迹地里不仅要建纪念碑，还要建一所独立军系统的抗日纪念馆或展示馆摆出当时用过的武器、用品，用多媒体制造"青山里大捷模型板或鸟瞰图"，可谓很生动了。

第三、建筑纪念碑时样式要多样化。包括和龙市的纪念碑在内，如今我们延边的纪念碑千篇一律，与北京天安门广场的革命英雄纪念碑模式一模一样。其所用的材质也不是砖砌水泥包装，就是用大理石、花岗岩石。纪念碑的样式不该仅限于柱子式的。在不失壮重、严肃、威严的情况下，革命纪念碑蛮可以追求多样化。像"朱德海纪念碑"考虑到个体纪念碑，所以可以立朱德海全身立相纪念碑。而和龙市的"13勇士纪念碑"是团体纪念碑，所以可以立13勇士抗击日寇的群体战斗姿势。在这方面朝鲜三池渊以金日成主席为首的群雕很富于启发意义。此外，立纪念碑时还要考虑民族特点。延边是朝鲜族自治州，纪念碑多与朝鲜族有关。所以纪念碑式样、材质等方面要考虑朝鲜族的民族特点。至于纪念碑材质方面可用不锈钢、钢化玻璃、硬塑料等开辟新路子。

第四、要避免滥造纪念碑。纪念碑必须讲究可资纪念的缘故。现延边的革命纪念碑正如诗歌里所说，有村必有碑。建筑这些纪念碑时只是从每村都出了革命烈士，所以要立碑教育革命后代的良好愿望出发而已，并没有怎么讲究缘故特点。加之，现农村没什么人可管理这些纪念碑，所以有必要整理多余的纪念碑。"物以稀为贵"，纪念碑也太多的话，没什么可纪念的价值了。何况我们的纪念碑如上所说样式、规模、材质等方面都差不多。

第五、纪念碑周围要清理，进行圣域化。这里所说的圣域化并不一定就指设栏封闭。而种松树、草萍等采取多种形式使纪念碑周围显得与别处有所区别，令人进入该区要肃然起敬。

以上粗浅地谈了有关建筑纪念碑的一些想法。其中定有不少主观武断，请大家多批评指教。

2004. 4. 25.

"阿凡提故事"与"凤尔 金先达故事"比较研究

众所周知，机智人物故事是遍及全世界的故事。各民族都有自己的机智人物故事。阿凡提故事主要流行在中国新疆以维尔族为中心的哈沙克斯坦、乌滋别克斯坦、可罗卡斯坦、塔吉克斯坦等5个民族中间。1955年《民间文学》7月号介绍《纳斯尔丁·阿凡提故事》。之后，通过书籍、电影等媒体传播到全国各地。特别是在北京、上海、新疆等地先后出了十几种阿凡提故事集和几部阿凡提木偶电影。阿凡提故事还翻译成英语、法语、孟家拉语、西班牙语等多种外语介绍到国外。阿凡提已成为世界性机智人物。凤尔金先达是韩国代表性的机智人物。金先达虽然没能像阿凡提那样成为世界性机智人物，但他作为南北韩传统上最富于盛名的机智人物，孺妇皆知。

到现在为止，学术界还没有发现阿凡提故事与金先达故事之间直接的影响关系。但他们作为同一个机智人物故事类型具有充分的可比性。其实这种平行比较研究给影响比较研究提供极好的线索。从这种意义上可以说平行比较研究是影响比较研究的前提。

本文就是着眼于"阿凡提故事"与"凤尔 金先达故事"的平行比较研究。学术界就"阿凡提故事"或"凤尔金先达故事"的单向研究已有不少收获。其中代表性的有像中国崔燕的《中外阿凡提故事研究》(中国社会科学院硕士论文，2001)、韩国李旺洙的《凤尔金先达故事研究》(韩国教员大学硕士论文，2000)等论文。但现还没有有关这两故事群的比较研究。当然，本文的平行比较研究会充分利用这些研究成果的。而本文作为故事文本所选的有关阿凡提的版本为《阿凡提的故事》(戈宝权 主编，中国民间文艺出版社，1985)；

有关凤尔 金先达的版本为《金德顺故事集》(裴永镇 整理，上海文艺出版社，1982)、《黄龟渊故事集》(金在权·朴昌默 整理，东北朝鲜民族教育出版社，1990)、《朝鲜民间故事365篇》第三集(金衡直·尹奉贤 编，辽宁人民出版社，1985)、《韩国口碑文学大系》(韩国精神文化研究院)37篇、《男人是瓢，女人是坛子》(读我们古典研究会 编，永言文化社1995)。可见，中国方面已出了专门的阿凡提故事集，共收了393篇。而韩国方面还没有专门的金先达故事集，所以只能从南北韩已出版的民间故事集中找[134]，笔者现找到共40-50篇。

阿凡提故事和凤尔金先达故事都属于阿尔那与汤普逊的AT1635A型故事。阿凡提和凤尔金先达都不是其本名。据历史地理学派考证阿凡提的本名为毛拉·纳斯尔丁，阿凡提乃是人们对他的尊称即"先生"、"老师"的意思。阿凡提是13世纪土耳其人，是伊斯兰教苏菲派的"依玛木"[135]，当过学堂的老师，现还留存他的坟墓，当地人每当节日时都来祭坟[136]。而据连载于1906年《皇城新闻》的汉文悬吐小说《神断公案》的第四个故事"仁鸿边瑞凤浪士胜名官"可知，凤尔金先达的本名为金仁鸿，自号为浪士。可这毕竟是小说创作不可全信。而他姓金乃确定无疑。据凤尔金先达故事，凤尔和先达都是人们给他起的外号。他装傻把鸡叫成凤，使卖鸡人"将计就计"高价卖给他。而他把这个"凤"进上给县官。县官大发雷庭，罚打金先达。金先达则实打实招，把卖鸡人告上。于是卖鸡人被罚数倍赔偿金先达买鸡的价钱和补偿金先达被打的损失。从此，金先达被人们叫成凤尔。而"先达"呢，那是他想捞个官做到汉城误会、离间两个大官，捞了个"先达金知"官。于是被人们称为先达。

---

134) 这里当然包括像《金德顺故事集》、《黄龟渊民间故事集》等中国朝鲜族民间故事集。因为中国朝鲜族其传统的根在南北韩，所以他的民间故事可看作是南北韩的一种分支。
135) 在清真寺主持礼拜的人。
136) 中国当代维尔族作家、翻译家艾克拜尔·吾拉木在他翻译整理的《世界阿凡提笑话大全》"后记"里提及他到土耳其的阿克谢希尔城拜访阿凡提陵墓的事。

据学者们研究，阿凡提与金先达都是基于实有人物的民间文学形象。至于阿凡提刚开始学者们认为是民间文学的虚构形象。但土耳其学者，还有中国戈宝权等中外学者研究指出，有关阿凡提的原形故事曾经流传于小亚细亚半岛、阿拉伯、中东、近东、巴尔干半岛、高加索、中亚等广大地区，最终流传汇综到中国的新疆[137]。俄罗斯学者则认为阿凡提的原形早在8-9世纪存在于世，并于伊斯兰教统治阿拉伯的时候由东方各民族口而相传形成其民间文学形象。而现在学术界比较统一的看法认为阿凡提故事的直接源流为流传于阿拉伯、土耳其等许多国家的有关朱哈和霍加·纳斯列丁的笑话。据学者们考证，朱哈比霍加早生三百年。朱哈是十世纪阿拉伯帝国阿拔斯王朝时代人。在十世纪由巴格达德的霍加·那迪姆编撰的《图书目录》里有《朱哈笑话集》。十二世纪由玛尔单尼编撰的古代阿拉伯俗谈集里引用了"比朱哈还傻"的俗谈。有关朱哈的故事从十一世纪开始在波斯人中间流行。之后，据估计由波斯流传到小亚细亚的塞尔柱一朝。到十三世纪好多文人都知道有关朱哈的名字及其故事。例如，著名诗人杰拉列丁·鲁米在自己的诗里提及有关朱哈的笑话故事。到十六世纪土耳其的作家和诗人拉米伊编撰笑话时说，他是从阿拉伯和波斯的笑话故事里收集了许多有关朱哈的笑话故事。有关朱哈的笑话故事流传范围广，涉及到整个阿拉伯半岛、波斯、埃及及地中海一带。至于霍加·纳斯列丁据土耳其学者穆夫提·哈桑研究，是13世纪活在土耳其西南部西莆里希萨尔城附近霍尔托村人。霍加作为伊玛目，是精通伊斯兰教的神学家。他提倡禁欲主义，是伊斯兰教苏菲派的学者。霍加的故事经过长时期的流传到十六世纪由诗人拉米伊(1471-1531)进行记录。拉米伊评价霍加为"是一位优秀的长者，有学问和健全而富于理智的人。"总之，阿凡提故事以朱哈和霍加的笑话故事为主融合许多同类故事在长期的流传过程中形成。而金先达故事主要流行于以平壤为中心的朝鲜西部地区。当时朝鲜各地都出现了这种喜笑怒骂、讽

---

137) 戈宝权：《霍加·纳斯列丁和他的笑话》，《中外文学因缘－－戈宝权比较文学论文集》第558～560页，北京出版社 1992年版。

刺现实的机智人物。例如，汉城的郑寿童、庆州的郑万瑞、永德的方学钟、南原的太学钟即是。据文献考证郑万瑞与方学钟是18世纪人，而金先达与太学钟的具体生存年代不可考，但他俩生存年代差不多。有的学者把金先达看作19世纪初人，而其故事为集这些机智人物的故事于一身，成为代表韩国的机智人物故事。

在阿凡提故事里阿凡提身份从帝王的宰相、谋士、侍从，高官的亲信，宗教法官－喀孜，很有学问的学者到医生、理发师、商人、人力车夫，还有一无所知的农民变化多样，莫衷一是。在金先达故事里金先达的身份不如阿凡提那样变化多样，但他的身份有时是地坯赖子，有时是赴京赶考的书生也是很不统一的。这说明金先达形象也是集同类型形象的特点而形成的。其实，无论是阿凡提故事还是金先达故事，他们的身份并不重要，其身份只是造成喜剧效果的道具而已。

阿凡提一向为人正直，主持正义，丝毫不自私自利，为民排忧解难，也没有只是为取乐而绞尽脑子设骗局。阿凡提道德上乃是正人君子。由此，阿凡提的故事里喜笑怒骂、讽刺国王、霍加、巴伊、乃玛孜、伊玛目、喀孜等社会统治阶层的特别多。金先达故事则虽不乏像《骗王的金先达》、《掉了脑袋的仪州府尹》、《金先达与县官》等喜笑怒骂、讽刺社会统治阶层的，但他有时玩世不恭，为了一己的目的行骗，或有时只是为了取乐而绞尽脑子设骗局。所以金先达及其故事有时被称为"闲良"、"举世无双的骗子"、"诈骗故事"、"坏子故事"也不为过。

而韩国有的学者就是把金先达当作西欧的坏子picaro来研究。

阿凡提故事和金先达故事虽然形成于中世纪，但从其内容上看，有关商业的内容很显眼。这可从阿凡提故事和金先达故事所形成的历史背景里得到说明。阿凡提故事形成于商业之路即"丝绸之路"上。所以他的故事离不开买卖之事。而金先达故事主要形成于李朝封建社会末期。即韩国封建社会走向近代的转变期。这时随着农业经济的发展和封建朝庭田税化和金纳化等租税制度的改革，促进了商品货币经济的发展。在金先达故事里像《卖大同江水的凤尔金先达》、《卖大同江野鸽子的金先达》、《卖广浦地的金先达》、《撒一次屎要付十两银子》、《卖酸粥的凤尔金先达》、《戏弄卖柴的人》、《卖房子》、《戏弄卖烟的人》、《看猪吃掉卖酒婆的酒菜》等都有与买卖有关的市井情节单元。金先达故事的这些特点就与以前韩国的民间故事有个区别。

阿凡提故事和金先达故事都涉及到有关宗教的内容。阿凡提故事不乏讥笑讽刺喀孜即宗教法官的内容,但它对伊斯兰教不持否定态度,只是对一些其否定现象加以否定而已。但在金先达故事里则通过对和尚的辛辣讽刺否定了佛教。像《往和尚嘴里拉屎》、《打早钟》等就是明证。那么,它两为什么显出不同的情形呢?这得从两故事产生、流传的历史背景中找出原因。阿凡提故事产生、流传的土耳其、伊朗、阿拉伯、中近东、新疆等地区至今为止伊斯兰教作为国教占绝对的位置。人们对伊斯兰教及其真主笃信不疑。所以就整个社会氛围来说,对伊斯兰教的个别否定现象可以加以否定,但其基本理念及其教义万万否定不得的。加之,阿凡提的原形从事过伊斯兰教事务来看,在有关他的故事里不会太离谱地出现绝对地否定伊斯兰教的内容。但金先达故事产生、发展的历史背景来看,它是李朝末期佛教完全趋于末落的时期。李朝建国伊始就从政策上崇儒抑佛,整个社会氛围反佛。而据韩国的赵东一教授研究金先达原形为末落的儒生身份,所以他也是反佛的。由此可知,金先达故事从其产生、流传的历史背景及其故事原形都是反佛的,所以它对于佛教走向全面否定是有其历史必然性的。

阿凡提故事几乎不出现女性形象[138]。而金先达故事则出现不少女性形象。在金先达故事里女性形象多种多样也很活跃。像《捉弄瞎子》、《卖房子》等一些故事里金先达与其妻子合伙捉弄坏心眼的瞎子和良班官僚。金先达吃喝漂香,沾花惹草,到处闹出桃花事件。有关他漂妓的《白吃白喝的金先达》等许多故事就说明了这一点。但他也不无真挚的一面。在《金先达的随机应变》里他不仅调戏女人,又明媒正娶显出一种多情善感的情钟特点。

---

138) 据笔者所掌握在《吃馍》里阿凡提要面馍吃时,其妻与他逗乐的那么一次。

而金先达作为机智的象征就拜倒在女人身上。像《过河》等就显示出女性的
智慧比金先达高筹一等。那么，阿凡提故事和金先达故事围绕女性为何显
示出这么不同点呢？这还得从两个故事所产生的文化背景里找原因。众所
周知，阿凡提故事产生、流传的地区宗教氛围很浓。阿凡提之冠名纳斯尔
丁就具有"宗教的胜利"、"对宗教的支持"之意。而阿凡提故事产生的主要
背景之一就是伊斯兰教。而伊斯兰教很敌视女性，限制女性的活动。伊斯
兰教教规就规定，信奉该宗教的人，特别是女的不许随便出门。而要出门
的时候必须带面纱。所以就有的学者说，伊斯兰教形成一种女性怕见人的
害羞文化。阿凡提故事基于这种伊斯兰教普遍的女性害羞文化。所以没有
女性露面的余地。综观金先达故事所产生、流传的主要背景之一儒教文化
也有男尊女卑的思想意识。女性的活动半径限制在中门之内。但这种男尊
女卑的思想意识主要畅通于良班上流阶层。而在为生活所迫的一般平民百
姓里这种男尊女卑的思想意识不那么畅通。一般平民百姓家既没有中门，
也没有对女性的活动限制。女性也像男性一样为生活所奔搏。女性算是很
活跃的。金先达故事作为民间故事就基于这种下层女性文化的。所以女性
形象很活跃。

　　阿凡提故事与金先达故事毕竟是属于不同民族的故事。所以两个故事显
出不同的民俗事项是很正常的。在阿凡提故事里阿凡提总是以头缠散蓝，
倒奇驴子的形象出现。这种形象被画成小型画像如今收藏在土耳其首都伊
斯探佛的托普伕皮博物馆里[139]。这种形象很显出沙漠地区游牧民族的民俗
特色。而在金先达故事里牛的意象很显眼。像《鸡蛋价顶牛价》等都涉及到
牛。这也显出农耕民族的民俗特色。详解起来，头缠散蓝乃是游牧民族适
应风沙大的沙漠生活，且为了应急时用布条而自然形成的装束。倒奇驴子
意象则是游牧民族在漫长的沙漠旅行中驴作为托人托物的最有效的交通工
具之一人们常骑驴，且为了便于与后边的人进行交谈而形成的。加之，据

---

139) 戈宝权：《霍加·纳斯列丁及其画像》，《新疆民族民间文学研究》，新疆人民出
　　　版社 1986年。

说倒骑驴从维尔族"不用后背对人"即用后背对人是一种失礼的习俗来看又
显示出对后边人的一种尊重。阿凡提自己对自己的倒骑驴解释到"我把背朝
前，脸朝后而骑驴可看到跟我说话人的脸。这样显得更有礼貌。"由此看
来，倒骑驴又基于维尔族的民俗文化。而牛对农耕民族来说作为主要劳力
相当重要的。在韩国传统上把牛叫成"生口"，还有在韩国塞冷的北方曾经
把牛棚盖在紧挨着人住的房子，这些都是最好的说明了。传统上韩国人把
牛当作一号财产的。阿凡提故事和金先达故事就是基于各自的民族生活及
其民俗事项的美丽的奇葩。

阿凡提故事和金先达故事里，勿用置疑阿凡提和金先达简直成为机智的
象征。但有趣的是他们又显示出与机智正好相反的"呆傻"形象。阿凡提有
时竟分辨不清现实里的自己和井里的自己（《井中人》）；而金先达聪明反被
聪明误（《聪明反被聪明误的金先达》）。可谓在"呆傻"方面，他俩是半斤八
两。那么，为什么形成他们的这种不谐调性格呢？这主要为了创造丰富的
喜剧形象所致。阿凡提和金先达给人印象最深的当然是他们以机智为中心
表现出来的喜剧形象。但他们其实作为创造喜剧形象的"全能冠军"以"呆
傻"为中心也表现出了喜剧形象。由此，机智和"呆傻"形成一个人们的期待
落差，然后相反相成给人一个更深的印象。

阿凡提故事与金先达故事在有些情节单元上极为相似。请看，阿凡提故
事《让驴下金子》和金先达故事《治牛病》。先把《让驴下金子》和金先达故
事《治牛病》的情节单元列表如下。

让驴下金子	治牛病
1. 阿凡提往驴屁眼里塞金币。	1. 金先达往牛屁眼里塞河蝎。
2. 驴在王面前"下"金币。	2. 牛在村里人面前"发病"。
3. 王以重金买驴。	3. 村里人请金先达治牛病。
4. 王让驴下金币。	4. 金先达从牛屁眼里拿出河蝎治牛病。
5. 驴拉屎使王丢丑。	5. 村里人给金先达提供住宿和路费。

可见，《让驴下金子》和《治牛病》两故事在故事结尾上显出相反的结果，但以驴或牛作为推进故事情节的基本意象，并往驴或牛屁眼里塞东西的情节单元等关键部分如出一辙。

阿凡提故事形式为"兰特盘"即短小精悍的笑话。相对来说，金先达的故事不无短小精悍的笑话，但也有不少带情节性的篇幅较长的故事。这与阿凡提故事大多即兴发挥机智，而金先达故事大多事先预谋发挥机智；阿凡提故事大多阿凡提独自发挥机智，而金先达故事大多金先达与别人密谋发挥机智有关。

本文毕竟是初试"阿凡提故事"与"凤尔 金先达故事"比较研究，未免不少疏漏，有待今后进一步研究。至少要多开拓历史地理学派、心理学派等研究视野和方法。

2006-4-9

參考資料

1. 沈克尼：《阿凡提·伊斯兰教》，《宁夏大学学报》1983年 第2期。

2. 赵世杰：《维吾尔族机智人物简介》，《民族文学研究》1984年 第1期。

3. 韩国精神文化研究院语文研究室：《口碑文学调查研究报告书》，《口碑文学》7，1984年。

4. 何凯歌：《阿凡提的帽子－兼评"机智人物说"》，《民间文学研究》1985年 第2期。

5. 李东元：《朝鲜口传故事研究》，文学艺术综合出版社 1988年。

6. 穆 萨：《回族，维吾尔族机智人物故事中笑话的美学价值》，《西北第二民族学院学报(哲社)》1996年 第4期。

7. 刘荫梁：《浅析阿凡提笑话在个民族间的流传与演变》，《民族文学研究》2004年 第3期。

中国与韩国的民间故事中动物的文化象征内涵比较

一、绪论

动物在异类中可谓是与人的关系最密切的一种。因此，也就成为故事中的基本话题。动物故事成为其一部分就是个很好的注释。中国和韩国也不例外。但是，在各民族民间故事中动物与该民族的风土地理和信仰有密切的关系。所以，不仅出现在每个民族民间故事中的动物形象各异，即使是同一动物它的具体形象也是不一样的。这里就有了在不同民族的民间故事比较研究中动物故事比较研究的可能性所在。

在中韩民间故事的比较研究中，有关动物故事的比较研究成果有发表在《朝汉民间故事比较研究》[140]中的《'蟾蜍报恩型'故事的文化意象》，《朝汉'狐'故事的文化心理比较》，《'燕子报恩型'故事的源流》等论文，还有在亚细亚民间叙事文学学会上发表的《韩中'田螺姑娘'故事的比较》[141]等论文。但笔者认为这方面的研究尚在起步阶段，还有很多的研究领域。

本论文作为中韩民间故事比较研究的一环，主要在文化象征内涵的范围内进行有关龙话素、蛇话素、虎话素的比较研究。之所以在众多的动物当中选龙、蛇、虎，是因为它们有独特而微妙的文化象征内涵，并出现频度之繁，有确实的比较研究切入点。在具体的比较研究中，首先从中韩民间故事中找出龙、蛇、虎话素[142]，然后在文化象征的类型层次上进行分类学

---

140) 金东勋主编，辽宁民族出版社 2001、7。

141) 黄仁德，中国上海，1998。

的比较。接着，通过在同样的文化象征类型内的比较，寄予研究的缜密性。至于从比较考察的结果显现的中韩民间故事中相同话素的文化象征内涵的相异，则要在风土地理、心理学、民俗学等角度加以解析。那是因为对于一个民族，动物的文化象征内涵主要是由风土地理的特征和传统中形成的心理和民俗信仰及价值观所左右。

　　笔者在可接触到的范围内，选定了以下中韩两方的相关资料。如中国的《中国民间故事集成》(吉林卷)。但把载入吉林卷中的少数民族故事即满族故事、蒙古族故事、朝鲜族故事除外，选中汉族的民间故事。居住在中国吉林省的汉族主要是从河北省和山东省迁居，所以他们也就迁来了中国传统文化－中原地区文化。提示吉林卷中的相关资料时将在故事题目的后面标上资料号码。还有韩国的《韩国口碑文学大系》(1~82)[143]中(a)《1-1 汉城特别市 道峰区篇》的151篇(曹熙雄，1980年)，(b)《1-2 京畿道 骊州郡篇》的169篇(徐大锡，1980年)，(c)《1-3 京畿道 杨平郡篇》的106篇(成耆说，1980年)，(d)《1-4 京畿道 议政府市道，南杨州郡篇》的276篇(曹熙雄，1981年)，(e)《6-9 全罗南道 和顺郡篇(1)》的248篇(崔来沃·金均泰，1987年)，(f)《6-10 全罗南道 和顺郡篇(2)》的228篇(崔来沃·金均泰，1987年)，(g)《6-11 全罗南道 和顺郡篇(3)》的196篇(崔来沃·金均泰，1987年)，(h)《6-12 全罗南道 宝城郡篇(3)》的259篇(崔德源，1988年)，(i)《7-17庆尚北道 醴泉郡篇(1)》的185篇(林在海，1988年)，(j)《7-18庆尚北道 醴泉郡篇(2)》的694篇(林在海，1988年)，(k)《1-5 京畿道 水原市、华城郡篇》的123篇(成耆说，1981年)。提示相关资料时，在故事题目后面标上《韩国口碑文学大系》(a，b，c……)的资料集顺序号，指明资料的具体出处。此外，为了确保论述的包容性，还引用其它的一些故事资料和文献资料。

---

142) 本论中的话素是以主题的下属概念来使用。即构成主题的基本要素，主要限
　　定为行为主体。
143) 韩国精神文化研究院，1979~1988。

二、本论

(一) 从文化象征内涵分类考察

涉猎在本论文中选定的主要民间故事文本的结果，中国方面在排除33篇满族故事、22篇蒙古族故事、45篇朝鲜族故事后的共495篇汉族故事中选定了有关龙话素15篇、有关蛇话素11篇、有关虎话素11篇。韩国在2635篇中选定了有关龙话素37篇、有关蛇话素31篇、有关虎话素119篇。从比例上来看，中国的龙话素占3%、蛇话素占2.2%、虎话素占1.4%；韩国的龙话素占1.4%、蛇话素占1.1%、虎话素占4.5%。从中可以看出，中国龙话素占最大的比重，而韩国虎话素占最大的比重。

现把中国和韩国民间故事中与龙话素、蛇话素、虎话素相关的故事从文化象征内涵角度进行分类如下：

*龙话素

第一、神龙

中国	《龙门峰》(077)、《天地一柱和华盖峰》(081)、《捆绑天地的恶龙》(108)、《二龙湖》(115)、《七十二道龙湾》(116)、《海龙》(126)、《龙棚的传说》(142)、《龙泉酒的传说》(205)等；
韩国	《小力士的故事》(c)、《金德龄和姐姐和龙马》(f)、《龙王治病得针》(c)、《龙脊骨传说》(i)、《釜山龙的崇天》(f)、《龙王派的会说话的乌龟》(i)、《神笔韩石峰》(a)、《龙沼的传说》(n)、《海印寺的由来》(a)、《关于村落地形的传说(风流山村)》(c)、《汉阳赵氏的始祖谈》(a)、《槽隙岩和九龙》(i)、《从地下涌血的龙头井》(k)、《龙水洞堤坝的传说》(e)等；

第二、王龙

中国	《慈禧剜龙脉》(032)等；
韩国	《朱元璋和李成桂的故事》(c)、《李适父亲的坟之说》(c)、《韩石峰的故事》(c)、《中国石崇的故事》(c)、《王建出生为龙王外孙的来历》(d)、《成为尼姑的媳妇》(k)、《一系列王的诞生说》等；

→男龙

中国	一系列龙门传说等；
韩国	《做龙梦成为都承旨的宜俊采》(i)、《龙梦和三个儿子》(a)、《混混的奇智》(e)、《避难路上的识者忧患》(k)、《做龙梦得俩公主》(e)等；

第三、报龙

中国	《干涸八百里的大海》(111)、《海龙》(126)等；
韩国	《没有忧愁的老人》(c)、《鱼的报恩》(c)、《大同江的故事》(c)、《坡平尹氏的传说(不吃鲤鱼的由来)》(c)、《龙井里的龙沼之说》(a)、《海印寺的由来》(a)、《火狐狸和独生女》(k)等；

第四、俗龙

中国	《龙棚的传说》(142)、《哪有把猴子的心脏挂在树上的理》(258)、《吾心和猴子》(257)等;
韩国	《釜山龙的崇天》(f)、《龙井里的龙沼之说》(a)、《度祖在赤池治黑龙的故事》(i)、《高丽文宗时李灵干用苔杖赶龙的故事》(e)等;

*蛇话素

第一、恶蛇

中国	《光荣塔》(140)、《叫"人蛇"》(277)、《蟒蛇停滞在世》(286)、《勇敢地打死沙蛇》(405)、《杀修蛇的故事》、《李寄斩蛇》[144]等;
韩国	《山菱和大蟒》(a)、《狗改装杀媳妇》(a)、《江源道猎手》(a)、《用大钱买来的占卦》(a)、《蚯蚓和蟒蛇》(d)、《报恩的蟾蜍》(e)、《蟒蛇的报复》(g)、《由于恨变成人的蟒蛇》(h)、《报恩的山鸡和蛇的报复》(i)、《报恩的山鸡(1)》(i)等;

---

[144] 魏晋南北朝的有名的逸事之一。

第二、善蛇

中国	《蛟河的由来》(124)、《灵芝草》(313)、《纪小堂的传说》(055)、《心肠歹毒的人被蛇咬死》(329);《搜神记》之卷十四《实武》、《搜神记》之卷二十《隋侯珠》、《郊都老珇》等故事;唐宋的《檐生》类故事;《实光录》卷三的故事;《五色传》的驱青蛇之说等;
韩国	《蟒蛇的报恩》(c)、《打退报恩的蛇》(j)、《报恩的野鸡》(i)、《报恩的蟒蛇(柳成龙逸事)》(a)、《救出蟒蛇而成功的人》(k)、《和蚯蚓的斗争》(d)、《山参和蛇》(d)、《蟒蛇和神乙贵》(f)、《蟒蛇的报恩》(d)等;

第三、神蛇

中国	《纪小堂的传说》(055)、《蛇郎和三姑娘》(283)、《志怪》的蛇精故事、《夷坚志》[145]的蛇女故事等;
韩国	《大院寺的蟒蛇》(i)、《蛇和蚯蚓的争川斗》(h)、《蟒蛇之子》(h)、《其龙腾腾神仙碑》(b)、《成为尼姑的媳妇》(k)、《想娶妻的蟒蛇被打退》(h)、《由于积善而得有麻风病的姑娘》(a)、《从蛇看到的前代》(i)、《蟒蛇新娘》(b)等;

---

145) 其中有七篇蛇话素故事。

*虎话素

第一、恶虎

中国	《虎嚎丘和卧虎丘》(104)、《虎妈妈》(278)等；
韩国	《我也是栗树》(c)、《韩服顶骨传说》(c)、《虎患的故事(转祸为福)》(c)、《高粱秆为红色的理由》(g)、《成为日月的兄妹》(i)、《星顺和月顺及高粱秆上的血痕》(j)、《成为日月的姐弟》(d)、《成为日月的姐弟》(e)、《成为日月的姐弟》(h)、《桑树的果实变成黑色的理由》(h)、《娶了山顶僧之女的短命少年》(a)、《易学者白九龙-(2)》(a)、《虎故事(3)》(f)、《虎故事(2)》(f)、《被虎叼走只要打起精神就能活》(f)、《虎叼走人的故事》(f)、《从虎口救出主人的牛》(h)、《赶走山神的虎》(g)、《虎洞的由来》(g)、《不能养狗的法、地形》(g)、《虎山的地名由来》(g)、《豆秆和红秆)(1)》(g)、《与虎生活的仙女》(g)、《虎故事(1)》(g)、《烈女门的故事》(g)、《埋葬被虎吃掉的人而得妻的绸缎生意人》(h)、《后反省的虎之报答》(f)、《抵挡虎食人的山主》(f)、《虎和》(f)等；

→有关克虎的故事

中国	《穆天子传说》、"武松及李逵捕虎的故事"等；
韩国	《虎故事》(b)、《抓三只虎的壮士》(c)、《虎故事》(c)、《捕到食丈夫之虎的女人》(c)、《赶走虎的新娘》(b)、《捕虎的故事》(b)、《打退虎的姜甘赞》(j)、《赶虎的智将》(j)、《骑虎的智将》(1)(2)(3)》(k)、《得到李珥的教导捕到的南师古》(i)、《遇虎之人》(h)、《捕虎妻传》(d)、《回娘家路上遇虎》(g)、《用烟斗捕虎》(g)、《虎故事(4)》(f)、《虎故事(3)》(f)，《捕虎的老头》(g)，《捕虎的混混》(g)，《虎》(g)、《报父仇的地理山猎手》(i)、《叼走猪的虎》(f)等；

第二、善虎

中国	《宋史·朱泰传》、《虎荟》(卷一)、《虎荟》(卷五)、《诚齐杂记》(卷下)、《搜神记》(卷十一)、《宋史·陈思道传》、《宋史·丞相传》、《宋史·李访传》等；
韩国	《孝子得虎助冬天求到生柿子》(c)、《冬天得红柿子的孝子》(h)、《五月得红柿子的道孝子》(k)、《得红柿子的孝子》(d)、《报虎恩》(c)、《使公公睁眼的孝妇和虎》(j)、《替父献子的道孝子》(j)、《虎和孝子》(h)、《吴氏孝子》(h)、《孝子安孝顺》(h)、《孝子金氏》(h)、《南坪凤孝子》(h)、《卖炭孝子故事》(c)、《凤孝子故事》(h)、《罗州郑氏孝子碑》(e)、《帮助烈女的虎》(i)、《帮助孝子的虎》(i)，《孝妇和虎送来的儿子》(k)、《孝妇和虎》(g)、《骑虎的凤孝子》(g)、《得助于虎的孝子》(g)、《吴氏孝子》(g)、《侍奉盲公公的孝妇》(f)、《孝子郑明雨》(g)、《与虎生活的宝城吴氏孝子》(g)、《道孝子的两种孝行》(j)等；

→报虎

中国	《威烈三》(135)、《虎额头上的王字》(153)、《三十八万老虎闯入官衙》(297)、《搜神记》(卷二十之'苏易条')、《虎荟》(卷四之"长兴县邱姬"条)、《虎荟》(卷六指'赵姬'和'吴老娘'条)、韦珣的《刘宾客嘉话录》、《广异记》的"张鱼舟"、《太平广记》(卷43之"李大可"条)等;
韩国	《递给蔬菜篮的老虎》(k)、《报恩的老虎(2)》(h)、《后反省的老虎之报恩》(f)等;

第三、神虎

中国	《太平广记》(卷二十六)等;
韩国	《龙岩寺的由来》(h)、《坪村的捕虎》(a)、《虎故事(5)》(f)、《走来时停步的虎岩山》(g)、《东莱郑氏祖先占明堂的智慧》(k)、《托老虎的眉毛娶妻的老青年》(k)、《与虎侍坟并一起生活的宝城吴氏孝子》(g)、《孝子郑昌郎》(f)等;

→变虎

中国	《虎妈妈》(278);
韩国	《虎故事》(c)、《虎鬼传》(c)、《老虎和火枪》(c)、《成为日月的姐弟》(d)、《成为日月的姐弟》(h)、《高粱秆为红色的理由》(g)、《成为日月的兄妹》(i)、《星顺和月顺及高粱秆上的血痕》(j)、《江原道猎手》(a)、《被老虎拐骗的女子》(j)、《报父仇的地理山猎手》(i)、《成为日月的兄妹》(i)、《不幸少女的幸福》(i)等;

第四、戏虎

中国	《虎假虎威》、《老虎妈子》(278)、一些传奇故事等;
韩 国	《老公羊取智胜狼，虎，猴子》(259)、《赶走老虎的文鱼농청》(i)、《老虎和火枪》(c)、《虎故事》(b)、《成为日月的姐弟》(d)、《成为日月的姐弟》(e)、《成为日月的姐弟》(h)、《高粱秆为红色的理由》(g)、《星顺和月顺及高粱秆上的血痕》(j)、《连虎都怕秋雨》(h)、《抓到老虎尾巴的人》(d)、《使老虎难堪的兔子》(d)、《不知恩惠的老虎》(d)、《开平家伙和老虎》(d)、《老虎和头唉》(d)、《用油狗捕虎的孩子》(a)、《捕虎妻传》(d)、《回娘家路上遇虎》(g)、《用烟斗捕虎》(g)、《反倒抓了老虎尾巴》(a)、《以人为诱饵捕到虎》(a)、《虎故事(3)》(f)、《即使被老虎叼走只要打起精神就能活》(f)、《报虎仇的烈女》(f)、《老虎和怪物》(d)、《捕到虎的老头》(g)、《逃脱被虎食之危的女子》(j)、《成为日月的兄妹》(i)、《叼走猪的老虎》(f)、《扒老虎皮》(f)、《从老虎肚子进出的人》(d)等;

从以上文化象征内涵角度对龙话素、蛇话素、虎话素进行分类可知，有时候一个故事并不只限于一种类型。如中国的《老虎妈子》和韩国的《成为日月的姐弟》，根据分析的角度属于恶虎或克虎或戏虎等类型。而这些分类为下面进行文化象征内涵分析提供框架。

(二) 文化象征内涵分析

*龙话素

众所周知，龙是假象的动物。因此，关于龙形象的形成有龙卷说等多种说法。在中国，龙形象的最初雏形可追溯到5、6千年前仰韶文化的甘肃龙鱼陶瓷纹，还有由河南省濮阳西水坡遗址之大型坟墓中的贝壳而成的形象。在内蒙古红山文化遗址也发现了玉龙和玉池龙。在中国，龙是取各部落的实际动物图腾的一部分而拼凑成的较高层次的神圣图腾。其成为中华民族这一共同体的象征。从《左传·韶公十七》等文献纪录中也可以看出中国对龙的崇拜历史悠久。龙早在新石器时代，就成为一些氏族和部落的图腾。在中国，龙的形象在比较广的领域内被发掘。在《玄中记》中，汉民族的始祖神伏羲以龙身亮相。传说中的皇帝被描写为"黄龙体"，炎帝则"龙首，颜似龙也"，舜的模样是"龙颜大口"，而尧帝时"龙负图而至"。从神话时代进入历史时代之后，不仅禹帝自身与龙有密切的关系，他的后裔夏启也'乘两龙'。还有，在祝英八姓当中有养龙的董氏。中国吴越地区自古有"短发文身"的习俗，其图案就是龙的形态。他们以此来证明自己是龙的子孙，并且避免了蛟龙的祸害。即《说苑·秦史篇》载"诸发曰彼越……处海垂之际，扉外番以居，而蛟龙又与我争焉，是以剪发文身，烂然成章，以像龙子者，以避水神也"。对《淮南子·泰族篇》的许慎之注释中也说"越人以咸皮为龙文，所以为尊溶也"。华夏民族出现时由于"群龙并立"，龙就逐渐成为华夏民族的象征。在中国，这种龙神信仰经过几千年流传至今。如今，中国人以自称为"龙的传人"来确认民族本体性。所以，在中国与龙有关的"苍龙交子"、"九龙生子"、"龙飞凤舞"、"二龙戏珠"、"九龙戏珠"、"丹龙戏水"、"龙凤争相"等成语都是神圣而吉利的。如今中国人在传统节日仍舞龙、挂龙灯、赛龙舟，都是有感于龙的神圣性。中国人也把龙看作财神。相信四龙当中护藏龙能保护天下的宝物。图雕记中"上有龙虎衔利来"的说法都缘于此。因此，在现实中有挂龙影祈福的习惯。龙也是护卫神。《汉书》的书边儿上就画有神灵在龙虎的护卫下从天而降的形象。这与韩国的《解慕漱神话》中解慕漱乘五龙车来往于天地之间的情形相似。在韩国，龙是神话传说中主要的话素之一。《解慕漱神话》中解慕漱的五龙车，作为水神-龙的河伯及新罗的朴赫居世神话中的鸡龙，还有昔脱解神话中的龙城国都是其很好的例子。在韩国，龙的图像从三国时代，多出现于宫阙遗物和寺庙文化中。自新罗以来，有关出现龙的记录就有20余次。每当龙出现时，就带来国家(太平盛世)和人物(圣人的诞生，君主的降临)的变化和农事的丰凶、民心向背等大事件。龙是预示未来的神圣物。还有在《三国演义》、《高丽史》等文献中有新罗时进行四海祭和四渎祭的记载，从中可以看出龙祭有相当长的历史。在新罗的《处容传说》中，东海龙王的儿子处容不仅被新罗国迎接为贵宾，最后指定为打退疫鬼的神，也被奉为祭拜的神。高丽成宗三年以来，国家设灵坛，王亲自行祈雨祭，责备龙的怠慢而象征性地鞭笞龙。在韩国民间，有传统的龙王祭、龙神祭等龙祭。龙王祭不仅在大海或大江，也在村落和家中水井边进行。被称为龙王祭或泉祭的井祭作为村落堂祭的一环，在农乐队载歌载舞中进行。还有在河回别神祭、顾城五广台、秀英野游等民俗活动中"英怒"即龙是以惩罚坏两班的神出现。中国和韩国都把龙神圣化了。根据学术界的研究结果，韩国的龙观念主要来自于中国。146)从《礼记·礼运》看，中国人把龙与麒麟、凤凰、乌龟一起视为四大祥瑞兽，东方为青龙，西方位白虎，南方为朱雀，北方为玄武，称为"四象"或"四神"，把龙视为最高的灵物。这种观念在韩国也存在，就是一个例子。

　　在中国和韩国的龙话素故事中"神龙"主题是基于对龙神圣化的传统观念。但，具体说来中国的神龙故事更多。载入《吉林卷》的15篇龙话素故事中，过半的8篇都属于此。更有趣的是中国和韩国的神龙都与水有关。中国的《哪有把猴子的心脏挂在树上的》、《龙王得病的故事》、《吾心和猴子》、《千涸八百里的大海》、《龙棚的传说》和韩国的《龟兔故事》、《大同江故事》、《治王的病得针》、《火狐狸和独生女》、《龙王派来的会说话的龟》、"龟兔型"故事、"放鲤得宝型"故事等都把龙王视为大海之主。中国的8篇故事中，《龙门峰》讲包括东海龙王的东海龙们守天池的故事；《天地一柱和华盖峰》是有关天池龙王的故事；《捆绑天池的恶龙》是有关东海龙王及其儿子的故事；《二龙湖》讲由天神变化的土龙由于口渴总喝水的故事；《七十二道龙湾》讲东海龙王看到人间的旱灾派龙挖河的故事；《海龙》讲掌管雨水的九

---

146) 但是在韩国有因龙的固有名称"미르"在《鸡林逸事》、《杜诗谚解》等古代文献里都有发现，还有龙神以"龙神婆"、"龙宫娘娘"等女性出现，表现出某种原型形态这一事实出发，也难以否认固有龙存在之说。

条龙，等到水都干了，它们便成了山岭；《龙棚的传说》讲木匠以修缮龙宫
为代价向龙王求雨的故事；《龙泉酒的传说》讲有关龙的眼泪变成水流的内
容。从中可以看出，龙与水并不是平等的关系，而是处于支配水的主导地
位。由此东海或天池的龙王有能力做降雨或治水的善事，成为水神。其
实，在中国早在禹帝时龙就以水神出现。众所周知，禹帝以"大禹治水"而名
扬天下。但是在金文中，"禹"字是母龙相拥在一起的样子。可以说母龙是水
神的象征，而禹是征服整个母龙的英雄。由于禹治的水是黄河的水，母龙就
可看作黄河神。看韩国神龙主题故事，神龙与水及它的水神性格是昭然若
揭的。《龙岩传说》、《龙脊椎传说》中出现在江或浴盆中玩耍的龙；《鱼的报
恩》中出现龙宫；《冬天得鲤鱼的孝妇》则讲有一孝子求海龙王放一条鲤鱼的
故事；《龙水洞堤坝的传说》和《海印寺的由来》讲述的是由于龙总是翻腾或
摆尾而不能堵水或垒堤坝的故事。还有在《檀君神话》中桓雄率领的风师、云
师、雨师是指龙的，而《三国史记·新罗本纪》(赫居世王朝)中讲述"金星井
里出现了两条龙，于是下了阵雨，打雷，城南门遭殃"之事；或《三国史
记》其它条目中的"龙见鱼……"之事；而《高丽史·作帝建》中，龙女出嫁时
带来找水的柳枝，在屋里挖井，通过井来往于西海，但由于丈夫作帝建违
禁，变成龙消失之事也说明之。中国和韩国的故事中，龙的居住地多是
井、池、潭、沼、海等。由此，自然而然地也就形成了井池崇拜和龙宫崇
拜。而在中国和韩国的很多地名中就有龙井、龙湖、龙池、龙湫、龙潭、龙
沼、龙江等带'龙'字的地名。中国和韩国都以农耕文化为基础，所以水当然
成为重要的话题。基于此，神龙与水的关系及它的水神性格被升华为一种
民俗信仰。在韩国《东国岁时记》的"上元条"中"……其习俗，上元前夜得鸡
鸣，家家持瓢，争先汲精华水，谓之捞龙卵，先汲者占其农功"，和《东国
李相国集》中"龙吐气造云，云也得灵性，龙乘云现神通"等都是很好的说
明。中国和韩国的祈雨祭也与龙有关，与龙神祭无别，在河边举行。《三国
史记》卷四"新罗本纪·真平王"中载龙从新罗时就成为祈雨的重要对象，画
龙像祈雨。《高丽史节要》卷三"显宗元文大王"中载用泥做龙像，让巫师祈

雨。此外，还可找出向五海神即东西南北及中央龙王祈雨，举行土龙祭的记载。韩国的《东国与地胜览》中就有很多旱灾时在龙井、龙潭、龙池、龙湫等地祈雨的事例。在中国和韩国流传的许多祈雨故事都与龙有关。《三国逸事》卷四"宝壤梨木"中载由于太干涸，宝壤神士向西海龙王之子梨木祈雨的故事就是其具体例子之一。

在中国和韩国的龙话素故事中，神龙的性格还可见于驰骋于天地的神秘性。中国《龙门峰》中出现来往于天地的龙，当被夺去翅膀时就不能飞了。《七十二道龙湾》中，当人间旱灾时，龙来到人间找水源。相对于中国的龙多下降人间，韩国的龙大多升天。在《海印寺的由来》中龙得力于神物升天；《坡平尹氏的传说(不吃鲤鱼的由来)》中鲤鱼变成龙升天；《关于村落地形的传说(风流山村)》中龙从云龙潭升天；《龙沼传说》中龙沼的龙吃牛升天；《龙岩传说》中龙从江升天；《龙脊椎传说》中龙从浴盆中升天；《釜山龙得升天》中龙升天的地方是明堂。还有像《小力士的故事》、《金德龄和姐姐和龙马》等"小力士型"故事中升天或比箭跑得快的龙马及"仙女和柴郎"型故事中柴郎的龙马也属同一类型。在韩国，就是由于升天龙的意象，龙的神性倍增。据学术界的一般见解，这种龙的飞翔意象的形成受印度佛教龙的影响。中国南北朝时期从印度传入佛教，韩国则是高句丽小兽林王372年从中国传入佛教。由于受佛教龙的影响，中国和韩国龙的模样也可能发生了变化。在中国，把头部有翅膀，尾巴像鱼尾的龙称为飞鱼就是一例。中国《龙门峰故事》中，龙带鹿角，一旦收拾翅膀就不能飞也说明这一点。在中国，根据龙的作用，分为具有天的更新力的天龙；起风雨的神龙；管理地上水源和泉水的地龙；保卫天下财宝的护藏龙。根据模样，分为有角龙和戴翅龙。明朝时，根据模样把有五脚的龙称为龙；有三、四个脚的叫蟒。还有住在天上的较强的龙；没有角住在海底的蜃；有鳞且住在山中池或空窟的叫蛟。但根据李东哲《韩国龙说话的类型之意味研究》，韩国的龙则根据青色、黄色、褐色、赤色等颜色加以区分。

正是由于龙得这种神性，在中国和韩国，龙成为人间最高统治者-皇帝的象征。在上述文化象征内涵分类里把它概括为从神龙衍生的意思-"王龙"。在中国和韩国，把皇帝的身体部位称为龙颜、龙须、龙泪等自不必说，甚至包括龙袍、龙床、龙驾等皇帝使用的物品，凡与皇帝有关的东西前面都带"龙"字。在中国，从秦汉开始龙与统治阶级挂钩。从先秦到西汉盛行"河图洛书"之说。"河图"也称为"龙图"，就是由龙马从黄河驼出来的。即以"龙图"当作皇帝轩辕出世的前兆。《尚书·君硕》中讲了"真龙天子"故事，以"飞龙在天，独圣人之在位"把"飞龙"和"真龙圣人"相对应。从此，只有皇帝和王宫的子弟才能被称为"龙种"或"龙子龙孙"。在中国的龙话素故事中，《慈禧剜龙脉》讲了慈禧太后得知"二龙戏珠"的王气，便使人斩了土龙的腰，就是个典型的例子。在韩国的龙话素故事中，建国始祖及其后裔当皇帝的故事中频繁地出现龙。《三国史记》中百济武王薯童是他的母亲与池中的龙交配而出生。高句丽的高祖蒙也是龙女柳花所生。《高丽史》所载的作帝建故事说高丽始祖王建诞生于龙王的外孙。《三国史记·列传》中有关太祖和弓裔神话即"四年内出现两龙，一条藏于青木，另一条现予黑金的东边"，这里的两龙指高丽太祖和弓裔。后百济的始祖甄萱是由光州北村的财主家女儿和蚯蚓交配所生，从"蚯蚓"和"地龙"的韩国语音相似推断，此传说与薯童的传说同出一源。《三国史记》卷二十五"百济本纪·毗有王"中载"黑龙出现于韩江，霎时间云雾密布，龙飞走了。接着王死了。"因护国龙被苏廷芳钓，致百济灭亡的《百马江钓龙传说》也属同一类型。《三国逸事》卷一"赫居世王条"载"有鸡龙现而左胁诞生童女……"，看得出赫居世王的夫人阏英是由鸡龙所生。还有昔脱解以龙城国的儿子出场。《龙飞御天歌》第一章中把建国前的六个祖先称为"海东六龙"，而二十二章中度祖助白龙，白龙预言李成桂的登基及其子孙满堂[147]。在韩国的文献故事中，把建国始祖及其后裔的诞生及有故与龙联系起来，从而确保其神圣性。相比较而言，建国始祖神话里中国的"龙种"或"龙子龙孙"多偏于父系，而韩国则多偏于母系。此外，姓氏始祖神话或夜来者型故事中姑娘与龙相交配型也可看作同一类

---

147) 此故事与作帝建型故事同型。

型。如昌宁曹氏的始祖曹溪作为龙的后裔的传说也是其一例。

在中国和韩国传统的儒教社会里，从王龙很自然地衍生出前途有望的男子意象-"男龙"。中国人祝福得贵子，说得了龙子；祝福孩子前途有望说"望子成龙"。还有，在中国文明的发祥地-黄河流域家喻户晓的一系列"登龙门"传说，可说是有关男龙意愿的最好的注解。在韩国《泌阳城郭》中有与"登龙门"传说相似的"群龙"变成"赤龙"的故事。在韩国，"怀孕的女子在梦中见到龙会生大人物"啦；"梦中见到龙会出息"啦；"梦中骑龙回家会成为贵官"啦等龙梦也都是它的绝好的注释。韩国《龙梦与三个儿子》、《避难路上的识者忧患》、《汉阳赵氏始祖谈》、《做龙梦得俩公主》等龙话素故事里龙就预兆生出有出息的男孩。而在《混混的奇智》里梦见青龙和黄龙相争斗，结果都死掉，于是酿成死胎。韩国著名的古典小说《春香传》和《洪吉童传》中，有关男主人公诞生的胎梦里就有龙的介入。韩国著名理学家李珥也是其母亲申师任堂做龙梦诞生的。韩国英雄豪杰的诞生几乎都与龙相牵挂。其实不仅是胎梦，就一般的喜庆征兆中，与龙挂钩的梦也很多。《做龙梦成为都承旨的宣俊采》就是一例。在韩国民间信仰里，当女子希望得子时，等听到正月十五的鸡鸣声，就拿着瓢争先恐后地去瓢映在井里的月亮来喝，即所谓喝龙卵习俗。可以说这是吞龙卵得像龙一样儿子的类感咒术民俗。

在中国和韩国，龙是有神性的。要依靠神性得到保护，对于天生为弱者的人可能是理所当然的事吧。因此，出现了人类向龙献祭，以报恩的龙-"报龙"为主题的故事。当然，在广义上水神或男龙意象也可纳入到这一范畴来考察。中国《干涸八百里的大海》中现实的优秀青年得龙恩娶龙王之女，打退社会恶势力；《海龙》中，龙王弄干十九条毒龙居住的大海给人们排了忧。韩国《大同江的故事》中老人因救了鲤鱼，龙王的三太子把他接入龙宫给了他鸡蛋似的三个宝物，弄清了大同江的水；在《坡平尹氏的传说(不吃鲤鱼的由来)》中把被抓的鲤鱼买来一放，变成龙升入了天，后来鲤鱼以搭桥来报了恩；《火狐狸和独生女》中则由于乌龟的报恩，得以入龙王国骑出马杀死了狐狸；《海印寺的由来》中，龙王的儿子由于犯罪化身为猫来到人间三年，一位两班照顾了他，后得到了龙王的报答；《鱼的报恩》中为了报答给食之恩，给新郎官三个避害之字；《无忧的老人》由于救出龙王之子-鲤鱼而得到报答；《龙井里的龙沼传说》中因豁达得到黄龙报答。中国和韩国的报龙故事中"放鲤得宝型"占大部分。此外，在韩国有人介入两龙相斗中救出其一而得到报答的作帝建型故事。清州韩氏始祖传说也与作帝建型故事同类。即当龙与蟒相斗时清州韩氏始祖射死了蟒，龙在雷声霹雳中升天，一摇尾造了地，称之为"龙开地"。

在中国和韩国，龙的神性与佛教的传入相结合，以护法龙或护国龙出现也是很特异的。随着佛教的传入，龙王以佛教的天龙八部之一收容为护教的半人半蛇。即刻画为与护法佛教相结合的护佛法、护国家的神将，被奉为护法龙或护国龙。这种信仰在韩国出现得更多。在《三国遗事》有很多类似的文献故事。像护法龙故事，有《明朗法师与海龙》(明朗诗人)、《宝壤祖师与西海龙》(宝壤梨木)、《义湘大师与东海龙》(洛山二大成)、《慈藏律师与地龙》(黄龙寺九层塔)、《真表律师与龙王》(关东风岳)等故事；像护国龙故事，有文武王一代文虎王法敏，万波息笛和元圣王一代。其中，文武王死后要成为护国龙守护佛教和国家，因此遗言死后把他葬在东海中的大岩石上。佛国寺(大荣殿)的龙头木雕故事也是这一类故事。在韩国，起初龙与佛教对立，结果出现了被放逐的形象，后来与佛教结合成了护国者。这揭示了佛教的传入和土著化过程。《东国与地胜览》的"高成山川条"，佛鼎和尚说教时，龙女出现在岩隙听法就是其一例。在韩国的古代佛教美术中也容易找出这种例子。

对于神性，人的感情不仅仅停留在神性本身。在急功近利的民俗文化中更是如此。正是基于这种民俗文化的生理，中国和韩国的龙话素故事中出现了与神龙相对的俗龙。中国《哪有把猴子的心脏挂在树上的》和《吾心与猴子》等"龟兔型"故事中，通过由于虚荣心被拐骗到龙宫并瞬间取智脱离危险的猴子形象，讽刺了包括龙王的龙宫贵族之愚蠢。《龙棚的传说》则反映了被木匠的斧子搞斜的龙宫之狼狈相。韩国《龙井里的龙沼传说》、《度祖在赤池打退黑龙的故事》、《帮助龙之斗得英顺》等居陀知型故事,说明在两龙相斗中成为胜者必须得到人的帮助;《釜山龙的升天》中龙的升天也需要人的帮助,如人的一句话或如意咒。再看看《三国遗事》卷二"水路夫人传",露出了东海龙王看上人间美女便夺之,但最终被人们的威胁所吓倒送还女子这一俗相。高丽文宗时,《李灵干用苔杖打退龙的故事》更显龙的可怜相。在中国或韩国出现的与善龙对应的恶龙可看作俗龙的一种表现。

*蛇话素

蛇作为爬虫动物,在地球上居住历史悠久,比人类的历史还要久远。在整个新石器时代的出土文物中,蛇是最引人注意的形象之一。形态上,蛇有别于其他四脚动物,形象怪异又丑陋。但它有着顽强的生命力和适应力。从沙漠到潮湿的河沿,到广阔的草原和茂密的森林无处不能存活。像毒蛇和蟒蛇的毒性既使人产生恐怖感和厌恶感,也使人产生神秘感和敬畏感。中国和韩国的与"恶蛇"相关的故事形成的心理底蕴就在于此。有关恶蛇故事,中国和韩国基本上表现出同一倾向。中国《勇敢地杀死沙蛇》中沙蛇以来去无踪的神秘性吃掉人;《叫人蛇》讲蛇叫人又杀死应声人之奇异的形象。韩国《用大钱买来的占卦》中,江里的蛇变成龙摆尾使船沉下;《猫之可怕的报夏》中蛇为了替猫报夏用缠毒熔死了女子。还有在《由于恨变成蟒的人》中,被姑娘抛弃的青年死后变成蛇堵住轿子,入洞房缠死姑娘;《狗经装扮杀死媳妇》中,变成狗的蟒蛇杀死了媳妇;《变成尼姑的媳妇》则公公死去的地方躺着蟒,婆婆死去的地方躺着毒蛇。而这些有关恶蛇的故事中,虽不是没有以恶蛇的恶行结束的故事,但更多的是最后还是以克蛇为结束。如果说,中国的《荣光塔》是得力于小青龙来杀死毒蛇的话,《勇敢地杀死沙蛇》则是武艺超群的人杀死了沙蛇。此外,以文献故事流传并为中国人熟知的《杀修蛇的故事》和《李寄斩蛇》中,特别是女孩李寄成了杀蛇英雄。韩国也这方面表现得很多。《江源道猎手》讲了江源道猎手杀死只要一碰草木和谷草就枯干的"杀无赦"蛇的故事；《打退了要娶妻的蟒蛇》讲述了有人得到和尚的指点，念佛经倒毙想装扮成新郎娶妻的百年巨蟒的故事；《朴文洙打退蟒蛇》则讲了历史人物朴文洙把装扮成儿子的蛇投入火堆的故事；《报恩的山鸡和蛇的报复》中则是山鸡啄死了蛇。还有像《蟒媳妇》，蟒蛇想为代表男性的人类做好事而成为完整的人这一主题则是推翻"恶蛇"话素，表现了人一厢情愿的白日梦。

"善蛇"，在中国和韩国主要以报恩主体常出现，但蛇的具体形象上有所不同。在笔者所触到的资料内，中国的"善蛇"以白蛇居多。在《吉林卷》中，蛇话素故事共11篇，其中白蛇话素故事就有《蛟河的由来》、《金碑上留下的痕迹》、《灵芝草》、《由于坏心肠被蛇咬死》等四篇。《蛟河的由来》中白蛇不仅经修道千年得道，还帮助孝子做好事，与孝子拜兄弟打退黑蛇，之后又与得道的白蛇妻飞向峨嵋山；《金碑上留下的痕迹》中出现白蛇和青蛇，白蛇修成正果升天，而青蛇竟做坏事不修道，最终落成个粪堆；《灵芝草》很像《兴夫传》，其中起类似"燕子"作用的白蛇变成人做好事；《由于心肠坏被蛇咬死》中则出现对恩公报恩，对贪欲惩罚的惩恶扬善的小白蛇。其实在中国，这种白蛇故事的集大成者为中国四大传说之一《白蛇传》。《白蛇传》作为凄切的爱情故事，表现了白蛇憧憬人世化为美女，大胆追求爱情，但最终被恶势力遭毁的悲剧。中国人正是通过《白蛇传》中的白娘子形象倍增了对白蛇的肯定意象。据说中国从唐代开始，出现了白蛇话素的故事。中国的旧文献中也有很多与白蛇相关的记载。关于白蛇，最初的记载可见于《李黄》，在这里白蛇以看重男人的钱财加害的否定形象出现。《太平广记》卷四百五十六之《竹觀》中出现诱惑人间女子的白蛇形象。而《三塔记》中白蛇把男子当作淫欲的工具。但是，五胡十六国时期，《王子年·拾遗记》中的"张承母"则是在乘小舟游江时，由于一条白蛇突然飞入小舟而得张承，并子孙满堂，这里的白蛇是肯定形象。直到明代的《白蛇传》，白蛇才成为绝对的肯定形象。可以看出，中国的白蛇最初是坏的形象，后来才成为肯定形象。中国在传统上就认为白色兽力气大，它的出现预示着吉祥。特别是预示帝王之业的繁盛。从前的五帝之一白帝白招拒在传说中是蛇神。《史记·奉禅书》中晋文公在梦中看见蛇后行"祭白帝",向蛇神祈了福。《史记·高祖本纪》中,说刘邦起兵时夜里捉到了一条蛇,因那条蛇是白帝子,象征帝王的福份而使他高兴不已。长江三峡的白帝城原先叫鱼伏,东汉时期的公孙术到此,看到从井里爬出像白色蛇龙的东西后说吉利,就改为白帝。从此看来,初期的白蛇话素故事中,虽然不是白蛇就一定预示吉祥,但总的来说白蛇是一种神秘的存在。韩民族以白衣民族自居,喜欢白色,崇仰白色,虽在肯定的意义上有神化白蛇的倾向,但在有关蛇话素故事里还不多见。

蛇拥有圆滑地适应天地自然之变化的旺盛的生命力,所以在中国和韩国都被神圣化。中国的旧文献记载,如《列子·皇帝》之"伏羲氏……蛇神人首";王延寿的《鲁灵光殿赋》之"伏羲鳞身,女娲蛇身";王逸的《楚辞·天问》之注释中"女娲人头蛇身";曹植的《女娲书赞》之"或云二皇,人兽蛇形";"女娲氏……蛇身人兽";《拾遗记》中"又见一神,蛇身人面……示禹八卦之图,列于金版之上……蛇身之神,即义皇也";还有在《玄中记》中"伏羲龙身,女娲蛇躯";《列子》(皇帝篇)中伏羲和女娲以人首蛇身相出现,可见,中国的天地开辟和创造人类的神伏羲和女娲与蛇的形象有很多的联系。再者,看《汉书·地理志》,西汉时期很多文物的图案上取了很多人首蛇身的伏羲和女娲交尾的形状,而洪水神话讲述伏羲女娲姐弟成婚繁殖人类的传说。其实在这种人首蛇身或人面蛇身的蛇身范畴内不仅有伏羲女娲,还有与颛顼争皇位,用头撞不周山给天下带来灾难的共公和君临为中原各部族共同祖先的轩辕氏。闻一多在《伏羲考》中按照方位统计了出现在《山海经》的半人半兽及人蛇结合的蛇神。除伏羲女娲之外,蛇神形象正如郭璞注《归藏·启筮篇》时所说"共工人面蛇身朱发",表现中国古代神的形态特点之一。现学术界根据仰韶文化和河南濮阳的贝壳遗址,断定中国人的龙蛇崇拜早在5、6千年以前就开始了。事实上在中国从汉王朝建立时,蛇就象征着古代王权统治。《史记·高祖本纪》中汉高祖刘邦捉到蛇后起兵的传说很好地说明了这一点。《搜神记》卷九"冯绲"中冯绲遇两条红蛇,非常害怕，但得到"此吉祥也，君后当为边将，以东为名"的占卦后第五年果然成了大将军，提为辽东太守，可见在此出现预示吉祥的灵蛇。到后来，在许多动物精怪故事中，蛇断然占据了重要位置。《志怪》的"蛇精"、"蛇怪"就是典型的例子。但是据说从《志怪》故事开始，蛇渐渐从神坛上落入世俗。往后蛇话素就连绵不断地流传为多种多样的故事。《太平广记》收集了从第456到第459共百余篇关于蛇的故事。

在韩国，蛇仍是神圣的动物。它是从冬眠的死亡中得到再生，不断地剥去旧皮而成长的典型动物。因此，蛇以诞生、再生、永生的象征被崇拜。高句丽古坟的交蛇图中两条蛇相缠，即意味着诞生。蛇又可以在水中和陆地自由活动，所以被认定为驼找亡灵并担任向导，是坟墓的守护神和地神。5、6世纪高句丽古坟壁画中就有人头蛇身相的地神。壮士图中壮士在左臂上缠着蛇，表现出地神的守护作用。新罗的土器中也有蛇叼着青蛙的图像。

韩国的民俗信仰中有"业"这一说道。蛇就是守财和丰收的业神。所以在民间蛇被奉为家里的"业"。认为家里没有了"业"就会亡。像"财主家的业出去了"这一谚语就是说财主家因使发财的莽业出去了，于是不可收拾地走向没落。在济州岛，这种业的蛇神信仰仍流传至今，以巫歌为证。济州岛流传着由于请了道边的蛇神府君神灵一下子变成财主或府君神灵即使逃走了也因供奉其所俯卧过的土而发财等故事。《三国遗事》卷二"纪异二驾洛国纪"中载新罗统一后文王庙内有很多金玉，强盗们想盗之。于是三十多尺的蛇咬死了八、九名贼。这也反映了蛇的财产保护神之面貌。这也与中国人认为蛇给人带来财富并护家这一信仰相通。《太平广记》卷四百五十七"树提家"中载隋朝时树提家造房时奉蛇为"古铜之精"就是一明证。

中国和韩国传统上把蛇加以神圣化，这从把蛇与龙结合在一起的例子中也可以看出。中国王冲的《论衡》载"龙或时似蛇，蛇或时似龙"，还有郑玄对《尚书·大传》加以注释说"龙，虫(蛇)之生于渊，行于天者也，蜀天。蛇，龙之类也，或曰龙无角者曰蛇"，认为龙和蛇会因时和状况自由变换。南宋

罗隐的《尔雅盒》卷二十八中也把龙的形象解释为蛇。这种龙蛇说在中国人当中已普及。在一般民间，大江流域的人都相信河神是蛇的形象。中国人认为黄河的神是四方脸，眼下有黄金色的小蛇打团而成的红点这一形象。水乡越人想用刻在身上的蛇形图案躲避蛟龙的祸害。中国人在属相中把蛇称为"小蛇"。韩国的民俗信仰认为龙是由蛇变的，毒蛇活得长的就能飞。庆尚道地方称蛇为"꽝철이"、"깡통이"，在全罗道地方称蛇为"저루"，这些蛇飞向天空时速度非常快，而且天空布满火，结果就造成旱灾。这里蛇能飞又与雨有关这一事实说明它带有龙的性质。可以看出，蛇趋向于龙。但一般称未完全成龙的蛇为蟒。蟒为了变成龙要等时候。蟒具有特别功能，一般住在深水中。蟒得到如意咒就能升天成龙，得不到就继续留为蟒。但是如果变不了龙，长时间留为蟒的话，就会给人带来祸害。韩国传统的木偶剧《朴金知的游戏》、《新娘》的"이시미"(蟒的方言)和《东莱野游》、《筒荣五广台》等以独特的蛇形扮演乱吃人和动物的角色就是一个例子。在韩国语里把心术不正的人比喻成"蟒"，说"像坏透了的蟒"这一俚语也是基于这种民俗信仰产生的。因此，一般来说龙是善者，蛇是恶者。在中国和韩国的民间故事中，实际存在着很多这种主题。中国《海龙》中小蛇的形象其实是龙王，而韩国《用大钱买来的占卦》中出现变成龙的蟒，还有在《蛇与蚯蚓的争斗》中蛇生龙子，得到如意咒后变成龙升天等即是。可知，在中国和韩国一般把龙和蛇结合称为龙蛇，乃至升华为龙蛇信仰，把蛇神视为龙的原形。

以上神蛇话素正是基于对蛇的中国和韩国的这种神圣观念。当然，"善蛇"报恩故事也基于此。但如果说报恩故事是以人与蛇的授受关系为前提的话，在这里指的是人类对蛇的单方面的神圣化。中国《蟒神停滞于人间》中，蟒蛇虽得到了天神的惩罚，但分明是经过千年修道成为神仙；《纪小堂的传说》中，黑蛇不仅使养育自己的人年年丰收，平时还炼丹修炼。《蛟河的由来》、《由于心肠坏被蛇咬死》、《勇敢地杀死沙蛇》等故事中，蛇眼是夜明珠或百效药，人们托其福要成为神仙或财主。韩国《蛇与蚯蚓的争斗》中，蛇以得如意咒升天的形象出现；《救出蚯蚓成功的人》则按照梦中蟒蛇的指示找坟地，向村子引水成了财主；《蟒蛇的报恩》则是梦中蟒蛇把恩人引向有金柜的地方；《积善的麻风病姑娘》则喝了溺死蟒蛇的糯米酒后姑娘脱去了旧皮。在中国和韩国，有关神蛇话素故事中，蛇的神圣性也表现于神秘的变身母题上。中国《蛇郎与三女儿》与韩国《蚯蚓之子》就是典型的例子。在中国和韩国的故事中，蛇可以变成女，也可以变成男。但对于中国和韩国，女性意象更浓。中国"美女蛇"和韩国"花蛇"这一说法也说明了这一点。很多人与蛇类交媾故事就表现了这一点。韩国《三国遗事》卷二"纪二四十八王景文大王条"载，新罗第四十八代景文王的寝宫里每夜都聚集无数条蛇，宫里的人吓得想把它们赶走。但王说没有蛇反倒不能安稳入睡，还是不要赶走。每当王入睡时，蛇就伸舌头盖住王的胸。这个故事里蛇分明是女性意象。在中国台湾，要是男子在梦中见到蛇，就预示着将会交到女朋友，这与景文王故事蛇相如出一辙。

在中国和韩国民间故事中，蛇的升天母题也表现出蛇的神秘性。中国《纪小堂的传说》中出现受丹修炼的蛇；《蛟河的由来》和《金碑上的痕迹》中千年得道的白蛇夫妇飞向峨嵋山，白蛇修成正果等故事和韩国《山参和蛇》中快要变成龙的蟒为了升天要得如意咒；《蛇与蚯蚓的争川斗》中未变成龙的蟒得到如意咒而升天等故事都是很好的例子。其实，中国《太平广记》卷四百二十二中，蛟精装扮成洪氏的女婿或其女；《老蛟》中苏州虎丘池的老蛟化为美女诱惑少年吸他的血并致死等情节与韩国《打退要娶妻的蟒蛇》、《朴文洙打退蟒蛇》中百年巨蟒装扮成新郎或为了报被镰刀刺伤的仇装扮成其儿子的情节，在其变身母题上都基于蛇的神秘性。当然，蛇报恩母题也基于这一神秘性。

*虎话素

中国的虎故事专门收入于眉公陈继儒(1558～1639)的《虎荟》一书。但总体上来说类似的多，不够多样化。但是韩国的《韩国故事的类型》[148]韩国故

---

148) 改定版，曹熙雄，1996，p55。

事的动物谈中，虎是出现次数最多的一种，可谓多种多样且可称奇。中国的大文豪、思想家鲁迅(1881～1934)也似乎感觉到了这一点。鲁迅曾说过韩国的虎故事多种多样，并饶有兴趣地让见到的韩国人讲虎故事给他听。单看由李家源先生编的《朝鲜虎故事》[149]，"虽把相似的部分不惜削掉"，但还是可拟出十类八十篇。请看十类的具体"场"。第一场是老虎性格的方方面面；第二场是奉为神灵的虎；第三场是虎和孝道；第四场是报恩的虎；第五场是虎和婚姻中介；第六场是虎与历史人物；第七场是虎寓言；第八场是虎粪故事；第九场是虎难；第十场是捕虎。这从下面将要比较的中国与韩国民间故事中能够看到这一点。

老虎栖息于广阔的中国大地，所以中国堪称为虎乡。全世界有十种虎种，六种在中国。老虎的亚种数量属世界之最。《玄中记》载在河北、河南、山西、云南等地发现了三百万年前哺乳动物群中的虎化石。从夏、商、周到春秋战国，用老虎做图形或形状的奇物相当多。在河南省濮阳西水坡遗址的大型坟墓中，可确认由六千年前的贝壳做成的老虎。河南、黑龙江地区的岩画中有虎的形象；浙江和常州的青铜器上也有虎纹。不仅是关于虎的神话传说，各朝代关于虎的各种文献记载也不计其数。韩国虽然地域窄，但由于多山丘，很适合老虎栖息。老虎的形象出现于先史时代的青铜器和岩化石等。在北朝鲜的黑寓里旧石器时代的遗址中发现了四十万年前的虎化石。老虎虽然不一定"从前开始抽烟"[150]，但其数量之多是确定无疑。早在《檀君神话》中就出现老虎以来，历代文献中关于虎的记载连绵不断。高丽朝《三国史记》之虎谈；《三国遗事》之金现感虎及论虎林；崔滋(1171～1260)《补闲集》之虎语；朝鲜王朝柳梦寅(1559～1623)《於于集》之虎阱文；李光庭(1674～1756)《讷隐集》之虎眪和虎击；李德懋(1741～1793)《婴出稿》之馈虎说；李圭景(1788～？)《衍文场笺》之祠虎证辨说、虎狼证辨说、虎证辨说等即是。还有在《朝鲜王朝实录》中就出现有关老虎的

---

149) 学闽社，1993。
150) 韩国民间故事一种固定的起式句。

635种说。韩民族真可称得上"虎谈国"，即虎是热门话题。

老虎以锐利的牙齿和爪及迅猛的动作危临人类。所以老虎是可怕的存在。在中国，十九世纪前，老虎在全国1188个县级单位出现过，可谓多虎患。《苛政猛於虎》在讲述残酷的政治状况时，正是把虎患列举为比较级。韩国《百济本纪四》载"二虎斗於南山，捕之不得"；《高句丽本纪十》载"九虎一时入城，食人，捕之不获"；《新罗本纪九》载"虎入执事省"；《新罗本纪十一》载"五虎入神宫园"、"虎入宫庭"，还有高丽时期担任汉山村(现汉城)职务的汉山太守经历过三次虎患。可以看出，老虎不仅在都城，还在官衙乃至宫庭行凶。中国和韩国受过很多老虎的祸害。有关虎话素的"恶虎"条就是一个很好的注释。中国的"谈虎色变"，即说明人们受过太多的虎患，在无意识中形成了这种语言符号。韩国也有类似的语言符号。如"虎食"、"虎山"、"虎患"等。还以虎患为基础竟形成一种"该被老虎叼走的家伙"的辱骂。比起中国，好像韩国的虎患更为严重。"虎患"虽然是中国式语言，但在韩国更容易上口。看有关虎患的故事，没有一个不是沾着血和恨的。在《桑树的果实变黑的理由》中由于被虎祸害的青年男女的血才把桑树变成黑色。虎患又是命运的安排。《取山顶僧之女的短命少年》就是命中注定要被虎食。《易学者白九龙-(2)》中虽然可以以读经避免虎患，但老虎还是把过天寿的人吃掉。老虎无疑是阴槽地府之鬼煞。还有在《使公公睁眼的孝妇和虎》中，公公听到老虎这一词就吓得睁眼了。这些说明韩国人对虎患的悲惨的记忆。可这些会得到文学想象力的升华。但是文学枯竭的地方盛开宗教之花是个很有趣的例子。在韩国的庆北迎日郡九龙浦邑江沙里就是用星神巫进行虎祭。为了安抚被虎叼走的灵魂，防止虎患，形成了把牛头埋在后山的仪式。

当人们远离对虎患的价值判断，客观上认识老虎的勇猛，那么老虎乃成为我们人类瞻望的对象。其实，在日常生活中人们好以虎相称显威风的。老虎的勇猛象征着官吏和军队。在中国和韩国，古代军权的标志-兵符一般是虎形。认为借用老虎的形象和名号会得到威力。根据考古学资料可知，在中国，早在夏朝军人使用的武器上就装饰了虎头纹。还有至今军队的荣誉称号引用"虎"字的多。中国的"猛虎连"[151]、韩国的"猛虎部队"、"白虎部队"等即是。在中国称护卫统治者的叫"虎贲"、"虎贲郎"等，即"君之右虎侠"。当官吏们出战时，用虎旗和虎头牌开路。在韩国朝鲜王朝时，军队的倚仗旗便画有带翅膀的白虎两手拿着鹿茸的图案。尽管现实的虎患很可怕，但用想象排除和征服虎患的人类更胜一筹。因此，就出现了展开文学想象力的"克虎"故事。在中国和韩国的民间，有用虎须和虎指甲赶虎的民俗信仰。在韩国，民俗信仰上认为虎是很容易赶走的。流鼻血，翻石头或按牛铃都能赶虎。因此，在中国和韩国出现大量克虎故事也是理所当然的。在中国的历代文献里记载着大量的克虎事例。如《穆天子的故事》、"武松和李逵打虎捕虎故事"等。武松也出现在施内庵的长篇小说《水浒传》中，以"打虎英雄"为中国人熟知。中国西汉时出土的画有驯虎图的镜子表现了对捕虎人的崇拜心理。还有在福建、台湾一代流行的"九月节"也是纪念捕虎英雄的节日。与中国相比，好像韩国对克虎的夙愿更强烈。《山海经》记载"君子国在其北，衣冠带剑，食兽，使二大虎在旁，其人好让不争"，在这里表现了君子国即新罗人自由自在地驯虎。《三国遗事》卷一"纪异一真德王条"载新罗六部族长在开会时出现虎，於川公用一手抓住虎尾甩死老虎，所以被尊为坐上上座。朝鲜王朝成祖时，成伣的《慵斋丛话》中记载了实际捕虎的武勇谈。在民间关于克虎的故事还很多。《被虎叼走只要打起精神就能活》表现了韩国人的人生智慧。在这个故事里被虎叼走的人杀死虎崽儿后上树，老虎为了吃人爬树反倒被树吊死了。《虎患故事(转祸为福)》，一个人命中注定要被虎咬死，但，不但没有死且中了榜。像《烈女门的故事》和《易学者　白九龙-(1)》则直接宣谕了即使是被虎食的命运，只要努力就有希望的信息。在《烈女门的故事》中，儿子本来是被虎食的命运，但媳妇阻挡了它且成了烈女。韩国故事中不仅有像《打退虎的姜甘赞》[152]、《按李珥的指

151）在中国的企业集团和商品的品牌名称上也喜欢用"虎"字。

152）《慵斋丛话》中也有此类故事。

教捕虎的南师古》、《赶虎的智将》、《骑虎的智将(1)(2)(3)》等寄托于伟大的历史人物克虎的故事，也有《报父仇的地理山猎手》、《打死三只虎的壮士》等猎手或力士征服虎的故事。这些是"伟人"发挥文明的力量或以直接的人力和智慧克虎。但更引人注目的是像《赶虎的新娘》、《报丈夫之仇捕虎的女人》、《回娘家路上遇虎》、《捕虎妻传》等女子的克虎谈。另外，也有像《用烟斗捕虎》、《用油狗捕虎的孩子》等很容易就捕到虎的故事。甚至在像《老虎和火枪》、《度过被虎食之险的女子》、《报虎仇的女子》等则用男女生殖器赶虎。所以，无论多么凶恶的恶虎也沦落为可征服的东西。这类克虎故事被融入文学的虚构性而衍生出无穷的趣味性。

　　如果说"恶虎"是老虎客观自然性的表现的话，"善虎"则是人们一厢情愿的夙愿而已。在畏敬情感上，"恶虎"是人类"畏"的对象化；"善虎"是人们"敬"的对象化。人们喜欢"善虎"，所以，在中国和韩国至今流传着许多提倡善虎的有关善虎的故事。载入中国东汉应劭《风俗通义正义》的"宋均令虎渡江"和《搜神记》卷十一的故事中，出现崇尚人之仁义道德品格的老虎。《后汉书童恢传》和唐朝李亢的《独异志》则述说了脱去"恶虎"的皮而赎罪的老虎。在《太平广记》卷二十六中出现分辨是非和事理的老虎，这与韩国的《虎阱文》、《虎睨》、《虎击》和朴趾源的《虎叱》等故事中裁决人间善恶的老虎一脉相承。还有，像服从于官衙和国家的命令而到别的地方受制裁的老虎故事。这与韩国的姜甘赞辱骂并放逐装扮成老和尚的老虎，而老虎又一一顺从的故事相通。还有宋代的《太平广记》卷428中，有老虎做媒而成人之美的故事。贵州、陕西等地有很多"虎媒祠"，就是人们相信这些故事的例证。在韩国也有像《后反省的老虎之报答》那样，吃人的老虎忏悔，成全青年和公主之故事；《老虎的故事》中老虎把离家的奶奶送回家使之与老大爷团聚的成人之美故事。韩国的《烈女故事(1)》中老虎充当着造就烈女的关键角色。另外《高丽史》"列二十六安祐　卷一一三"载，金甯的女儿七岁时由于发生契丹兵乱，父母把她弃于路边，老虎连三日抱着她睡觉。像在《忠虎》、《老虎的故事》(1)、《老虎的故事》(5)、《孝妇与老虎》等故事中突出了不亚于忠犬和养子的老虎亲切可掬。老虎这种"善虎"行为在中国和韩国的民间故事中不知其数。所以，下面想着重谈谈帮助孝子孝妇的老虎及表现报恩之美的报虎故事。

中国和韩国传统上都属于儒教文化圈，把孝当作百行的根本。所以，两国都有扬孝的故事群。韩国还出版了《孝子和老虎》类的专门故事集[153]。这种故事类型有很浓的扬儒教理念的目的性创作气息。所以，故事本来的意味就会有所下降。中国的这类虎故事也很多，各朝代都有记载。不仅在《宋史》先秦传、《虎荟》卷一、《诚齐杂记》卷下中老虎不伤害孝子，还在《搜神记》卷十一中老虎救助孝子，在《宋史·陈思道传》、《宋史·成象传》、《宋史·李防传》中老虎甚至帮孝子祭祀守坟。在《虎荟》卷五中老虎还惩罚不孝子。韩国是东方礼仪之国，所以这种孝虎故事特多。中国的孝虎故事大概都停留在老虎帮助孝子孝妇这一层面上，但韩国更胜一筹。有老虎和孝子孝妇进行感情交流并互助的情节。《骑虎的冯孝子》、《孝儿媳和老虎送来的儿子》、《孝妇和老虎》、《侍奉盲公公的孝妇》等都是这类故事。这类故事中，先是老虎帮助孝子孝妇，之后通过老虎显梦或其他感悟孝子孝妇得知老虎的危险处境而去救它。所以老虎和孝子孝妇之间显得感情更深厚。韩国的这种孝虎故事创出人与动物的感情交流的境地，表现出异流交构的(不是婚姻的结合)微妙关系。

在与孝虎的密切关系中，中国和韩国的"善虎"故事中突出的是报恩的老虎即报虎故事。在孝虎故事中，大概老虎先帮助人，但在报虎故事中人先帮助老虎，人的帮助成为报恩的代价。看得出，这种报虎故事中存在着人与虎之间恩惠的授受关系。中国《搜神记》卷二十"苏易条"、《虎荟》卷六"赵媪"和"吴老娘"条中有给老虎接产而得到报答的奇特的故事。唐朝韦珣的《刘宾客嘉话录》中说，由于给老虎扒刺而得到了报答。另外，《广异记·张鱼舟》、《太平广记》卷四三一的"李大可"条、《虎荟》卷四"常与县邸姬"条等也

---

153) 韩国教员大学韩国语文教育研究所编，鸟至园青年会议所发行　1990。这本是《延期郡民谈传说童话集》。

有类似的故事。韩国朝鲜王朝时的陶瓷、木刻民间工艺品中出现很多老虎形象。其中有松树，上面坐着几只喜鹊，树底下坐着老虎的画出现得最频繁。该画中松树意味着长寿，喜鹊意味着欢愉，老虎意味着报恩。看得出，在韩民族的传统民俗中，老虎在吉祥的意义上象征着报恩。想必韩国的报虎故事，其数量是相当多的。从整个报虎故事中，对孝子孝妇报恩的层次上指明明堂的情节很显眼。《地官故事》、《文化柳氏的由来》、《文化柳氏祖奶奶的故事》、《报恩的老虎》、《未能圆梦的黄氏孝子》、《老虎给指定的祭所》、《报恩的老虎(1)》等等即是。此外，中国和韩国都有与报虎相对的老虎报夏情节。中国唐朝宝维鎏的《广古今五行纪》中所载的虎故事和韩国的《老虎的故事》、《老虎的故事(4)》就是其例。李相昕的《韩国野生动物(记狩猎秘话)》中讲述了老虎强烈的报夏心。其实，这种老虎报夏型故事与报恩型故事主要表现了老虎爱憎分明与懂事理的肯定形象。这类故事成为韩国俚语"仙人连虎都不吃"的形象性注释。事实上，中国和韩国的孝虎故事，还有给指明明堂的报虎故事是极富于东方性的。这类与西方的相类故事成为极好的对比。

老虎是勇猛的象征，百兽之王，因此很自然地成为各种族与民族的图腾。中国和韩国也不例外。在两国，都把虎奉为山神，还把它视为右白虎即天的四灵之一。

具体地看来，中国的《山海经》中有很多兽神虎和图腾虎的记录。中国最初的人类始祖伏羲氏，就出现为虎的形象。还有在《山海经》中，说西王母是"其床如人，豹尾，虎齿"，老虎是她坐的位置。《山海经》中除了西王母，还有如"其神状虎身而虎尾，人面而虎……"等半人半兽的形象出现在八、九处。此外，还载被称为华夏民族始祖的皇帝所帅领的部落联盟中有过老虎图腾部落。《春秋左传·宣公四年传》中讲述了老虎身为种族图腾，在种族临危时救种族的故事。黄帝陵集中表现了包括老虎的四灵崇拜。据传，南方的天帝祝戎也被描写成人首蛇身的白虎神。东汉时，在很多铜镜中画上了神人骑虎的形象。在江苏出土的"羽人骑虎图"；南阳汉画馆所藏的"仙人乘虎车图"中，老虎分明是来往于神界的交通工具。中国人在庙堂挂虎影，向神虎祭祀祈福。他们认为神虎给人消灾招福。洛阳的西汉墓室壁画中"神虎吃旱魃图"生动地表现了这一点。从福建等地移向台湾的人们用树和石头雕刻黑虎即神虎来祈愿安全地渡海。其中神虎以掌管大海的神出现。中国人把神虎也看成财神。财神是骑黑虎走动的。中国民画中有防灾的虎符。东汉的画雕"上有龙虎衔利来"等就说明其间的事由。

韩国的建国神话《檀君神话》中可以看出老虎是韩民族古代一部落之图腾。在古代韩国建国始祖或英雄的诞生往往与虎联系在一起。《三国遗事》卷二"纪异二后百济甄萱条"的"儿置於林下，虎来乳之"中看到的百济甄萱被虎养育。《高丽史·世系》载，高丽太祖王建的五代祖虎景处于死境时被山神虎胡姑娘救出并与她结婚。高丽姜甘赞将军是其母在河边洗衣时踩过虎印后所生。韩国与中国相同，自古就把老虎奉为山神。从《说文解字》上看，在中国也有用虎字训"山兽之君"、"镇山之王"之法，老虎也就是山君山王了。相对而言，在韩国有关老虎的尊称多种多样。既有一般的山神、山君、山菌子、山灵、山中英雄等尊称，又有如江原道的"逛山者"；冲清道的"守山者"；庆尚道的"砍山者"等各地方方言称呼。实际上韩民族是把虎奉为神进行祭祀的。朴恩用教授在文献学和民族学的立场上从《鸡林类事》的"虎曰监"，试图找出老虎神性的语源[154]。《三国志·魏志·东夷传》载，韩民族之一濊"总在十月进行祭天……把虎奉为神"。新罗土器上刻有与马、鹿等动物相结合的虎形象，这是基于狩猎时代祈愿丰收的仪式。据《五洲衍文长笺散稿》可知，在古代韩国把虎奉为山君，巫俗渐成为民间信仰，各个村子都把虎作为守护神奉在东祭堂，发展成为大众化的山神。陈寿(233～297)的《三国志》"东夷传"中有古代韩国把老虎奉为神祭祀的记载。还有，在佛教的冲击中留存的传统的山神阁或七星阁也说明了其间的事由。在韩国的民俗中，老虎也象征着"山君子"即山神灵，是赶走众鬼唤福的灵物。其实，虎信仰并不局限于东濊地区，而是遍及整个韩半岛的普遍信仰。老虎

---

154) 崔仁鹤，《口碑说话研究》，1994 p316。

在多山的韩国风土中形成山丘崇拜时开始被供奉，奉为灵物。所以，在岁时风俗和游戏中，老虎比别的动物出现得频繁。在俚语中也说"家里有一个属相为虎的人，那家就兴旺"。还有，在韩国的《老虎的故事(5)》中看到，猎手们谋略捕虎时，官衙拘留猎手们一天，而在《在坪村边缘捕虎》中虽捕到了虎，但官衙给赏的同时打三大板，这些都表现了对山君老虎神性的尊敬。

神虎信仰，在中国和韩国生出信老虎图或虎符可发挥诅咒力量之民俗。中国人把神虎当作辟邪纳福的保护神。所以，中国人很早开始就把神虎挂在宫廷或坟墓，以驱散恶魔图安宁。据说，西周宫廷把虎图画在天子居住的寝宫之门。汉朝的美鸯宫还建过白虎殿。建一般房屋时，也用了很多神虎的形象。装饰在龙脊的虎头或贴在大门柱上的虎图都象征着驱鬼的力量。所以，也给小孩虎铜板的习俗。神虎不仅保护活人，也可以守亡人。老虎是能上天入地，使亡人升天的神仆与使者。特别是在道教，认为老虎是拥有来往于鬼界能力的灵兽之一。河南仰韶文化遗址的图案上有人骑龙和虎的形象。这表现了亡人骑着灵物去神界的情景。在亡人的坟中埋各种形式的神虎，就是基于这些原因。在韩国，每年正月初，就有普通百姓家把虎图挂在大门上驱鬼的风俗。景福宫勤政殿石绣虎也与这种民俗有关。还有在民间流感流行时以吃虎肉或把虎图贴在入口处，连叫三声"虎来了"来治流感；还有在端午节从空中散下艾虎等民俗也说明了这一点。而在无信道民画或《显灵的虎》[155]中可以看到，老虎是亡人坟墓的守护神。

在中国，从小孩儿的出身和养育中可以看出好多民俗事项。从西周开始为祈愿生个健壮且勇敢的孩子，在家里挂虎鼻对孕妇进行胎教。在陕西关中地方，把系有红线的虎饽饽挂在孕妇的脖子上，让她第一天晚上吃了它。然后给孕妇用布做的小老虎。在山西东山县一带，等到孩子满月，外婆就送虎枕。在陕西、河南、山西等地直到孩子三至四岁，穿虎头鞋，做虎头饰，枕虎头枕，玩布虎，还叫他们"虎头虎脑"。

中国人认为神虎能治病。在《风俗通义祀典》中讲了"烧虎皮"治病的处

155）汉城江南区内曲洞。

方。在台湾各地的保生大帝庙中，"虎爷"被认为是能驱邪治病的神。在台湾，达到了只要使用"虎形物"或带"虎"字的东西就能治病的迷信程度。在韩国也有类似的习俗。在韩国，得了一般病时，甚至生疮或豆豆时都把画有虎的纸当作药贴在脸上。流行传染病时，就把虎指甲放入兜里挂在孩子的脖子上。

在中国华北地区的各省，还用高价买神虎图。而贴在窗户上的剪画或年画中必然有虎。如年三十挂在正厅的年画"锁宅神虎图"；还有陕西的虎图年画，《清嘉录》中"老虎画"、"老虎百字画"等。特别是在定海县的童子骑虎图、虎上山图、虎下山图、群虎图等与韩国驱邪的"虎下山图"和山神图很相似。在中国的河北、山西、陕西等地还做虎形的礼糕吃。特别是在河北，结婚时有送虎糕的风俗。还有，认为在元宵节黑虎开路啦；在山东地区，元宵节那天摸木虎会长寿啦，都是中国独有的民俗或信仰。

总的来说，中国地大且有很多省市，所以对老虎神性信仰的表现也比韩国多样。156)

中国和韩国的神虎故事正是形成于两国对老虎神性的信仰。表现有关神虎信仰利于人的民间故事，韩国有《得力于虎眉娶妻的老青年》、《东莱郑氏祖先选明堂的能力》等。而"变虎"即装扮为前提，加祸于人的民间故事，韩国有《虎鬼传说》中看上虎鬼的新娘最终被虎鬼杀死；《老虎的故事》中孙猎手捕杀白头山虎后，老虎扮成和尚报仇等情节都是基于"变虎"的神性。这种从"变虎"母题中看到的老虎的神性，在韩国传统上把虎视为山神，同时又当作神仙似的老人中也能看得出来。

但是在中国和韩国看"变虎"母题的视角不一样。在中国和韩国，"变虎"母题一般分为人变虎的变身与其相反情况。中国《易经·革卦》中载

---

156) 在中国与神虎对立，也把虎看作灾难的象征-邪虎。浙江杭州一带的蚕农以为白虎威胁蚕茧的生存。所以就出现了像浙江绍兴的"白虎祭"那样赶白虎的民俗。江西一带认为白虎是得病的原因，所以就有了"送白虎"民俗。在台湾认为黑虎神和白虎神喜欢夺走胎儿。

"《象》曰：'大人虎变'，其文炳也。"就是把虎的变身用易理来说明的。《虎荟》卷三载"老则化为虎"；韩国《卦志图》载"老耆变成虎"等最初的人变虎的故事都表现了人类原初意识。而在中国《述异记》卷上所载的"人无德尔寿则为虎"中讲了万物有灵论的原初意识和佛教的因果报应相结合的人变虎的"变虎"故事。《妖异部四·变化下》和《搜神记》中也有类似的故事。也有像《搜神后记》的"魏清河宋士宗母化虎"；唐朝和尚道善的《续高僧传》所载的《僧虎》等因佛教的因果报应人化虎的"变虎"故事。《僧虎》故事中，高僧由于未能守戒而变成了虎。另外，除了佛教的因果报应，还有唐朝天宝年间，人化虎见故友的故事；《广异记》中盖了老虎皮之后变成虎的故事等。虎皮犀故事也属同类。这种"变虎"故事足以引起人们的兴趣。在中国，唐朝以后"变虎"故事开始有了宗教和道德是非色彩。此类佛教的因果报应性"变虎"故事就是典型例子。如果说以上的故事表现了人化虎的变身母题，以下的"变虎"故事则是虎化人的母题。这种"变虎"故事以'物老成精'的观念为底蕴。《抱朴子》中载"虎及鹿兔皆寿千岁"，其老虎有着充分的化人之可能。《五行记》中，掉入陷阱的老虎为了逃脱而化为人。《列子·天瑞》中载"程（指虎，笔者注）生马，马生人"，表现得比较复杂。此外，《淮南子·肃晋训》中讲了叫王龙的人由于犯了杀生戒，受罚化为虎又重新变成了人，但因形象不够完美而被打死的虎人互变故事。还有"昔公牛哀转病也，七日化为虎"等其它动物化为虎的故事也是很特殊的。

　　无论是中国还是韩国，在"变虎"故事中，特别之处在于虎化为女的母题。中国的"虎女"母题的古代神话原型始见于南朝宋人刘敬叔的《异苑》卷三。接着传为隋朝肃吉的《五行记》之"袁双"故事，到唐朝的人虎婚故事中现为美丽且多情的虎女形象。然后《集异记·崔韬》中虎精化为多情女精怪的故事引人注目。据《对中国文明始源的新探索：母虎图腾》[157]可知，其实中国的虎神在上古神话中就以女性的身份出现。即西王母为母虎神，是最初的虎女形象。《山海经》载，"豹尾虎齿而善啸，蓬发战胜"的西王母以虎

157）刘尧汉，云南人民出版社 1985。

女神被先民所敬仰。韩国故事中，虎变身母题的出现频率也相当高。但相对来说，也许是因为《檀君神话》中虎化女失败的原因，虎化女母题不太显眼。《新罗殊异传》中《金现感虎》与中国《集异记》中崔韬的故事及唐传奇之老虎精故事，在基本情节上差不多。中韩"变虎"故事中，虎女的出现多与爱情有关。

如果说"神虎"的侧重点在于它的神秘性的话，那么"戏虎"则显示出人们把虎看作微乎其微且好笑的存在之倾向。即是把神圣和鄙俗的感情对象化的产物。这种"戏虎"故事不外乎是人为上的嬉戏。当对神圣物加以喜剧化，一笑聊之时人就会感到生的快乐。在中国和韩国，很难找到与"戏虎"有关的具体宗教或民俗。但充满自由的想象力的民间故事世界里很容易找到的。如以虎为中心话素的笑话类，就是其典型的例子。从春秋战国时期流行的"狐假虎威"，是中国人熟知的故事。其中老虎有虎威，但那只是被狐狸利用的痴相。在中国，老虎的这种喜剧相多见在《龙仁》的传奇类故事中。如虎和牛俩怪物像人在晚上聊天吟诗。动物模仿人总是引出会心的微笑。相对来说，中国的"戏虎"故事少；韩国的"戏虎"故事多。韩国的"戏虎"故事世界真是多种多样。"从前老虎抽大烟时……"，向来都是韩国民间故事中"戏虎"的象征言语。韩国的传统民画《抽烟的方法》可成为它的另一注释。只是想逗人，或给与教训，或耍虎……韩国的这一"戏虎"故事不愧为喜剧文学的愧宝。

三、结论

以上在中国和韩国的民间故事中，围绕龙、蛇、虎话素对动物的文化象征内涵进行了平行比较研究，结论如下：

第一、在与龙话素有关的故事比较中，围绕"神龙"和"王龙"进行了重点考察，并在"神龙"的照应下考察了"俗龙"，附带地考察了"男龙"和"恶龙"。

第二、在与蛇话素有关的故事比较中，先考察了"恶蛇"和"善蛇"，然后考察了"神蛇"。

第三、在与虎话素有关的故事比较中，主要考察了"恶虎"与"善虎"；"神虎"和"戏虎"，最后附带地比较考察了"克虎"、"报虎"、"变虎"。

总的来看，在比较考察中国和韩国与龙、蛇、虎话素有关的故事可知，其文化象征内涵较相似。因为在大的原型模式上，逃不出对此类动物以敬畏心理为基础的神圣和卑俗、爱和憎情感之对象化。"神龙/俗龙"、"恶龙/善龙"、"神虎/戏虎"的对应相很好地说明了这一点。但是在具体的表现上还是显出了民族间的差异。相对而言，代表中国的动物故事的是龙；代表韩国的动物故事的是虎就是其差异之一。

本论文只是在中国和韩国的民间故事研究中，比较考察动物的文化象征内涵的试论而已。因为这是庞大的研究题目未免疏漏，今后应在以下几个方面进一步补充。第一、中国方面要进一步收集涉猎在本论文未提及的各省、自治区民间故事"卷"；韩国方面要进一步收集涉猎在本论文未提及的《韩国口碑文学大系》的故事乃至朝鲜民间故事资料。这样才能全面且客观地得出比较考察的结论。第二、运用历史地理学派的研究方法，要追究有关动物故事的来龙去脉，才能在对号入座的层次上知道其动物故事的民族归属，并进行相应的比较研究。第三、为了使中国和韩国民间故事中动物的文化象征内涵的比较考察更加明确，有必要设定其它的参照系。如远处与东洋民族相对的西洋民族；近处与同样是东洋民族的日本民间故事中动物的文化象征内涵相比较考察，会得出更加全面而合理的结论。

參考文獻

1、《中国民俗文化象征词典》，美国　爱别哈德　著　陈建宪　译，长沙湖南文艺出版社 1990。

2、《韩国文化象征词典》，象征词典编撰委员会，东亚出版社 1992。

3、《中国民间故事集成·吉林卷》，中国文联出版公司 1992。

4、《韩国龙说话的类型的意味研究》，李东哲，韩国中央大学大学院 古典文学专业 硕士论文 1992。

5、《韩国说话文学研究》，张德顺，图书出版 朴异井 1995。

6、《故事文学的插话》，曹熙雄，图书出版 朴异井1995。

7、《对中国化身性虎故事主题的解释-中国虎故事类型研究 2》，孙正国，《湖北民族学院学报》(哲学社会科学版，1999. 1)。

8、《中国崇虎习俗初探》，湘潭大学 2002. 5。

9、《中国古代化身型虎故事研究》，四川大学 2003. 4。

10、搜索网页-google.com.cn

我们有《二十世纪的神话》

英国人自豪地说：我们有莎士比亚，有莎士比亚的四大悲剧。那么，我们中国朝鲜族有什么呢？我毫不犹豫地说，我们有金学铁，有金学铁的《二十世纪的神话》。金学铁以自己辉煌灿烂的文学金字塔，不仅在中国朝鲜族当代文学史上，而且还可以在整个中国当代文学史上占有一席之地。金学铁曾在年轻时从事过文学创作，然而，在长达二十四年期间，被剥夺了创作自由。他真正的文学创作，主要是进入黄昏期的65岁之后。他以老当益壮的气魄，给我们留下了珠玑般的文学作品。诸如，反映1920－1930年代朝鲜族抗日斗争史的金字塔－－《海兰江，你诉说把！》；夏原1930－1940年代"朝鲜义勇军抗日斗争的艺术纪念碑"[158]－－《激情时代》；还有那起到解剖社会作用的杂文，等等。不，这里还有一部不能漏掉的作品，那就是《二十世纪的神话》。

对《海兰江，你诉说吧！》、《激情时代》以及他后来的杂文，我们已经议论了不少，还有几篇学位论文[159]。然而，绝对不亚于上述作品，甚至以更为深刻的现实主题将占有中国当代文学史一页的《二十世纪的神话》不免有等闲视之之嫌。它与1996年出版，已经过了10年的时光。但郑判龙教授的读后感《元老作家金学铁先生与〈二十世纪的神话〉》；金东勋教授的《金学铁先生的人格魅力－－纪念他一周年忌辰》和韩国人金铭人的《一个革命乐观主义者的肖像画》[160]等文章里，对这部作品仅仅提及而已。难道我们还是

---

158) 登在《论金学铁》论文集里的金虎雄的论文题目。

159) 中国的博士学位论文有：李光日在《中国朝鲜族小说文学研究》中，谈到金学铁上述作品；硕士学位论文有崔美玉的《金学铁散文研究》的《金学铁的〈激情时代〉研究》等。

那样小心翼翼，或者是迟钝不成？

《二十世纪的神话》，曾是被判"死刑"的作品。这里不妨引用当时延边朝鲜族自治州中级人民法院判决书的一段：金学铁撰写"反动小说《二十世纪的神话》，恶毒污蔑我国人民的伟大……，疯狂反对反右派斗争……，污蔑反修斗争……"，以下的结论，我们可以想象得到。《二十世纪的神话》，确实是带有这样"大逆不道"的内容。但是，这些"大逆不道"，是揭露、批判及至"污蔑"着被歪曲了的政策及左的反右派斗争。请问，这里何罪之有？作家本身及被美化的主人公，是信仰真正的马克思主义，相信真正的社会主义，向往着真正的共产主义的。作家金学铁堂堂正正地说："我金学铁，是在那黯淡的岁月里，敢于提出'一票反对'的正直的马克思主义者，是深怀着民族的矜持和自豪的，有良心的党员作家。"[161] 他逝世后，身上覆盖着共产党党旗。人有怨气或受到打击，自然要发泄一番的。而发泄出的"污蔑"和"谩骂"，一旦超越自己一个人的利害得失，形成大众的、全社会的共感带的时候，它必然升华为社会的、正义的呼声。即使这些"污蔑"和"谩骂"违背了一些常规，也是可以理解的。更何况，这些历史上的错误或左倾，已经被揭露，并且得到纠正。所以，作家的这些"污蔑"和"谩骂"也只能说明其先见之明与高瞻远瞩。

1. 时代与金学铁以及《二十世纪的神话》

神话，是被人们所制造出来的。正如马克思所说，人不能征服自然的时候，用想象征服自然，制造出神话来。原始社会的人们分明是生活在神话

160）《朝鲜义勇军的最后一个分队长－－金学铁》，金学铁文学研究会编，延边人民出版社，2002
161）金学铁遗作杂文《一票反对》里的〈旗手是怎样跌跤的〉，载在《朝鲜义勇军的最后一个分队长－－金学铁》，第102页。

之中。神话成了人们生活的支撑点。神话中的神，无疑成为人们的偶像。当人们真正征服自然的时候，即科学技术逐渐发展的时候，这些神话及神，自然而然地消失。马克思是这样理解神话的。然而，某种意义上历史是重夏的。当灿烂的科学发出闪光的二十世纪中半期，中国出现了新的神话，出现了现代神话。领袖的神格化及共产主义地上乐园等，诸如此类即是。毫无疑问，这种神话成了中国人生活的支撑点。开始，作家金学铁也相信了这种神话。短篇小说《扎根家乡》中，扎根在故乡的"我"，曾经历苦难的历史，今日却沉浸在幸福之中，向往着明天更大的幸福。但是，大鸣大放，引蛇出洞的诱惑下，顷刻之间，55万多名所谓右派分子被"揪"了出来。还冲昏头脑地搞起来赶超英美的什么"大跃进"运动。为共产主义地上乐园，政治上，用极左除去"右倾"和"毒草"；经济上，提出浮躁的幻影，备战未来。从此，全国陷入了焦躁、混乱的状态。这似乎演出了安徒生童话里所讲的一丝不挂的皇帝之中国版。认为皇帝是穿了衣裳的一派，他们是糊涂人；明知皇帝一丝不挂，偏说皇帝穿了漂亮而庄重的龙袍的一派，他们是明哲保身的人；还有那毫无顾忌地说皇帝是光着屁股的孩子们，是斗士，彭德怀就是这样的斗士，朝鲜族作家金学铁也是其堂堂一员。彭德怀与金学铁是"英雄所见略同"。我们从《二十世纪的神话》的《附录》里看到：金学铁在1972年以现行反革命罪被判为十年徒刑的审判大会上，把已经被无产阶级专政所打倒并已成为无主孤魂的彭德怀，与马克思、恩格斯、列宁并列，心理高喊着彭德怀万岁。这就是一个很有说服力的注释。二十世纪的神话，就是被这样一群英雄们清醒的头脑和无比的果敢所打破。金学铁分明是毫无顾忌地提出皇帝一丝不挂的群体里一人，具有纯真的良心。金学铁不是糊涂的愚众，而是有清晰头脑的思索者。《二十世纪的神话》的《后记》里，他这样写道："1957年，由于'反右派斗争'，有55万多无辜的知识分子被肃清，全国各地的强制劳动收容所'人满为患'的时候，紧接着随之而来的'大跃进'、'人民公社化'运动，出现了数不尽的饿死者的时候，"他从"个人崇拜的美梦"中，惊醒过来。"越来越残酷的政治压迫和饥寒交迫的境况，使我的不满情绪愈加浓重。"他既不是那种明哲保身，也不是那种敢怒不敢言的人。他是铿然有力的金学铁。他不是因为被划成右派，而耷拉着脑袋无精打采。我们再来引用一段上边的判决书："1957年反右时，因右派言论而受到批判后…… 他更加仇恨……"，这是无须注释的说明。金学铁于是"终于下定决心，将无产阶级专政下的危害一一暴露在光天化日之下，警钟长鸣……"(《后记》)他像堂吉诃德一样站起来。可是堂吉诃德耽于幻想，脱离实际而四处碰壁，闹出许多笑话来。而金学铁，进行理智的判断，从现实出发，认为不揭发这种危害，就不会有真正的自由。"决心是下了，但心里上是不托底，忐忑不安，总是七上八下，怎么办？""我这是不是疯了？是不是回光返照？"，"被枪毙的场景，时常浮现在眼前。"这说明了作者在心里反夏交量的过程。然而，金学铁的正义感压住了现实的恐惧感，"良心战胜了恐怖心理。"他明知这是"一对一百万的绝对劣势"，是没有丝毫胜算的对决，但决定与其决一雌雄。于是"终于提起了笔"，"迅疾运笔"。这样，从1964年开始，于1964年3月末，在一年之间，二十七万言的《二十世纪的神话》诞生了。丈夫一言重千金，君子一言驷马难追，金学铁是丈夫，是君子。他17岁，为了救国来到中国上海，从事地下反日活动。当他认识到这种活动的局限性，就加入中国中央陆军军官学校(黄浦)。毕业后，参加朝鲜义勇军，直接参加抗日战争。而后，在日本监狱与当局展开斗争。他从没有动摇过自己的心志。他在自己的临终遗言中讲："要想过的舒适，对不义，熟视无睹；而要做真正的人，就要对它提出挑战，义无反顾！"金学铁在自己生活的姿势中，毅然选择了后者。为做一个真正的人而始终对不义进行挑战。从1957年开始，中国当代历史走歪了路，金学铁在这血腥的战斗中，首当其冲，成了攻击和消灭的对象。他没有屈服，进行反击。众所周知，当时他已是屈指可数的著名小说家。于是用小说的形式予以反击。据他所说："我曾拿起枪杆，想实现自己的理想，不曾想，中了敌人子弹，截去一肢腿，在不得已情况下，从事文学，用不同形式实现着政治方向。"[162]

《二十世纪的神话》掀起了一阵旋风。中国当代文学史上罕见的文字狱开庭了。"无产阶级勇士们咬牙切齿地读完这部天地难容的小说原稿后"定他为现行反革命,判十年徒刑。还有一桩,据这部小说的后记因这部小说"我们才华横溢的诗人——徐宪,被拷打致死。"这部小说,是在脱稿后的31年9个月,作者刑满出狱后的17年,作家耄耋之年——81岁之年,由外国出版,终见阳光。实为中国当代文学史上稀有之事。

2. 《二十世纪的神话》的内容

这部小说,所要说的是什么呢?

《二十世纪的神话》是直接揭露和批判当时社会上最敏感内容的、稀有的一部政治小说。

小说的开头这样写道:"春天,又来到了没有围着铁丝网的强制劳动收容所里。人们都浮肿,认不出谁是谁。原《阿里郎》杂志的编辑林一平,正在牛槽里不停地捡吃什么,那是搀在饲料里的豆饼。牛圈外边,先填了肚子的小提琴蔡,佯做起圈,轮着班儿放着哨呢。"接着,作者概述整个时代的、社会的状况和氛围。首先,尖锐地指出:1957年,席卷全国的反右派斗争是"知识阶层的扫荡战"。其次,对1958年开始的左的大跃进、人民公社化运动,说到:"想一步登天,到达共产主义天国,使世人惊叹不已。于是,设计'大跃进',制造'人民公社',结果,中国大地上出现了史无前例的大饥荒。";"吃饭不要钱的人民公社成了食虫培训处;不记工分的人民公社变成了地道的懒汉公社。气势磅礴的大跃进,终于触礁;沉浸在无限幸福中的人民公社终于沉陷下去。"对当时极其深刻的大饥荒,说到:"机

---

162) 金学铁杂文《学习散文》中〈手术刀精神〉,载于《朝鲜义勇军的最后一个分队长——金学铁》,第91页。

关，停止工作，踏着冰雪上山，剥树皮；工厂，停止生产，走到野外，索捡埋在雪堆里的落叶。"；"多情的邻居之间，就是因为一斗糠，半瓢豆腐渣，闹翻了天，不想往来。"；"强奸犯、盗窃犯、投机捣把商、诈骗犯等，挤满了监狱，连监狱的走廊也塞满了犯人。"；"自由市场，门可罗雀，烟叶稀贵，还出现了人肉买卖，越制止越盛行。"作者在小说的开头，用直言不讳、比喻、夸张的语言，一一举出当时社会的诸多弊端，为后续的具体人物和情节，提供时代背景。

　　小说分上编和下编。在上编《强制劳动收容所》里，诉说所谓"人民的敌人"是怎样进到收容所里来，以及收容所里的实际状况；下编《收容所其后》里，则诉说被"解放"了的"人民的敌人"的命运，通过映照在他们的眼睛里的各种情景，说明当时社会的千姿百态。

　　首先，林一平去自由市场看到卖豆，不是论斤而论个儿地卖，一粒豆一分钱。他深深地叹口气，觉得这个世道变得吝啬和卑鄙。强制劳动收容所的罪人，一日三餐，顿顿一碗稀粥和一撮小菜，经常出现眼前发黑，营养不良的现象。这才人们去捡吃搀在饲料里的豆饼。真是人不如牛。所以，看到收容所姓彭的哭着将撒在地上的草粥往碗里扒拉着，也是极其自然的事情。然而，撒在地上的正是人的尊严！这种饥饿使最了解人生价值的林一平也将草粥一饮而尽后，"饿得几乎发疯，用舌尖舔碗边，根本不能解饿，无济于事。这种环境，类似于因停电事故，电影〈春香传〉也只能看到他们离别的场景一样惋惜。用怨恨的情绪，看到空碗，即空碗好像是欠了债也不还债的人一样可恨。眼睛又转向了另外一处，或许能捡到削去的土豆皮？或许能捡到什么骨头之类？"从这种叙述里可知，无意识化的原始的食欲，竟压倒着有意识的人的尊严。于是作者干脆说："人们都说饿一天两天不算饿，那不是饥饿。一年三百六十五天，天天吃不饱，那才算真正的饥饿。剥夺了人最低限度的物质条件，像动物一样的人，现在最迫切的要求是'怎样使自己的肚子像篮球一样喂得鼓鼓囊囊的'。睡也罢，醒也罢，被动物的这种欲念所俘虏的'人民的敌人'正千方百计地想着法。"在这里充分显示了物质的绝对贫困及从这里引发出来的人的心理变态。林一平所看到的一个新媳妇的自杀，其实也是从绝对贫困及人的心理变态来的。这种状况，在下编《收容所其后》里，更是不胜枚举。林一平与贞淑，因为没有招待亲朋好友的粮食而协商决定"不备盛礼，从那天开始同居"；林一平去粮店领米，而粮店没有米；他的妻子去百货店买一件裤料时，所看到的惨状；"迎接五·一节，三年来头一次发放一人二两黑砂糖"等等。此外，林一平与朋友医生红交谈时，红说：在州立医院治疗的肝炎患者竟达到惊人的两千名，衣、食、住等基本生活需求根本不能给予满足。

其次，通过许多情节，诉说着在当时社会，同情、信誉、爱情等基本的人性，统统地被埋没在阴影面里。强制劳动收容所，"竟然没有铁丝网，但它依靠不能用眼睛看得到的特殊法律，来实行着一种自治制，即用互相监督，相互揭发，相互批评的方法维持秩序。收容所的机构，是在一种公认的告密制度，即受奖的密告制度上建立起来，并继续像齿轮一样转动着。"可见，这里只有互相揭发，相互咬牙的那种不信任和忌妒，丝毫看不到人的那种信誉和纯真情谊。有个叫豹猫的，在反右期间三个月内，竟贴出二百张大字报，伤天害理，结果坐在散发腥臕的轮椅上。还在得意忘形之时，那个轮椅底下，有一只隐秘的手又挖着另一个陷阱。觊觎其秘书长的宝座，不只是豹猫他一个人。其实，此人正是豹猫开挖陷阱的时候，自始至终观察豹猫行为的那个可畏后生。无奈，豹猫最后也被谴送到强制劳动收容所。"小提琴手蔡，被划成右派，送到强制劳动收容所后，他的妻子提出离婚，不得不分离。这时"歌舞团内，与蔡同一处境的人，在四周内，有七人遭到离异。"充分说明了夫妇之间的信义，也到了岌岌可危的地步。

但问题的严重性，绝不仅仅在这里。"人民的敌人"这个烙印，不仅落在这些当事人身上，还直接影响着他们家庭人口的每个人。即所谓的血统论，起着作用，也就成了全社会对"人民的敌人"公式化了的态度。家长成了"人民的敌人"，无疑，全家人口都要随着户主流放，受到社会的欺侮和蔑视。小说写到，王氏一家流放到山沟里；而主人公沈祖光"妻子、儿子，甚至还不到十岁的女儿，也受到其户主的连累，成了在社会主义社会上毫无用处的累赘。"又如："昨天还是个模范生，三年期间受五次奖励的学生，本人一身清白，只是因为阶级敌人的子女，心上烙着永远不能治愈的伤口，不得不哭着回到家里。"这不是在纯真的孩子心灵上钉钉子的血统论吗？这在林一平怜悯他妻子的内心独白里也得到反证："丈夫是被监视的人，上了班，单位监视他，回到家里邻居们监视他。即使是节日，她的心怎么会愉快呢？"还有林一平妻子的叔伯妹妹，快要结婚时被男方探听到媳妇的叔伯是摘帽右派，认为媳妇的"家庭成份不好"，在举行婚礼前几天就"退婚"之事，如实地反映了血统论的影响有多么深刻。在强制劳动收容所里监禁的"人民的敌人"，摘掉了右派分子帽子，回到了人民的怀抱里，但是，他们仍然摘不掉所谓"人民的敌人"的"终身前科者"的帽子，受到更广泛意义上的社会强制收容所的监视，工作只能分配到最低层的脏活、累活，受到欺辱，在忧郁中度日。在下编《收容所其后》中，王氏被分配到果树园，偶然捡到组织委员手册，在自己履历表的《备考》一栏上清楚地写有"前右派分子"字样，从此他认定"拼命干到死，也没有希望回归到从前"就是典型的一例。还从这个组织委员的手册里可知，他咬着"一次退婚"不放，就往纯洁的姑娘身上贴去花柳性病之类的标签，这如实说明了当时左倾思想的过敏反映。饭碗里印有"坚决镇压反革命"；枕套上印有"镇压反革命，打倒反动派"等，火药味甚浓，地道的左翼幼稚病。彭氏终日挖地，"没有能洗净反动分子的污泥"而凄惨死去，其葬礼凄凉得很。除此之外，小说还通过学生告发班主任，颠倒是非；林一平的朋友，医生红所揭发的高级药使用内幕等情节，揭露了当时社会的阴暗面。

《二十世纪的神话》如实地展示着当时社会真相。然而，作家在这样的现实中，并没有鼓动那种悲观失望或堕落情绪。小说在黑暗中追求光明，充满着对未来的志向。八年来杳无音信，而不期而遇的高中同学守义，用烟叶和酒精招待他的时候，林一平也不由自主地朗诵起"山穷水尽疑无路，柳暗花明又一村"诗句；被划成右派，押解到强制劳动收容所时，碰到了"双方都不得已地同意将要分离的关头", 受到可爱的恋人贞淑寄来的"用红褐色的血写成的七个汉字－－永不变心待君归", 林一平被炽热的情感所感动, "热泪滂沱, 因不能压抑地呜咽, 肩膀在泛起波浪。"学生在找宝游戏中, 捡到写有同班同学"反动"父亲或母亲名字的条子时, 悄没有声地把它撕开, 不愿将其交出而领奖。上编《强制劳动收容所》里, 担任极左路线实行者的姓马的和外号叫猴子的到了下编《收容所其后》, 先后遭遇倾家荡产。这既显示着他们应得的下场, 也预示着邪恶的必然灭亡, 颇鼓舞人心。小提琴手蔡的妻子舞蹈家河氏, 在生活的风波中, 逐渐成熟的近况也使人受到鼓舞。一个身材魁梧的男子汉看到头上顶着马粪牛粪的女人庆祝3·8妇女节便讽刺说"节日过得很丰盛嘛！"失业者林一平与叔伯弟的一场热烈的辩论: "'草和绿是同一色, 我的心和你们的心是相通的, 我们怎能分开呢？我们都有不能发泄的忧愤, 我们的心像炉里的铁水一样, 熊熊燃烧着。难道我们还要分开不成？"在这里, 我们不仅感到活着的人民, 即民众的形象, 还可感到他们团结的力量。小说里, 对社会黑暗面的直接对抗, 是与肯定未来直接联系着的。下编《收容所其后》里, "勇敢的〈金酒店〉, 与自己的弟弟轮着班儿, 长期跟踪。"终于将酒鬼色鬼集于一身的姓马的给揪了出来, 是对恶人的挑战。上编《强制劳动收容所》开头部分"了不起的大干部所住的私宅墙壁上, 出现了诗圣杜甫的'朱门酒肉臭, 路有冻死骨'赫然醒目的十个大字。这是一批勇敢的批评者在人迹罕至的半夜写成的。"它与下编《收容所其后》的后半部分的"这样的夜晚, 真正的共产主义者们在尽着自己共产主义者的使命。第二天早晨, 即十一月七日早晨, 发生了轰动整个自治州的所谓的反革命事件。"前后照应, 也使我们目睹了"勇敢的批评者们"和"真正的共产主义者们"的行动线。还有上编《强制劳动收容所》末尾部分, 沈祖光"以雄师般的气魄"演讲中讲到"被海鸟粪便所弄脏的海边岩石, 像被潮水所淹一样, 得意忘形的豹猫之类也被潮水所永远淹没, 不留踪迹", 也可看作是锐气不减的知识分子的行动誓言。高喊"马克思主义不仅是认识的哲学, 同时也是实践的哲学", 从"小心身体"解脱, "决心过渡到实际行动"的林一平；与"要寻找写墓志铭的作者，要携起手来，要扩大组织"，梦想组织起力量的沈祖光形象，发散着一种悲壮的味道。在小说里，林一平与沈祖光，是金学铁内在人格的直接代言人。他们不停止在"语言的巨人"[163]而进入"行动的巨人"，无疑是作家金学铁战士人格的投射。我们在这里分明看到了金学铁"革命乐观主义者的肖像"。

《二十世纪的神话》从当代中国文学史的角度看，也是很醒目的。它不是回顾历史的安稳的政治小说，无疑是稀有的政治小说。1950年代后期到1960年代上半期，大跃进、人民公社、共产风、大饥荒、个人崇拜、反右倾等现象滋蔓整个社会之时，我们的不少作家，处于当局者迷、糊涂、明哲保身或者再好就是敢怒不敢言的状态。而金学铁以《二十世纪的神话》从正面向它提出挑战，结果被戴上现行反革命帽子倒在血泊之中。在此，与中国现代文学开拓者之一的大文豪郭沫若，做一比较，金学铁仍不失为一个堂堂正正的斗士。文化大革命初期，郭沫若公开屈从于当时最高权利阶层，这对自己人格，是个不小的自我讽刺。[164] 正因为这点，金学铁对郭沫若的看法发生了变化。他在《激情时代》里说到郭沫若，还在他的遗作《一票反对》[165]中"旗帜是这样跌交的"一文里引用了一句阚民的话，然后接着说："……竟然如此公开地阿谀屈从！"，"简直是苦不堪言，恶心得非吐出不可。"金学铁原本是鲁迅的学生。他非常崇拜鲁迅，在从事抗日袭击活动的那一发千钧的日子里，曾在鲁迅住宅门前徘徊过。1990年代，曾先后拜谒过上海虹口公园的鲁迅陵墓，也登门造访过住在北京的鲁迅儿子。他的作品很像鲁迅，紧扣现实主题。他说"我不仅要学习鲁迅驾驶文字的功夫，还要努力学习他的性格、思想以及他的行动。除去饮酒和吸烟，都要学过来。"[166]正因为这样，我们称他为朝鲜族鲁迅。我们对他摆脱当局者迷，旁

---

163) 指在十九世纪俄罗斯文学里，只在理论上能言善辩而没有实际行动的贵族人物形象特征的用语。

164) 参照阚民的《知情者说》第四卷，中国青年出版社

165) 《朝鲜义勇军最后的一个分队长－－金学铁》，第100－101

166) 登在《朝鲜义勇军最后的分队长－－金学铁》上的金学铁遗作杂文《学习散文》

观者清的那种正义的理性，以及"第一个吃螃蟹"的勇敢性，肃然起敬。从汉族文学史的实际情况来看，

当时文学作品中对这样敏感的政治问题正面提出挑战的还几乎找不到。"四人帮"被打倒，有错必纠之后，伤痕文学、反省文学等，以一种安稳的回顾历史的方式露出头角。张贤亮的《绿化树》[167]就是一例。当然，文化大革命时期，所谓的"地下文学"、"潜在文学"时期，当作《禁书》处理的作品，如长篇小说《第二次握手》[168]（张扬）、中短篇小说《我该怎么办？》（赵振开）、《九级大浪》（毕汝协）等小说，以及在"地下沙龙"、"地下诗社"活动中颇有现代派味道的朦胧诗和各地知识青年中广泛流传的《知识青年命运歌》等不是那种安稳的回顾性作品了。但是这些作品，仅仅涉及表现以爱情为主的人性的题材禁区，或把政治问题放在从属地位，或仅把政治问题当作问题提出而已，很难说是真正的政治小说。在中国当代文学史上直接批判和揭露现实政治问题的真正的政治文学是1976年清明节天安门广场上朗诵的以《天安门诗抄》为代表的政治诗。这些政治诗所针对的是走向末落的"四人帮"。从此可以看出，《二十世纪的神话》不仅在中国朝鲜族当代文学史，还可以在中国当代文学史上也将占有独特的一页。

如上所述，《二十世纪的神话》是描写知识分子的。主人公是知识分子，是知识分子的遇难史，也是知识分子的颂扬史。譬如，主人公沈祖光说："我们被判为人民的敌人，只因为作为作家协会的领导人，推动作家'写真实'，而犯下了不能客忍的罪过而已。"林一平在诗歌创作上反对口号式的语言，并将这一观点率直地发表在《文学青年》上。结果是"过长达五年的非人的强制劳动生活，带烙有终身前科者的使人窒息的帽子。"小提琴手蔡则"在一次座谈会上，在旁的同事，多次催我提意见，就向歌舞团领导提出'只

中的《鲁迅的方向》，第85页。
167)《十月》，1984
168) 这部小说完成于文化大革命前，文化大革命时期经作家多次修改，在地下广泛流传。作家张扬于1975年1月以"利用小说进行反党活动"之罪被监禁，于1979年1月获释。

重视思想，忽视艺术的倾向'"。提过意见，哪曾想，竟成了天地难容的"宣扬艺术至上主义的阶级敌人。"电影院的王经理讲"我国的电影没有意思。电影厂为什么不能拍像外国电影那样有人情味的电影呢？"，就这么一句，就是"恶毒攻击中国社会主义电影"，结果是开除党籍－－撤职－－右派分子－－强制劳动。再往下看，来收容所的几个人从他们的外号中也可看出笑断肚肠的故事。

例如："寡妇的悲伤"－－这人在自己的小说里描写寡妇的悲伤，而挨整得丧魂落魄；

"活期存款"－－这位先生在讨论会上说，将"堂座预金"称为"活期存款"是不妥当的，这句话，就被批得晕头转向；

"大炮团"－－此人在校对时看错字，没能把"大炮团"改为"代表团"[169]，而身败名裂；

"口杯酒店"[170]－－这位朋友，在微醉之时，说了现在没有口杯酒店，不方便，没意思。就这句话被批斗得肢体绵软，人们叫他"口杯酒店"。

"祖先的血脉"－－这位在朗诵自作诗时，陶醉之余，震撼人心地喊到："啊，祖先的血脉哟"，而获得"人民的敌人"称号。

这些都不是人们随意造出来的，而是左倾思潮统治中国大地之时，实际出现的悲剧事实。在这强制劳动收容所里，有彭氏和王氏这样的非知识分子，但主要是以林一平与沈祖光为其代表的一群知识分子。"共产主义农场"里，收容着攻击党和人民的各种敌人有100来人，其中大部分是知识分子。像大学校长、检察院院长一类高级干部；还包括医生、工程师、审判员、画家、演员、歌唱家、记者、播音员；还有大学生和高中生，收容所给人一种似乎是人物展览馆似的感觉。事实上，1950年代末，1960年代初

---

169) 在朝鲜语"大炮团"대포，代表团대표，容易混。

170) 朝鲜传统上有"站着喝酒的店铺"，一进店铺，也不找座，站在柜台前，拿到酒杯一饮而尽，也不吃菜，嚼两粒盐即走。我们把这类店铺现译为"口杯酒店"。

的左倾思潮，主要是针对知识分子的。这部小说的主人公全都是知识分子。这点，如实地反映着时代状况。主人公沈祖光，从多方面考察，是以作家自己为模特创作出来的。它以作家的体验为基础，给人以真实感。在上编《强制劳动收容所》开头部分，写到："两人（指林一平与沈祖光，笔者注）都没有能刮脸，满脸都是胡须和汗毛，俩人身上披的都是与估衣没有区别的破衣，为了防风，还用草绳将腰部缠了一道，实在是褴褛不堪。谁也不会相信他们曾受过社会主义国家高等教育的知识分子。这就是当时被划为'人民的敌人'的寒碜相。"在下编《收容所其后》里，林一平任收发员，沈祖光干杂物活儿，李先生侍弄温室，大学裴校长在图书馆当借书员。在险恶的环境下，一旦戴上"人民的敌人"枷锁的知识分子，既不能发泄私愤，也不能随意吐露真情的。林一平"当感觉到那可怜新媳妇的叔伯哥就是自己的那一瞬间"时，只好借十九世纪上半期，清末的龚自珍(1792～1841)诗句："九州生气恃风雷，万马齐喑究可哀"来吐露自己内心的郁结罢了。这样，他们这些知识分子，借酒浇愁，相互倾诉忧郁的心情，以资安慰外，还追求艺术的升华。蔡氏和高氏二位音乐家，故意过饮，锁住房门，在屋里相互拥抱着放声痛哭一场；在墓地里蔡氏拉小提琴；在蔡的坟墓前高氏拉着悲壮的乐曲；林一平和沈祖光的对话交流等等。还有，小提琴手蔡的肝炎恶化；李先生被病折磨得面黄肌瘦；"一平在共产主义农场肝炎蔓延时染上肝炎，这次又复发"经常去医院治疗，象征性地反映了当时的知识分子不但精神上受折磨，而且肉体上的损伤也不亚于精神折磨，背上了沉重的负担。才38岁就"被诅咒的人生，在虐待中结束"而"去阴曹地府"的小提琴手蔡，如实地反映了知识分子的悲剧人生。这一切再清楚不过地说明了正直的知识分子，不能够平安生活而受难的悲剧时代。

《二十世纪的神话》表现了高尚的人格精神，如冷静的思考能力，清醒的理性和无畏的批判精神，以及忧国忧民，先天下之忧而忧，后天下之乐而乐。当然，还有像豹猫一样见风使舵、阿谀奉承与谗害别人，只追求享乐的知识分子。但从整体上看,它是对知识分子的一大颂歌。林一平、沈祖光、李先生、崔、裴校长、蔡、高氏……,他们是信念的强者。他们是相信真正的马克思主义、共产主义的。所以,王氏说:"要下定决心无论如何也要在三年内恢复党籍。"林一平上街,看到头上顶着牛粪庆祝国际妇女劳动节女性行列,深思许久,说:"她们中间也有不少人是害怕戴上资产阶级帽子而迫不得已才参加送粪队伍的。强制劳动……强制劳动不是别的呀!"这是透过现象看本质,冷静而透彻的认识。事实上,林一平在沈祖光的开导下,早已"恍然大悟,眼前一亮","……共产主义农场,不是解体了,而扩大为960万平方公里的幅员上,星罗棋布。","像沈先生那样真正布尔什维克,收拾垃圾;像裴校长那样了不起的学者,戴着老花镜,坐在图书馆旮旯里,当借书员…… 这个国家成了什么样子?反而或胡作非为或说话语无伦次拾人牙慧的人间垃圾成为国家骨干……。"林一平忧国忧民,"慢走在路上,吟咏一句《云鹤》","不料,一平突然抑制不住内心的激情,热泪盈眶。"原来是想朗诵一番,高兴一场,没曾想,冲撞了悲痛水库的闸门。他慨叹道:"世上的人,到什么时候,侧耳倾听我唱的歌呢?"这表现了林一平摆脱个人的利害得失而多情善感,想到"世上人"的开阔胸怀。给纯真的处女,戴上冤枉帽子时,像"感到自己的事一样愤慨"的王氏,颇有正义感。正是他们对这场大饥荒,认为比起天灾来,人灾更重,真是具有一眼看到本质的千里慧眼。他们因对"'自然灾害说抱有怀疑',冒昧地说'好像不是因为涝灾'",才送到"强制劳动收容所里,来改造思想。"的。他们同"复仇主义者姓朴的"和"外号叫大猩猩的姓宋的",像这样真正的人民敌人,以及社会垃圾生活在一起感到无比的耻辱。正如沈祖光所说:"暧昧得很,同他们一起被殉葬了。"接到儿子噩耗的王氏,准备与姓马的拼个你死我活。这时还是林一平出来劝架:"我说,王兄,要沉住气,冷静一些,不跟他一般见识,值吗?"真是"出淤泥而不染",魔高一尺,道高一丈。他们在强制劳动收容所里相互帮助,发挥着真正共产主义者的友爱,还宽容、谅解了曾经害过自己的人。林一平将自己从未用过的至宝〈忘忧物〉塞进沈祖光的兜儿里，给明善治病之用；作家协会所属"人民的敌人"们，将把他们推进火坑里的黄豹猫，流着悔恨的眼泪之时，不是投井下石，而是宽宏大量地给予饶恕等等，读起来很有人情味。他们对未来充满着信心。王说"我还能有什么希望？"时，林一平没等这句话落地，马上接过来说："怎么能说没希望呢？我们这才刚刚开始啊！"告诉他不要灰心丧气。沈祖光对从野游归来，一脸失意的儿子说："不要紧的，那么可怕的螺旋风也不会刮一整天的。"而对在共产主义农场逞威逞凶的成监督员"光荣的末路"，沈祖光、林一平，还有彭氏，这三个人的脸上露出胜利者会心的微笑，因为除了笑以外，再没有什么别的方法。这证明了历史的最后一章，必以喜剧告终的马克思语的适中。林一平写信转告姓马的丑闻给李先生，"请您欢笑吧！尊敬的他们之末路，怎能如此卑鄙、高尚、龌龊、光荣？阿门，不，尚飨……"。这是对恶必然灭亡的确信。

在当代中国文学史上，像《二十世纪的神话》一样，将知识分子推到堂堂的主人公地位，那是后来的事情，即"四人帮"被打倒之后，1970年代末，1980年初才出现。《天云山传奇》(鲁彦周)、《人到中年》(谌容)[171]就是一例。当然，出现《二十世纪的神话》的时候，"十七年文学"[172]里将知识分子推向主人公地位的作品，不是没有。但他们多是当作改造对象，或革命对象登台，而他们的形象则是丑陋和难堪的。况且这些都不是主人公，而是附属于主人公的。"四人帮"统治的文化大革命时期，这种现象更加严重，自然不必说。之后，到了《天云山传奇》、《人到中年》的时候，知识分子才发出自己的光彩，登上主人公地位。然而，他们不是起着先导作用或不是堂堂正正的，而是为求得同情而拼命地工作或得到同情的弱者。《天云山传奇》中的知识分子，在极其恶劣的逆境中，得到女主人公那种忠贞不渝的爱情及旁人的同情，才鼓足生活勇气的。《人到中年》的中年妇女，生活在物

---

171) 这两部作品，是中篇小说，各登在《清明》1979.) 和《收获》1980.) 上。

172) 在中国当代文学史上，1949年新中国建立以后，1966年文化大革命以前的文学，一般称之为17年文学"。

质条件极差的环境中，潜心研究学问，忠于本职工作，最后身心疲惫不堪而倒在床上。这样，引起反响，在社会上唤起了改善知识分子物质待遇的呼声。在中国当代文学史上，像《二十世纪的神话》创造理直气壮的知识分子正面形象的作品，直等到反省文学乃至1990年代文学才出现。

《二十世纪的神话》，振笔直写1957年被打倒的右派知识分子，而且写得那样出色，与汉族文坛相比较，至少要早二十年。从这角度讲《二十世纪的神话》，它不仅是在中国朝鲜族当代文学史上乃至整个中国当代文学史上，也应有其恰如其分的位置。

3. 《二十世纪的神话》的形式

笔者在这里所说的形式，是指上面内容所采用的结构、手法及文体、"小道具"以及构词等，艺术表现方面的特点。

《二十世纪的神话》采取在《激情时代》中所看到的金学铁小说结构特色，即有余地的散点式结构。不是以一以贯之的主人公及其相关的主要故事为主线的生搬硬套的结构，而是在特定的空间中，自由自主地将各人物之间展开的故事及轮着上场的每个人物和故事，有机地联系起来结构成篇。所以，和现实生活一样，显得纷纭复杂。但这里，分明有主人公，有本质和非本质的典型化原则。从此生活的散点式升华为具有一定格式和特色的艺术散点式。例如，《二十世纪的神话》在上编"强制劳动收容所"中，不但有在所者在收容所里的生活情境，还有他们被收容的原委，以及通过他们与所外世界的形形色色的联系，小故事式地展现千差万别的社会相。到了下编"收容所其后"，让在所者直接接触整个社会，动员多个小故事，更加全面更加集中地展现社会的千奇百态。然而，这部作品始终在上编"强制劳动收容所"和下编"收容所其后"不可分割的两个基本框架里，把主要人物及与他们相关的情节加以典型化。这与作者所看重的朝鲜现代文学巨将洪命憙的《林巨正》中，"英雄豪杰集结青石沟"和"青石沟其后"式结构相似。《二十世纪的神话》的主人公，是一帮知识分子。他们不是卑鄙的、没出息的知识分子，而是出淤泥而不染的、道德高尚的、有出息的知识分子。这里，林一平和沈祖光是主要人物。所以，焦点很自然地集中在他们身上，这样避散漫之嫌，显出结构紧凑。《二十世纪的神话》的散点式，因内含焦点，维持向心力和离心力的紧张关系，提高了作品的吸引力。《激情时代》结构方面的特征，到了《二十世纪的神话》得到更加夯实。

一提到金学铁作品，读者都共认他有效运用各种表现手法，如讽刺、反义词、讥讽、幽默、诙谐等，使人受到浓重的文学感染。《二十世纪的神话》也不例外。《二十世纪的神话》到处散布着这种文学金子碎末。当然，这不是什么成功者、胜利者、自足者绰绰有余的情形下形成的，而是在不知哪把大刀将何时落到自己脖颈儿上的急迫情境下形成的。带着脚镣跳舞，难呀！"含着眼泪微笑"，悲剧中的笑貌，令人同情。这不免有黑色幽默[173]的味道。但是，它不止于黑色幽默，还有一种悲壮感。它与悲观失魂距十万八千里之遥，是深谋远虑者所特有。它具有把哀痛、悲剧转换成乐观和喜剧的生活智慧。这点与《兴夫传》[174]有所相似。

在下面，我们具体分析一下其典型的表现。

《二十世纪的神话》着重揭发和批判现实，所以，讽刺、反义词的频率较高，同时它与幽默、诙谐、滑稽相得益彰。

173）是指二十世纪拉丁美洲现代派文学的一支流派，其概念内涵为因过于荒唐，气急败坏，哭笑不得，而不得不虚笑一场之意。不知金学铁有意还是无意，《二十世纪的神话》中，这类表现，可信手拈来。所以暂时借用这概念。
174）《春香传》、《沈清传》等朝鲜三大古代名著之一。

跃进牌，是指不是伪劣的假冒品牌，换句话说，即贴有合格证的伪劣品。

以讽刺跃进牌商品为前提，列举了牙刷、皮鞋、毛巾、饼干、笔记本、蘸水笔尖、白菜、豆腐、肥皂、浆糊、脸盆、裤子等各种各样的跃进牌商品，又挨个加以或反语的、或讽刺的批判。

这是没有用铁丝网围着的文明的强制劳动收容所"共产主义农场"。

作者是这样描述"强制劳动收容所"的，是地地道道的讽刺语。这里包含有双重讽刺。"这是没有用铁丝网围着的文明的"和"强制劳动收容所'共产主义农场'"之间形成一次反差讽刺，"强制劳动收容所"和"共产主义农场"之间形成第二次反差讽刺，加强讽刺效果。

再举一例另外一种情景下的讽刺。

所以，作家协会的人民的敌人们，用笑话把这收容所称为作家协会总会，把只剩少数人的原作家协会，称为市内分会。

原来作家协会，共有20余人，现在占半数的十多人来到收容所，所以才有这样的笑话。再看由于名目和实际不吻合、驴唇不对马嘴而产生的讽刺。

历来，白菜帮子，是吊在房檐下晒干的。然而，到了二十世纪中叶大跃进时期，帮子竟然变成了锁在仓库里晒干的东西。

是说原来微不足道的白菜帮子，到后来则变成锁在仓库里当作贵重物品，得到相当好的讽刺效果。

再看一例对具体人物的讽刺。

人格高洁的黄豹猫，是用这种崇高的手法，坑害了许多人。

对这种像他绰号一样肮脏人的讽刺，则通过其表面、手法和结果的错位，收到了讽刺效果。下面再举一例。

劳动局登记簿上，我的名字，也恐怕要发霉了。

林一平的叔伯弟，为了就业，去劳动局登记，而杳无音讯，无限期地等待下去。以夸张手法，予以了讽刺。《二十世纪的神话》中讽刺手法真是多种多样，不胜枚举。

下面谈谈反义词的用法。

所以，不具备这时代感觉的林一平，傻头傻脑地去粮店领高粱米，却白花功夫；还有，不充分具备这时代感觉的正淑，粗率地挑选厚实的布料，却九死一生，捡了一条命回家来，这些都不能责怪他人，而本人应当正确认识自己的落后，深刻反省才是。

这里，一平和正淑丝毫没有错误，只因纯朴、正直，而未能具备那种感觉，就好像犯了什么错误似的，"时代感觉"云云，运用第一次反语，后来强调"认识"和"反省"的正当性，来构成又一次反语。

然而，难为人的是这两篇毒草作者的反动思想，扎根到骨髓里，所以对无比公正的审判，报有不服之心。

这里，以"然而，难为人的是这两篇毒草作者的反动思想，扎根到骨髓里，所以对无比公正的审判"来形成双重反语，又以"报有不服之心。"的反语来相得益彰，形成讽刺效果。

　　大跃进时代，必竟不一样。美国和苏联之类，根本做不到在一年功夫，能把物价飞跌到八倍。帝国主义和修正主义者若有这本事，那叫太阳从西边升起，别胡思乱想拉！

把大跃进时代突飞猛长的物价，连类"帝国主义和修正主义者"的本事用反义词来讽刺荡尽。

林一平在口渴的时候，喝了一杯凉水，说："大跃进时代的汽水"，这不能不说是绝妙的反语。

《二十世纪的神话》，到处可见悲剧惨状，是一部严肃的政治小说。但并不是枯燥无味，而是富于幽默和诙谐，词尽其妙。正如作者在小说中所说："这个世界没有娱乐，枯燥得很。所以人们在想着法儿，造个笑话来笑一笑。"相反相成，恐怕是"没有娱乐"的这种环境使人享受幽默和诙谐。事实上，金学铁对幽默和诙谐，有与众不同的独创见解。说："我们的小说，一般都缺乏幽默，枯燥一点。"所以他是有意识地追求的。诙谐的笔调，不是与严肃的主题相矛盾，而是更加突出其严肃性。

　　迎接三.八妇女节，要以实际行动支援农业！排成两列纵队，跟随横幅标语，高喊口号的大都是背着孩子的街道妇女。她们头上顶着大盆、脸盆、大瓦盆、稻草框，各种各样的器具里装得满满的是用实际行动支援的具体表现，即牛马粪，猪粪。在粪肥上边，还插有花花绿绿的人造花。孩子妈哄着背上哭闹的孩子；头上顶着粪肥，还高举另一支手喊着口号的老大娘；缠在妈妈裙边哭闹，非要跟着走，被妈妈闪了个耳光的孩子；自个儿在妈妈背上，什么事都不懂，傻笑着，高兴地自拍巴掌的婴儿⋯⋯这行列够壮观的。

借句林一平的话，这种粪肥和女性节日，女性节日和粪肥，的确是大跃进的绝妙的组合，是地道的黑色幽默。这事儿，与其说是作者有意地制造出来，还不如说当时我们有意无意地"模仿""黑色幽默"的生活真实的现实反映。将最神圣的事，搞得乱七八糟，变成大杂烩。神圣的国际妇女节，我们过得实在是有点滑稽了。

　　无论是孩子还是大人，身上穿的裤子，老是往下滑落。为了勒紧裤腰，都忙于在皮带上凿个窟窿。

作者对大跃进时期的挨饿现象是，这样表现的。这是典型的《兴夫传》式通过夸张的悲剧中的喜剧，即"含着眼泪的幽默手法。"

　　用这种单股织成的布做成的衣服，淘气的孩子穿了，一个礼拜就是它的限命；穿了十天，那衣服就埋怨"怎么让我死两次呢？"；穿上十五天，衣服就说"不是杀父之仇，为什么还要凌迟处死，连腿脚都割掉呢？"，怨恨那让穿的人；倘如穿上一个月，那衣服就瞪着双眼拼个你死我活，说"非要剁成肉酱不成"。

这是对质量很差的衣服的绝妙描写。然而，妙就妙在不是穿衣服人的视角，而是在拟人化了的衣服的视角上，用夸张手法，表现得富于诙谐和幽默。
　　除此而外，《二十世纪的神话》还让我们时而看到自嘲式的幽默[175]。例如，称"共产主义农场"的人为"不寻常命运的宠儿"。这句话用在姓马的等反面人物身上时，成为一句反义词幽默；反之用在林一平和沈祖光等正面人物身上时，则成为一种自嘲式幽默。
　　《二十世纪的神话》中滑稽方式也运用得很有效果。
　　下面看一例对小偷小摸者的滑稽描写。

　　在这样的好世道，怎能还分你的和我的呢？你的也是我的，我的也是你的嘛！

---

175) 1980年代初、中半期，自汉族文坛上，出现伤痕文学、反省文学时，电影《苦恼人的笑》中可看到象征性的知识分子自嘲式的笑。

在此，小偷小摸者借当时不讲你我的所谓共产风，加以合理化显得滑稽可笑。

戏仿是现代文学作品中，最普遍采用的形式之一。《二十世纪的神话》也不乏此例。

> 一举消灭私有制度，飞跃到共产主义天国，别的都一概不动，首先，要扫荡各家的围墙和篱笆，这就是秘诀，要铭之，勉之！

针对一九五八年大跃进时期，为消灭私有制遗物，拆除篱笆的行为，用当时流行的所谓神圣的革命语言，即"一举消灭私有制度，飞跃到共产主义天国"的"天才的论断"加以戏仿讽刺。

> 我们是无产阶级中的无产阶级，革命性最强。我们渴望变革。

这是林一平与叔伯弟争辩中的口头禅。将最神圣的无产阶级革命理论戏仿，鼓吹并合理化自己的主张显得滑稽可笑。

> 夏天，东风压倒虱子风，到了冬天，不是西风的虱子风压倒了臭虫风。

"把社会主义比为东风，资本主义比为西风，主张东风压倒西风，还警告东风被西风压倒的危险性。"戏仿这种当时最流行的政治口头禅，戏落当时收容所恶劣的卫生条件。

林一平与沈祖光把解放前唱的歌曲"我们国家，勤奋的国家，没有瞌睡虫的国家"戏仿为"最近流行的童谣"即"我们国家，富裕国家，没有吃的粮食的国家；我们国家富裕国家，没有穿的衣裳的国家。"来讽刺当时衣食住的绝对贫国。

上面所讲，《二十世纪的神话》是一部以知识分子为主人公的知识分子小说。所以，它不是像武侠小说那样故事情节转换快，而是常常被对话、议论、信件、日记、歌曲、诗、寓言(童话)、引文等断开，其转换是缓慢的。而利用多种多样的"小道具"，巧妙地转换艺术情境，衔接情节单元，表现了作家的艺术才华。在语言构词上强化形象化的比喻、拟人、象征等多种修辞法，强化艺术表现效果。在语言构词中，像洪命熹[176]式固有语的活用特别引人注目。当然，也出现一些直译汉字词，或用得不妥之处，例如，从没有文化的王氏嘴里竟然吐出"易之思之"之类的话显得可笑。

4. 结 论

众人皆醉我独醒，敢说敢作者正是金学铁，有《二十世纪的神话》！都在高喊"大跃进"、"人民公社"、"万岁！万岁！万岁！"，打倒右派之时，唯独金学铁站出来，喊："NO"！金学铁在自己的遗作《一票反对》中所崇仰的德国、美国、日本有良心的至尊们"卡尔·李卜克内西"、"哈佛·威尔逊"、"日本的非转向政治犯300名"一样，以《二十世纪的神话》，提出"一票反对"。他不愧为一位战士，守护着中国朝鲜族的良心和至尊。他本人和作品，竟倒在血泊之中。而我们今天才吟味其"一票反对"的意味，马后炮式的吟味。这虽然是我们寒碜的自画像，但还是要吟味的。战士金学铁走了。临走时，还留下了战士的光辉。他在自己的最后一段路程，也类似"一票反对"一样，给自己予以了特别的装饰。他虽然走了，但是《二十世纪的神话》还在。我们要理直气壮地，值得骄傲地，久久吟味《二十世纪的神话》！

---

176) 朝鲜现代创作《林巨正》的作者。他使用朝鲜固有词方面很出色，金学铁特崇拜这一点。

*分析文本

长篇小说《二十世纪的神话》，金学铁，韩国创作与批评社 1996.12

*參考文獻

《论金学铁》，延边文学艺术研究所，黑龙江朝鲜民族出版社 1990.12
《中国当代文学史讲》，中国文联出版公司 1993.7
《中国当代文学史教程》主编，夏旦大学出版社 1999.9
《中国当代文学史》，金秉活，延边大学出版社 2001. 3
《朝鲜义勇军的最后一支队分队长－－金学铁》，金学铁文学研究会　编，延边人
民出版社

*该论文由朴赞奎先生译成中文。
*该论文是与金仁香女士合写的。

· 저자 ·

우상렬　　·약　력·
(禹尚烈)

1963年生于中国辽宁沈阳
获延边大学朝文系学士、硕士
获韩国精神文化研究院博士
现任延边大学朝文系副教授

·주요논저·

著作类

《光复后朝鲜当代文学研究》，韩国亦乐出版社 2002.6.
《西方美学简史》，韩国映翰出版社 2002.7.
《朝鲜·韩国学散步》，韩国映翰出版社 2002.8.
《从巫俗原型质看朝鲜说唱脚本系列小说》(共著)，韩国MORRISON出版
　社 2002.9.
《中国朝鲜族民间故事的综合研究》，韩国国学资料院 2002. 12.
《文学概论》(共著)，中国东北朝鲜民族教育出版社 2003.3.
《试论韩国古代文学与性》，(株)韩国学术情报 2004.11.
《探美》，(株)韩国学术情报 2004.12.
《随笔》，(株)韩国学术情报 2005.1.
《日本古代詩歌文學與中國文學的關聯》(共著)，黑龍江朝鮮民族出版社
　2005.1
《寫作基础》(共著)，延邊大學出版社 2005.6
《北韓文化的綜合理解》(共著)，韓國窗与玄 2006.2

论文类

《試論朝鮮現代文學的領袖形象》等50余篇.

외 다수

唱人性之歌的詩人

· 초판 인쇄	2006년 6월 15일
· 초판 발행	2006년 6월 15일
· 지 은 이	우상렬
· 펴 낸 이	채종준
· 펴 낸 곳	한국학술정보㈜
	경기도 파주시 교하읍 문발리 526-2
	파주출판문화정보산업단지
	전화　031) 908-3181(대표) · 팩스　031) 908-3189
	홈페이지　http://www.kstudy.com
	e-mail(e-Book사업부)　ebook@kstudy.com
· 등 　 록	제일산-115호(2000. 6. 19)
· 가 　 격	21,000원

ISBN　89-534-5168-X 93820 (Paper Book)
　　　　89-534-5169-8 98820 (e-Book)